L'enfant qu'elle espérait

Amoureuse d'un prince

KATHIE DENOSKY

L'enfant qu'elle espérait

Passions

éditions HARLEQUIN

Collection : PASSIONS

Titre original : IN BED WITH THE OPPOSITION

Traduction française de EDOUARD DIAZ

HARLEQUIN®
est une marque déposée par le Groupe Harlequin
PASSIONS®
est une marque déposée par Harlequin S.A.

Photo de couverture
Bébé : © SCIENCE PHOTO LIBRARY/GRAPHICOBSESSION

83-85, boulevard Vincent-Auriol, 75646 PARIS CEDEX 13.
Service Lectrices — Tél. : 01 45 82 47 47
www.harlequin.fr
ISBN 978-2-2802-4636-1 — ISSN 1950-2761

- 1 -

Brad fixa l'objet qu'il avait en main, puis son regard se posa de nouveau sur le tout petit bout de fille qui lui souriait tout en s'efforçant d'introduire ses orteils dans sa bouche. A quel moment Sunnie avait-elle perdu sa chaussette rose ?

Fronçant les sourcils, il se mit à la chercher par terre. Sunnie l'avait encore lorsqu'ils étaient arrivés au Texas Cattleman's Club, moins de deux minutes auparavant. Comment un bébé de moins de six mois pouvait-il être aussi rapide ?

Jetant un nouveau coup d'œil à la couche jetable qu'il tenait dans sa main, il soupira. Que lui avait-il pris d'accepter la responsabilité d'élever la fille de son frère disparu ? Il était à peu près aussi qualifié pour élever un bébé que pour piloter un vaisseau spatial.

Lorsqu'il avait pris la décision d'adopter Sunnie, il avait été jusqu'à songer sérieusement à renoncer à se présenter à l'élection pour la présidence du TCC. Mais, à vrai dire, pas très longtemps. Il s'était engagé à briguer ce poste, et il ne revenait jamais sur ses engagements. En outre, il croyait au club et à tout ce qu'il représentait, et il avait l'intention d'élever Sunnie selon les mêmes valeurs.

L'organisation avait besoin d'un leader doté d'une tête solide et d'un plan précis. Et il était le candidat le mieux préparé. Il avait déjà quelques idées sur la façon de réduire la fracture toujours grandissante entre la vieille garde et les membres plus jeunes du TCC, afin de retrouver l'unité et la solidarité qui avaient toujours été la marque du TCC. Une tâche à laquelle il était urgent de s'atteler pour assurer l'avenir du club et continuer, comme par le passé, à offrir de précieux services à la population de Royal, au Texas.

Mais s'il ne devinait pas très rapidement le mode d'emploi de cette satanée couche jetable, le problème ne se poserait même plus, car il n'aurait pas l'occasion d'exposer sa vision de l'avenir du TCC devant les membres du club lors de l'assemblée générale annuelle. Et, pour la première fois dans la longue histoire du TCC, une femme — la toute première femme à être admise en tant que membre à part entière — deviendrait la présidente du club par défaut. Ce que jamais il ne tolérerait.

Brad ferma les yeux et compta jusqu'à dix. Il était capable de résoudre ce problème. Il était titulaire d'un master en gestion financière. Il était sorti dans les premiers de sa promotion à l'Université du Texas, avant de faire une brillante carrière dans la finance, amassant une jolie fortune personnelle. Il était sûrement capable de changer un bébé.

Mais par où commencer ? A supposer qu'il comprenne comment ôter la couche sale et mettre en place la propre, comment était-il censé la fixer autour de la taille du bébé ?

Tout en étudiant les côtés de la couche que portait Sunnie, il fit un effort pour se remémorer les conseils que lui avait prodigués Juanita, sa gouvernante, avant de partir précipitamment pour Dallas afin d'assister à la naissance de son troisième petit-enfant. Malheureusement, ce jour-là, il mettait les dernières touches au discours qu'il devait prononcer à l'assemblée générale, et il ne l'avait écoutée que d'une oreille distraite. A présent, il regrettait amèrement de ne pas avoir pris de notes détaillées.

Il s'était résolu à trouver une femme parmi le personnel du TCC pour l'aider à changer sa nièce lorsqu'il entendit la porte du vestiaire s'ouvrir derrière lui.

Dieu merci, songea-t-il, espérant voir entrer une personne plus versée que lui dans les mystères des couches pour bébés.

— Pourrais-je vous demander de m'aider un instant ? demanda-t-il sans se retourner.

— Alors, monsieur Price, on a un petit problème ? s'enquit une voix familière.

Le ton d'Abigail Langley était légèrement ironique, mais Brad était bien trop soulagé de voir arriver cette aide providentielle pour songer unc seconde à s'en formaliser.

Il se retourna et vit sa rivale de toujours plantée sur le seuil. Un sourire entendu relevait les coins de ses lèvres rouge corail. Brad ne put s'empêcher de pousser un soupir de frustration. Abigail et lui avaient été en compétition depuis leur plus tendre enfance et, depuis quelques mois, ils étaient engagés dans une lutte féroce pour le poste très convoité de président du TCC. A tout autre moment, ce sourire gouailleur l'aurait agacé mais, en cet instant, il n'éprouvait que de la gratitude.

— Que sais-tu de l'art de changer les couches ? demanda-t-il en levant devant lui l'objet de sa perplexité.

Abigail pouffa et alla accrocher son manteau avant de se retourner vers lui.

— Ne me dis pas que le grand Bradford Price a rencontré un problème qu'il ne peut résoudre grâce à sa logique supérieure.

Pas du tout surpris qu'elle saisisse cette occasion pour se moquer de lui, Brad se réfugia derrière un sourire sarcastique.

— Très spirituel, Langley. Et maintenant que tu as bien ri, si tu venais ici me donner un coup de main ?

Elle s'approcha du canapé aux coussins de peluche sur lequel sa nièce s'efforçait toujours d'introduire son petit pied dodu dans sa bouche.

— Tu n'as pas la moindre idée de ce que tu fais, n'est-ce pas, Bradford ?

Comme chaque fois qu'elle s'adressait à lui en utilisant son prénom officiel, Brad se sentit bouillonner intérieurement. Il savait qu'elle le faisait pour l'agacer. C'était déjà son habitude à l'école primaire, mais il ne pouvait pas se permettre de la remettre à sa place, car il avait besoin de son aide. Il savait aussi bien qu'elle qu'il avait entrepris une tâche au-dessus de ses forces. D'ailleurs, ce n'était pas en se disputant avec elle qu'il résoudrait le problème de cette satanée couche jetable.

— C'est assez évident, je crois, marmonna-t-il, l'irritation familière qu'il ressentait toujours en sa présence se substituant peu à peu au soulagement qu'il avait ressenti en la voyant apparaître. Et maintenant, vas-tu te décider à m'aider, ou dois-je partir à la recherche d'une personne plus serviable ?

— Bien sûr, je vais changer Sunnie, répondit-elle en s'asseyant sur le canapé près du bébé. Mais je ne le fais pas pour toi.

Elle chatouilla le petit ventre rond de Sunnie avant d'ajouter :

— Je le fais pour ce petit ange.

— A ton aise.

Peu lui importait pour qui elle le faisait. Ce qui comptait, c'était que sa nièce soit changée et qu'il puisse s'arranger pour la faire garder le temps de prononcer son dernier discours de campagne devant l'assemblée générale du TCC. Ensuite, lorsque les candidats se seraient exprimés et qu'on leur demanderait de quitter la salle pour les délibérations finales, il était bien décidé à ramener Sunnie à la maison et à faire une petite sieste. Tous deux en avaient grandement besoin.

La journée avait à peine commencé, et il se sentait déjà épuisé. S'occuper d'un bébé était une tâche beaucoup plus compliquée qu'il ne l'avait prévu. Outre les repas qu'il fallait préparer aux heures les plus saugrenues du jour et de la nuit, chaque déplacement était une expédition, avec toutes les affaires qu'il fallait emporter avec soi.

— Pourquoi n'as-tu pas laissé le bébé à Juanita ? demanda Abby en lui prenant la couche des mains.

— Elle a été appelée très tôt ce matin pour la naissance de sa petite-fille à Dallas, répondit-il d'un air absent. Elle ne sera pas de retour avant au moins deux semaines.

Fasciné par l'efficacité de ses gestes, il observa Abby qui disposait devant elle les lingettes pour bébé et le talc, puis soulevait Sunnie pour glisser sous son dos un plan à langer souple décoré de petits lapins roses. Par quel miracle les femmes savaient-elles d'instinct comment prendre soin d'un bébé ? Disposaient-elles d'un gène spécial dont les hommes étaient dépourvus ?

Probablement, décida-t-il. Abby et lui avaient le même âge, et, avant que Sunnie n'apparaisse dans sa vie, ils étaient l'un et l'autre sans enfant. Pourtant, ces gestes semblaient venir tout naturellement à Abby, alors qu'il ne pouvait que constater sa propre ignorance.

En ce qui lui parut être un temps record, Abby avait ôté la couche sale et l'avait remplacée par une propre.

— Pour l'attacher, tu utilises ces petits rabats, expliquait-elle. C'est une sorte de Velcro en plus doux, pour ne pas irriter la peau délicate du bébé. Tu dois seulement t'assurer que la couche n'est ni trop serrée ni trop lâche, et ensuite…

Sous le charme de sa voix mélodieuse — et non sans se demander pourquoi il la trouvait tout à coup si attirante —, Brad mit un instant à s'apercevoir qu'elle s'était tue.

— Heu… comment ?

— Fais un peu attention, Price. Il n'y aura pas toujours quelqu'un pour venir à ton secours lorsque Sunnie aura besoin qu'on la change.

— Je t'écoute attentivement, assura-t-il, s'abstenant prudemment de préciser qu'il avait été plus fasciné par la douceur de sa voix et le mouvement de ses lèvres que par le cours express de puériculture qu'elle lui donnait.

— Ah oui ? répliqua-t-elle. Dans ce cas, répète-moi ce que je viens de te dire.

Abby avait sans doute les yeux les plus bleus de tout l'Etat du Texas. Bleus comme les lupins sauvages qui poussaient au printemps dans les prairies. Brad ne put s'empêcher de se demander pourquoi il n'avait jamais remarqué auparavant toute l'expressivité de son regard.

La couche bien en place, Abby prit Sunnie dans ses bras et vint se planter face à lui.

— Alors, monsieur Price ? Votre nièce et moi attendons.

Il toussota pour gagner du temps et fit un effort pour se souvenir de ses propos exacts. Mais l'image d'Abby déposant un baiser sur la joue de Sunnie resterait à jamais gravée dans sa mémoire, même s'il aurait été bien en peine d'expliquer pourquoi il l'avait trouvée aussi irrésistible.

— Euh… voyons.

Que lui prenait-il ? Pourquoi lui était-il tout à coup impossible de se concentrer ? Et pourquoi fallait-il que ce moment d'absence se produise justement devant *elle* ?

Il n'avait jamais éprouvé la moindre difficulté à suivre une conversation. Pourquoi alors ne pouvait-il penser à rien d'autre qu'à la forme parfaite de ses lèvres, dont il croyait déjà sentir la douceur sur sa peau ?

— Ni trop serrée ni trop lâche, articula-t-il enfin. Attacher avec le Velcro. Ne pas pincer la peau délicate. J'ai compris.

— Et il t'a fallu aussi longtemps pour te souvenir d'une opération aussi simple ? ironisa-t-elle.

— Oui, convint-il avec un haussement d'épaules détaché. Mais l'essentiel, c'est que j'aie compris.

— Tu devras faire mieux, Bradford, observa-t-elle, secouant la tête d'un air désapprobateur. Tu ne peux pas improviser à tout bout de champ. Tu dois apprendre à faire toutes ces choses pour Sunnie. Tu es son père, désormais. Elle compte sur toi.

Abby avait raison. Il lui arrivait quelquefois de se sentir écrasé par la responsabilité qu'il avait assumée en adoptant la fille de son frère disparu.

— Je t'assure que je compte bien veiller à ce que Sunnie ait accès à tout ce qui se fait de meilleur, y compris les soins dont elle a besoin, répliqua-t-il, irrité qu'elle ait pu penser qu'il ferait moins que le maximum. Je pense que tu me connais assez bien pour savoir que je ne fais jamais les choses à moitié. Lorsque je m'engage, c'est jusqu'au bout.

Elle le dévisagea un instant en silence, puis hocha lentement la tête.

— Assure-toi que ce soit le cas.

Elle venait à peine de prononcer ces mots que Sunnie posa sa petite tête sur son épaule. A l'évidence, elle s'apprêtait à s'endormir. Abby ferma les yeux et serra le bébé plus fort contre sa poitrine.

— N'oublie jamais la chance que tu as de l'avoir dans ta vie, Brad.

— Jamais.

La sincérité qu'il avait sentie dans cette déclaration, et le fait qu'elle l'ait appelé « Brad » — qu'il préférait de loin à Bradford —, le prit au dépourvu et, avant de comprendre ce qu'il faisait, il tendit la main pour effleurer d'une caresse sa joue veloutée.

— Tu feras une maman formidable un jour, Abigail Langley.

Lorsqu'elle ouvrit les yeux, un nuage de tristesse avait voilé l'azur transparent de son regard, et il s'en voulut de s'être montré aussi insensible. Une année à peine s'était écoulée depuis le décès de Richard, son mari, et Brad savait que le couple songeait à fonder une famille au moment du tragique événement.

— Je te demande pardon, Abby, s'excusa-t-il précipitamment. Je suis certain qu'un jour tu auras une famille bien à toi.

— J'aimerais que ce soit vrai, répondit-elle d'une voix douce. Mais… heu…

Elle prit une profonde inspiration, avant de déclarer d'un trait :

— Malheureusement, je crains que les enfants ne fassent pas partie de mon avenir.

— Bien sûr que si, assura-t-il. Tu as encore largement le temps de mettre au monde des enfants. Tu n'as que trente-deux ans, comme moi, et même si tu ne trouves pas d'autre homme avec qui tu aies envie de passer le reste de ta vie, ce n'est pas grave beaucoup de femmes élèvent des enfants seules, de nos jours.

— Il s'agit d'un problème plus compliqué que celui de trouver un mari ou de choisir de devenir mère célibataire, répondit-elle après un long silence.

— Cela t'apparaît ainsi aujourd'hui, observa-t-il, mais un jour viendra où tu verras les choses différemment.

Lorsqu'elle releva les yeux vers lui, il vit une larme solitaire rouler lentement sur sa joue.

— Le temps ne fera aucune différence, murmura-t-elle.

— Qu'y a-t-il, Abby ? insista-t-il, frappé par son apparente résignation.

Elle le dévisagea durant plusieurs longues secondes avant de déclarer dans un souffle :

— Je… ne peux pas avoir d'enfants. Je suis stérile.

C'était la dernière chose qu'il s'attendait à entendre, et, tout à coup, il se sentit idiot d'avoir tant insisté.

— Je suis désolé, Abby. Je ne savais pas…

Le reste de sa phrase mourut sur ses lèvres. Qu'aurait-il pu ajouter sans aggraver encore le faux pas qu'il venait de commettre ?

Mais Abby haussa les épaules.

— Ce n'est pas comme si je venais de l'apprendre. J'ai reçu les résultats des tests quelques jours après les obsèques de Richard.

C'était moins d'un an auparavant, et Brad devinait

qu'elle s'efforçait encore d'accepter ce cruel verdict. Comment ne pas la comprendre ? A quelques jours d'intervalle, cette femme avait perdu son mari et appris qu'elle ne pourrait jamais avoir d'enfant. N'importe qui, à sa place, aurait été dévasté.

Craignant de la blesser davantage par des paroles inconsidérées, il décida de se taire et de lui montrer son soutien par d'autres moyens. Il ouvrit les bras et l'enlaça, elle et sa nièce endormie sur sa poitrine, et il resta simplement là à les serrer dans ses bras en silence.

Toutefois, ce geste de réconfort ne tarda pas à lui rappeler un autre temps où il aurait tout donné pour serrer son corps mince contre le sien. C'était au début des vacances, après leur première année au lycée, et il était en pleine crise d'adolescence. A quinze ans, il avait ardemment désiré qu'elle devienne sa petite amie.

Malheureusement, Richard Langley avait capté son attention et, dès lors, il avait été évident qu'Abby et Richard étaient destinés à être ensemble. Et cela valait mieux ainsi, avait-il décidé. Elle connaissait tous ses points faibles et était capable de le mettre hors de lui plus vite que n'importe qui d'autre. Elle avait ce pouvoir alors, et le passage des années n'y avait rien changé.

— Nous devrions peut-être commencer à nous rapprocher de la salle de réunion, suggéra-t-elle, le ramenant brusquement à la réalité. L'assemblée générale va bientôt commencer.

Sa voix s'était raffermie, et il devina qu'elle avait

retrouvé une bonne partie de sa maîtrise de soi. Brad hocha la tête et mit fin à leur étreinte.

— Je devrais avoir tout juste le temps de demander à une employée de garder Sunnie avant le début des discours, dit-il en consultant sa montre.

— Combien de temps penses-tu qu'elle dormira ? s'enquit-elle en reposant délicatement le bébé dans son couffin de transport. Si tu crois que sa sieste va durer un petit moment, je peux tout à fait la garder pendant que tu t'adresseras à l'assemblée générale.

Depuis que Sunnie était entrée dans sa vie, une sorte de trêve s'était établie entre eux, mais il n'est pas si facile de se débarrasser des vieilles habitudes. Brad ne croyait pas une seconde qu'Abby l'aiderait volontairement à conquérir le poste qu'ils convoitaient tous deux. Mais il ne la croyait pas non plus capable de lui jouer un mauvais tour tel que réveiller le bébé en plein milieu de son discours. Durant toutes ces années où ils avaient été en compétition, ni elle ni lui n'avaient jamais eu recours à ce type de manigance pour sortir vainqueur d'une situation.

— Vraiment, cela ne te dérange pas ?

— Pas du tout, assura-t-elle en replaçant les lingettes et le talc dans le sac à langer. Mais ne crois surtout pas que je le fais pour faciliter ta victoire, ni que je ne prendrai pas le plus grand plaisir à t'avoir battu lorsque le résultat des élections sera annoncé, au bal de Noël.

Soulagé de se retrouver sur le terrain familier de leur rivalité de toujours, Brad esquissa un sourire.

— Bien sûr que non. Tu le fais pour…

— Je le fais pour Sunnie, coupa-t-elle en ramassant son sac à main et le sac à langer.

Souriant toujours, Brad saisit la poignée du couffin et, posant son autre main dans le dos d'Abby, il la guida doucement vers la porte du vestiaire.

— Prête à entendre le plus mémorable discours de clôture de ta vie ?

— Tu rêves, Price, rétorqua-t-elle en le précédant dans la salle. Je connais tes discours, et il en faudrait davantage pour commencer à m'impressionner.

— Dans ce cas, tu ferais mieux de te préparer, parce que tu es sur le point d'être balayée par un raz-de-marée.

Assise à une table en compagnie des candidats aux divers postes soumis au vote, Abby tourna son regard vers Sunnie, paisiblement endormie dans le couffin posé sur une chaise entre Brad et elle. De toute évidence, le bébé allait continuer sa sieste pendant toute la durée des discours, et elle en profita pour tourner son attention vers la foule des membres du TCC qui se pressait dans la grande salle.

Sept mois auparavant, le Texas Cattleman's Club était encore une organisation entièrement masculine peu pressée d'admettre les femmes dans son cénacle. Dans toute la longue histoire du club, elle avait été la première représentante du sexe féminin à s'imposer dans ce repaire de mâles sexistes et à devenir membre de plein droit.

Hélas, si on l'avait invitée à devenir membre du TCC, ce n'était pas en raison de ce qu'elle pouvait apporter au club, mais par respect pour son nom. Fondé par l'arrière-arrière-arrière grand-père de feu son mari, Tex Langley, plus d'un siècle auparavant, le TCC s'était toujours enorgueilli de compter un membre de la famille Langley dans ses rangs. Mais la mort de Richard, un an auparavant, était venue interrompre cette longue tradition. Abby ne devait son admission qu'à une obscure clause du règlement du club requérant qu'un membre de la famille Langley soit automatiquement nommé au conseil d'administration.

Exhalant un soupir, elle redressa les épaules. Peu importaient les raisons de cette décision. Elle avait ouvert une nouvelle voie, et elle avait bien l'intention de faire entrer d'autres femmes dans ce cercle exclusif, et ce dès qu'elle serait élue présidente. Elle ne pouvait imaginer de meilleur moyen d'inaugurer le nouveau club-house sur le point d'être construit que d'inclure dans la liste des membres des femmes qui avaient activement soutenu le Texas Cattleman's Club durant toutes ces années.

Lorsqu'elle fut conviée à prendre la parole, elle lança un dernier regard à Sunnie avant de gagner la tribune pour présenter son programme. Parcourant la salle du regard, elle devina que certains membres âgés du club ne se réjouissaient guère qu'elle ait été admise dans leurs rangs, et plus encore qu'elle ose briguer la présidence du club. Mais c'était tant pis pour eux. Il était temps qu'ils entrent dans le

XXIe siècle et qu'ils comprennent qu'une femme pouvait être au moins aussi efficace qu'un homme à ce poste.

Elle exposa point par point sa vision pour l'avenir du club et termina son discours par le projet qui lui tenait le plus à cœur.

— Le comité des travaux a engagé un architecte et présenté ses plans pour le nouveau club-house. J'espère sincèrement que vous voterez tous en faveur de ce projet et que nous pourrons bientôt démarrer la construction d'un nouvel espace en harmonie avec cette nouvelle ère qui s'ouvre pour nous. Je conclurai en vous invitant à réfléchir aux propositions que je viens de vous faire aujourd'hui et en vous demandant de m'accorder votre confiance sur la seule base de ce que je peux apporter à la présidence de ce club, et non en fonction de mon sexe ou du nom que je porte. Merci à tous, et j'espère pouvoir bientôt vous servir en tant que présidente du TCC.

Ses propos furent salués par une bruyante ovation des plus jeunes membres du club et par quelques hochements de tête respectueux des plus âgés. Elle était satisfaite d'avoir fait de son mieux pour représenter dignement les Langley et le sexe féminin. A présent, c'était aux membres du club de décider des futures orientations du TCC, lorsque le véritable vote aurait lieu, le lendemain.

— Essaie donc de faire mieux, Price, lança-t-elle, défiant son éternel rival.

Ses yeux noisette pétillants de défi, il se leva et se prépara à prendre la parole à son tour.

— Rien de plus facile, chérie.

Elle ne se trompait pas une seconde sur l'importance que Brad accordait à ce mot tendre. Comme la plupart des Texans, il s'adressait à toutes les femmes de cette façon. Ce qu'elle ne comprenait pas, en revanche, c'était le petit frisson que ce mot avait déclenché dans tout son corps. Décidant qu'il valait mieux ignorer cette curieuse réaction, elle se concentra sur le discours de Brad à la tribune. Elle devait admettre qu'il était un orateur brillant et qu'il avait beaucoup d'excellentes idées — dont certaines recouvraient tout à fait les siennes. Mais cela ne signifiait nullement qu'elle soit prête à lui concéder la victoire.

Aussi loin qu'elle s'en souvienne, Brad et elle avaient toujours été adversaires dans une compétition ou une autre. Parfois, c'était lui qui gagnait. D'autres fois, c'était elle qui remportait la victoire. Mais cette rivalité entre eux était toujours présente et souvent extrêmement vive.

Abby ne put s'empêcher de sourire en songeant à certaines des compétitions qui les avaient opposés. Leur rivalité avait commencé au cours préparatoire, où chacun d'eux avait parié qu'il remporterait plus de prix que l'autre à la fin de l'année. Au collège, ils avaient été en compétition pour devenir délégué de leur classe. Durant leurs années de lycée, ils avaient été engagés dans une course sans merci pour déterminer lequel des deux sortirait major de sa promotion. Ce combat particulier s'était terminé par un match nul, et ils avaient dû se partager les honneurs et la gloire.

Durant toutes ces années, ils s'étaient sans cesse défiés, aiguillonnés, taquinés, et même si leur rivalité n'était jamais devenue un combat à mort, ils n'étaient pas non plus amis. Raison pour laquelle elle avait été prise au dépourvu, tout à l'heure dans le vestiaire, lorsque Brad avait fait preuve d'une sincère compassion envers elle. Ce qui peut-être l'avait poussée à lui confier son infertilité.

Elle prit une profonde inspiration. Son impossibilité à devenir mère n'était pas un sujet dont elle pouvait discuter librement, et elle ne comprenait pas ce qui l'avait poussée à l'évoquer devant Brad. Pourquoi avait-elle partagé avec lui l'un de ses secrets les plus douloureux ?

Elle réfléchissait à cet étrange comportement lorsque Sunnie commença à s'agiter dans son couffin. Abby comprit qu'elle était sur le point de se réveiller. Pire, elle commençait à geindre, lui laissant craindre une bruyante crise de larmes. Sans attendre que ses cris interrompent le discours de Brad, elle ramassa son sac à main et le sac à langer, souleva le bébé hors de son couffin et quitta la salle en la portant dans ses bras.

Elles étaient dans le hall d'entrée du club depuis quelques minutes à peine lorsque Brad — chargé du couffin du bébé — les rejoignit, suivi par les autres candidats au conseil d'administration.

— Après le vote de demain, déclara-t-il en reposant le couffin sur le sol près de lui, il ne nous restera plus qu'à attendre le gala de Noël pour l'annonce des résultats.

— En avons-nous terminé pour aujourd'hui ?

s'enquit-elle, plaçant une tétine entre les lèvres avides de Sunnie.

Brad acquiesça.

— Je m'en réjouis, crois-moi. Je pense que je vais ramener cette petite princesse chez nous et lui donner le biberon. Ensuite, nous occuperons le reste de l'après-midi à faire une bonne sieste.

— Tu as songé à engager une nounou ?

— Je n'ai pas l'intention d'abandonner à une autre personne le soin de s'occuper de Sunnie, répliqua-t-il d'un ton bourru. J'ai accepté la responsabilité de l'élever, et c'est exactement ce que j'ai l'intention de faire. Tout au plus, je la ferai garder occasionnellement s'il m'arrive de sortir un soir ou de me rendre à un rendez-vous d'affaires.

— Comment comptes-tu faire pour t'occuper d'elle durant les deux prochaines semaines, sans les conseils de ta gouvernante ? ne put-elle s'empêcher de remarquer, songeant à sa panique tout à l'heure, avec les couches.

— Je ferai de mon mieux, répondit-il, visiblement embarrassé. Et si je suis confronté à un problème insoluble, j'appellerai Sheila, l'épouse de mon ami Zeke Travers. Ou alors ma sœur, Sadie. Sheila est infirmière, et elle s'est occupée de Sunnie jusqu'à ce que j'obtienne sa garde. Je suis sûr que l'une d'elles ne refusera pas d'accourir à mon aide en cas de besoin. Et, au fait, merci d'avoir gardé Sunnie pendant mon discours. Je t'en suis sincèrement reconnaissant.

— Ce fut un plaisir, assura Abby en installant délicatement le bébé dans son couffin. Elle attacha les sangles et remonta la petite couverture du bébé jusqu'à son menton. Mon ranch n'est pas très loin de chez toi. Si tu ne parviens pas à joindre Sadie ou Sheila, tu peux m'appeler, et je tâcherai de répondre à tes questions.

— Je m'en souviendrai, dit-il d'un ton sérieux.

Lorsqu'elle se redressa, ils restèrent un long moment face à face à se dévisager en silence. Tous les autres étaient partis, et ils étaient seuls dans le hall.

— As-tu remarqué ce qu'il y a juste au-dessus de ta tête ? s'enquit-il, esquissant un sourire.

— Non, répondit-elle d'un ton prudent. Aurais-je dû ?

— Lève les yeux. Tu es sous un bouquet de gui.

— Je ne l'avais pas…

Sans lui laisser le temps de terminer sa phrase, il s'avança et la prit par la taille. Il ne songeait quand même pas à l'embrasser ?

— La tradition m'y oblige, dit-il comme s'il avait lu dans ses pensées.

Avant qu'elle ait pu lui rappeler qu'ils étaient adversaires et qu'elle se contrefichait de cette tradition, il posa ses lèvres sur les siennes et l'embrassa avec une délicatesse qui la laissa sans voix. Ses lèvres étaient fermes et douces, et caressaient les siennes avec un art consommé, confirmant sa réputation de séducteur. Aucun homme n'embrassait de cette façon, à moins d'avoir un sens inné de ce qui pouvait satisfaire les femmes ou une très longue expérience d'elles. Abby soupçonnait que Bradford Price avait les deux. Soudain, ses jambes cessèrent de la porter, et elle leva les mains pour s'accrocher à ses larges épaules. La force, la solidité qu'elle sentit sous le tissu de sa veste Armani noire firent battre son cœur plus vite, mais ne l'aidèrent nullement à se sentir ferme sur ses jambes. Lorsqu'il l'attira à elle et la serra dans ses bras, ses genoux la trahirent tout à fait, et elle se laissa aller mollement contre lui.

Heureusement, Sunnie choisit cet instant pour expulser sa tétine et se mettre à hurler de toute la force de ses petits poumons, la libérant du sortilège que Brad semblait avoir jeté sur elle. Elle s'écarta de lui, jetant un regard affolé tout autour d'elle pour s'assurer que personne n'avait été témoin de cette scène, et constata à son grand soulagement que le hall était désert.

— Je… dois… aller chercher mon manteau, balbutia-t-elle, luttant contre l'impression que tout l'oxygène s'était évaporé de la pièce. Sheila et moi… devons faire un peu de shopping pour la soirée de Noël… au foyer d'accueil pour femmes.

— Oui, répondit-il d'un ton détaché. Quant à moi, je dois rentrer pour donner son biberon à Sunnie et faire une petite sieste.

A son grand déplaisir, elle ne pouvait que constater que ce baiser ne semblait pas l'avoir affecté le moins du monde.

Il lui tendit la main et, d'un réflexe automatique, elle la serra. A l'instant où leurs paumes entrèrent en contact l'une avec l'autre, elle sentit une onde de chaleur remonter le long de son bras. Elle retira précipitamment sa main et recula d'un pas.

— Que le meilleur gagne, dit-il avec ce sourire en coin qui lui avait toujours donné envie de le gifler.

— Ou la meilleure, répliqua-t-elle.

— Je suppose qu'il n'y a aucun mal à te laisser caresser ce rêve encore quelque temps, jusqu'à ce que l'on annonce officiellement que j'ai gagné l'élection.

— Ne t'inquiète pas pour moi, Price, car c'est exactement ce que je compte faire. Je suis impatiente de voir la tête que tu feras lorsqu'on annoncera ma victoire.

— Nous verrons, Langley.

Il reprit le couffin et le sac à langer et, tournant les talons, se dirigea vers la sortie.

— A ta place, je ne crierais pas victoire trop vite, dit-il sans se retourner.

— J'en ai autant à ton service, lança-t-elle.

Son rire moqueur l'accompagna jusqu'à la sortie, et elle le suivit du regard, bouillonnante de colère. Que lui avait-il pris de lui permettre de l'embrasser, et que faisait-elle plantée là comme une idiote à le dévorer des yeux ?

Consternée par son propre comportement, Abby prit le chemin du vestiaire. Comment avait-elle pu se conduire d'une façon aussi étrangère à ses habitudes ? La seule réponse qui lui venait à l'esprit était qu'elle avait dû temporairement perdre la raison.

Le front plissé, elle enfila son manteau et regagna sa voiture. Elle ne savait pas avec certitude contre qui elle devait être furieuse. Contre lui, pour son insupportable arrogance, ou contre elle, pour l'avoir laissé s'en tirer à si bon compte.

Mais une chose était certaine. Cela ne se reproduirait plus. Outre qu'elle n'avait nulle envie d'être embrassée par un homme, quel qu'il soit, elle se sentait beaucoup plus à l'aise avec Bradford Price, l'éternel adversaire, qu'elle ne le serait jamais avec Brad Price, propriétaire des lèvres les plus extraordinaires de tout le sud-ouest du Texas.

- 2 -

— Zeke, Sheila est-elle à la maison ? demanda Brad dès que son ami eut décroché le téléphone.

— Salut Brad, répondit Zeke Travers d'un ton guilleret. Quoi de neuf ?

— En ce moment, j'ai quelques problèmes.

— Je l'entends d'ici, répondit Zeke en riant. On dirait que Sunnie te donne un de ces récitals de hurlements dont elle a le secret. Où est Juanita ?

— Elle est partie à Dallas et…

— Oh ! oh ! Ce qui signifie que tu es tout seul avec le bébé, n'est-ce pas ?

— Oui, et elle refuse de cesser de pleurer, reconnut Brad, se demandant comment un bébé aussi petit pouvait produire un bruit aussi assourdissant. J'espérais que Sheila aurait peut-être une idée des raisons de cette mauvaise humeur.

— Désolé, mon vieux. Sheila est partie avec Abby faire du shopping pour la soirée de Noël organisée pour les enfants du foyer d'accueil pour femmes de Sommerset. Sunnie a peut-être faim, qui sait ? Lorsque Sheila s'occupait d'elle, il m'était déjà arrivé de remarquer que cette petite n'avait aucune patience lorsqu'il était question de son biberon.

— Elle a pris son biberon il n'y a pas très longtemps, et tout allait bien jusqu'à il y a une dizaine de minutes. Puis elle s'est mise à pleurer et elle ne s'est plus arrêtée depuis.

— Elle a peut-être besoin que tu changes sa couche.

— Je viens de le faire, répondit Brad en s'approchant de la balancelle où sa nièce hurlait de plus belle. J'ai essayé de la balancer, de la bercer contre mon épaule en marchant, mais rien ne semble fonctionner.

— Mon vieux, je ne sais quoi te répondre, dit Zeke d'un ton embarrassé.

Il marqua une pause, avant de reprendre :

— Attends une seconde. La voiture d'Abby vient de s'arrêter dans l'allée. Je vais expliquer la situation à Sheila, et elle te rappellera.

— Merci, Zeke. Tu me sauves la vie.

Brad coupa la communication, jeta son téléphone sur le canapé et, prenant Sunnie dans les bras, recommença à arpenter la pièce en la berçant contre lui.

Il détestait devoir déranger Zeke et Sheila. Ils étaient jeunes mariés, et ils devaient avoir des façons plus agréables de passer leurs soirées que de lui donner des conseils de puériculture. Mais il était à bout de solutions et, au moins, il avait le courage d'admettre qu'il avait besoin d'une aide extérieure.

— Tout va bien, mon bébé, roucoula-t-il en tapotant son petit dos. On va trouver une solution.

Pour toute réponse, Sunnie se mit à hurler de plus belle, et, pour la première fois de sa vie, Brad sentit le poids accablant de l'échec. Il avait cru bien agir en adoptant la fille de son frère, Michael, décédé dans des circonstances tragiques. Mais, si la journée d'aujourd'hui était un bon indicateur de ses aptitudes à s'occuper d'un enfant, peut-être s'était-il fourvoyé. Bien sûr, il maîtrisait maintenant le changement de couches et la préparation du biberon, mais il devait reconnaître son ignorance totale lorsqu'il s'agissait de comprendre l'origine de ces pleurs et le meilleur moyen de les faire cesser.

Pourquoi Zeke et Sheila mettaient-ils aussi longtemps à le rappeler ? se demanda-t-il, consultant sa montre. Une bonne dizaine de minutes s'étaient écoulées depuis que Zeke lui avait assuré que Sheila allait le faire.

Sunnie hurlait dans ses oreilles comme une petite diablesse si bien qu'il n'entendit pas tout de suite que quelqu'un sonnait à sa porte. Submergé par une vague de gratitude, il se précipita pour ouvrir, pensant trouver Sheila sur le seuil.

— J'apprécie énormément…

Le reste de sa phrase mourut sur ses lèvres. Ce n'était pas Sheila qu'il avait en face de lui, mais Abby, la main levée, qui s'apprêtait à sonner une seconde fois. *Génial*, songea-t-il. La dernière chose dont il avait besoin, c'était qu'elle soit de nouveau le témoin de son ignorance en matière de soins à prodiguer aux bébés.

— Rassure-toi, je ne suis pas plus heureuse de me trouver ici que tu ne l'es de me voir, dit-elle en passant devant lui sans lui accorder un regard. Mais Sheila a eu un malaise pendant que nous faisions nos courses, et elle m'a demandé de passer pour m'assurer que Sunnie et toi alliez bien.

Apparemment, il n'avait pas très bien dissimulé l'agacement qu'il avait éprouvé en la revoyant. Néanmoins, comme les cris du bébé ne semblaient pas devoir cesser, bien au contraire, l'aide d'Abby était préférable à l'absence totale d'aide.

— Rien ne marche, dit-il d'un ton découragé. Elle se calme un peu et semble sur le point de s'endormir, puis, tout à coup, elle rouvre les yeux et se met à hurler de plus belle.

Abby ôta rapidement son manteau et le lui tendit avec son sac à main, puis elle lui prit le bébé des bras.

— Calme-toi, mon ange. Tout va bien. Je suis ici pour t'aider. Où est sa tétine ?

Il lui tendit celle qu'il avait inutilement proposée à Sunnie à de nombreuses reprises, et Abby la glissa dans la bouche du bébé qui l'accepta sans hésitation. Une seconde après, les pleurs de Sunnie commencèrent à baisser en intensité.

— Tu as un fauteuil à bascule ?

Il lui avait suffi d'apparaître et de prendre le bébé dans ses bras pour que le niveau sonore baisse de plusieurs décibels, songea-t-il, un peu vexé, en allant poser son manteau sur le banc du vestibule. Qu'avait-elle donc qu'il n'avait pas ?

Il lui fit signe de le suivre dans le salon, et

lui indiqua d'un geste le fauteuil à bascule tout neuf dont il avait fait l'acquisition juste avant de ramener Sunnie chez lui. Les mains au fond des poches de son jean, il observa Abby qui s'asseyait et commençait à bercer le bébé contre elle. Une minute plus tard, les pleurs de Sunnie s'étaient taris, et seul un gémissement occasionnel venait troubler le silence. Il devina que son petit ange était sur le point de s'endormir.

— Lorsque j'ai essayé de la bercer, ses cris ont redoublé d'intensité, fit-il remarquer, incapable de dissimuler son dépit.

— A mon avis, tu es nerveux à l'idée de t'occuper d'elle tout seul, et Sunnie le sent.

— Je ne suis pas du tout nerveux, grogna-t-il. J'appréhende peut-être un peu d'être seul responsable d'elle, mais je ne suis pas du genre à m'angoisser.

— Nervosité, appréhension, c'est du pareil au même, répliqua-t-elle en riant. En tout cas, elle le sent, et elle te fait savoir que ce n'est pas à son goût, de la seule manière qu'elle connaisse.

Se sentant un peu insulté, il fusilla du regard la femme en train de bercer tranquillement sa nièce.

— Alors, d'après toi, c'est ma faute si elle ne cesse pas de pleurer ?

— Pas entièrement, concéda-t-elle. Une partie du problème, c'est qu'elle lutte pour rester éveillée. Elle découvre le monde autour d'elle, et elle craint probablement de manquer un épisode intéressant.

Pendant qu'Abby berçait Sunnie dans le fauteuil à bascule, Brad passa dans la cuisine pour préparer du café, espérant que Juanita avait confectionné une de ses fameuses tartes aux pommes avant de partir. Le moins qu'il puisse faire, c'était offrir une tasse de café et un peu de tarte à Abby pour la remercier d'avoir ramené le calme dans la maison.

Lorsqu'il retourna dans le salon, Sunnie était profondément endormie. Abby leva les yeux et lui sourit.

— Je crois que nous ne devrions pas risquer de la réveiller, dit-elle à voix basse. Si tu me montres sa chambre, je la mettrai moi-même au lit.

Ils montèrent l'escalier et entrèrent dans la chambre du premier étage qu'il avait transformée en nursery, et il ne put s'empêcher de remarquer le naturel des gestes d'Abby vis-à-vis du bébé. Si une femme était faite pour être maman, c'était bien Abigail Langley. Quel dommage qu'elle n'envisage pas de se donner cette chance.

Lui-même était devenu père par le biais de l'adoption. Abby, elle aussi, pouvait devenir mère en adoptant un bébé. Il lui suffisait de rester ouverte à cette possibilité. Mais, apparemment, elle n'y était pas disposée, et ce n'était pas son rôle que de le lui suggérer.

Tandis qu'elle installait le bébé dans son berceau, il alluma la caméra et prit le moniteur vidéo pour l'emporter avec eux dans le salon.

— Je te remercie d'être passée, dit-il alors qu'ils redescendaient l'escalier. C'est la seconde fois aujourd'hui que tu viens à ma rescousse.

— J'ai remarqué que Sunnie portait une couche propre. Dois-je en conclure que tu as maîtrisé ce challenge ?

— En réalité, cela s'est avéré bien plus facile que de la mettre au lit le soir, répondit-il en souriant. Que dirais-tu d'une tasse de café et d'une part de tarte ?

— Je… devrais rentrer et te laisser profiter de ta paix retrouvée, dit-elle en allant jusqu'au banc où il avait posé son manteau et son sac. Si tu as d'autres problèmes, n'hésite pas à m'appeler.

Avant qu'elle ait le temps de ramasser ses affaires, il posa une main au creux de son dos et la poussa gentiment vers le salon.

— Je dois avouer que la compagnie d'un adulte durant un petit instant me ferait le plus grand bien. Comme tu as pu le constater ce soir, Sunnie n'est pas encore capable de conversation spirituelle.

— Certes, répondit Abby en allant s'asseoir sur le canapé. Mais tu dois au moins reconnaître qu'elle sait déjà se faire comprendre.

— C'est le moins qu'on puisse dire. J'en ai encore les oreilles qui sifflent.

— Si cela ne te fait rien, je crois que je vais m'abstenir de café et de tarte. Si je bois du café à cette heure-ci, je ne dormirai pas de la nuit.

— Puis-je te proposer autre chose ? fit-il. Je n'ai pas d'alcools, mais je devrais pouvoir te trouver un jus de fruits dans le réfrigérateur.

Sadie, la sœur de Brad, avait confié un jour à Abby que ce dernier ne buvait jamais rien de plus fort que du café ou du thé glacé, parce que leur frère aîné avait été dépendant de l'alcool et des drogues et qu'il avait péri de façon tragique dans un accident de voiture.

— Je ne bois pas beaucoup non plus, convint-elle. Un verre de vin au dîner de temps à autre, c'est tout.

Brad s'installa confortablement dans le fauteuil moelleux jouxtant le canapé.

— Comprends-moi bien, reprit-il, je n'ai rien contre une consommation d'alcool modérée. C'est lorsque les gens ne savent pas s'arrêter que cela devient un problème.

— Comme cela l'a été pour ton frère ?

Brad hocha la tête.

— Michael a toujours été un fils rebelle, et il aurait fait n'importe quoi pour humilier notre père. Quel meilleur moyen d'y parvenir qu'en devenant l'ivrogne de la ville ?

Elle devinait que Brad en voulait un peu à son frère d'avoir ainsi humilié la famille Price, et elle comprenait parfaitement ce qu'il ressentait. Lors de sa dernière année au lycée, elle aussi avait souffert d'un scandale auquel sa famille avait été mêlée. Elle se souvenait encore des ragots et des spéculations qui avaient couru à leur sujet, et cela avait été l'un des pires chapitres de toute sa vie.

— Beaucoup d'adolescents sont tentés par les comportements à risques, observa-t-elle d'une voix douce. Je suis sûre que Michael n'avait jamais imaginé que cela deviendrait un énorme problème pour lui et pour sa famille.

— Tu as probablement raison. Malheureusement, Michael n'a jamais pu s'en sortir, et les choses n'ont fait qu'empirer lorsque notre père l'a chassé de la maison.

Abby n'avait que peu connu Michael, mais elle se souvenait de sa réputation de fêtard invétéré.

— Est-ce parce que ton père ne voulait plus de lui à la maison qu'il a quitté Royal ? demanda-t-elle.

— Papa avait atteint les limites de sa patience, expliqua Brad. Dans un accès de colère, il lui a ordonné de disparaître de sa vue et, plutôt que d'attendre qu'il se soit calmé, Michael est parti. Nous n'avons plus eu la moindre nouvelle de lui jusqu'à il y a environ huit mois, lorsqu'on nous a informés qu'il était mort.

— La mort de Michael a dû briser le cœur de ton père, observa-t-elle.

Elle pouvait à peine imaginer le degré de désespoir qui avait conduit le père de Brad à prendre une décision aussi radicale. Perdre son fils avant d'avoir pu se réconcilier avec lui avait dû être dévastateur pour lui.

— Je suis sûr qu'il en souffrait plus qu'il ne le montrait, répondit Brad avec un regard insistant. Mais jamais il n'aurait pu faire autrement. Tu sais combien les apparences sont importantes pour lui. Sadie n'aurait pas pris la décision d'aller s'installer à Houston lorsqu'elle est tombée enceinte des jumelles si elle n'avait pas craint d'avoir à affronter la désapprobation de notre père.

A cette époque-là, Abby vivait à Seattle, et elle travaillait dans la société de développement de réseaux informatiques qu'elle avait créée avec l'une de ses amies d'université juste après l'obtention de leur diplôme. Ce n'est qu'en rentrant à Royal pour épouser Richard, après avoir vendu ses parts avec un joli profit, qu'elle avait appris toute l'histoire de la grossesse de Sadie et de son départ pour Houston.

— Je suis heureuse qu'elle ait décidé de rentrer à Royal, dit-elle avec sincérité. Si elle était restée à Houston, Rick et elle ne se seraient peut-être jamais revus.

La sœur de Brad était tombée enceinte après une unique nuit dans les bras de Rick Pruitt, juste avant que le fringant marine soit envoyé en mission au Moyen-Orient. Ils avaient alors perdu tout contact, et ce n'est que trois ans plus tard qu'ils s'étaient retrouvés par hasard au club-house du TCC. Aujourd'hui, ils étaient mariés et heureux avec leurs adorables jumelles, âgées de deux ans, et l'avenir leur souriait.

— Le caractère de mon père s'est adouci au fil des ans, et il a été heureux de voir revenir Sadie et ses deux filles, poursuivit Brad. Tout s'est donc arrangé pour le mieux.

Il jeta un coup d'œil au moniteur vidéo, avant d'ajouter d'un ton inquiet :

— Tu crois que Sunnie va bien ? Elle pleurait vraiment fort, tout à l'heure.

— Cela arrive parfois aux bébés, le rassura Abby.

Elle réprima un sourire amusé. C'était la première fois qu'elle voyait Brad perdre sa belle assurance, et elle trouvait que la situation ne manquait pas de piquant.

— Je suis sûre qu'elle va très bien, Brad. Sincèrement.

— J'espère que c'est le cas, marmonna-t-il.

— Cet après-midi, tu as affirmé que tu n'avais

nullement l'intention d'engager une nounou, reprit-elle alors qu'il fixait de nouveau l'écran du moniteur, comme pour se rassurer. Tu aurais peut-être l'esprit plus tranquille si tu avais quelqu'un pour t'aider à t'occuper du bébé.

— Je ne suis pas tout à fait certain qu'il soit dans l'intérêt de Sunnie que je la confie aux soins d'une autre personne.

— Tu comptes vraiment assumer cette tâche sans aucune aide extérieure ?

Elle n'avait pas eu l'intention de laisser transparaître son incrédulité, mais les hommes à la tête d'une fortune comme celle que Bradford Price avait amassée employaient généralement du personnel pour s'occuper de leurs enfants, même lorsqu'ils étaient mariés.

— Oui, bien sûr, répondit-il d'un ton assuré.

Il marqua une pause, avant de poursuivre :

— Il ne s'agit pas de moi ni de mon petit confort. Il s'agit de Sunnie. Durant sa courte vie, elle a été abandonnée par sa mère, utilisée comme un pion dans une tentative d'extorsion de fonds, et est passée de main en main, d'un inconnu à un autre. Elle n'a jamais vraiment eu le temps de créer un lien avec une autre personne. Elle mérite beaucoup mieux que cela.

Abby ne pouvait qu'adhérer à cette analyse. Sunnie était le fruit de l'unique nuit que Michael avait passée dans le lit d'une femme sans scrupule, complice d'un trafiquant de drogue, qui, après avoir accouché du bébé, avait tenté de l'utiliser pour extorquer de l'argent à la famille Price. Les deux complices avaient envoyé des lettres de chantage à Brad ainsi qu'à plusieurs autres membres du TCC, affirmant à chacun d'entre eux qu'il était le père de l'enfant, dans le but d'obtenir le plus d'argent possible.

Toutefois, lorsque Brad et les autres cibles des maîtres chanteurs avaient refusé de payer, ceux-ci avaient renoncé à leur plan initial et abandonné le bébé devant l'entrée du TCC, avec une lettre épinglée à sa couverture désignant Brad comme son géniteur. Des tests ADN avaient démontré que Brad n'était pas son père, mais qu'il existait un lien génétique entre Sunnie et lui. Zeke avait alors ouvert une enquête et retrouvé la mère du bébé, qui avait avoué que le père de l'enfant n'était pas Brad mais Michael. Soit par devoir envers son frère, soit parce que Sunnie avait capturé son cœur, Brad avait décidé d'assumer la responsabilité de sa nièce et avait aussitôt entrepris les démarches en vue de son adoption.

— Je salue ton dévouement, dit-elle, en choisissant soigneusement ses mots. Mais ne penses-tu pas qu'il serait sage d'accepter un peu d'aide ? Au moins jusqu'à ce que tu aies pris un peu plus l'habitude de t'occuper d'elle tout seul ?

— Elle a vu trop de gens aller et venir dans sa vie, répondit-il avec un haussement d'épaules. Je veux qu'elle sache que je ne suis pas un simple intervenant qui va s'occuper d'elle jusqu'à l'arrivée du prochain inconnu. Je veux qu'elle comprenne très tôt que je serai toujours là pour elle. C'est pourquoi j'ai décidé de travailler à la maison durant les six prochains mois.

— Je vois que tu as mûrement réfléchi à la question, remarqua-t-elle d'une voix douce, impressionnée par sa détermination à faire tout ce qui était en son pouvoir pour apporter du bonheur à la petite Sunnie.

— En effet, confirma-t-il. Mon assistante gère le quotidien de la société, et lorsqu'elle rencontre un problème trop ardu pour elle, elle m'envoie un e-mail ou un fax. Lorsque Sunnie aura un an, je réévaluerai la situation, et je déciderai si je continue à travailler à la maison ou si je retourne au bureau.

Brad avait gagné le respect d'Abby lorsqu'elle avait appris qu'il comptait adopter Sunnie et l'élever comme sa propre enfant. Mais ce respect venait de se transformer en admiration. Elle connaissait beaucoup d'hommes dotés d'une fortune égale à la sienne et d'une position similaire dans la communauté qui n'auraient pas songé une seule seconde à consentir de tels sacrifices pour leurs propres enfants, et encore moins pour une nièce adoptée.

Le contraste entre Bradford Price, le play-boy génie de la finance, et Brad Price, le nouveau papa au merveilleux dévouement, était saisissant. Abby avait besoin de temps pour assimiler et comprendre ces deux facettes de sa personnalité. Il avait été plus facile de voir en lui son sempiternel rival et son impitoyable adversaire dans la course à la présidence du TCC que l'homme pratique et chaleureux qu'elle avait découvert au cours de cette journée.

Décidant qu'il était urgent de mettre un peu de

distance entre eux, elle consulta ostensiblement sa montre et se leva.

— Je dois rentrer, déclara-t-elle. J'ai besoin de me lever tôt demain matin pour aider Summer Franklin dans sa campagne de collecte de dons.

— Autrement dit, tu comptes placer ces affreux flamants roses en plastique sur la pelouse d'un innocent citoyen de cette ville jusqu'à ce qu'il accepte de contribuer généreusement au foyer d'accueil pour femmes Helping Hands ?

— C'est pour une bonne cause, se défendit Abby.

— Je n'ai jamais dit le contraire, répondit Brad en riant. Mais, des flamants roses ? Sérieusement, ils auraient pu imaginer quelque chose de meilleur goût.

Dans le vestibule, elle ramassa son manteau et son sac avant de se tourner vers lui.

— S'ils étaient jolis, les gens seraient moins pressés de les voir partir, et nous ne collecterions pas autant de dons.

— Je suppose que ton argument se tient. Mais rends-moi un service.

— Lequel ? demanda-t-elle alors qu'il lui prenait son manteau des mains pour l'aider à l'enfiler.

Il plaça les mains sur ses épaules et, la retournant gentiment face à lui, lui sourit.

— Lorsque tu arriveras devant ma propriété, je t'en prie, ne ralentis pas ! Je ferai un don substantiel à Helping Hands pour avoir le privilège de ne pas les voir.

Avant qu'elle comprenne ce qui lui arrivait, il la prit dans ses bras et la serra contre lui.

— Merci encore d'être venue à ma rescousse ce matin, et de nouveau ce soir. Je t'en suis très reconnaissant, chérie.

Pour une raison inconnue, ce terme affectueux que la plupart des Texans employaient à tout bout de champ avec les femmes déclencha un nouveau frisson dans tout son corps et la ramena instantanément à ce moment magique où Brad l'avait embrassée sous le gui. A quel moment de sa vie cet homme autrefois chétif, son rival de toujours, avait-il acquis cette musculature impressionnante ? Et pourquoi se sentait-elle si bien dans ses bras ?

Elle s'éloigna précipitamment de lui et se dirigea vers la porte, espérant qu'il n'ait pas remarqué qu'elle était restée dans ses bras un tout petit peu plus longtemps que nécessaire pour une accolade entre amis.

— Si cela peut te rassurer, je te garantis que ces flamants roses ne seront pas sur ta pelouse demain matin lorsque tu te réveilleras.

— Tu m'en vois soulagé, ironisa-t-il, les mains au fond des poches de son jean.

Elle sortit et se retourna une dernière fois, incapable de s'empêcher de lui lancer une dernière pique :

— Mais ne te fais pas trop d'illusions, Price. Ton heure viendra, et ceci quand tu t'y attendras le moins.

Avait-elle perdu la tête ? songea-t-elle avec irritation en regagnant sa voiture. Pourquoi, après toutes ces années, remarquait-elle tout à coup la musculature impressionnante de Brad ? Pourquoi se sentait-elle tellement en sécurité dans ses bras, et pourquoi son cœur battait-il aussi vite ? Cela faisait-il donc si longtemps qu'elle n'avait pas serré un homme dans ses bras que même Bradford Price lui faisait un tel effet ?

Sans doute, décida-t-elle, contournant l'allée circulaire pour regagner la rue. Elle était folle à lier.

Elle n'avait pas besoin qu'un homme la serre dans ses bras, et surtout pas un play-boy comme Bradford Price. Son regard noisette pénétrant et sa beauté virile ne laissaient présager que de gros problèmes. Qu'elle n'avait nulle envie d'affronter.

D'ailleurs, après avoir connu la douleur de perdre son mari, elle n'était pas prête à donner son cœur à un autre homme et à courir le risque de revivre la même situation. Elle était une survivante, et c'est en se consacrant à diverses associations caritatives qu'elle avait surmonté les nombreuses déceptions qui avaient émaillé sa vie depuis un an. Et, même s'il lui arrivait parfois de ressentir la solitude, elle misait sur son engagement social pour l'atténuer. C'était bien moins dangereux pour la paix de son esprit que la combinaison presque irrésistible d'un Bradford Price aux biceps d'acier et au physique de star d'Hollywood et du plus délicieux petit bébé sur lequel elle ait jamais posé les yeux.

— Combien de temps crois-tu que nous devrons rester avant de pouvoir nous esquiver élégamment ? chuchota Brad à l'oreille de Zeke.

Ce cocktail informel avait été organisé en

l'honneur des candidats aux divers postes électifs du TCC, et c'était l'unique raison pour laquelle il avait accepté l'invitation. Il avait siroté son eau minérale, socialisé poliment avec les autres invités et compté les minutes qui le séparaient du moment où il pourrait rentrer chez lui.

— Pourquoi tant de hâte ? s'étonna Zeke. Je pensais que tu te réjouirais de pouvoir échapper pour un soir à tes devoirs de père. Après tout, cela fait déjà une semaine que tu t'occupes de Sunnie sans aucune aide.

Brad haussa les épaules.

— Sunnie n'est pas la championne du monde de l'endormissement rapide, et je suis sûr que ma sœur n'en peut plus et qu'elle attend impatiemment mon retour.

— Qu'est devenu Brad le Terrible, la coqueluche de toutes les femmes du campus ? remarqua Zeke en riant. Si tu ne fais pas attention, tu risques de ruiner ta réputation de play-boy de classe internationale.

— Les chroniques de mes conquêtes passées ont été très exagérées, assura Brad, esquissant un sourire. Si tu te souviens bien, c'était moi qui restais dans ma chambre pour étudier pendant que Chris Richards et toi faisiez les jolis cœurs en ville.

— Oui, une fois ou deux peut-être, répliqua Zeke avec un large sourire. Mais si *tu* te souviens bien, Chris et moi passions la plupart de nos soirées à étudier avec toi.

Alors que son ami et lui se laissaient aller à ces réminiscences du temps passé en compagnie de leur ami Chris — un autre membre du TCC —,

Brad aperçut Abby qui venait de faire son entrée dans le grand salon des Whelan. Vêtue d'un ensemble pantalon noir et d'un chemisier de soie rose poudre, elle était absolument éblouissante. A sa grande surprise, il se rendit compte qu'il avait du mal à respirer.

Zeke avait peut-être raison, décida-t-il, s'efforçant de ne pas la fixer avec trop d'insistance. Il avait besoin d'une soirée de liberté. Si la vue de son adversaire de toujours éveillait ainsi son intérêt, cela signifiait clairement qu'il avait besoin de compagnie féminine.

— On dirait que Sheila essaie d'attirer mon attention, dit Zeke en se tournant vers son épouse. Je crois qu'elle ne se sent toujours pas très bien, et qu'elle a envie de rentrer à la maison.

— A-t-elle consulté un médecin ? s'enquit Brad, inquiet pour celle qui serait bientôt la marraine de Sunnie.

— Pas encore, reconnut Zeke d'un ton soucieux. Elle a rendez-vous demain.

Il reposa sa coupe de champagne sur le plateau d'un serveur qui passait à proximité.

— Je te verrai après-demain à la réunion avec le président de la ligue de football, ajouta-t-il.

— Dis à Sheila que j'espère qu'elle se sentira mieux bientôt, lança Brad alors que son ami le laissait pour rejoindre son épouse.

— Je me fais du souci pour Sheila, déclara Abby en arrivant à sa hauteur.

— Zeke aussi, mais je suis sûr qu'elle se remettra

rapidement, répondit Brad. Tu es très en beauté, ce soir.

— Vraiment ? dit-elle en le dévisageant d'un air soupçonneux.

— Je ne l'aurais pas dit si je ne le pensais pas, assura-t-il, étonné par sa question.

— Dans ce cas, merci.

— Pourquoi douterais-tu de ma sincérité ?

Elle éclata d'un rire franc, qui fit naître une étrange chaleur au creux de la poitrine de Brad.

— Tu as vraiment besoin de me poser une telle question ? Tu ne m'as pas habituée à cela, Price. Des insultes voilées et des plaisanteries à mes dépens, peut-être. Mais des compliments ? Jamais.

Brad fut sur le point de réfuter ces accusations en bloc, mais il se ravisa presque aussitôt. Elle avait raison. Lorsqu'elle avait été admise au conseil d'administration du TCC, il n'avait pas lésiné sur les commentaires et les plaisanteries à son sujet. Avec le recul, il n'en était pas très fier. Dès lors, il ne devait pas s'étonner qu'elle doute de sa sincérité lorsqu'il lui faisait un compliment.

Il toussota pour s'éclaircir la voix.

— Je crois que je te dois des excuses, dit-il.

— A quel sujet ? s'étonna-t-elle.

— Chut !

Il posa son verre et la prit gentiment par le coude pour l'entraîner dans le patio des Whelan, loin des regards curieux. S'il devait la supplier à genoux de lui pardonner, il aimait autant le faire sans témoin.

— Qu'est-ce que tu complotes encore, Price ?

marmonna-t-elle en accélérant le pas pour rester à sa hauteur.

Dès qu'ils furent hors de portée des oreilles indiscrètes, Brad la saisit par les épaules pour la retenir.

— Si tu veux bien te garder de tirer des conclusions trop hâtives et me laisser finir, j'aimerais te dire que mon comportement envers toi au cours des derniers mois a été totalement déplacé.

Il marqua une pause, conscient, devant l'expression surprise de ses yeux d'azur vibrant, que c'était la dernière chose au monde à laquelle elle s'attendait de sa part.

— Je te demande de me pardonner, Abby, termina-t-il.

— Je… heu… je ne sais pas quoi répondre.

— Tu pourrais commencer par me dire que tu acceptes mes excuses, observa-t-il avec un haussement d'épaules. Mais, bien sûr, c'est à toi de décider.

— Hum… oui. Je les accepte.

— Parfait, dit-il en souriant. A présent que nous avons réglé ce détail, je veux que tu saches que mon compliment était sincère.

Il laissa glisser lentement les paumes le long de ses bras, puis s'empara de ses mains et s'écarta un peu pour mieux la contempler.

— Tu es réellement fabuleuse, Abby.

— Merci, répondit-elle d'une voix douce.

Dans la faible lumière de l'éclairage extérieur, il lui sembla — mais il n'aurait pas pu l'affirmer avec certitude — qu'elle avait rougi. Fascinant. Pour des raisons qu'il comprenait mal lui-même,

Brad l'attira à lui et la serra un long moment dans ses bras.

— Que diable crois-tu faire ? s'enquit-elle en tentant faiblement de s'écarter de lui.

— Je te serre dans mes bras comme on fait avec une amie, afin de donner plus de poids à mes excuses, expliqua-t-il, en se délectant de la sensation de son corps mince et souple contre le sien.

— Depuis quand sommes-nous des amis ?

Brad la libéra et recula d'un pas.

— Ne penses-tu pas qu'il est temps d'oublier notre rivalité et de conclure une trêve ? demanda-t-il.

— Pourquoi maintenant, après toutes ces années ? observa-t-elle d'un ton soupçonneux.

Il haussa les épaules.

— Lorsque je serai devenu président du TCC, l'une de mes premières priorités sera de restaurer l'unité au sein du club.

— Ah, vraiment ? répliqua-t-elle avec un rire moqueur. *Tu* vas être élu président ? Je savais bien que ta soudaine générosité cachait d'autres motifs.

Sans un mot de plus, elle tourna les talons et rentra. Brad la vit disparaître et, fourrant les mains au fond de ses poches, il leva les yeux vers la voûte étoilée.

Que diable lui avait-il pris ?

Ces derniers temps, il semblait ne pas perdre une occasion de toucher Abby, de la serrer dans ses bras. Tout avait commencé l'autre jour au club-house lorsqu'elle l'avait aidé à changer Sunnie. Il l'avait serrée contre lui pour la réconforter après qu'elle lui eut avoué qu'elle ne pourrait jamais devenir mère.

Mais cela n'expliquait nullement qu'il l'ait embrassée sous le gui. Et, plus tard ce jour-là, lorsqu'elle était accourue pour faire cesser les larmes de Sunnie, il avait tenté de se convaincre que s'il l'avait prise dans ses bras, c'était par pure gratitude. En vérité, un simple « merci » aurait suffi.

Ce comportement curieux avait une explication toute simple, et il n'était nul besoin d'être grand clerc pour la deviner. Il était un homme en parfaite santé, avec des appétits tout à fait normaux vis-à-vis des représentantes du sexe opposé. Depuis qu'il s'occupait de sa nièce, il avait mis entre parenthèses son intérêt pour les femmes, et il était tout à fait naturel qu'il gravite autour d'Abby, cette dernière étant la seule femme qu'il ait côtoyée au cours des dernières semaines.

Satisfait d'avoir découvert la raison d'un comportement si inhabituel pour lui, Brad alla trouver l'hôte et l'hôtesse de la soirée, les remercia pour leur accueil et entreprit de s'en aller. Il allait devoir demander à sa sœur de garder de nouveau Sunnie très bientôt, afin de se ménager une autre soirée de liberté. Jusque-là, il éviterait soigneusement tout contact avec Abby.

- 3 -

Souriant à sa nièce, Brad plaça son couffin à l'intérieur du chariot du supermarché.

— Jusque-là, tout va bien, mon bébé. Tu as été déclarée en bonne santé par le pédiatre et tu as dormi pendant toute la réunion avec les responsables de la ligue de football. A présent, il ne nous reste plus qu'à trouver du lait maternisé et des couches pour toi, une douzaine de pizzas surgelées pour moi, sans oublier le produit pour enlever les taches dont tu macules mes vêtements lorsque tu fais ton petit rot. Ensuite, nous pourrons enfin rentrer à la maison et faire une sieste.

Après avoir eu confirmation ce jour-là, au cabinet du pédiatre, que Sunnie était en parfaite santé, Brad s'efforçait de prendre tout le reste avec philosophie et de ne pas se laisser démoraliser par les choses qu'il ne pouvait changer. La vie était ainsi. Les bébés pleuraient. Ils pleuraient beaucoup. Parfois avec des torrents de larmes, parfois avec les yeux secs. Il soupçonnait fortement que Sunnie, la plupart du temps, ne hurlait que pour s'assurer qu'il restait alerte et attentif. Mais, cet après-midi-là, pendant que Zeke et Chris Richards négociaient avec les dirigeants de la ligue de football régionale les derniers détails juridiques du transfert de l'équipe semi-professionnelle qu'ils avaient décidé d'acquérir, elle avait été un ange.

La seule pensée de faire venir cette équipe à Royal le fit sourire. Comme partout au Texas, le football américain était une véritable religion pour les résidents de Royal, et ce sport avait occupé une grande partie de sa vie durant ses années de lycée, puis à l'université. Chris, Zeke et lui avaient été une force sur laquelle il fallait compter sur le terrain, et il se réjouissait de s'être associé à eux pour faire venir l'équipe dans leur ville. Toutefois, ils avaient décidé d'attendre le bal de Noël du TCC pour faire l'annonce officielle. A ce stade, ils espéraient avoir convaincu Mitch Hayward, l'ex-star du football professionnel, d'accepter le poste de directeur sportif de l'équipe. Il ne leur resterait plus alors qu'à demander à Daniel Warren, l'architecte gagnant de l'appel d'offres pour la construction du nouveau club-house du TCC, de commencer à travailler sur les plans d'un nouveau stade.

Tout en poussant son chariot dans les rayons du magasin, il ne put s'empêcher d'esquisser un sourire. Si quelqu'un lui avait affirmé il y a six mois qu'il renoncerait à travailler au bureau afin d'être disponible pour changer des couches ou qu'il pousserait un bébé dans un chariot entre les rayons d'un supermarché, il aurait ricané.

Relevant les yeux, il aperçut Abby qui venait à sa rencontre. Avec ses bottes, son jean et son T-shirt fuchsia sous un blouson en denim, elle avait l'allure typique d'une Texane élevée dans un ranch. Il ne put s'empêcher de remarquer une nouvelle fois combien elle était belle.

Il fronça les sourcils. C'était la seconde fois en quelques jours qu'il se surprenait à songer à Abby comme à une femme désirable. A présent, il était sûr d'avoir besoin d'une soirée de détente avec une femme douce, ardente et sans complications. Sitôt rentré à la maison, il appellerait Sadie pour lui demander de lui servir très bientôt de baby-sitter.

Satisfait de sa décision, il sourit de nouveau.

— Tu sembles très content de toi, Bradford, remarqua Abby en le considérant d'un air ironique. Je suppose que tu es toujours certain de ta victoire ?

— Bien entendu. Je suis aussi certain d'être élu président que tu l'es de me battre.

— A vrai dire, c'est exactement ce que je compte faire, déclara-t-elle en s'approchant du bébé. Comment va notre petit ange ?

— Sunnie a été déclarée en parfaite santé par le pédiatre cet après-midi, et elle n'a pas trop pleuré lorsqu'il lui a fait sa vaccination, répondit-il en souriant. A présent, nous allons fêter cela, elle avec un biberon et moi avec une pizza surgelée, et ensuite nous passerons une fabuleuse soirée devant la télévision.

— Je suppose que le médecin t'a averti d'une possible réaction au vaccin, et qu'il t'a informé sur ce qu'il convient de faire dans ce cas ?

— Il n'a rien oublié, assura Brad. Sunnie n'a pas beaucoup aimé la piqûre, mais elle se porte comme un charme. Tu n'as pas à t'inquiéter. Je commence à devenir un véritable expert en puériculture, et je pense que nous n'aurons plus de problèmes, désormais.

Abby leva son regard vers le sien, visiblement peu convaincue.

— J'espère que tu as raison.

— Nous nous en tirerons très bien, insista-t-il, agacé par son manque d'enthousiasme. J'ai même compris qu'il est beaucoup plus facile de l'inciter à s'endormir si elle ne sait pas que c'est ce que je fais.

Devant son irritation, Abby éclata de rire.

— Oh ! voilà qui devrait être intéressant ! Je meurs d'envie de connaître ton secret, Bradford.

— Pourquoi ne passerais-tu pas chez moi ce soir afin que je te fasse une petite démonstration ? se surprit-il à lui proposer.

Il était bien difficile de renoncer à certaines habitudes, décida-t-il. A l'évidence, elle ne le croyait pas et, soudain, lui prouver qu'elle avait tort était devenu un challenge. Depuis qu'ils se connaissaient, Abby n'avait jamais su refuser un défi qu'il lui lançait, et lui non plus.

Mais, à sa grande surprise, elle secoua la tête.

— J'adorerais assister à cet immense exploit parental dont tu sembles si fier, mais je vais devoir refuser cet honneur. J'ai travaillé au ranch toute la journée, et je suis épuisée.

— Tu as peur de reconnaître que j'ai raison et que je m'en tire très bien, n'est-ce pas ?

Ses yeux bleus se plantèrent dans les siens.

— Je souhaite peut-être simplement éviter de

te voir te couvrir de ridicule lorsque tu échoueras lamentablement.

— Je ne te crois pas une seconde, répliqua-t-il. Tu adorerais me voir échouer, et nous le savons tous les deux.

— Je reconnais que l'idée est tentante, convint-elle, tournant son regard vers le bébé. Mais je…

— Parfait, coupa-t-il. Quelle pizza préfères-tu ? *Pepperoni*, saucisse ou seulement au fromage ?

Elle fronça les sourcils.

— Je n'ai jamais dit que…

— Peu importe. Je prendrai un assortiment de pizzas surgelées et tu n'auras qu'à choisir en arrivant. Sunnie et moi t'attendons vers 18 h 30.

Sans lui laisser le temps de lui opposer un refus, il s'éloigna rapidement, poussant le chariot devant lui. Il avait vaincu sa résistance, et c'était une première petite victoire.

Il baissa les yeux vers Sunnie, qui babillait joyeusement dans son couffin.

— J'ai gagné ce round, dit-il, mais tu vas devoir m'aider pour le prochain. Abby est persuadée que je ne sais pas te faire dormir sans que tu te mettes à hurler comme une diablesse. Nous allons lui prouver qu'elle a tort, n'est-ce pas, mon trésor ?

Sunnie se mit à rire aux éclats, et ce fut sa récompense.

— Merveilleux, murmura-t-il tout bas en se dirigeant vers les caisses. Respecte ta part de notre marché, et je t'achèterai une jolie voiture pour tes seize ans.

*
* *

Abby arrêta sa voiture dans l'allée circulaire devant la villa et coupa le contact. Vraiment, elle devait avoir perdu la tête pour avoir renoncé à une soirée tranquille avec un bon livre pour venir frapper à la porte de Brad.

Elle avait passé les deux dernières heures à batailler contre elle-même, partagée entre son désir de passer du temps avec Sunnie et sa réticence à s'approcher trop près de son oncle. Elle avait même été jusqu'à décrocher le téléphone pour se décommander sous un prétexte quelconque.

Mais la perspective de tenir ce ravissant bébé dans ses bras, de jouer avec elle, avait emporté la décision. Sunnie était une petite fille heureuse et équilibrée, bien que ses premiers mois aient été éprouvants, et Abby s'était sentie incapable de renoncer à passer la soirée avec elle. Hélas, le bébé avait un gardien d'un mètre quatre-vingt-cinq de haut, tout en muscles. A son grand désespoir, elle découvrait aussi tout à coup que Brad était l'homme le plus séduisant et le plus troublant sur lequel elle ait posé les yeux depuis très longtemps. Et sans nul doute la plus grande source potentielle de problèmes. A plusieurs reprises, Sadie avait remarqué en plaisantant que Brad s'était donné pour mission de séduire toutes les femmes célibataires de Royal sans aucune exception. Pourtant, il avait apparemment renoncé à son existence de play-boy pour s'occuper d'une toute petite fille de six mois, et ce, sans l'aide d'une nounou. Parmi les hommes qu'elle connaissait, peu nombreux étaient ceux qui auraient songé à assumer de telles responsabilités, et plus rares encore étaient ceux qui l'auraient fait. Brad semblait ne pas ménager ses efforts pour être un bon père pour Sunnie, et Abby ne pouvait s'empêcher de trouver cette attitude attendrissante. Et aussi, à sa grande surprise, extrêmement sexy. C'était bien la preuve qu'elle avait perdu le peu de raison qui lui restait encore.

Se promettant de ne rester que quelques minutes avant de se retirer sous un prétexte quelconque, Abby prit une profonde inspiration et frappa à la porte.

Quelques instants plus tard, lorsque Brad vint lui ouvrir, Sunnie confortablement installée sur un bras, un T-shirt sous l'autre, elle cessa de respirer, et son cœur manqua plusieurs battements.

— Tu es… torse nu, observa-t-elle.

— Vraiment ? répliqua-t-il en riant. Je ne m'en étais pas rendu compte.

Elle s'efforça de ne pas fixer avec trop d'insistance ce torse sculptural, mais la tâche était ardue, car jamais elle n'avait vu de sa vie de musculature aussi parfaite. Ses épaules avaient-elles été toujours aussi larges ? Ses hanches aussi étroites ? Elle ne put s'empêcher de suivre des yeux la légère toison qui traçait une étroite ligne sombre entre ses abdominaux pour disparaître sous la ceinture de son jean posé bas sur ses hanches.

Comment n'avait-elle jamais soupçonné, durant toutes ces années, qu'il dissimulait ce corps fabuleux sous ses complets Armani ? Les joues brûlantes, elle détourna le regard et passa devant lui pour entrer dans le vestibule.

— Veux-tu me tenir le bébé pendant que j'enfile ce T-shirt ? s'enquit-il en refermant la porte derrière elle. Sunnie est un peu grognonne depuis que nous sommes rentrés, et elle veut être dans les bras.

Apparemment, Brad n'avait pas remarqué sa réaction en le découvrant torse nu, et c'était tant mieux. Elle avait déjà suffisamment de difficulté à maîtriser l'effet que ce spectacle avait eu sur elle sans avoir en outre à affronter ses commentaires.

Elle lui prit Sunnie des bras et l'observa discrètement pendant qu'il enfilait son T-shirt noir.

— Je crois que les bébés sont allergiques à l'odeur de linge propre, dit-il. Tous mes T-shirts ont des taches de régurgitation.

— Ne sais-tu pas qu'on place une petite serviette sur son épaule avant de donner le biberon au bébé ? répondit Abby, concentrant prudemment son attention sur la petite fille dans ses bras.

Lorsque Brad posa sa main au creux de son dos et la guida doucement vers le salon, elle fit de son mieux pour ignorer l'étrange chaleur qui irradiait dans tout son corps à ce contact.

— C'est ce que je fais, assura-t-il en riant. Mais elle glisse, ou Sunnie l'enlève. Le résultat, c'est que je change souvent de T-shirt.

— Si cela peut te consoler, le pire sera passé d'ici un mois ou deux, répondit Abby, fixant toujours le bébé dans ses bras. Normalement, vers huit mois, les bébés n'ont plus besoin de faire de rot après les repas. C'est aussi le moment où elle sera capable de s'asseoir toute seule.

— Tu sembles très bien informée, remarqua-t-il.

Son sourire lui coupa le souffle. Comment avait-elle pu rester insensible jusqu'à présent à tant de beauté masculine ?

— A une certaine époque, j'ai lu tout ce que je pouvais trouver sur les bébés et les différents stades de leur développement, expliqua-t-elle, réfléchissant déjà à l'excuse qui lui permettrait de faire une sortie honorable. C'était…

— Lorsque Richard et toi songiez à avoir un bébé ? compléta-t-il d'une voix douce.

Elle hésita un instant, puis elle acquiesça.

Il était plus facile de lui laisser penser que c'était la seule fois qu'elle s'était intéressée à la question. Or, il y avait eu un autre moment dans sa vie où elle avait cru qu'un bébé faisait partie de son avenir, mais ce souvenir était encore trop douloureux pour qu'elle puisse le partager avec quiconque.

Ils restèrent silencieux, jusqu'au moment où Sunnie reposa son front sur son épaule. Abby sentit aussitôt que sa température était anormalement élevée.

— Oh ! fit-elle. Brad, tu as un thermomètre ?

— Il y avait un de ces modèles à lecture digitale parmi les affaires de Sunnie, répondit-il. Pourquoi ?

Abby posa la joue contre celle du bébé et leva les yeux sur Brad.

— Je crois qu'elle nous fait un petit peu de fièvre.

— Je dois appeler le pédiatre ? demanda-t-il, le front barré d'un pli soucieux.

— Pas forcément, le rassura-t-elle. Va chercher

le thermomètre ; on va commencer par prendre sa température.

— Je reviens, promit-il, traversant le vestibule au pas de course.

Moins d'une minute plus tard, il lui tendit l'instrument électronique en lui reprenant le bébé des bras.

— Je ne sais pas exactement comment cet engin fonctionne, s'excusa-t-il d'un ton embarrassé. Je préfère que tu t'en charges si tu n'y vois pas d'objection.

Abby introduisit délicatement l'extrémité du thermomètre dans l'oreille du bébé et appuya sur le bouton. Le résultat apparut presque instantanément à l'écran.

— Elle n'a qu'une légère fièvre, annonça-t-elle.

— Combien ? insista-t-il, visiblement inquiet.

— Juste un tout petit peu au-dessus de la normale, assura-t-elle. Le médecin t'a-t-il prescrit un médicament pour la fièvre, suite au vaccin de cet après-midi ?

Brad acquiesça et lui confia de nouveau le bébé.

— Il m'a fait prendre des gouttes à la pharmacie. Tu crois que le vaccin a causé la fièvre ?

— Probablement.

Elle lui offrit un sourire rassurant et alla s'asseoir avec le bébé dans le fauteuil à bascule.

— Il n'est pas rare que les bébés soient grognons et fassent un peu de température après une vaccination, ajouta-t-elle.

Pendant que Brad allait chercher le médicament,

elle serra Sunnie contre elle et massa son petit dos pour la réconforter.

— Tout va bien, ma chérie. Tu te sentiras bientôt mieux.

A peine avait-elle prononcé ces mots qu'elle sentit un liquide tiède couler sur son épaule.

— Hmm ! fit-elle. J'aurais peut-être dû suivre mes propres conseils.

— La prescription est d'une dose toutes les quatre à six heures, déclara Brad en réapparaissant dans la pièce.

— Je peux t'aider pour la première dose, lui dit Abby, mais je vais devoir rentrer après.

— Pourquoi ? demanda-t-il, visiblement alarmé.

— Je crois que tu avais raison, répondit-elle en désignant la tache sur son épaule. L'odeur de linge propre semble donner la nausée aux bébés.

— Alors, elle t'a eue aussi ? remarqua-t-il en riant.

Il remplit le compte-gouttes avec la dose prescrite et administra le médicament à sa nièce avant de tourner de nouveau son regard vers Abby.

— Tu n'es pas obligée de partir, dit-il d'une voix douce. Je peux te prêter une de mes affaires.

Son offre était un peu trop tentante pour qu'elle se risque à l'accepter, aussi secoua-t-elle la tête.

— Merci, mais…

Il s'accroupit en face d'elle et plaça les mains sur les bras du fauteuil à bascule, lui coupant toute retraite.

— J'ai honte de le reconnaître, Abby, mais c'est la première fois que Sunnie est souffrante, et je me sentirais plus rassuré si tu restais encore un peu.

Il tendit la main pour caresser la joue du bébé. Dans ce geste, ses doigts effleurèrent la poitrine d'Abby, et sa voix devint un murmure quand il ajouta :

— Au moins jusqu'à ce que la fièvre soit retombée.

Abby comprenait aisément l'appréhension de Brad. Il commençait à peine à être à l'aise dans son rôle de père, et ce premier état fiévreux devait avoir quelque chose d'effrayant pour lui, même s'il ne s'agissait que d'une petite réaction à un vaccin. Or, le contact de ses doigts contre une zone particulièrement sensible de sa peau, même à travers le tissu, avait généré une onde de désir dans tout son corps, et son instinct de conservation lui criait de sortir de cette maison au plus vite. Elle devait s'excuser et partir. Tout de suite.

— Je suis certaine que Sheila ou Sadie seront heureuses de venir t'aider, répondit-elle, intriguée par son air indécis.

C'était une facette de Brad qu'elle ne connaissait pas, et qui contrastait fortement avec l'homme conquérant et sûr de lui qu'elle avait connu toute sa vie. Et, sans vraiment comprendre pourquoi, elle en était tout attendrie.

— Zeke et Sheila sont partis en week-end, dit-il. Et Sadie, Rick et les filles sont allés à Somerset pour le festival des lumières de Noël.

Abby aurait pu refuser, mais elle croisa son irrésistible regard noisette. Elle ne l'avait jamais vu aussi inquiet, et même si cet argument était discutable, elle se dit qu'il n'avait personne d'autre pour l'aider.

— Bon, d'accord, capitula-t-elle. Mais juste un petit moment.

— Je vais t'apporter un de mes T-shirts pour que tu puisses te changer, dit-il en se redressant, visiblement soulagé.

Elle fut à deux doigts de lui répondre que c'était inutile. Porter son T-shirt lui semblait être un peu trop intime pour des personnes qui n'avaient eu que des rapports de compétition durant presque toute leur vie. Mais la tache sur son chemisier était plutôt étendue, et la sensation de la soie humide contre sa peau lui était très désagréable.

— Et voilà ! s'exclama-t-il en réapparaissant dans le salon avec un T-shirt de coton. La salle de bains se trouve là-bas, au bout du couloir.

Elle la trouva sans difficulté. Derrière la porte fermée, elle déboutonna rapidement son chemisier. Heureusement, le T-shirt que Brad lui avait choisi était gris anthracite et relativement épais. Au moins, son soutien-gorge ne serait pas aussi visible qu'avec un T-shirt blanc.

En l'enfilant, elle eut l'impression que l'homme qui l'attendait dans le salon la prenait dans ses bras. Elle ferma les yeux et huma la fragrance masculine. Un mot lui vint alors à l'esprit : sexy.

Elle rouvrit brusquement les yeux, consternée. Brad sentait peut-être merveilleusement bon, mais elle ne pouvait pas se permettre de s'intéresser à un homme, et surtout pas à celui qui avait été pour elle comme une épine dans le pied durant toute sa vie.

D'ailleurs, l'attachement était une menace pour la paix de son esprit. Sa mère et elle avaient beaucoup souffert lorsque son père les avait abandonnées pour s'enfuir avec sa jeune assistante. Ensuite, alors qu'Abby avait retrouvé suffisamment de foi en l'amour pour se risquer à se marier, Richard, son époux, avait été foudroyé par un anévrisme cérébral, un an auparavant. Enfin, il y a à peine quelques mois, la mère du bébé qu'elle était censée adopter avait rompu leur accord. Elle en avait eu le cœur brisé. Elle avait alors décidé qu'elle ne prendrait plus jamais le risque de perdre une personne qu'elle aimait.

Prenant une profonde inspiration, elle redressa les épaules, sa résolution prise : elle allait aider Brad avec son adorable nièce, puis elle se sortirait de cette situation aussi rapidement que possible.

— Je crois qu'elle s'est finalement endormie, dit Brad à voix basse. Crois-tu qu'il soit indiqué de reprendre sa température ?

Abby et lui s'étaient relayés toute la soirée, berçant Sunnie dans leurs bras, la promenant dans toute la pièce. Dissimulant un bâillement derrière sa main, elle acquiesça.

— Oui. La dernière fois qu'on a vérifié, elle était normale, mais j'aimerais être sûre que la fièvre est vraiment tombée avant de rentrer à la maison.

Il prit le thermomètre et s'approcha du fauteuil à bascule où elle était assise, Sunnie dans les bras. Cet après-midi-là, lorsqu'ils s'étaient rencontrés dans le magasin, elle avait mentionné avoir travaillé toute la journée dans son ranch, ce qui ne l'avait pas empêchée de passer toute la soirée à l'aider à soigner un bébé malade. Elle devait être à bout de forces, et il n'était probablement pas très prudent qu'elle reprenne le volant dans cet état de fatigue. Mais, la connaissant, il suffirait qu'il lui demande de rester pour qu'elle décide aussitôt de partir, pour le seul plaisir de le contrarier.

Les chiffres sur l'écran digital indiquaient une température normale. Réprimant un soupir de soulagement, il s'apprêtait à lui lire le résultat lorsqu'il remarqua qu'elle avait les yeux lourds et qu'elle semblait lutter pour rester éveillée.

— Quel est le verdict ? s'enquit-elle d'une voix lasse.

— Encore un peu de fièvre, dit-il.

Il détestait le mensonge, mais ce petit arrangement avec la réalité lui semblait préférable au risque qu'elle s'endorme au volant en rentrant au ranch. Comment pourrait-il vivre avec un tel poids sur la conscience ?

— Pourquoi ne prendrais-je pas Sunnie pendant que tu t'allonges un moment sur le canapé pour te reposer ? Si tu t'endors, je te réveillerai lorsque ce sera ton tour de la bercer.

Sans lui laisser le temps de protester, il lui prit le bébé des bras, l'aida à se lever et la conduisit jusqu'au canapé.

— Je crois que Sunnie va déjà mieux, dit-elle d'une voix lasse. Je vais rentrer. Si tu as d'autres problèmes, n'hésite pas à téléphoner.

— Tu es tellement plus compétente que moi que

je me sentirais bien plus tranquille si tu restais, répondit-il, s'efforçant de réfléchir rapidement.

Il avait volontairement omis de lui préciser que c'était sa sécurité à elle qui le préoccupait, non celle de Sunnie. D'ailleurs, même s'il le lui avait dit, elle ne l'aurait pas cru.

Elle hésita. Alors qu'il se préparait à essuyer un refus, elle s'assit sur le canapé et ôta ses chaussures.

— Je vais caler ma tête un moment contre les coussins et fermer les yeux pour les reposer un peu. Préviens-moi lorsque tu voudras que je te remplace.

— Je n'y manquerai pas, assura-t-il en souriant.

Moins d'une minute plus tard, Brad devina à sa respiration régulière qu'elle s'était endormie. Il baissa les yeux vers le bébé dans ses bras, espérant de tout son cœur qu'elle ne se réveillerait pas au moment où il la coucherait dans le berceau portatif qu'il lui avait préparé plus tôt. Lorsque ce fut fait et qu'il fut certain que Sunnie dormait paisiblement, il tourna de nouveau son regard vers la femme endormie sur le canapé à l'autre bout de la pièce. Il n'avait pas l'intention de la réveiller mais, s'il n'essayait pas de la placer dans une position plus confortable, elle se réveillerait le lendemain matin pleine de courbatures.

S'installant tout au bout du canapé, il la prit dans ses bras et posa sa tête sur son épaule. L'espace d'une seconde, il craignit de l'avoir réveillée, mais, au lieu de se redresser en protestant, elle posa une main sur son torse et se blottit davantage contre lui. La caresse de son souffle doux tout contre sa gorge réveilla instantanément chaque cellule de son corps, faisant pétiller son sang, et il comprit qu'il avait commis une grave imprudence en ayant voulu se montrer chevaleresque en cette occasion.

Fermant les yeux, il s'efforça de penser à tout sauf à la femme qu'il serrait dans ses bras. Il passa en revue ses statistiques de football et rejoua de mémoire tous ses matchs, depuis le lycée jusqu'à l'université, avant de renoncer enfin à ces vaines tentatives.

Il lui était impossible de penser à quoi que ce soit d'autre qu'au plaisir qu'il éprouvait à la sentir blottie contre lui, et à sa réaction inattendue lorsqu'elle l'avait surpris torse nu en arrivant, tout à l'heure. Elle croyait sans doute avoir réussi à dissimuler son intérêt, mais ses yeux étaient si expressifs qu'il n'avait pas pu s'empêcher de remarquer sa façon de le dévorer des yeux. Il n'avait pas prémédité d'aller lui ouvrir torse nu, mais il ne regrettait pas une seconde cet oubli des convenances.

Il sentit son pouls s'accélérer de nouveau. Pourquoi, ces derniers temps, sa libido se réveillait-elle d'une façon aussi impérieuse lorsque Abby se trouvait près de lui ? Et pourquoi la trouvait-il soudain si belle, si désirable ?

Pendant des années, Abigail Langley avait été sa bête noire, et cela lui convenait très bien. Oh ! bien sûr, il y avait eu une période, durant leurs années de lycée, où il l'avait trouvée attirante — il avait même songé à l'inviter au bal de promotion. Mais elle n'avait d'yeux que pour Richard Langley. Il avait alors bien vite repris son attitude initiale, à savoir la considérer comme une rivale, et il s'était consolé en sortant avec les pom-pom girls de l'équipe. Toutes les huit.

A cette époque lointaine, ce qu'il éprouvait n'était rien d'autre qu'un innocent béguin d'adolescent, et il se serait satisfait d'un simple baiser d'encouragement avant chaque match. Mais, aujourd'hui ?

Aujourd'hui, il était un homme, avec des désirs et des besoins d'homme. Un homme qui n'avait pas connu de femme depuis un certain temps. Ce qu'il ressentait aujourd'hui n'avait plus rien d'innocent.

Lorsque la main fine d'Abby glissa de son torse à son ventre, il serra les mâchoires. Il avait seulement prévu de l'installer plus confortablement, mais, ce faisant, il s'était condamné lui-même aux tourments de l'enfer.

Il prit une profonde inspiration et fit appel à toute sa détermination, ordonnant à son corps de se détendre. Sans qu'il sache trop comment, ils étaient revenus à leur point de départ. Comme autrefois, Abby était redevenue bien plus que sa rivale. Avec une différence notable : cette fois-ci, elle l'avait remarqué aussi.

- 4 -

Lorsque Abby rouvrit les yeux, les dernières brumes du sommeil se dissipèrent d'un seul coup, et elle prit rapidement conscience de l'incongruité de la situation dans laquelle elle se trouvait : il faisait jour, elle n'était pas dans son lit, et sa tête reposait… sur les genoux de Brad.

Elle leva les yeux et rencontra son regard qui lui souriait.

— Bonjour, Abby. As-tu bien dormi ?

— Je… euh… oui.

Comment avait-elle fini avec la tête sur ses genoux ? Elle se souvenait seulement avoir annoncé qu'elle allait s'allonger une minute. Elle se redressa précipitamment et repoussa ses cheveux en arrière.

— Comment va Sunnie ? demanda-t-elle. A-t-elle encore de la fièvre ?

— Elle va très bien, la rassura-t-il. La fièvre est tombée vers minuit.

— Je voulais rentrer chez moi, déclara-t-elle d'un ton ennuyé. Pourquoi ne m'as-tu pas réveillée ?

De sa main, il repoussa une boucle de cheveux

derrière son oreille, et elle se sentit frissonner à son contact.

— Je t'ai laissée dormir parce que tu étais épuisée. Il était hors de question que je te laisse rentrer chez toi en voiture, au risque que tu t'endormes au volant.

— Il était hors de question que tu me laisses rentrer chez moi ?, répéta-t-elle, outrée. Eh bien, laisse-moi te dire une chose, Bradford : je n'ai besoin ni de ta permission ni de ton approbation pour…

Sans lui laisser le temps de lui dire le fond de sa pensée, il la prit dans ses bras. Lorsque la bouche de Bradford vint se poser sur la sienne, elle fut tentée de se libérer et de lui administrer une bonne gifle. Mais la sensation de ses lèvres fermes et douces sur les siennes, de ses bras qui l'enlaçaient pour l'attirer contre sa large et solide poitrine, provoqua en elle une onde qui se répercuta dans tout son être, étouffant en elle la moindre protestation, même symbolique.

Son baiser se fit alors plus ardent, plus profond. Son cœur battait la chamade, et une délicieuse chaleur se répandit doucement dans chaque cellule de son corps. Leur baiser sous le gui au TCC l'avait déjà ébranlée, mais celui-ci la bouleversa tout à fait. Elle ne put résister à la tentation de tester de ses doigts la fermeté de ses pectoraux et les muscles noueux de ses épaules.

Il prit alors un de ses seins dans sa paume, et un frisson d'excitation la parcourut. Cela faisait plus d'un an qu'elle n'avait pas ressenti les émois du désir et de la passion. Son corps s'éveillait de nouveau à la vie dans les bras de Brad Price, et la sensation était tout à la fois délicieuse et un peu effrayante. Car ce qu'elle éprouvait dans ses bras était infiniment plus fort que tout ce qu'elle aurait jamais cru pouvoir vivre avec un homme.

S'efforçant de faire appel à ce qu'il lui restait encore de raison et de volonté, elle voulut s'écarter de lui, mais il l'en empêcha.

— Nous… n'aurions pas dû, balbutia-t-elle, haletante.

— Probablement pas, concéda-t-il sans la lâcher des yeux. Mais je ne le regrette pas une seule seconde, chérie.

Qu'attendait-il d'elle, et pourquoi ? N'était-ce qu'un stratagème pour la convaincre de retirer sa candidature avant le dépouillement du scrutin et s'attribuer ainsi la présidence du TCC par défaut ?

— Qu'est-ce que tu cherches, Brad ? demanda-t-elle sur un ton plus accusateur qu'elle ne l'aurait voulu.

Mais il n'eut pas le loisir de répondre, car quelqu'un toussota derrière eux. Ils se retournèrent simultanément.

— J'ai frappé, et, comme je n'obtenais pas de réponse, j'ai utilisé la clé que tu m'avais donnée, expliqua Sadie avec un sourire embarrassé. J'étais seulement passée pour voir comment tu t'en tirais, seul avec le bébé. Mais je vois que tout va bien.

Elle recula d'un pas.

— Je vous en prie, ajouta-t-elle, ne vous interrompez pas pour moi. Je connais la sortie.

— Non, s'il te plaît, l'arrêta Abby, fusillant du

regard Brad, qui arborait un sourire impénitent. Ne pars pas. Je m'apprêtais justement à partir.

— Non, non, insista Sadie, faites comme si je n'étais pas là. Continuez à… bavarder. Je ne faisais que passer. On m'attend au foyer d'accueil Helping Hands pour trier les jouets de la fête de Noël des enfants.

— Moi aussi, je me suis engagée à donner un peu de mon temps pour cette cause, déclara Abby, se demandant où étaient passées ses chaussures.

— Je leur dirai que tu as eu un empêchement et que tu ne pourras pas venir aujourd'hui, répondit Sadie, se retournant déjà pour partir.

— Elle a raison sur un point, remarqua Brad sans se départir de son sourire. Tu as eu un empêchement majeur. Tu as…

— Ne dis plus un mot, l'interrompit-elle en lui lançant un regard menaçant.

Elle avait l'impression que ses joues étaient en feu, et elle se sentait incapable de trouver les mots qui n'aggraveraient pas encore son embarras. Elle ferma les yeux et souhaita de toutes ses forces que tout ceci ne soit qu'un mauvais rêve. Hélas, lorsqu'elle les rouvrit, elle était toujours chez Brad, sur son canapé, et prisonnière du cercle de ses bras.

— Je dois absolument partir d'ici, marmonna-t-elle, se libérant de son étreinte pour se mettre en quête de ses chaussures.

Il se leva en même temps qu'elle.

— Merci d'être restée avec moi cette nuit.

— Je suis restée parce que Sunnie avait besoin de moi.

— Tu t'es réveillée avec la tête sur mes genoux, rappela-t-il avec un sourire entendu. Je pense que nous pouvons en conclure que tu es restée toute la nuit avec moi. Techniquement parlant, je crois aussi que l'on peut dire que nous avons dormi… ensemble.

— Attention à ce que tu dis, Brad, l'avertit-elle d'un ton sévère. Je n'ai pas dormi avec toi.

— Naturellement, il y a dormir et *dormir*, observa-t-il en riant.

Refusant d'entrer dans son badinage, elle chercha des yeux le chemisier qu'il avait passé au lave-linge plus tôt.

— Où est mon chemisier ?

— Pas encore sec, répondit-il. Comme il est en soie, je ne l'ai pas mis dans le sèche-linge. Tu devras repasser le prendre ce soir.

Elle fit volte-face et le fusilla du regard.

— Tu n'as qu'à le garder.

— C'est très gentil à toi, mais cette couleur ne me sied guère, rétorqua-t-il avec un petit rire sensuel qui la fit frissonner de la tête aux pieds. En plus, je ne suis pas sûr qu'il m'aille, alors que mon T-shirt te va très bien.

Seul le fait de n'avoir toujours pas mis la main sur son sac l'empêcha de le gifler.

— Où sont mon sac et mes chaussures ?

— J'ai rangé ton manteau et ton sac dans le placard des invités, près de l'entrée, répondit-il en se penchant pour ramasser quelque chose sous le canapé. Quant à tes chaussures, les voici.

— Merci, marmonna-t-elle.

Elle lui arracha les chaussures de jogging des mains et les laça, le plus loin possible de lui, dans un fauteuil. Puis elle se leva.

— Je demanderai au contremaître du ranch de te rapporter ton T-shirt lorsqu'il ira à Royal faire les courses dans la semaine.

Brad secoua la tête.

— Ne te donne pas cette peine, chérie. Je le récupérerai la prochaine fois que nous nous verrons.

Décidant qu'il valait mieux partir plutôt que de s'engager dans une discussion stérile avec l'homme le plus têtu du monde, elle se dirigea vers le placard au bout du couloir. Comme elle aurait dû s'y attendre, Brad lui emboîta le pas. Elle enfila rapidement son manteau avant de se tourner de nouveau vers lui.

— Je pense qu'il serait préférable de demander à Sadie ou à Sheila de venir t'aider la prochaine fois que tu auras un problème avec le bébé, déclara-t-elle avec une pointe de regret.

L'idée de ne plus voir Sunnie, de ne plus la tenir dans ses bras, la rendait triste, mais il en allait de son équilibre. Plus elle fréquentait cette merveilleuse petite fille et son oncle exaspérant, plus cela lui faisait prendre douloureusement conscience de ce qu'elle désirait le plus au monde et qu'elle ne pourrait jamais avoir — une famille bien à elle.

Au lieu de protester comme elle s'y était attendue, Brad la dévisagea un long moment, puis haussa les épaules.

— On verra.

Ce n'était pas la réponse qu'elle espérait, mais,

apparemment, elle allait devoir s'en contenter. Au moins pour le moment.

— Je te verrai au bal de Noël, dit-elle, traversant le vestibule en direction de la porte.

— Oh ! je suis certain qu'on se reverra avant.

Au même instant, le babillage d'un bébé qui venait de se réveiller capta leur attention.

— Je crois qu'on m'appelle, observa-t-il en souriant. A bientôt.

Elle le suivit des yeux une seconde alors qu'il retournait s'occuper du bébé, puis elle referma doucement la porte derrière elle et regagna sa voiture. Pourquoi avait-elle l'impression qu'on venait de la congédier ?

Il ne s'était rien passé entre eux, la nuit passée. Et, à part le baiser torride de ce matin, il ne se passerait jamais rien. Jamais.

Elle avait passé la nuit chez lui pour veiller sur Sunnie fiévreuse. Un point, c'est tout. Ce n'était tout de même pas sa faute si Brad avait préféré ne pas la réveiller. Et c'était Brad, là encore, le seul responsable du baiser de ce matin. Elle n'avait rien fait pour l'encourager. Il l'avait simplement prise au dépourvu, et elle y avait mis fin sitôt qu'elle avait recouvré ses esprits.

Satisfaite d'avoir replacé la situation dans une saine perspective, elle monta dans sa voiture et démarra. En roulant sur la longue allée privée pour regagner la route, elle passa en revue ses plans pour la journée. Elle allait prendre une douche et appeler Sadie pour lui proposer un déjeuner rapide lorsqu'elles auraient terminé de trier les jouets de l'opération Noël au foyer. Et aussi réfléchir à ce qu'elle pouvait faire pour limiter les dégâts.

Lorsque Abby aurait terminé d'expliquer à Sadie les circonstances du baiser dont elle avait été le témoin, sa meilleure amie comprendrait son point de vue. Sadie, après tout, était la sœur de Brad, et elle savait à quel point celui-ci pouvait se montrer incorrigible.

Soupirant, elle quitta la route principale pour s'engager sur la voie privée conduisant au vaste ranch où elle avait vécu avec Richard.

Peut-être lui suffirait-il de se répéter suffisamment longtemps que tout ce qui s'était passé avec Brad n'avait été qu'un concours de circonstances qui ne prêtait pas à conséquence pour commencer à s'en convaincre elle-même.

Assise en face de Sadie dans un box du Royal Diner, Abby attendait anxieusement le moment propice dans leur conversation pour aborder le sujet qui lui brûlait les lèvres. Elle avait répété une bonne dizaine de fois le discours qu'elle s'apprêtait à lui tenir et avait soigneusement pesé chaque mot pour expliquer son comportement atypique avec Brad. Elle n'eut pas à attendre très longtemps.

— Bien, dit Sadie en souriant. Je suppose que si tu m'as invitée à déjeuner, c'est pour m'expliquer ce baiser.

— Il y a une explication parfaitement simple à ce que tu as vu.

— N'est-ce pas toujours le cas ? répliqua Sadie avec un sourire entendu.

— C'était la faute de ton frère.

Abby regretta cette piètre réponse sitôt que les mots eurent franchi ses lèvres. Cette conversation avec la sœur de Brad n'allait pas se dérouler comme elle l'avait prévu. Elle était censée rester calme et raisonnable. Pourquoi alors se sentait-elle comme une adolescente prise à flirter avec le capitaine de l'équipe de football de son lycée ?

De l'autre côté de la table de Formica qui avait connu des jours meilleurs, son amie hocha la tête.

— Oh ! je ne doute pas un instant que Brad ait été l'instigateur de ce baiser. Ce que j'aimerais savoir, c'est pourquoi tu l'as laissé faire.

— Nous nous disputions, et…

— Et il t'a embrassée pour te faire taire, termina Sadie en riant. Mais cela n'explique toujours pas ta réaction.

Avant qu'Abby puisse répondre, une jeune serveuse arriva pour prendre leur commande.

— Qu'est-ce qui vous ferait plaisir, les filles ? s'enquit-elle sans cesser de mâcher son chewing-gum. Le chef vient tout juste de préparer son fameux chili, si cela vous tente.

— Bonjour, Suzy, répondit Abby. Le chili nous conviendra très bien.

— Avec deux thés glacés au citron, ajouta Sadie.

— C'est comme si c'était fait, dit Suzy en souriant.

D'un accord tacite, Abby et Sadie attendirent que leur déjeuner ait été servi avant d'aborder de nouveau le sujet du baiser. Sadie prit un biscuit salé et le trempa dans son bol avant de relever les yeux vers elle.

— Alors, explique-moi. Pourquoi n'as-tu pas protesté lorsque mon frère t'a donné un des baisers les plus torrides auxquels il m'ait été donné d'assister ? Et plus curieux encore, pourquoi lui rendais-tu son baiser avec une telle ardeur ?

— Il m'a surprise, assura Abby, n'espérant qu'à moitié que son amie se contenterait de cette explication boiteuse.

— Abigail Langley, je te rappelle que c'est à *moi* que tu parles, répliqua Sadie d'un ton sévère. Je te connais mieux que personne, et je sais parfaitement que si tu n'avais pas voulu que Brad t'embrasse, tu l'aurais arrêté avant même qu'il n'ait eu l'occasion d'essayer.

Abby s'apprêtait à nier tout en bloc, mais elle se ravisa. Sadie avait raison. Elle aurait pu mettre fin à leur étreinte avant que les choses s'emballent de la sorte, mais elle ne l'avait pas fait. Pourquoi ?

A son grand soulagement, Sadie poursuivit, sans insister pour entendre son explication.

— D'ailleurs, que faisais-tu chez lui ? Brad et toi êtes des ennemis jurés depuis l'école élémentaire. J'avais l'impression que rien n'avait changé de ce côté-là, surtout depuis que vous êtes tous les deux candidats à la présidence du TCC.

— Je… heu… c'est assez compliqué.

Sadie, qui allait porter sa cuiller à ses lèvres, suspendit son geste et dévisagea son amie, avant de reposer sa cuiller dans son bol.

— Tu avais envie de revoir Sunnie, n'est-ce pas ? suggéra-t-elle d'une voix douce.

Saisissant la perche que son amie lui tendait, Abby acquiesça. Sadie savait aussi bien qu'elle à quel point elle avait désiré un enfant et combien elle avait été inquiète pour la toute petite fille abandonnée devant la porte du TCC. Mais pour passer du temps avec le bébé, elle devait accepter la compagnie d'un oncle trop sexy pour sa tranquillité d'esprit. Comment pouvait-elle décrire avec des mots ce qu'elle ressentait pour lui, alors qu'elle ne le comprenait pas elle-même ? Comment aurait-elle pu expliquer que, même s'il l'irritait souvent au plus haut point, elle ne se sentait jamais aussi vivante que lorsqu'elle était auprès de lui ?

— Suis-je vraiment aussi transparente ? remarqua-t-elle, plus à l'aise avec l'explication de son amie qu'avec les siennes.

— Je comprends, assura Sadie, posant doucement sa main sur la sienne. Je sais comme il doit être douloureux de désirer mettre au monde un bébé et de se voir refuser cette joie. Mais une alternative existe, Abby. Tu pourrais adopter un enfant.

Consciente que son amie essayait seulement de l'aider, Abby hocha la tête. Sadie ne pouvait pas savoir qu'elle avait dû aussi renoncer à ce rêve-là.

— J'y songerai peut-être un jour, répondit-elle en soupirant.

Elles demeurèrent un moment silencieuses. Sadie fut la première à reprendre la parole.

— Alors ? Comment comptes-tu égaliser le score et punir mon frère d'avoir profité de la situation ?

— Avec un peu de chance, je gagnerai l'élection, et je pourrai enfin lui prouver une fois pour toutes que les femmes ont leur place au TCC.

— En tout cas, tu sais que tu peux compter sur mon soutien, dit Sadie en s'adossant à son siège de moleskine rouge. Brad est un peu trop installé dans ses petites routines. Il est grand temps que quelqu'un secoue un peu la branche sur laquelle il s'est endormi.

— Je crois qu'il a accompli le premier pas en prenant la responsabilité de Sunnie. Quand Juanita est partie, il ne savait même pas changer les couches.

— C'est vrai, convint Sadie. Il adore mes jumelles et, dans le rôle de tonton, il est fabuleux. Mais je vivais à Houston à l'époque où les jumelles étaient bébés. Il n'était pas là pour m'aider ni être le témoin de mes nuits blanches et des journées frénétiques que je devais endurer pour m'occuper d'elles.

— Je crois qu'il commence à comprendre, dit Abby, esquissant un sourire.

Elle décida qu'il était temps de changer de sujet.

— As-tu enfin trouvé un local pour héberger ton centre culturel familial ?

— J'espère toujours que le TCC décidera de construire un nouveau club-house, et qu'il fera don de l'ancien bâtiment à l'association, répondit Sadie. Que donnera le vote, selon toi ? Compte tenu de la situation économique actuelle, les familles ont réellement besoin d'un lieu vers lequel se tourner pour obtenir de l'aide en cas de crise.

Fronçant les sourcils d'un air pensif, Abby prit l'addition que Suzy venait de leur apporter.

— Aux dernières nouvelles, le jury était partagé, répondit-elle. La vieille garde insiste pour préserver la tradition et conserver l'ancien club-house. Les nouveaux membres, eux, souhaitent construire un nouveau bâtiment dont les plans ont été soumis par Daniel Warren.

Elles se glissèrent hors de leur box et se dirigèrent vers la caisse au bout du comptoir. Sadie leva les yeux vers la pendule au mur.

— Je dois filer, dit-elle en serrant brièvement Abby dans ses bras. Appelle-moi si tu as du nouveau, dans un sens comme dans l'autre. J'aimerais que nous commencions à travailler aussi rapidement que possible.

— Je le ferai, promit Abby en réglant l'addition.

En sortant du restaurant, elle retourna à sa voiture, et un papier plié sous l'essuie-glace attira son attention aussitôt. Elle sentit son cœur se serrer. Ce billet lui rappelait un peu trop les lettres de chantage que Brad et d'autres membres du TCC avaient reçues ces derniers mois.

Retenant sa respiration, elle saisit le papier et le déplia. Elle n'avait aucune raison de s'inquiéter. Zeke Travers avait résolu l'énigme de ces lettres lorsqu'il enquêtait pour retrouver le père de Sunnie. Le coupable avait été démasqué et allait passer le reste de sa vie en prison pour les nombreux crimes qu'il avait commis.

Elle parcourut les quelques lignes, les yeux écarquillés. L'auteur du message n'était autre que Brad, et il la prévenait que Sunnie et lui comptaient passer la voir au ranch le soir même. Abby promena son regard tout autour d'elle, mais Brad n'était nulle part. Le parking et la rue devant le restaurant étaient déserts.

Ne lui avait-elle pas expliqué assez clairement qu'il devait s'adresser à Sadie ou à Sheila s'il avait d'autres problèmes avec le bébé ?

Rouge de colère, elle remonta dans sa voiture et prit le chemin du ranch. A l'évidence, Brad avait décidé de la tourmenter, et elle était déterminée à faire cesser son manège.

S'il se présentait à sa porte, plus tard ce soir-là, elle lui dirait sans ambages qu'elle préférait qu'il la laisse seule. Sa vie tranquille et sans complications lui convenait parfaitement. Elle avait son travail de bénévole dans l'association, son action au sein du TCC et la responsabilité de l'un des plus grands ranches d'élevage de chevaux de l'Etat du Texas. L'accomplissement qu'elle trouvait en aidant les autres et le plaisir d'élever ses chevaux suffisaient largement à son bonheur. Elle n'avait nul besoin des coups de théâtre et de la tension qui allaient de pair avec la présence de Bradford Price dans sa vie.

Ce soir-là, Brad arrêta le monospace qu'il venait d'acquérir devant la grande maison du ranch d'Abby, puis il descendit et alla ouvrir la porte latérale coulissante pour sortir Sunnie de son siège bébé. Il avait encore du mal à croire qu'il avait acheté un véhicule de cette taille, et plus encore qu'il l'utilisait désormais plus souvent que sa chère

Corvette. A présent que Sunnie était entrée dans sa vie, l'heure n'était plus à chercher à impressionner la gent féminine avec son bolide, et il se devait de penser avant tout à la sécurité du bébé. Contemplant sa nièce endormie, il esquissa un sourire. C'était étrange comme les priorités d'un homme pouvaient changer en si peu de temps.

Il suspendit le sac à langer à son épaule et, saisissant la poignée de transport du siège pour bébé dans une main et le bouquet de roses qu'il avait apporté dans l'autre, il se dirigea vers l'entrée de la maison. Il avait une dette envers Abby pour toute l'aide qu'elle lui avait apportée ces derniers jours et, même si ces quelques fleurs lui semblaient un bien modeste gage de son immense gratitude, elles devraient suffire pour le moment. Dès que Juanita serait de retour de Dallas, il lui demanderait de garder Sunnie un après-midi pendant qu'il emmènerait Abby déjeuner.

Satisfait de son plan, il monta les marches de la véranda et frappa à la porte. En attendant qu'Abby vienne lui ouvrir, il jeta un coup d'œil aux alentours. Richard Langley et lui n'avaient jamais été de grands amis mais, au fil des ans, le mari d'Abby l'avait parfois invité au ranch pour des parties de poker entre hommes. L'endroit paraissait différent aujourd'hui. A l'évidence, Abby y avait apposé sa marque. Une table de rotin blanche et deux fauteuils assortis avaient remplacé les vieux fauteuils à bascule que Richard affectionnait, et de jolis carillons de bambou se balançaient doucement dans la brise à chaque extrémité de la vaste véranda.

— Que viens-tu faire ici, Brad ? demanda Abby en ouvrant la porte.

— Tu n'as pas trouvé le mot que j'ai laissé sur ton pare-brise ?

— Si, reconnut-elle, croisant les bras sur la poitrine. Je l'ai lu. Et je t'ai même envoyé un message pour te prévenir que ce n'était pas la peine de venir. Apparemment, tu n'as pas ouvert ta messagerie. Je t'expliquais que j'avais d'autres projets pour ce soir.

— J'ai bien reçu ton message, Abby, répondit-il en lui tendant le bouquet de roses. Mais j'avais promis à Sunnie qu'on viendrait te remercier pour ton aide ces jours derniers, et je ne voulais pas la décevoir.

Brad connaissait l'affection d'Abby vis-à-vis de Sunnie, et il avait conscience d'en tirer profit. Mais, pour des raisons qu'il préférait ne pas trop analyser, la perspective de ne plus revoir Abby lui était insupportable. Ce qui aurait dû suffire à le convaincre de filer très vite dans la direction opposée mais, à son grand étonnement, il avait découvert qu'il ne pouvait plus se passer de la compagnie d'Abby. Aucune autre femme n'avait représenté un tel défi pour lui. Elle l'obligeait à rester vif et alerte, et même s'il ne l'avait pas compris à l'époque, elle lui avait manqué lorsqu'elle était partie s'installer à Seattle.

Elle fixa les roses couleur pêche un long moment, puis soupira et s'effaça pour le laisser entrer.

— Je suppose que je peux attendre jusqu'à demain soir pour accrocher mes décorations de Noël.

— Pourquoi ne pas le faire tout de suite ?

Il attendit qu'elle ait refermé la porte derrière lui avant de poser le siège transportable sur le sol et d'ôter sa veste. Puis il se pencha et rabattit partiellement la couverture qu'il avait drapée autour du bébé.

— Sunnie et moi serions plus qu'heureux de t'aider à installer le sapin et toutes les décorations.

Elle s'agenouilla de l'autre côté du siège du bébé et entreprit de défaire les sangles de sécurité.

— Non, cela n'a pas d'importance, répondit-elle. Je m'en occuperai demain.

— En réalité, j'aimerais vraiment que tu me permettes de t'aider, insista-t-il. Cela me donnera peut-être des idées pour décorer la maison.

— Tu n'as jamais décoré de sapin ? s'étonna-t-elle.

Secouant la tête, Brad se redressa, la dominant de sa haute stature.

— A part acheter des cadeaux pour la famille, j'avoue que je ne me suis jamais beaucoup intéressé à Noël.

— Et je parie que c'était ton assistante qui se chargeait du shopping.

Abby avait deviné juste, et son regard perspicace le fit se sentir un tout petit peu coupable de n'avoir pas accordé plus d'attention au choix de ses cadeaux de Noël.

— Je lui suggérais une fourchette de prix, et c'était elle qui choisissait, avoua-t-il.

Avec le recul, il comprenait qu'il aurait dû au moins y mettre un peu du sien, et dire à son assistante ce qu'elle devait acheter. En réalité, la plupart du temps, il ne savait même pas ce que son assistante dévouée avait choisi jusqu'à ce que le destinataire déballe son cadeau.

— Maintenant que Sunnie vit avec toi, tu vas devoir faire davantage d'efforts pour faire de ces fêtes un moment spécial, observa Abby en prenant le bébé dans ses bras.

Alors qu'ils se trouvaient ainsi l'un face à l'autre, une idée commença à germer dans l'esprit de Brad. Il ignorait tout de la manière de transformer Noël en une expérience magique pour une enfant, mais il était prêt à parier son dernier dollar qu'Abby y avait réfléchi. Longuement.

— Tu accepterais de m'y aider ? demanda-t-il, plein d'espoir.

Abby fronça les sourcils.

— Je suis sûre que Sadie se fera un plaisir de te donner quelques idées. Après tout, avec ses jumelles, elle doit avoir une certaine expérience du sujet.

— Non, j'ai envie que Sunnie et moi créions notre propre tradition. Je ne veux pas me contenter de copier ce que ma sœur fait pour ses enfants. De plus, c'est le premier Noël que Sadie et Rick passent en famille depuis qu'ils sont mariés. Je ne veux pas les importuner.

Abby demeura silencieuse quelques secondes, comme si elle réfléchissait à ce qu'il venait de lui dire.

— Je comprends. Mais je ne suis pas certaine d'être la personne la mieux qualifiée pour te prodiguer de bons conseils.

— Moi, je suis sûr du contraire, dit-il en s'approchant. Allez, chérie, fais-moi plaisir. Dis-moi que tu m'aideras à faire de ce Noël une expérience unique pour Sunnie.

Il la vit fermer les yeux comme si elle hésitait à prendre une décision. Lorsqu'elle les rouvrit, elle secoua la tête.

— Je ne le ferais pas pour t'aider, l'avertit-elle. Je le ferais seulement pour Sunnie.

— Bien entendu, convint-il, en prenant soin de cacher la jubilation qu'il ressentait.

Que ce soit pour lui ou pour Sunnie, Abby allait faire ce qu'il lui avait demandé, mais, conscient de ne pas vouloir gâcher sa chance, il jugea préférable de s'abstenir de tout commentaire.

Il prit une profonde inspiration. Il était plus que temps pour lui d'admettre ce qu'il avait refusé d'envisager depuis qu'il l'avait embrassée sous le gui, ce jour-là dans le club-house. Il y avait autre chose que de la rivalité entre eux, et il soupçonnait qu'elle en était aussi consciente que lui. Le problème désormais était de savoir quoi en faire. Etait-il prêt à reconnaître qu'il y avait une alchimie entre eux, qui existait probablement depuis leur enfance ?

Il n'en était pas certain. Cela équivaudrait à ouvrir la boîte de Pandore, et les conséquences étaient imprévisibles. En règle générale, il préférait les femmes qui n'attendaient rien d'autre que de passer un moment agréable avec lui. Mais Abby n'était pas de celles-là, et elle ne le serait jamais. Abigail Langley était une femme qui s'engageait totalement dans une relation, le genre de femme avec qui un homme se mariait et fondait une famille.

Tout à coup, il eut la gorge serrée. Que lui prenait-il ? Tout ce qu'il lui demandait, et tout ce dont il avait besoin pour le moment, c'était qu'elle l'aide à préparer le premier Noël de sa nièce.

Il se pencha pour déposer un baiser sur la joue du bébé, puis il sourit à Abby.

— Alors ? Par où commençons-nous ?

— Commencer quoi ?

— Concentre-toi un peu, Abby, la réprimanda-t-il gentiment. Tu viens d'accepter de m'aider à organiser le Noël de Sunnie, et j'aimerais savoir par où commencer.

— Je te rappelle que mes paroles exactes étaient : « *Si* je t'aidais, ce serait pour Sunnie. » Je ne t'ai pas promis de t'aider.

— Mais tu vas le faire.

Ce n'était pas une question, et il ne doutait pas une seconde qu'elle accepterait. Il soupçonnait que sa réticence était sa façon d'exercer son libre arbitre.

Elle le dévisagea encore un moment, puis soupira.

— D'accord, je t'aiderai. Pour Sunnie.

— Parfait, dit-il en ramassant le siège vide du bébé. On va commencer par décorer ta maison, puis on continuera avec la mienne. Où veux-tu installer le sapin ?

— Devant la baie vitrée, dans le salon, précisa-t-elle, marchant dans cette direction.

Il lui emboîta le pas, déjà impatient d'avoir terminé de décorer sa maison pour s'attaquer à la sienne. Il avait déjà sa petite idée sur ce qu'il avait envie de faire, et, si tout se déroulait comme il l'avait prévu, ces fêtes de fin d'année compteraient peut-être parmi les meilleures de sa vie.

- 5 -

Pendant que Brad achevait d'accrocher les guirlandes lumineuses dans la véranda, Abby fit chauffer du lait pour préparer deux grandes tasses de chocolat chaud. Elle avait seulement prévu d'installer un sapin, et peut-être une couronne de Noël sur sa porte, mais, à mesure qu'elle ouvrait tous les cartons de décorations qu'elle avait amassées depuis son enfance, elle sentit son enthousiasme grandir.

Incroyable comme ces fêtes de fin d'année s'annonçaient différentes des précédentes, songea-t-elle en versant le lait chaud dans les tasses. Elle venait alors de devenir veuve et d'apprendre qu'elle n'aurait jamais de famille à elle, et elle n'avait pas le cœur à la fête. Mais, avec le temps, la douleur d'avoir perdu Richard s'était estompée, et même si elle souffrait encore de son infertilité, elle avait appris à vivre avec cette souffrance.

— J'ai installé les guirlandes lumineuses à l'extérieur, devant chaque fenêtre de la façade, annonça Brad en entrant dans la cuisine. Tu as autre chose à accrocher ?

— Je crois que c'est tout, répondit-elle, versant une bonne cuillerée de crème au marshmallow dans chaque tasse avant de lui tendre la sienne. Sunnie dort toujours ?

Il but une gorgée de chocolat avant de répondre :

— Oui. Bizarrement, elle semble adorer dormir dans ce siège pour voiture, et pourtant elle a l'air d'y être à l'étroit.

— Pourquoi crois-tu que certains hommes s'endorment dès qu'ils s'assoient dans un fauteuil-relax ?

— Je n'en ai pas, répondit-il, perplexe. Mais je suppose que c'est parce qu'ils sont très confortables.

— Exactement, dit-elle en riant. Les sièges voiture sont un peu des fauteuils-relax pour bébés.

Ils passèrent dans le salon, et Abby prit place sur le canapé devant la cheminée.

— Cette pièce est aussi jolie que je l'avais imaginée, avec toutes ces décorations, remarqua-t-elle en contemplant le fruit de leurs efforts.

— Tu ne l'avais pas décorée l'année dernière ? s'étonna-t-il en allant s'asseoir près d'elle.

Elle secoua lentement la tête et se tourna vers lui.

— Richard est décédé quelques semaines avant les fêtes de fin d'année, et je n'ai pas voulu rester seule ici pour ce qui aurait dû être notre premier Noël en tant que couple.

— Je comprends, murmura Brad. Où as-tu passé les fêtes ?

— Je suis retournée à Seattle, répondit-elle avec un haussement d'épaules. Je possède encore une maison au lac Washington.

— Est-elle sur la rive même du lac ?

— Non, répondit-elle, esquissant un sourire. La maison est *sur* le lac. C'est une maison flottante, dans un paysage très paisible qui me rappelle le lac où nous allions pêcher quand nous étions enfants.

— C'est là-bas que je t'ai embrassée pour la première fois, rappela-t-il, esquissant un sourire. Tu t'en souviens ?

— Comment aurais-je pu l'oublier ? dit-elle en frissonnant. Tu avais à peine effleuré mes lèvres, puis tu avais essayé de glisser une sauterelle dans l'encolure de mon T-shirt.

— Si je me souviens bien, tu avais menacé de me la faire manger, rappela-t-il.

Ils rirent ensemble. Abby sirota une gorgée de son chocolat.

— Je suis surprise que tu te souviennes encore de ce petit incident.

— C'était l'été de nos six ans, juste avant qu'on entre à l'école élémentaire, dit-il, tendant la main pour effleurer ses cheveux. Tu crois que cela a été la première escarmouche de notre petite guerre ?

— Peut-être.

Elle s'efforça de se souvenir de l'époque exacte où leur rivalité avait commencé, mais les riches accents de sa voix, la sensation de ses doigts caressant ses cheveux l'empêchaient de se concentrer.

— C'était… il y a si longtemps… Je ne sais plus vraiment comment cela a commencé, ni pourquoi.

— Moi non plus, murmura-t-il en glissant les doigts dans sa chevelure bouclée. Ce dont je suis sûr, c'est que tu m'as rendu fou durant la plus grande partie de ma vie, Abigail Langley.

— J'en suis vraiment désolée, répondit-elle, hypnotisée par son regard noisette rivé au sien. Mais tu n'étais pas en reste non plus pour me rendre folle.

Il glissa la main derrière sa nuque délicate et l'attira doucement à lui.

— Ne sois pas désolée, chérie, murmura-t-il tout contre ses lèvres. Il y a plus d'une sorte de folie. A cet instant précis, je dirais que c'est une folie très agréable.

Il posa sa bouche sur la sienne, et Abby ferma les paupières. Elle n'était pas aussi sûre que ce qui se produisait entre eux soit une bonne chose, mais il avait au moins raison sur un point : ils commettaient une folie. C'était Brad Price qui l'embrassait, son plus grand rival de tous les temps, et aujourd'hui son concurrent pour l'élection à la présidence du TCC. Il était le dernier homme qu'elle aurait dû embrasser, mais elle n'avait pas la force d'essayer de l'en empêcher.

Il la serra plus fort contre lui, et son baiser se fit plus ardent. Le cœur cognant dans sa poitrine, Abby cessa de réfléchir et s'abandonna à la délicieuse sensation de son torse puissant pressé contre ses seins, du goût merveilleux de ses lèvres, de ses bras vigoureux qui l'étreignaient avec passion. Renonçant définitivement à analyser les conséquences de ce moment de faiblesse, elle s'accrocha à ses larges épaules et céda à la tentation de se sentir de nouveau désirée par un homme.

La main de Brad vint effleurer la courbe d'un sein, s'attarda sur la pointe durcie, et malgré la barrière du tissu, elle sentit naître en elle un désir d'une incroyable intensité. Elle se sentait comme en apesanteur, et il lui fallut un moment pour comprendre que Brad l'avait soulevée pour la prendre sur ses genoux. Abby s'abandonnait contre lui, et elle aurait pu facilement perdre ce qui lui restait de raison, n'eût été la sensation très nette d'un changement physique chez Brad, et l'étrange langueur qui s'emparait d'elle à ce contact.

Il la désirait, et elle le désirait avec la même force. Cette idée suffit à faire monter en elle une vague de panique qui dissipa instantanément la brume qui lui obscurcissait le cerveau.

— Je… crois que je vais nous préparer… une autre tasse de chocolat chaud, dit-elle d'une voix haletante en s'écartant précipitamment de lui.

Il secoua lentement la tête, esquissant un sourire.

— Ce n'est pas de chocolat chaud dont j'ai envie.

Ce ton suggestif, ce sourire complice étaient un appel auquel il lui était presque impossible de résister. Mais, au prix d'un effort surhumain, elle parvint à murmurer :

— C'est tout ce que je peux t'offrir, Brad.

— Pour le moment peut-être, dit-il, hochant lentement la tête. Mais cela ne signifie nullement que ce chapitre soit définitivement clos.

Sans lui laisser le temps de le contredire, il déposa un rapide baiser sur ses lèvres.

— Je crois qu'il est temps pour Sunnie et moi d'aller nous coucher, déclara-t-il en se levant. A quelle heure veux-tu qu'on se retrouve demain, pour notre journée de shopping ?

— De quoi parles-tu ? demanda-t-elle, sidérée

par la vitesse à laquelle il avait changé de sujet. Je n'ai jamais dit que j'irais faire du shopping avec toi.

— Comme je te l'ai expliqué, je n'ai jamais décoré ma maison pour les fêtes, et je n'ai rien pour le faire.

Il la remit doucement debout et, posant les mains sur ses épaules, la gratifia de son irrésistible sourire.

— Il faudra choisir un sapin, acheter des décorations, des guirlandes lumineuses et tout ce que tu jugeras nécessaire.

— Je pourrais te préparer une liste pour que tu le fasses tout seul, suggéra-t-elle, cherchant désespérément une bonne excuse pour échapper à cette épreuve.

Brad lui sourit de nouveau.

— Non, dit-il en réarrangeant soigneusement la couverture autour de sa nièce endormie. Le mieux serait qu'on y aille ensemble.

— Je préférerais vraiment que tu le fasses seul.

— Pourquoi ? demanda-t-il, en se tournant vers elle.

Comment pouvait-elle lui expliquer que plus elle passait de temps avec lui et avec le bébé, plus elle avait envie de prolonger ces instants ? Que ces précieuses heures qu'elle passait en leur compagnie venaient lui rappeler douloureusement tout ce dont elle rêvait et qu'elle n'aurait jamais ?

Elle avait dû hésiter trop longtemps, car Brad lui offrit un nouveau sourire satisfait.

— Je passerai te prendre vers midi, déclara-t-il en déposant un baiser sur ses lèvres.

Il souleva alors le bébé sanglé dans son siège et se dirigea vers la porte.

— On déjeunera quelque part avant d'aller au centre commercial, dit-il en se retournant sur le seuil. A demain, chérie.

Le souffle coupé par ce dernier baiser, incapable d'articuler une seule parole, Abby vit la porte se refermer derrière lui. Qu'est-ce qui ne fonctionnait pas chez elle ? Pourquoi suffisait-il que Brad l'embrasse pour qu'elle perde le contrôle de ses émotions et qu'elle se plie à toutes ses volontés ? Et, pour commencer, pourquoi lui avait-elle permis de l'embrasser ?

Personne ne l'avait jamais accusée d'être une faible femme. Sa mère disait d'elle qu'elle était trop indépendante pour son propre bien, et Richard s'était parfois plaint qu'il avait besoin d'elle bien davantage qu'elle de lui.

Retournant s'asseoir sur le canapé, elle regarda le sapin de Noël somptueusement décoré et fronça les sourcils. Qu'avait Bradford Price de tellement unique qu'elle perde tous ses moyens en sa présence ?

Déjà, lorsqu'ils étaient enfants, la seule pensée de le revoir l'emplissait d'un curieux sentiment d'anxiété, comme si elle attendait… quelque chose. Mais quoi ? Un geste ? Un signe de sa part, une suggestion de ses sentiments pour elle ?

Soudain, son cœur se mit à battre à grands coups dans sa poitrine, et elle parvenait à peine à respirer. Etait-il possible que ce qu'elle avait pris, toutes ces années, pour de la rivalité n'ait en fait caché une attirance qui, aujourd'hui seulement, se montrait sous son véritable jour ?

Ridicule, décida-t-elle. Il devait exister une explication parfaitement logique sur ce qui se passait aujourd'hui entre eux.

Le plus probable, c'était qu'il s'agisse d'une combinaison de son désir impossible d'être mère et de la rencontre entre Brad et cette enfant tombée du ciel. Si l'on ajoutait à cela le fait qu'ils étaient les seuls membres célibataires de leur cercle d'amis, il était tout naturel qu'ils se soient tournés l'un vers l'autre.

Satisfaite d'avoir percé le mystère de leur attirance mutuelle, elle se leva et se dirigea vers l'escalier pour gagner sa chambre. Elle se sentait prête désormais à affronter la situation. Demain matin à la première heure, elle l'appellerait pour annuler leur excursion au centre commercial. Ensuite, elle mettrait toute son énergie à aider Sadie dans son projet de centre culturel familial tout en doublant ses heures de bénévolat au foyer d'accueil pour femmes.

Elle enfila sa chemise de nuit, rabattit la couette et se glissa dans son lit. Aussi longtemps qu'elle resterait occupée et garderait ses distances avec Brad et son adorable nièce, tout irait bien.

— Bonjour, dit Brad dès que Sadie eut décroché le téléphone. Comment va ma petite sœur préférée ?

— Hum… toi, tu as quelque chose à me demander !

s'exclama sa sœur en riant. Alors, qu'attends-tu de moi ?

— Je n'ai pas dit que j'attendais quelque chose, se défendit-il, portant une cuillerée de céréales à la petite bouche avide de Sunnie.

— Tu n'avais pas besoin de le faire, ironisa Sadie. Je te connais.

Il n'était pas du tout surpris que sa sœur ait deviné que cet appel matinal cachait un autre motif. Elle le connaissait mieux que quiconque, et il songeait parfois qu'elle le connaissait mieux qu'il ne se connaissait lui-même.

— Pourrais-tu me garder Sunnie quelques heures cet après-midi ?

— Bien sûr, répondit-elle comme il l'avait espéré. Les jumelles vont adorer passer un peu de temps avec leur petite cousine.

— Parfait.

Il essuya une coulée liquide sur le menton de Sunnie, avant d'ajouter :

— Je la déposerai chez toi un peu avant midi.

— Tu as un déjeuner avec l'un de tes clients ? demanda-t-elle d'un ton faussement détaché.

— Non, répondit-il. Je déjeune avec Abby, et ensuite nous allons faire un peu de shopping pour les fêtes de Noël.

Coinçant le téléphone sous son menton, il souleva le bébé de sa chaise haute.

— Abby va m'aider à préparer le premier Noël de Sunnie, termina-t-il.

Un silence s'installa.

— Tu es toujours là, Sadie ?

— Oui.

— D'accord, grogna-t-il. Qu'est-ce qui te chiffonne dans le fait qu'Abby et moi passions du temps ensemble ?

— En réalité, cela ne me dérange pas du tout, dit-elle comme si elle pesait soigneusement chacun de ses mots. Mais… je ne voudrais pas qu'Abby ait à en souffrir.

— Je n'ai aucune intention de faire souffrir Abby, assura-t-il, fronçant les sourcils. Qu'est-ce qui a bien pu te donner cette impression ?

Elle resta une seconde silencieuse, puis il l'entendit soupirer.

— Je sais que tu ne le ferais pas délibérément, mais ouvre les yeux. Tu as une réputation de don Juan. Que celle-ci soit ou non fondée, tu avoueras que tu as collectionné les petites amies, sans jamais songer à t'impliquer de façon durable dans une relation.

Il ne pouvait pas la contredire. En effet, il avait eu un bon nombre de petites amies, ces dix dernières années. Mais il ne leur avait jamais menti. Elles savaient dès le départ qu'il ne recherchait que le plaisir d'une nuit ou deux en leur compagnie.

— Abby et moi sommes amis, déclara-t-il en passant dans le salon, Sunnie dans les bras, pour l'installer sur sa balancelle. Elle m'a aidé à mieux comprendre les besoins du bébé.

— Bradford Price, ne me raconte pas d'histoires, répliqua Sadie d'un ton sévère. D'abord, Abby et toi n'avez jamais été amis.

— Nous aimons tous deux la compétition, et

nous nous sommes souvent mesurés l'un à l'autre, reconnut-il. Mais nous n'avons jamais été des ennemis jurés.

— Je suppose que c'est vrai, concéda Sadie après un instant de silence. Mais, si tu t'en souviens bien, je t'ai vu l'embrasser l'autre jour. Et ce baiser ressemblait davantage à un prélude à la séduction qu'à une démonstration d'amitié.

Il n'avait pas l'intention d'insulter l'intelligence de sa sœur en niant la passion qu'il avait mise dans ce baiser, mais il n'avait pas non plus envie de se lancer dans une discussion sur les raisons qui l'y avaient poussé, pour la bonne raison qu'il ne les connaissait pas vraiment lui-même.

— Sadie, déclara-t-il d'un ton solennel, je te donne ma parole d'honneur que je ne ferai jamais rien intentionnellement qui puisse blesser Abby.

— Merci, Brad. Tâche aussi de ne pas la faire souffrir sans en avoir l'intention. Je sais que tu dois penser que je la protège trop, mais elle est ma meilleure amie, et cette année a été très dure pour elle. Je crois qu'il est grand temps qu'elle soit un peu heureuse.

Brad ne pouvait blâmer sa sœur de se montrer loyale avec son amie. C'était l'un des traits de caractère qu'il admirait le plus chez elle.

— Abby a de la chance de t'avoir dans son camp, dit-il, le pensant sincèrement.

Longtemps après avoir coupé la communication, Brad resta planté au milieu de son salon, à fixer le téléphone silencieux dans sa main. La dernière chose au monde qu'il souhaitait, c'était faire souffrir Abby. Dans leur intérêt à tous deux, il valait peut-être mieux qu'il reprenne ses distances et que chacun d'eux suive sa propre route.

Il rejeta aussitôt cette idée. Il ignorait ce qui le poussait si désespérément à rechercher la compagnie d'Abby, à l'imaginer dans ses bras, l'embrassant à en perdre haleine, mais c'était un fait. Et, même si elle faisait de son mieux pour le nier, il était intimement persuadé qu'elle sentait aussi cette force magnétique qui les poussait l'un vers l'autre.

C'était la première fois de sa vie qu'il éprouvait un tel sentiment pour une femme, et il leur devait, à elle et à lui, de prendre le temps d'analyser ce qui se passait entre eux. Il avait toujours pensé que refuser l'occasion que la vie offrait revenait à courir le risque de la manquer pour toujours. Et pour des raisons encore obscures, il avait le sentiment que cette occasion était de celles à ne pas manquer.

Abby avait peine à croire qu'elle était ici, au Royal Diner, en compagnie de Brad, à attendre que l'hôtesse les installe. Elle avait tenté de l'appeler à plusieurs reprises au cours de la matinée pour annuler leur shopping et avait même laissé un message sur son répondeur pour lui dire de ne pas compter sur elle. Malheureusement, soit il n'écoutait pas ses messages, soit il les ignorait. Elle penchait pour la seconde explication, mais, lorsqu'il s'était présenté à sa porte à midi, il avait nié vigoureusement en avoir eu connaissance.

— Tu préfères une table ou un box ? murmura-t-il, se penchant vers elle.

Son souffle chaud tout près de son oreille la fit frissonner, et elle s'en voulut de sa faiblesse.

— Un… box, répondit-elle d'une voix mal assurée.

— Il y a un box vide dans le coin, là-bas.

Il posa sa main au creux de son dos et la guida vers le fond de la salle. Désireuse de mettre un peu de distance entre eux, elle se glissa à sa place derrière l'abri providentiel de la table. Pour ajouter à sa confusion, elle reconnut deux membres du TCC assis dans le coin opposé de la salle, qui les fixaient avec une curiosité non dissimulée. Elle prit le menu sur la table et s'y plongea, pour se dissimuler à leur regard.

— Je crois que venir ici n'était pas une très bonne idée, dit-elle à mi-voix.

— Pourquoi ? répondit Brad. Je pensais que tout le monde dans cette ville adorait la cuisine du Royal Diner.

— Ce n'est pas que je n'aime pas leur cuisine, répondit-elle assez bas pour que lui seul puisse l'entendre. Mais on dirait que Travis Whelan et David Sorensen vont s'étouffer avec leur chili tellement ils sont surpris de nous voir ensemble.

Au lieu de faire preuve d'un peu de discrétion, Brad se retourna et leur adressa un salut amical.

— Bonjour, Trav, bonjour, Dave ! Comment vont les affaires ?

— Je ne peux pas me plaindre, répondit Travis en souriant.

— Vous êtes prêts pour le grand gala de Noël

et l'annonce officielle des nouveaux élus du TCC, tous les deux ? demanda David.

— Aussi prêt que je le serai jamais, déclara Brad, souriant à son tour.

— Eh bien, bonne chance, à l'un comme à l'autre.

— Merci, répondit Abby d'une voix faible.

Formidable, songea-t-elle, découragée. A la fin de la journée, tous les membres du club jusqu'au dernier sauraient que Brad et elle avaient déjeuné ensemble.

— Qu'y a-t-il ? s'enquit Brad, fronçant les sourcils.

Elle soupira. Parfois, les hommes étaient vraiment aveugles !

— Au cas où tu ne l'aurais pas remarqué, nous venons de fournir à la machine à ragots suffisamment de carburant pour la faire tourner une semaine.

— Et c'est tout ? répliqua-t-il en riant. Je doute que le simple fait que nous déjeunions ensemble soit de nature à nourrir les commérages.

— Tu plaisantes ? rétorqua-t-elle, incrédule. Toute la ville sait depuis plusieurs mois que tu t'opposais à mon admission au TCC, et plus encore à mon éventuelle présidence.

Le sourire de Brad s'évanouit.

— Je ne nierai pas avoir souhaité que le club conserve les traditions qui ont été les siennes depuis sa fondation, répondit-il. Mais cela ne signifie pas que je ne respecte pas la décision de la majorité des membres qui ont voté autrement.

Il tendit une main au-dessus de la table et la posa doucement sur la sienne.

— Détends-toi, chérie, poursuivit-il. Si on te

pose la question, nous sommes deux membres du club en train de déjeuner ensemble. Et qui sait ? Ils en concluront peut-être que nous travaillons à combler le fossé entre la vieille garde et les jeunes membres du TCC.

Elle devait reconnaître que l'argument de Brad était sensé, mais il lui était difficile de se concentrer avec sa main prisonnière de la sienne.

— Je suppose que tu as raison, admit-elle. Mais je détesterais servir de sujet de discussion à toutes les commères de la ville jusqu'à ce que le prochain scandale capte leur attention. Je l'ai vécu une fois, et c'est plus que suffisant pour toute une vie.

— Je n'ai pas souvenir que tu aies un jour fait quoi que ce soit pour intéresser les mauvaises langues, répondit-il, visiblement perplexe.

— Ce n'est pas de moi dont il s'agit, mais de mon père, précisa-t-elle.

Seize longues années avaient passé, mais les souvenirs de cette période noire de sa vie ne s'étaient pas estompés.

— Tu fais allusion au fait qu'il vous a abandonnées, ta mère et toi, n'est-ce pas ? demanda-t-il d'une voix douce.

Elle acquiesça.

— Je détestais voir les gens s'arrêter de parler dès que j'entrais dans une pièce ou chuchoter entre eux en me regardant d'un air compatissant.

— Je comprends, dit-il en étreignant doucement sa main. Mais la meilleure façon de lutter contre les ragots, c'est de les ignorer.

Il demeura pensif un instant.

— Je pense, poursuivit-il, que pour montrer notre solidarité, ce serait une bonne chose d'aller ensemble au gala de Noël du TCC.

Elle le dévisagea une seconde, puis éclata de rire.

— Tu as perdu l'esprit ?

— Probablement, mais je crois que ce serait un message adressé à tous les membres du club. On n'a absolument rien à cacher, et quel que soit le vainqueur de cette élection, on est prêts à travailler ensemble.

Il esquissa un sourire, avant d'ajouter avec un haussement d'épaules nonchalant :

— Quoi qu'on fasse, les gens jaseront, chérie. Mais si on continue à se comporter comme si de rien n'était, ils se désintéresseront vite de nous.

— Tu es sérieux ?! s'exclama-t-elle d'un ton incrédule.

— Bien sûr.

Il libéra sa main et ouvrit son menu comme si tout était dit et qu'elle avait donné son accord à son idée farfelue.

— Je vais me laisser tenter par le chili, déclara-t-il. Et toi ?

— Je… je suppose que je vais prendre la salade du chef, répondit Abby, incapable de s'ôter de la tête l'idée d'apparaître avec Brad au gala de Noël.

Brad passa leur commande, et, à la réflexion, Abby dut admettre que son raisonnement ne manquait pas de pertinence. En se rendant ensemble à cet événement annuel, ils enverraient un message clair à tous les membres du club, à savoir que quelle que soit l'issue de l'élection, le nouveau président de ce club prestigieux se donnerait pour première mission de tourner la page des querelles qui déchiraient le club depuis plusieurs mois et de travailler à la réconciliation.

— Je suppose que je pourrais te retrouver là-bas, et on s'assiérait à la même table, suggéra Abby dès que la serveuse se fut éloignée.

— Cela n'est pas acceptable, déclara-t-il d'un ton catégorique. Je passerai te chercher et on ira ensemble.

— Je ne pense pas que ce serait…

— Tu penses trop, Abby, l'interrompit-il. Par ailleurs, s'asseoir à la même table ne constitue pas un message suffisamment clair. On pourrait supposer que c'est le fruit du hasard. Dis-moi seulement à quelle heure je dois passer te prendre.

Elle devait convenir que son argument était pertinent. Mais comment se débrouillait-elle pour se fourrer dans des situations comme celle-ci ? Et, plus important encore, comment allait-elle s'en dépêtrer ?

— Je vais y réfléchir, promit-elle, évitant de lui donner une réponse définitive.

Elle disposait encore d'une semaine avant le gala de Noël. Plus que le temps suffisant pour trouver une raison plausible pour qu'ils se rendent à la soirée chacun de leur côté.

La serveuse posa leurs plats sur la table et s'éloigna pour servir d'autres clients. Brad esquissa un sourire satisfait.

— A présent que ce détail est réglé, déjeunons, puis on ira faire notre shopping. J'ai promis à Sadie que je ne rentrerais pas trop tard. S'occuper de trois enfants de moins de trois ans en même temps n'est sûrement pas une sinécure.

Pour Abby, c'était une vision paradisiaque, et elle ne put s'empêcher de le taquiner :

— Tu devrais rendre le même service à Sadie un jour, et lui proposer de garder ses jumelles, suggéra-t-elle.

Son expression horrifiée la fit éclater de rire.

— Ce serait un désastre, marmonna-t-il. Il m'arrive encore de ne pas savoir comment m'y prendre avec Sunnie. Je n'imagine même pas le cauchemar que ce serait pour moi avec deux autres petites filles.

Il fronça les sourcils, puis son visage s'éclaira.

— Sauf si j'ai du renfort.

Abby porta un peu de salade à sa bouche et la mâcha consciencieusement, avant de relever les yeux vers lui.

— Lorsque ta gouvernante sera revenue de Dallas, tu réussiras peut-être à la convaincre de se porter volontaire.

— Non, répondit-il, en secouant lentement la tête. Tout d'abord, Juanita ne se porte jamais volontaire pour quoi que ce soit. Elle exigerait d'être payée, et je doute qu'il y ait assez d'argent dans tout l'Etat du Texas pour la convaincre de garder trois bébés à la fois.

Il but une gorgée de thé glacé, avant de remarquer :

— *Toi*, tu sais y faire avec les enfants. Tu pourrais m'aider.

— Je n'ai jamais dit que…

— Tu ne t'en crois pas capable ? coupa-t-il, rivant son regard au sien. C'est cela ?

Son ton de défi la mit immédiatement sur la défensive. Il n'était pas question de laisser passer une pareille remarque.

— Je suis certaine que je m'en tirerais mieux que toi, répliqua-t-elle.

— Dans ce cas, pourquoi ne pas nous mettre à l'épreuve ? suggéra-t-il. En allant récupérer Sunnie, tout à l'heure, je proposerai à Sadie de garder les jumelles afin que Rick et elle puissent disposer de leur soirée demain.

Abby ouvrit la bouche pour refuser, mais le challenge de Brad et la perspective de passer toute une soirée en compagnie des adorables jumelles et du bébé qui avait conquis son cœur étaient une combinaison irrésistible. De plus, ses week-ends lui paraissaient interminables, et s'occuper des enfants serait une agréable distraction à son ennui.

— D'accord, répondit-elle d'un ton décidé. Je relève le défi. On verra bien qui s'arrachera les cheveux le premier.

Un sourire malicieux s'épanouit sur les lèvres de Brad, et il proposa :

— Pourquoi ne pas intéresser un peu ce pari ?

— Comment cela ?

— A la fin de la soirée, celui de nous deux qui se sera plaint de fatigue ou qui aura réprimé un bâillement préparera un dîner pour l'autre.

Devant son air assuré, elle ne put s'empêcher d'éclater d'un rire moqueur.

— Tu sais déjà que tu vas perdre, n'est-ce pas ?

— N'en sois pas aussi sûre, Abby. On verra bien qui sera encore debout en fin de soirée.

— Oui, répondit-elle, se piquant au jeu. On verra bien.

Sa nature compétitive s'était réveillée, et une nouvelle partie venait de commencer. Elle allait se délecter de voir l'indomptable M. Price mordre la poussière. Il allait apprendre à ses dépens que s'occuper d'enfants était une activité dont elle ne se lassait jamais.

Trois heures après avoir ramené Abby chez elle et récupéré Sunnie chez sa sœur, Brad explorait la montagne de sacs débordant de toutes les décorations de Noël possibles et imaginables posés sur le sol de son salon. Il cherchait un sac précis, celui qui contenait suffisamment de gui pour décorer la moitié de la ville de Royal.

— Je sais qu'il est ici quelque part, marmonna-t-il.

Il trouva enfin ce qu'il cherchait, et un sourire s'épanouit sur ses lèvres. Lorsque Abby arriverait, tout à l'heure, il comptait bien avoir terminé le plus gros de la décoration.

Il alla jeter un coup d'œil au bébé et constata, satisfait, qu'elle dormait encore. Sortant une petite boîte de punaises du tiroir de son bureau, il se mit aussitôt au travail.

— Juste à l'heure, dit-il en ouvrant la porte.

— A l'heure pour quoi ? s'étonna Abby.

— Entre, je vais te montrer.

Il la prit par le coude et l'entraîna dans le salon, s'arrêtant au centre de la pièce.

— Lève les yeux, chérie.

Elle obtempéra et découvrit, incrédule, le lustre décoré.

— Voilà une étrange façon de commencer la décoration, observa-t-elle. Pourquoi avoir accroché le gui avant de décorer le sapin ?

Il la prit dans ses bras et déposa un baiser sur son menton.

— C'est l'élément le plus important de la décoration, chérie, expliqua-t-il en souriant.

— Ah, vraiment ? Et d'après qui ?

— D'après moi, précisa-t-il en effleurant ses lèvres. Tu sais, c'est l'une des plus vieilles traditions des fêtes de fin d'année.

— Et quand l'as-tu décidé ?

— Je crois que la première fois que j'ai pris conscience de l'importance du gui, c'était il y a un peu plus d'une semaine, dans le club-house du TCC, répondit-il en la serrant un peu plus fort dans ses bras. Lorsque je t'ai embrassée.

— Brad… c'est une folie, balbutia-t-elle.

— Pourquoi ? murmura-t-il, se délectant de la sensation de son corps souple et mince sous ses doigts. J'aime t'embrasser, et tu aimes que je t'embrasse. Qu'y a-t-il de mal à cela ?

— Je… ne peux pas être celle que tu désires que je sois, répondit-elle d'un ton hésitant.

Elle n'avait pas nié qu'elle aimait être embrassée,

c'était un bon début. Brad leva une main pour repousser une boucle auburn sur sa joue satinée.

— Et comment la vois-tu, Abby ?

— Je n'en suis pas entièrement sûre, avoua-t-elle, frissonnant à son contact. Mais je sais ce que je ne peux pas être. Je ne peux pas être une de tes aventures d'un soir. Cela ne me ressemble pas. Ce n'est pas la femme que je suis.

— Je le sais, chérie, murmura-t-il, emmêlant les doigts dans ses boucles soyeuses pour l'attirer doucement à lui. Tout ce que je désire, c'est que tu sois celle que tu as toujours été — Abby Langley, la femme qui a représenté un challenge constant pour moi durant toute ma vie et qui m'a toujours poussé à donner le meilleur de moi-même. Et qui, plus récemment, est devenue une grande amie.

Sans lui laisser le temps de s'interroger davantage sur ce qu'il attendait d'elle, Brad posa la bouche sur la sienne. Il n'avait pas envie de penser aux directions où cette amitié pouvait les entraîner, ni au fait que le désir d'embrasser ces lèvres adorables devenait une obsession pour lui. Il avait le vague pressentiment qu'il ne serait pas très à l'aise avec ce qui risquait d'être l'une des découvertes les plus fondamentales de toute sa vie.

A l'instant où leurs lèvres se rencontrèrent, une merveilleuse onde de chaleur irradia dans tout son corps et presque immédiatement, leur baiser prit un tour passionné. Brad retrouva avec délices le goût unique de sa bouche, qui était son essence même. Il prit ses mains dans les siennes et les posa sur ses épaules, se ménageant un accès à sa poitrine généreuse. Recueillant les rondeurs douces et fermes dans ses paumes, il sentit les pointes durcir sous ses caresses.

Il aurait adoré pouvoir pousser son exploration plus loin, l'entendre gémir de plaisir lorsqu'il entrerait en elle. Mais, outre que la barrière de leurs vêtements rendait ce rêve impossible, Abby n'était pas encore prête à franchir ce pas, et il n'avait jamais été homme à insister pour obtenir d'une femme davantage que ce qu'elle désirait donner. D'ailleurs, souhaitait-il vraiment que leur amitié prenne cette direction ?

Au même instant, il entendit dans l'Interphone que Sunnie s'était réveillée pour son biberon, ce qui lui évita d'avoir à répondre à sa propre question, et lui fournit une raison supplémentaire de mettre fin à leur baiser.

Il releva la tête avec regret et plongea le regard tout au fond de ses yeux azur voilés de désir.

— Pendant que je prépare son biberon, pourrais-tu monter la voir avant qu'elle se mette à hurler ?

Abby le fixa plusieurs secondes, puis acquiesça et, sans un mot, se dirigea vers l'escalier. Brad la suivit des yeux jusqu'à ce qu'elle ait disparu, subjugué par le spectacle de ses hanches qui ondulaient, étroitement moulées dans un jean, tandis qu'elle montait les marches.

Il n'y avait plus aucun doute dans son esprit. Un jour, ils franchiraient ce dernier pas et deviendraient amants. Il espérait seulement ne pas être devenu fou à lier avant que ce jour tant espéré arrive.

- 6 -

— Cela a été un peu laborieux, mais tu t'en es très bien tiré, reconnut Abby, berçant Sunnie dans ses bras. Ces guirlandes lumineuses sur le sapin sont du plus bel effet. A présent, il ne reste qu'à y accrocher les autres décorations.

— Tu n'as pas l'intention de m'aider ? demanda-t-il, tendant la main vers une boîte de boules argentées. C'était ton idée de me faire acheter un sapin aussi immense. Le moins que tu puisses faire, ce serait de participer aux réjouissances.

Abby ignora son ton sarcastique. Elle était parfaitement satisfaite de diriger les opérations tout en berçant Sunnie.

— J'ai trop de plaisir à tenir ce petit ange dans mes bras, répondit-elle, baissant les yeux vers le bébé serré contre elle. Elle est absolument fascinée par toute cette activité.

Enjambant une pile de guirlandes, Brad s'approcha pour chatouiller le petit ventre du bébé, qui rit aux éclats et s'empara de son doigt.

— C'est pour toi que nous faisons tout cela, bout de chou. J'espère que tu apprécies nos efforts.

Abby voyait bien que Sunnie l'adorait, et à l'idée qu'elle ne vivrait jamais l'expérience d'être ainsi aimée d'un enfant, elle sentit son cœur se serrer.

— Je crois que je vais installer Sunnie dans sa balancelle, et préparer deux tasses de chocolat chaud pendant que tu finis de décorer le sapin, déclara-t-elle, ressentant le besoin de s'isoler quelques minutes.

— Bonne idée, répondit-il en consultant sa montre. J'aimerais terminer afin qu'on ait un peu de temps pour se détendre avant de coucher Sunnie.

Abby installa le bébé dans sa balancelle et passa dans la cuisine de Brad. S'appuyant contre le plan de travail, elle ferma les yeux et s'efforça de contrôler le flot d'émotions qu'elle sentait monter en elle.

La vie dont elle avait rêvé, qu'elle avait toujours désirée depuis aussi longtemps qu'elle s'en souvienne, était là, dans la pièce voisine. Mais ce n'était pas la sienne. Ici, elle n'était qu'une invitée. Brad lui avait seulement demandé de l'aider à préparer son premier Noël avec le bébé. Elle était en dehors de leur cercle, contemplant un bonheur auquel elle n'aurait jamais droit.

Elle prit une profonde inspiration et essuya d'un revers de main impatient l'unique larme qui avait roulé sur sa joue. L'apitoiement sur soi-même était une perte de temps, décida-t-elle. Elle n'aurait jamais une famille à elle. C'était la dure réalité, et il était grand temps qu'elle l'accepte.

Elle retrouva peu à peu sa sérénité en préparant le chocolat chaud et décida de prendre congé aussi rapidement que possible. Il aurait été insensé de s'attarder dans cette maison et de continuer à se torturer de cette façon. Sunnie n'était pas son enfant, et il ne lui appartenait pas de l'aimer. Quant à Brad, avec ses baisers dévastateurs et son charme facile, il pourrait rapidement devenir une addiction contre laquelle il n'existait probablement pas d'antidote. Et elle était bien décidée à éviter cela coûte que coûte.

A l'évidence, il était dans son intérêt de prendre un peu de recul et de laisser Brad et son adorable nièce former leur petite cellule familiale sans elle. Sinon, elle risquait fort de trop s'attacher à eux et d'avoir le cœur brisé. Elle ne pouvait pas se le permettre. C'était une question de survie.

Lorsqu'elle revint dans le salon, deux grandes tasses fumantes à la main, elle avait retrouvé un semblant de calme, et elle se sentait prête à résister à la tentation.

— Où est Sunnie ? s'enquit-elle, notant immédiatement que le bébé n'était plus dans sa balancelle.

— Je l'ai couchée dans son berceau, là-haut dans sa chambre, expliqua Brad, prenant la tasse qu'elle lui tendait. Je suppose que le mouvement de la balancelle et le spectacle pitoyable de son oncle se battant contre les guirlandes du sapin ont dû finir par lui donner sommeil.

— Tu es trop modeste, répliqua Abby, contemplant la décoration. Que tu y aies ou non pris plaisir, c'est très réussi. Ce sapin est magnifique.

Il lui enleva sa tasse des mains et la posa près de la sienne sur la petite table au bout du canapé, puis il prit la jeune femme dans ses bras.

— Merci, chérie, répondit-il. Je n'y serais jamais arrivé sans toi.

Elle sentit son cœur s'emballer, et toutes ses bonnes résolutions s'évaporèrent comme la rosée sous les rayons du soleil matinal. Elle aurait peut-être pu résister s'il ne l'avait pas touchée. Cette force qui l'enveloppait et cette voix de baryton grave et caressante lui firent oublier l'importance de garder ses distances.

— Je suis sûre que tu te serais très bien débrouillé sans moi, répondit-elle, s'efforçant désespérément de trouver la volonté de se dégager de son étreinte.

— Probablement, murmura-t-il tout près de son oreille. Mais cela n'aurait pas été aussi amusant.

Un frisson d'excitation la parcourut tout entière, et elle faillit en oublier de respirer.

— Je t'ai entendu ronchonner en te battant avec les guirlandes, remarqua-t-elle.

Son rire grave résonna contre sa poitrine.

— Je vais te révéler un secret. Il m'arrive souvent de ronchonner en faisant des choses qui me plaisent bien.

Abby avait soudain l'impression que ses genoux s'étaient transformés en gelée, et elle se cramponna à la taille de Brad pour conserver son équilibre.

— Pour… pourquoi ? balbutia-t-elle.

— C'est un truc de garçons, répondit-il d'un ton suave. C'est ce qu'on attend de nous.

Abby ferma les yeux, et elle ne put s'empêcher de se blottir contre lui.

— Qu'attend-on encore de vous ?

— Ceci, répondit-il, en effleurant ses lèvres des siennes.

Il mordilla ses lèvres sans vraiment l'embrasser, et Abby sentit sa tension monter en flèche. Plus que tout au monde, elle désirait qu'il lui prodigue une nouvelle fois ses caresses, qu'il l'entraîne de nouveau dans son univers de passion.

— Tu as envie que je t'embrasse, Abby ? murmura-t-il tout en continuant sa douce torture.

Elle savait que c'était une erreur, mais c'était exactement ce qu'elle désirait, et elle répondit dans un souffle :

— Oui.

Lorsque sa bouche vint enfin se poser sur la sienne, elle l'accueillit avec délices et leur baiser prit immédiatement un tour passionné. Abby avait l'impression que la terre s'était mise à trembler. L'anticipation, le besoin désespéré que Brad éveillait en elle n'avaient rien de comparable avec ce qu'elle avait vécu jusqu'à présent dans sa vie. Si ses baisers précédents l'avaient enivrée, ils n'étaient qu'un pâle aperçu du savoir-faire qu'il démontrait aujourd'hui.

Oubliant toutes les bonnes raisons qu'elle avait de s'extirper de l'étreinte de ses bras et de fuir sans se retourner vers le sanctuaire de son ranch, elle se blottit davantage contre lui et tira l'ourlet de son T-shirt hors dc la ccinturc dc son jcan. Plus tard, elle aurait tout le temps de regretter ce moment de folie. Mais, en cet instant, ce qu'elle désirait — ce dont elle avait besoin —, c'était de se sentir de nouveau désirée. Adorée.

— J'ai peine à croire… à ce que je m'apprête à

te dire, murmura-t-il d'une voix un peu essoufflée. Mais… je crois… qu'on devrait ralentir un peu.

Il fallut un instant à Abby pour comprendre ce qu'elle venait d'entendre. L'effet sur elle fut celui d'une douche glacée.

Qu'avait-elle fait ? songea-t-elle, atterrée. Pourquoi avait-elle renoncé au strict contrôle d'elle-même qui la caractérisait ?

Humiliée, incapable d'expliquer son comportement éhonté, elle demeura silencieuse. Elle s'écarta de Brad et, évitant son regard, elle se précipita dans le couloir pour récupérer son manteau dans le placard. Elle avait besoin de rentrer chez elle, de se glisser sous sa couette et de prier pour que, demain en se réveillant, tout ceci n'ait été qu'un mauvais rêve et qu'elle ne se soit pas couverte de ridicule devant Brad.

— Abby, mais enfin où vas-tu ? lança Brad, arrivant derrière elle.

Lorsque ses grandes mains la saisirent aux épaules et qu'il la força à se retourner vers lui, elle s'efforça de concentrer son regard sur les nervures du col de son T-shirt.

— Je… rentre chez moi, marmonna-t-elle.

— Pourquoi ?

— J'ai… j'ai besoin de rentrer, répondit-elle, tentant de s'écarter de lui.

— Pas du tout, répliqua-t-il en la maintenant dans une étreinte ferme. Tu as besoin de rester ici et de me parler. As-tu seulement idée de ce qui m'a poussé à mettre fin à ce baiser ?

Pourquoi ne la laissait-il pas partir ? songea-t-elle, désespérée. Ne pouvait-il au moins lui laisser conserver une petite parcelle de sa dignité ?

— Je ne pense pas qu'il soit nécessaire que tu l'exprimes avec des mots, murmura-t-elle.

Elle n'avait toujours pas osé croiser son regard, et elle n'était pas sûre de pouvoir le faire. Elle était une femme respectée de tous et n'avait jamais une fois dans sa vie perdu le contrôle d'elle-même devant un homme — pas même devant feu son mari.

— Regarde-moi, Abby, ordonna-t-il.

Constatant qu'elle continuait à fixer le plastron de son T-shirt, il lui releva doucement le menton.

— Si je t'ai arrêtée, poursuivit-il, ce n'est pas parce que je ne te désire pas. En cet instant, je donnerais ma vie pour te conduire dans ma chambre et t'aimer toute la nuit comme tu mérites d'être aimée. Mais tu n'es pas prête.

Il y avait une telle tendresse dans le baiser qu'il déposa sur ses paupières qu'elle fut à deux doigts de fondre en larmes.

— Lorsqu'on fera l'amour, ajouta-t-il, ce sera très long et très doux, et quand l'aube se lèvera, aucun de nous deux n'aura de regrets.

La détermination qu'elle lisait dans ses yeux noisette lui donna un coup au cœur. Qu'était-elle censée répondre ? Que pouvait-elle répondre ?

Devait-elle le remercier de l'avoir empêchée de se couvrir de ridicule, ou de son intention de lui faire l'amour comme aucun autre homme ne l'avait fait ? Outre que c'était totalement inapproprié, ce serait aussi des plus humiliant.

— Je… heu… je devrais vraiment rentrer, Brad, parvint-elle enfin à articuler.

Il déposa un baiser sur son front et la serra brièvement dans ses bras.

— On se voit demain soir, chérie.

— Je ne crois pas…

— Chut, Abby ! l'interrompit-il en posant un doigt sur ses lèvres.

Il lui décocha un sourire qui la liquéfia.

— Rassure-toi, précisa-t-il, on ne sera pas seuls. On aura trois enfants pour nous chaperonner.

Elle avait totalement oublié sa promesse de garder les jumelles de Rick et de Sadie, mais elle ne pouvait pas renier cet engagement et laisser Brad s'occuper seul de trois fillettes en bas âge. Elle ne s'en sentait pas le droit. Sans compter que Sadie était sa meilleure amie, qui méritait bien de passer un peu de temps en tête à tête avec son mari.

Résignée, elle hocha la tête.

— On se voit demain.

— Je suis impatient, assura-t-il avec un sourire qui aurait pu faire fondre les glaces du Pôle.

Elle enfila sa veste et se dirigea vers la porte. Il était inutile de raisonner avec lui et de lui rappeler que plus ils passaient de temps ensemble, plus la situation devenait risquée pour elle. De toute façon, il ne l'écouterait pas. En outre, elle devait prendre le temps d'analyser son propre comportement, si saugrenu. Comprendre pourquoi il lui avait été si facile de s'abandonner dans les bras de Brad et de se sentir plus libre avec lui que cela n'avait jamais été le cas avec Richard.

Dès qu'elle aurait trouvé la réponse, elle était décidée à organiser ses défenses afin d'éviter que cela ne se reproduise. Elle risquait fort, sinon, de tomber amoureuse de Brad.

Et de se couvrir de ridicule plus encore qu'elle ne l'avait fait ce soir.

— J'ai pris la liberté de commander pour nous deux, dit Sadie lorsque Abby se glissa en face d'elle dans un box du Royal Diner.

— Désolée pour le retard, s'excusa Abby. Juste après que tu m'as appelée pour m'inviter à déjeuner, mon contremaître est venu m'annoncer qu'une de mes juments avait commencé à mettre bas pendant la nuit. Le poulain est né il y a une heure à peine.

— J'espère que tout s'est bien passé, observa Sadie en souriant.

Elle attendit que la serveuse ait posé leurs assiettes sur la table et qu'elle se soit éloignée.

— C'est un étalon ou une pouliche ?

— Une pouliche, répondit Abby d'un ton animé. J'avais déjà choisi son nom, qui n'aurait pas vraiment convenu si cela avait été un étalon.

— Ne me laisse pas dans l'ignorance, dit son amie en riant. Quel nom as-tu choisi ?

— Elle sera inscrite sous le nom de « Danseuse de Sunnie » dans le registre de l'association américaine du Quarter Horse.

Sadie, qui portait son verre de thé glacé à ses lèvres, interrompit son geste.

— Tu lui as donné le nom du bébé ?

— J'ai trouvé que c'était joli. D'ailleurs, lorsque Sunnie sera plus grande, j'ai l'intention de lui faire cadeau de cette pouliche.

La question de savoir si le bébé monterait à cheval dès qu'elle en aurait l'âge ne se posait même pas. Tout le monde à Royal et dans les alentours possédait un cheval, ou tout du moins savait monter.

— C'est très joli, déclara Sadie, l'air pensif, en reposant son verre sur la table. Tu es tombée amoureuse de mon frère et de notre nièce, n'est-ce pas ?

Abby sentit les battements de son cœur s'accélérer, et une vague de panique monta en elle. Il lui était impossible de nier les profonds sentiments qu'elle éprouvait pour le bébé. Mais… pour Brad ? Etait-ce pour cette raison qu'elle cédait constamment à ses appels à l'aide ? Qu'elle perdait toute volonté de résistance lorsqu'il la prenait dans ses bras, lorsqu'il l'embrassait ?

Non, trois fois non. Elle ne pouvait pas se permettre d'aimer un autre homme. Le risque était trop élevé. Elle souffrirait trop si elle le perdait à son tour comme elle avait perdu Richard — ou le bébé qu'elle avait cru pouvoir adopter avant que sa mère change d'avis.

— Heu… non, répondit-elle d'un ton hésitant. J'adore Sunnie, bien sûr. Qui ne l'aimerait pas ? Mais Brad ? Je ne crois pas. Il est très gentil, mais je ne suis pas amoureuse de lui. Nous sommes seulement des amis.

— Bien sûr, répondit Sadie avec un sourire entendu.

En voyant l'expression de son visage, Abby comprit que sa meilleure amie n'avait pas cru un seul mot de son discours, et elle se sentit obligée d'insister :

— Je t'assure, nous sommes amis, c'est tout.

— Je suppose que c'est ce qui explique que vous soyez devenus inséparables depuis une semaine.

— Je ne fais que l'aider à organiser le premier Noël de Sunnie, précisa Abby.

Elle se rendit compte qu'elle avait répondu d'un ton défensif et s'en voulut aussitôt. Ses explications devaient avoir l'air d'un disque rayé, mais elle se trouvait dans l'incapacité de trouver une excuse plus plausible.

— Tu ne me dois aucune explication, Abby, la rassura Sadie avec un sourire plein d'indulgence. Je ne te condamne pas, loin de là. Dieu sait que j'étais une catastrophe ambulante lorsque Rick et moi essayions de comprendre où nous en étions.

— Je suis sincèrement heureuse que tout se soit arrangé pour vous deux, déclara Abby. Mais il n'y a absolument rien entre…

— Epargne-moi la suite, coupa Sadie en riant. Je connais la chanson, et je n'ai pas besoin de la réentendre. Je ne t'ai pas invitée à déjeuner pour te questionner au sujet de tes sentiments pour mon frère.

— Pourquoi tenais-tu à me voir ? s'enquit Abby.

Cette invitation impromptue l'avait un peu surprise. Généralement, lorsqu'elles convenaient de déjeuner ensemble, rendez-vous était pris bien à l'avance afin que Sadie ait le temps de trouver une baby-sitter.

— En réalité, il y a plusieurs raisons à cela, répondit Sadie en sirotant son thé. J'ai pris quelques décisions concernant le centre culturel familial, et j'aimerais te les soumettre.

Soulagée de revenir sur un terrain moins dangereux, Abby reprit sa fourchette.

— Alors, qu'as-tu décidé ?

— Je veux que ce soit un lieu où les familles puissent non seulement familiariser leurs enfants avec l'art, mais aussi recevoir l'aide dont elles ont besoin en temps de crise.

Elle se tut, l'air pensif.

— Les temps sont durs pour beaucoup de gens, aujourd'hui, reprit-elle, et je souhaite que les familles aient un interlocuteur vers qui se tourner lorsqu'elles ont besoin d'aide pour payer une facture d'électricité ou un mois de loyer en retard.

— Je pense que c'est une merveilleuse idée, déclara Abby. Tu n'as qu'à me dire où et quand je peux me porter volontaire pour vous aider. Où se trouvera le centre culturel ? Tu espères encore que le TCC fera don de son ancien club-house si l'on vote pour construire les nouveaux locaux, ou bien comptes-tu te mettre à la recherche d'un terrain à bâtir ?

— J'espère toujours que nous pourrons récupérer le club-house, répondit Sadie, le regard perdu dans l'espace comme si elle imaginait les possibilités offertes par ce bâtiment. Il y a là tout ce dont nous avons besoin, des bureaux, une salle de bal qui pourrait facilement être transformée en auditorium pour accueillir des concerts ou des expositions d'art, ainsi qu'une salle de sport pour les activités physiques. Mais si cela s'avère impossible, j'envisagerai de faire construire un centre tout neuf.

— J'espère que tu pourras disposer du club-house, déclara Abby avec enthousiasme. Ce serait vraiment idéal.

Elles demeurèrent un moment silencieuses. Abby lui posa alors la question qui lui brûlait les lèvres :

— Pour quelle autre raison tenais-tu à me voir ?

— Certains membres du TCC se posent des questions, répondit Sadie d'un ton hésitant. Quelques-uns ont approché Rick pour lui demander ce qu'il se passait entre Brad et toi, et pourquoi vous passiez tant de temps ensemble.

Abby sentit son cœur se serrer. Elle avait prévenu Brad de ce qui allait arriver lorsqu'on les avait vus déjeuner ensemble, la veille.

— Qu'a-t-il répondu ? s'enquit-elle d'une voix faible.

— Tu connais Rick, répondit Sadie en souriant. Il leur a répondu, poliment mais fermement, que s'ils s'occupaient un peu plus de leurs propres vies, ils n'auraient pas le temps de s'occuper de celles des autres.

Réprimant un gémissement, Abby repoussa son assiette. Elle qui était affamée en arrivant ici s'apercevait tout à coup que son appétit l'avait abandonnée.

— Je me réjouis qu'il les ait remis à leur place, mais je déteste qu'on colporte des ragots à mon sujet.

— Je sais ce que c'est, assura Sadie. Si tu te souviens bien, Rick et moi étions au centre de toutes les rumeurs en ville il y a cinq ou six mois.

— C'est un côté de la vie à Seattle qui me manque plus que tout, observa Abby en soupirant. C'est une ville suffisamment grande pour que personne ne se préoccupe de savoir qui sont vos amis ou ce que vous faites.

— Les commérages sont un inconvénient de la vie dans une petite ville, c'est certain, convint Sadie. Mais j'ai pensé que tu devais en être informée.

— Merci.

En son for intérieur, Abby ne pouvait s'empêcher de se demander s'il n'aurait pas mieux valu qu'elle demeure dans une bienheureuse ignorance. Au moins, elle n'aurait pas eu l'impression que tout le monde chuchotait derrière son dos lorsqu'elle entrait dans une pièce.

— Il y a une autre question que je souhaitais te poser, dit Sadie, reposant sa serviette de papier sur la table. Tu es certaine que Brad et toi êtes disponibles pour garder les jumelles, ce soir ?

— Bien sûr, répondit Abby sans hésiter, consciente que si ce tête-à-tête avec Brad risquait de s'avérer délicat, elle n'avait pas le droit de décevoir son amie. Je suis impatiente d'y être. Tu sais combien j'aime tes filles.

— Merci, répondit Sadie, visiblement soulagée. J'ai vraiment envie de passer un peu de temps seule avec mon mari.

— Je ne peux pas t'en blâmer. Brad et moi avons fait un petit pari, à celui qui se fatiguera le premier.

— Tu as déjà vu les jumelles en action, répliqua Sadie en souriant. Je crains fort que Brad et toi ne soyez tous deux épuisés à la fin de la soirée. Quel est l'enjeu de votre pari ?

— Le perdant devra préparer un dîner pour l'autre, expliqua Abby, riant pour la première fois depuis qu'elle avait appris qu'on jasait à son sujet dans toute la ville de Royal. Et ce pari, je suis bien décidée à le gagner.

— Bravo, Abby !

Sadie consulta sa montre, posa quelques dollars sur la table pour la serveuse, et ramassa sa veste et son sac.

— Je dois filer, annonça-t-elle. Un de mes voisins a découvert les flamants roses dans son jardin en se réveillant ce matin. Comme il s'apprêtait tout juste à partir pour Houston en voyage d'affaires, il m'a demandé de porter sa donation au foyer d'accueil Helping Hands.

— Je n'ai rien à y voir, cette fois-ci, répondit Abby en riant. J'ai souvent participé à l'installation des flamants roses sur les pelouses de nos concitoyens, mais je n'ai aucune idée de qui d'autre est sur la liste.

— Cela ne me dérange vraiment pas, assura Sadie. C'est pour la bonne cause. Mais plus vite j'aurai apporté la contribution dc M. Higgins, ct plus vite ils pourront les installer dans une autre propriété et collecter d'autres donations pour le foyer.

— Je m'attends à trouver ces oiseaux sur ma pelouse d'un jour à l'autre, remarqua Abby, se glissant hors du box.

— Rick et moi amènerons les jumelles chez Brad ce soir vers 19 heures, dit Sadie alors qu'elles se dirigeaient vers la caisse pour régler leur repas.

— Cela me convient très bien. Mais je pensais qu'on les garderait chez toi.

— Les jumelles seront probablement encore debout à notre retour, mais Sunnie dormira très certainement. J'ai pensé que ce serait plus facile pour vous de la coucher dès qu'elle aura sommeil, plutôt que de devoir la réveiller pour la ramener chez Brad.

— Tu as sûrement raison, convint Abby en serrant son amie dans ses bras. Je te verrai ce soir chez Brad.

En route vers le ranch, Abby repensa à l'avertissement de son amie. La dernière chose qu'elle souhaitait, c'était devenir une fois de plus le centre des conversations au TCC. Certains des membres plus âgés n'avaient jamais accepté qu'une femme soit admise dans ce club prestigieux et ils s'étaient montrés scandalisés lorsqu'elle avait décidé de briguer le poste de président. A présent que le vote avait eu lieu, les critiques semblaient s'être un peu calmées, et tout le monde attendait le résultat du scrutin. C'était tant mieux, et elle espérait que les choses en resteraient là.

Elle allait devoir évoquer ce sujet avec Brad, et lui dire qu'il n'était pas question qu'ils se rendent ensemble au gala de Noël. De toute façon, elle cherchait une excuse pour ne pas donner suite à ce projet, et celle-ci en valait bien une autre. Elle ne tenait pas du tout à s'afficher avec lui à un tel événement, car elle savait que cela ne ferait que nourrir les rumeurs à leur sujet. A présent, il ne lui restait plus qu'à convaincre Brad lui-même du bien-fondé de ses réticences.

Abby soupira. Sa tâche n'allait pas être facile. Si ces deux dernières semaines lui avaient apporté un enseignement, c'était que Brad Price était un homme déterminé à faire les choses à sa façon.

Confortablement installée dans le fauteuil à bascule, Abby donnait le biberon à Sunnie tout en observant Brad en train de jouer avec ses nièces, Wendy et Gail, et ce spectacle lui arracha un sourire. Il avait été leur poney pour les promener sur son dos, les avait aidées à construire des tours de cubes de bois pour les démolir aussitôt, et avait tenu le gros lapin en peluche pendant que les fillettes faisaient semblant de le nourrir. En cet instant, il était assis sur le canapé, les jumelles blotties contre lui. Le trio regardait un classique de Disney en vidéo, et Brad paraissait aussi absorbé par l'histoire que les petites filles.

Wendy et Gail, visiblement, adoraient leur oncle, et celui-ci le leur rendait bien. Chaque fois que l'une des jumelles commentait une scène à l'écran, Brad lui accordait toute son attention, et il l'écoutait comme si son opinion était de la plus haute importance pour lui.

Il serait un père merveilleux pour Sunnie et pour ses autres enfants.

Son cœur se serra à l'idée qu'elle ne ferait jamais partie de cette histoire. Pour elle, il n'y aurait jamais de soirées avec les enfants devant la télévision à regarder des films, pas de bébés à bercer sur sa poitrine jusqu'à ce qu'ils s'endorment, et… pas de Brad.

Elle eut un coup au cœur. D'où lui était venue cette idée ?

— Abby, chérie, tu te sens bien ? demanda Brad, la ramenant brusquement à la réalité.

— Bien sûr, répondit-elle précipitamment. Pourquoi cette question ?

Brad esquissa un sourire.

— Tu avais l'air à des années-lumière d'ici, expliqua-t-il. J'espère que tu n'es pas sur le point de jeter l'éponge et de concéder que tu as perdu notre petit pari ?

— Jamais de la vie, répliqua-t-elle en riant.

— Je te demandais si tu pensais qu'il était l'heure de mettre ces petites filles en pyjama et de leur donner leur petit en-cas, dit-il en souriant, indiquant les jumelles qui bâillaient contre lui.

— Tu veux que je m'en occupe, ou te sens-tu de taille à le faire ?

Abby sourit en se rendant compte qu'ils évitaient tous deux de prononcer les mots « dormir » ou « lit ». Ayant déjà assisté au coucher des jumelles chez Sadie, elle avait pu constater de ses yeux que la seule mention de certains mots déclenchaient des crises de rébellion chez elles.

— Que ce soit toi ou moi importe peu, répondit-il

avec un haussement d'épaules nonchalant. Sunnie s'est-elle endormie ?

— Oui, répondit-elle en se levant, le bébé dans les bras. Je vais la monter dans sa chambre et la coucher dans son berceau. A mon retour, j'aiderai Wendy et Gail à enfiler leurs pyjamas pendant que tu prépareras les snacks que Sadie a apportés.

Il étendit son bras sur le dossier du canapé et la considéra avec un sourire de défi.

— Que le meilleur gagne.

— Tu as l'air un peu fatigué, remarqua-t-elle.

— Attends seulement de me voir, chérie. C'est *moi* qui vais gagner notre pari.

— Tu peux toujours rêver, lança-t-elle par-dessus son épaule tout en se dirigeant vers l'escalier.

Vingt minutes plus tard, dans leurs pyjamas roses identiques, les jumelles finissaient leurs biscuits au fromage et leur verre de lait lorsqu'on sonna à la porte.

— Je ne m'attendais pas à ce qu'ils rentrent aussi tôt, dit Abby en rassemblant les blocs de bois dans un filet.

— Sadie m'avait dit qu'ils allaient seulement dîner en ville, rappela Brad en riant. Je crois qu'ils désiraient seulement savourer un bon repas en amoureux.

— Pense seulement à ce qui t'attend avec Sunnie, observa Abby, réprimant un sourire.

Une demi-heure plus tard, après avoir souhaité bonne nuit à Sadie, à Rick et aux jumelles, Abby se retrouva seule avec Brad pour la première fois depuis l'humiliant incident de la soirée précédente.

Il s'était bien gardé d'évoquer le sujet, et elle lui en était reconnaissante. Mais le temps était venu d'aborder une autre question tout aussi embarrassante.

Elle s'assura d'un coup d'œil qu'elle ne se tenait pas directement sous un bouquet de gui. Connaissant son nouvel enthousiasme pour la tradition, il aurait probablement insisté pour l'embrasser, et elle avait besoin de garder toute sa tête.

— Il y a un sujet dont nous devons discuter, déclara-t-elle.

Il la dévisagea quelques instants, s'efforçant de deviner ce qu'elle allait lui dire.

— Si c'est au sujet de ce qui s'est passé lorsque je t'ai embrassée…, commença-t-il.

— Ce n'est pas cela, l'interrompit-elle. Enfin, pas exactement.

— Très bien, dit-il en posant sa main au creux de son dos pour la pousser doucement en direction de la cuisine. Je vais nous préparer un peu de café.

Secouant la tête, elle s'immobilisa au milieu du vestibule.

— Je te remercie, mais je ne vais pas rester très longtemps.

Elle prit une profonde inspiration.

— Je n'irai pas au gala de Noël avec toi, déclara-t-elle.

— Pourquoi ? demanda-t-il, contrarié.

— Au TCC, certains membres jasent, répondit-elle sans détour. Il paraîtrait que nous passons trop de temps ensemble. Je n'aime pas ces rumeurs, et je veux qu'elles cessent. En nous rendant au gala de Noël ensemble, on ne fera qu'encourager les ragots.

— Je me fiche bien de savoir ce que les gens racontent, et tu ne devrais pas non plus t'en préoccuper, répliqua-t-il. Premièrement, cela ne les regarde pas, et deuxièmement, si on ne va pas au gala ensemble, c'est à ce moment-là que les gens se mettront vraiment à jaser.

— Comment en es-tu arrivé à une telle conclusion ?

— Réfléchis une seconde, chérie, dit-il en capturant son visage entre ses mains. Si la rumeur raconte qu'on nous voit toujours ensemble et que ce n'est pas le cas ce soir-là, on ne manquera pas de se demander pourquoi. Tu ne comprends pas, Abby ? Quoi qu'on fasse, les gens vont jaser. On ne peut rien faire pour les en empêcher.

— Malheureusement, marmonna-t-elle, se sentant prise au piège.

— Il existe cependant un moyen d'affronter la situation, ajouta-t-il, son regard rivé au sien. On n'a rien à cacher. On peut arriver ensemble au gala la tête haute et leur montrer ainsi qu'on fait bien peu de cas de leurs racontars et qu'on a bien l'intention de continuer à vivre comme on veut.

Exposé en ces termes, elle ne pouvait nier que l'argument paraissait sensé. En ignorant les colporteurs de ragots, Brad et elle les privaient de tout leur pouvoir. Mais cela ne l'empêcherait pas de ressentir de la gêne.

Elle acquiesça, la mort dans l'âme.

— Je suppose que tu as raison.

— Je le sais, chérie.

Il inclina la tête pour poser les lèvres sur les siennes et, comme elle l'avait craint, son désir de résistance s'évapora instantanément. Elle s'était répété mille fois qu'elle ne lui permettrait plus de l'embrasser, qu'elle ne courrait plus jamais le risque de se couvrir de ridicule. Mais la vérité, c'était qu'elle désirait qu'il l'embrasse, elle désirait sentir son corps vigoureux contre le sien. C'était sûrement une folie, mais elle le désirait de toutes ses forces.

Ce seul fait aurait dû suffire à la convaincre de prendre ses jambes à son cou et de s'enfuir aussi loin de lui que possible. Au lieu de quoi, elle noua les bras autour de son cou et, emmêlant les doigts dans les cheveux de sa nuque, elle s'abandonna au flot incandescent de sensations qu'elle savait pouvoir attendre des baisers de Brad.

Lorsqu'il glissa une main sous son chemisier, le contact de sa paume tiède remontant de sa taille vers son buste la fit frissonner de la tête aux pieds. Mais, lorsque, en même temps que son baiser devenait plus profond, cette même main vint effleurer son sein, la vague de chaleur qui l'envahit priva ses genoux de toute force, et elle crut qu'elle allait défaillir.

Elle se laissa aller dans ses bras tandis qu'il la caressait à travers le tissu du soutien-gorge, et une merveilleuse onde de chaleur se répandit dans tout son corps. Bientôt, elle regretta de tout son cœur que la barrière de leurs vêtements l'empêche de sentir ses muscles durs sur sa peau. Elle brûlait de le caresser, d'être caressée, d'explorer son corps et de le sentir explorer le sien.

Perdue dans l'univers de sensations que Brad avait éveillées en elle, elle ne put réprimer un gémissement de frustration lorsqu'il mit progressivement fin à leur baiser et ôta sa main de son chemisier. Posant son front contre le sien, il prit une profonde inspiration avant de murmurer d'une voix rauque :

— Je sais que je vais le regretter, mais je pense qu'il est temps que tu rentres chez toi. Une bonne nuit de sommeil te fera du bien. Tu as l'air aussi épuisée que moi.

Il alla chercher son manteau dans le placard et l'aida à l'enfiler. Abby, commençant à se détendre un peu, glissa les bras dans les manches. Elle se dirigea vers la porte et se retourna sur le seuil, sourire aux lèvres.

— Je t'ai bien entendu dire que tu étais fatigué ?

— Oui, répondit-il, fronçant les sourcils. Pas toi ?

— Un petit peu, convint-elle. Mais c'est toi qui l'as dit le premier. Maintenant, tu me dois un dîner.

Un sourire aux lèvres, il vit la porte se refermer derrière elle. Il n'avait pas oublié leur pari. Il avait mis un point d'honneur à la laisser gagner. Ce renoncement avait été largement récompensé par l'expression de triomphe qu'il avait vue sur son ravissant visage.

Mais, alors qu'il songeait à toutes les manières de rendre sa soirée vraiment spéciale lorsqu'il remplirait les termes de leur pari, l'idée que certains membres du TCC colportent des ragots à leur sujet et qu'elle en souffre commença à le ronger. Il soupçonnait qu'une majorité de ces mauvaises langues appartenait à la faction qui s'accrochait à la tradition — ceux-là même qui avaient milité pour que le club demeure une organisation réservée aux hommes et qui n'avaient jamais accepté qu'Abby soit admise dans leurs rangs.

Ce n'était pas un détail dont il était très fier, songea-t-il en réprimant un soupir, mais jusqu'à tout récemment, il avait été de leur avis. Mais, aujourd'hui ?

Les temps avaient changé, et la seule façon de garantir que le club demeure une institution hautement respectée à Royal, c'était que ses membres s'ouvrent au progrès. Abby était membre du club depuis le début de l'année, et il pouvait affirmer que la mission du club était restée exactement la même. Tous ses membres, y compris Abby, travaillaient à perpétuer les valeurs chères à Tex Langley plus d'un siècle auparavant.

C'est pourquoi ces rumeurs devaient cesser. Outre qu'elles mettaient Abby mal à l'aise, de tels comportements finiraient par détruire le TCC de l'intérieur. Heureusement, il pensait avoir trouvé le moyen de mettre un terme à ces médisances.

Le lendemain après-midi, Brad était assis au bout de la lourde table d'acajou dans l'une des salles de réunion privées du TCC, attendant ses deux amis pour leur présenter son plan.

— Quoi de neuf, Brad ? le salua Chris en entrant dans la pièce, suivi de Zeke.

— Certains membres du club répètent à qui veut les entendre qu'Abby et moi passons trop de temps ensemble, et j'entends que cela cesse, déclara-t-il d'un ton coupant.

Hochant la tête, Zeke tira une chaise et prit place près lui.

— C'est vrai, dit-il. Deux d'entre eux parlaient de vous au Royal Diner, l'autre jour, mais ils ont eu le bon sens de se taire en me voyant entrer.

Brad ne lui demanda pas ce qu'ils se disaient. Cela ne l'intéressait pas. Le simple fait qu'ils soient devenus le sujet des commérages chagrinait Abby, et cela suffisait pour qu'il en fasse une affaire personnelle.

— Mon beau-père a remarqué également que vous deveniez inséparables, déclara Chris en s'asseyant à son tour. Harrison m'a demandé si je savais quelque chose à ce sujet, et je lui ai répondu que même si j'étais au courant je ne lui en dirais rien.

— Merci, dit Brad. J'apprécie votre loyauté, à tous les deux. Je crois savoir comment faire taire les mauvaises langues, mais je vais avoir besoin de votre aide.

— Tu sais que tu peux compter sur nous, déclara Zeke d'un ton solennel.

— Nous sommes avec toi, confirma Chris. Qu'as-tu en tête ?

— J'aimerais faire circuler l'idée qu'Abby et moi travaillons ensemble à restaurer l'unité au sein du club, expliqua Brad.

Chris acquiesça.

— Voilà qui me semble raisonnable. Quel que soit le résultat de l'élection, les partisans du perdant risquent d'être mécontents.

— Et comment comptes-tu t'y prendre pour faire passer cette information ? s'enquit Zeke.

— Si chacun de vous en glissait un mot à l'oreille des cancaniers les plus notoires, je pense que la rumeur se répandrait assez vite, expliqua Brad. Avec un peu de chance, lorsque les résultats du scrutin seront annoncés au gala de Noël, les membres seront plus enclins à préserver l'unité du club et à faciliter la transition pour le gagnant de l'élection, quel qu'il soit.

— Ce plan me semble solide, opina Chris.

— Loin de moi l'idée de critiquer Abby, remarqua Zeke en souriant, mais cette polémique est exactement la raison pour laquelle tu dois être élu président. Si quelqu'un a une chance de remettre le TCC sur la bonne voie, c'est bien toi.

— Je vais commencer par parler à Harrison Reynolds, déclara Chris d'un air inspiré. D'ici ce soir, toute la ville sera au courant. Harrison est la plus grande mauvaise langue de la ville.

— Je croyais que ton beau-père et toi aviez finalement fait la paix, observa Brad.

Chris venait d'un milieu modeste et avait réussi par ses propres moyens, mais il n'avait jamais trouvé grâce aux yeux d'Harrison Reynolds qui, durant des années, lui avait manifesté une froide animosité, ne le trouvant pas digne d'avoir épousé sa fille Macy.

— Nous avons fait la paix, c'est vrai, reconnut Chris. Mais seulement jusqu'à un certain point. Il s'oublie encore de temps à autre, et il ne perd pas une occasion de me rappeler que nous ne sommes pas du même monde.

— Ce type ne t'arrive pas à la cheville, Chris, assura Zeke avec une moue méprisante.

Chris haussa les épaules.

— Nous ne serons jamais les meilleurs amis du monde, c'est certain. Mais nous aimons tous deux Macy, et nous avons appris à tolérer nos différences pour son bien.

— Autre chose ? s'enquit Zeke.

— Mitch Hayward a appelé ce matin pour me demander quelques informations sur la gestion du club de football, répondit Brad en souriant. J'ai eu l'impression qu'il était sur le point d'accepter notre offre.

— Fabuleux ! s'exclama Zeke.

— Tu penses qu'il aura pris sa décision avant le gala de Noël ? demanda Chris d'un ton plein d'espoir.

— Tout semble le suggérer, répondit Brad. Ce serait formidable de pouvoir annoncer la création de notre club de football durant le gala. D'ici là, nous devrions avoir un engagement ferme de la part de deux des anciens équipiers de Mitch en ligue professionnelle pour les deux autres postes de gestion que nous proposons.

Zeke consulta sa montre et se leva.

— A cette heure-ci, je devrais pouvoir trouver un ou deux membres du TCC en train de boire un café au Royal Diner, déclara-t-il. Je crois que je vais mettre notre plan en œuvre sans plus attendre.

— Quant à moi, je vais faire un saut au bureau

de mon beau-père pour lancer l'opération de ce côté-là, dit Chris, se levant à son tour.

En suivant ses amis hors du club-house, Brad était convaincu que, le soir venu, plus personne en ville ne se demanderait pourquoi Abby et lui passaient tant de temps ensemble. Ou, s'ils y pensaient encore, ce serait sous un angle plus positif.

- 7 -

Durant les quelques jours qui avaient suivi leur soirée de baby-sitting avec les jumelles de Sadie, Abby n'avait pas revu Brad ni le bébé, et elle ne s'était entretenue au téléphone avec Brad qu'en de rares occasions. Elle était très occupée par les préparatifs de la fête de Noël du foyer d'accueil pour femmes Helping Hands, où elle avait offert de travailler comme bénévole. En outre, elle se levait aux aurores depuis plusieurs jours pour placer les flamants roses sur les pelouses des résidents les plus fortunés de Royal.

En arrêtant sa voiture devant chez Brad, elle sentit son cœur s'affoler par anticipation. Elle était fière d'avoir contribué à la collecte de plusieurs centaines de milliers de dollars pour l'association caritative qui gérait le foyer, mais, en consacrant ainsi son temps aux bonnes œuvres, elle s'était privée de la compagnie de Sunnie et de son oncle au charme dévastateur. Son attachement croissant pour le bébé et l'homme était sans doute une imprudence qui finirait par lui coûter bien des larmes, mais elle se sentait incapable d'y mettre fin. Brad et sa précieuse petite nièce étaient devenus une partie essentielle de sa vie.

Avant qu'elle ait même le temps de frapper, Brad ouvrit la porte et la serra dans ses bras.

— Tu es prête pour l'événement culinaire de l'année ? s'enquit-il, accompagnant sa question d'un baiser qui lui fit tourner la tête.

— Je… suppose que oui, répondit-elle d'une voix mal assurée.

— Parfait, dit-il en la prenant par la main. Ferme les yeux.

— Que manigances-tu, cette fois ?

— On avait fait un pari, et le perdant devait préparer un bon dîner pour le vainqueur, tu te souviens ? Maintenant, ferme les yeux.

Elle obtempéra, et il la conduisit par la main jusqu'à la grande salle à manger.

— Tu peux les rouvrir maintenant, murmura-t-il tout près de son oreille.

Elle obéit et contempla la table devant elle avec une expression émerveillée.

— Oh ! Brad ! C'est magnifique !

Les sets de table rouges et les serviettes vertes formaient un contraste parfait avec la nappe d'un blanc immaculé. Deux bonnes douzaines de roses rouges dans un élégant vase d'argent occupaient le centre de la table. A chaque bout, des bougies brûlaient dans des chandeliers d'argent.

Elle n'avait pas imaginé qu'il se donnerait autant de mal pour remplir les termes de leur pari. Elle s'attendait plus ou moins à ce qu'il lui prépare un dîner simple et rapide, des spaghettis peut-être, qu'ils dégusteraient à la table de la cuisine. Et elle était touchée par les efforts évidents qu'il avait déployés pour la recevoir.

Arrivant derrière elle, il lui enlaça la taille et l'attira contre lui.

— Tu mérites le meilleur en toute chose, chérie.

Son souffle tiède dans son cou et son corps pressé contre son dos déclenchèrent une série de décharges électriques dans tout son corps. Tout au début de leur relation, elle aurait peut-être pu lutter contre ce qui se produisait entre eux, mais, au cours de ces deux dernières semaines, il avait usé sa résistance, et elle en était venue à attendre avec impatience ces moments qu'ils vivaient ensemble, ces gestes d'affection. Il lui semblait que Brad ne manquait pas une occasion de caresser sa joue, ses cheveux, ou de l'embrasser jusqu'à ce qu'ils soient tous deux à bout de souffle. Elle le regretterait peut-être un jour, mais, d'ici là, elle savourait la moindre de ses caresses.

Elle savait qu'elle jouait à un jeu dangereux, et cette idée l'effrayait un peu. Mais tant qu'elle garderait un peu de distance, tant qu'elle se souviendrait qu'elle ne devait pas perdre le contrôle de ses sentiments, elle devrait pouvoir maintenir leur nouvelle amitié tout en protégeant son cœur.

La difficulté viendrait peut-être lorsqu'il lui faudrait mettre ces belles idées en pratique. Mais, en cet instant, serrée dans les bras de Brad qui couvrait son cou d'une multitude de baisers, il lui était de plus en plus difficile de se rappeler pourquoi il était aussi vital pour elle de s'interdire de lui donner son cœur.

— Où est le bébé ? s'enquit-elle, s'efforçant désespérément d'écarter ces pensées dérangeantes.

— Elle passe la nuit chez Sadie et Rick, murmura-t-il tout contre sa peau. J'ai pensé que, pour une fois, il serait agréable d'avoir une soirée tout à nous.

L'idée de passer toute une soirée en tête à tête avec Brad sans la présence protectrice du bébé entre eux aurait dû la faire se précipiter aussitôt vers la porte. Le fait qu'elle n'en ait pas du tout envie ne fit que l'inquiéter davantage.

— Tu es sûr que ce soit raisonnable ? demanda-t-elle dans un souffle, la question s'adressant davantage à elle-même qu'à lui.

Il prit son visage entre ses mains et, plongeant son regard noisette dans le sien, murmura d'un ton suave :

— Je te donne ma parole qu'il ne se passera rien que tu ne souhaites, chérie.

Elle ne se donna pas la peine de lui expliquer que c'était justement ce qui l'inquiétait. C'était inutile. Ils savaient l'un et l'autre que l'alchimie entre eux était plus forte que tout ce qu'ils pouvaient imaginer.

— Que dirais-tu de savourer le délicieux dîner que tu m'as promis ? suggéra-t-elle, évitant prudemment le sujet relatif à la tournure que pourrait prendre la soirée.

Brad la dévisagea un long moment, puis, esquissant un sourire, tira l'une des chaises de la table.

— Installe-toi, je t'en prie, et prépare-toi à

goûter le meilleur steak Bourbon Street que tu aies jamais goûté.

Elle ne fut pas surprise qu'il ait choisi ce type de dîner. La plupart des hommes, au Texas, préféraient un bon steak à tout autre menu.

— Où l'as-tu commandé ?

— Chez Price, répondit-il, posant une assiette garnie devant elle.

— Tu les as fait mariner et griller toi-même ?

— Pourquoi sembles-tu si étonnée ? demanda-t-il en prenant place au bout de la table. Il était convenu que le perdant de notre pari préparerait un dîner pour l'autre.

— Je sais, mais la plupart des hommes que je connais sont persuadés qu'il suffit de jeter un steak sur le grill. Ils ne songent même pas une seconde à le faire mariner.

— Chérie, répondit-il avec un sourire charmeur, tu n'as pas encore compris que je ne suis pas un homme ordinaire ?

En portant à ses lèvres la première bouchée de son steak qui semblait succulent, Abby devait convenir qu'au cours de ces deux derniers mois Brad n'avait cessé de la surprendre. D'abord, il avait accepté la responsabilité d'élever la fille de son frère comme si elle avait été sa propre enfant. C'était un comportement plutôt inattendu chez un play-boy notoire. Il l'avait encore étonnée le jour où il lui avait annoncé qu'il travaillerait à domicile parce qu'il ne pensait pas qu'il soit dans le meilleur intérêt de Sunnie qu'il la confie aux soins d'une nounou. Abby était parfaitement consciente que c'était une attitude totalement inédite dans le milieu des affaires qui était le sien. Mais là où il l'avait vraiment laissée sans voix, c'était la nuit où Sunnie avait eu de la fièvre après son vaccin. Brad s'était inquiété non seulement pour le bébé, mais aussi pour elle : connaissant son état de profonde fatigue, il avait refusé de la réveiller afin qu'elle ne prenne pas le risque de rentrer chez elle en voiture.

— Que penses-tu de ton steak ? s'enquit-il, interrompant ses réflexions.

— Il est absolument délicieux, répondit-elle en toute sincérité.

— Je me réjouis qu'il te plaise, dit-il en prenant son verre de thé glacé. Y a-t-il de bons restaurants de viande, à Seattle ?

— Bien sûr, répondit-elle en souriant. J'en connais un à Redmond, le Stone House, où l'on sert des steaks fabuleux.

— Est-ce là-bas que tu vivais ?

— Non, répondit-elle. Redmond est une banlieue de Seattle où mes associées et moi avons créé notre société d'informatique. Nous dînions là lorsque nous devions travailler tard.

— J'ai entendu dire que ton logiciel de gestion a été adopté par toute l'industrie des assurances et qu'il est considéré comme le plus performant. Tu crois que tu retourneras un jour travailler dans le développement de logiciels ?

— J'y ai songé au moment de la mort de Richard, reconnut-elle. Et, tout récemment, mes anciennes associées m'ont approchée pour me proposer de créer une nouvelle société. Mais je devrais pour cela retourner m'installer dans la région de Seattle, et je ne suis pas sûre d'en avoir envie. J'ai un ranch dont je dois m'occuper, et…

Elle marqua une pause avant d'ajouter en souriant :

— Lorsque j'aurai été élue présidente du TCC, les membres du club préféreront certainement que je réside un peu plus près de Royal.

Brad se leva en riant, et il rassembla leurs assiettes pour les porter dans la cuisine.

— Tu ne manques pas de confiance en toi, n'est-ce pas ?

— Toi non plus, rétorqua-t-elle, se piquant de nouveau à leur ancien jeu.

Brad réapparut un instant plus tard, et il lui tendit la main.

— J'ai pensé qu'on pourrait prendre le dessert devant la cheminée.

— Excellente idée.

Elle plaça sa main dans la sienne et, se levant de table, elle se laissa guider jusqu'au salon, où il avait préparé un plateau d'argent avec deux flûtes de champagne ainsi qu'un grand bol de fraises nappées de chocolat. Dans un seau d'argent, sur la même table basse, la bouteille de champagne attendait au frais. Les flammes de la cheminée et les guirlandes lumineuses du sapin de Noël constituaient le seul éclairage de la pièce qui, sinon, était plongée dans la pénombre.

Sans lui laisser le temps de commenter ce qui était visiblement une mise en scène savamment orchestrée, Brad la prit dans ses bras.

— Je veux que tu saches que je souhaite seulement passer une soirée agréable avec toi. Tout ce qui pourrait dépasser ce cadre serait forcément de ton fait, chérie.

Abby appréciait sa franchise, ainsi que son souci de lui laisser le contrôle de la situation. Mais, compte tenu du fait qu'elle fondait littéralement dans ses bras lorsqu'il l'embrassait, elle n'était pas certaine que lui laisser l'initiative des événements soit une protection suffisante.

— Je pensais que tu ne buvais jamais d'alcool, remarqua-t-elle, décidant de ne pas aborder ce sujet avant d'y être absolument obligée.

— En règle générale, non, répondit-il, frottant doucement sa joue contre ses cheveux. Mais, ce soir, je fais une exception.

— Pour… pourquoi cela ? s'enquit-elle, troublée par la sensation de son souffle tiède effleurant sa peau et de son grand corps vigoureux pressé tout contre le sien.

— C'est un moment spécial, dit-il en s'écartant pour tirer la bouteille de champagne de son seau de glace.

Il fit sauter le bouchon et versa le breuvage pétillant dans les deux flûtes, puis il lui tendit la sienne.

— Demain soir, poursuivit-il, l'un de nous deux sera le prochain président du Texas Cattleman's Club, et, dès que les résultats seront annoncés, le vainqueur sera appelé à faire un petit discours. Après, on sera entourés par la foule des membres venus féliciter le nouvel élu. Je préfère de loin passer un moment tranquille avec toi, et cette soirée est notre dernière occasion de le faire.

Cette marque de prévenance la toucha au plus haut point. Levant sa flûte de champagne, elle la fit tinter contre celle de Brad.

— A la santé du vainqueur, dit-elle.

— A nous, corrigea-t-il, sirotant une première gorgée.

Il tendit la main vers le bol et, prenant une fraise au chocolat entre ses doigts, il la porta délicatement aux lèvres d'Abby.

— Sache que, si tu gagnais l'élection, il n'y a aucun autre adversaire au monde devant qui je m'inclinerais d'aussi bonne grâce que devant toi, Abby.

— Pareillement pour moi, assura-t-elle en mordant à belles dents dans la chair juteuse du fruit.

Il se pencha pour boire une goutte de jus rouge sur ses lèvres, et Abby cessa de respirer.

— Tes lèvres ont un goût exquis, murmura-t-il.

— Le champagne et les fraises au chocolat font toujours cet effet-là, convint-elle.

Le regard brûlant de Brad se planta dans le sien, causant une minitempête dans son cœur.

— Je ne parlais pas des fraises et du champagne, chérie, rétorqua-t-il d'un ton suave.

Lorsqu'il lui prit sa flûte des mains pour la poser avec la sienne sur la table basse, elle vit dans son regard quelles étaient ses intentions, et, sans être vraiment consciente de ce qu'elle faisait, elle se blottit contre lui lorsqu'il la serra dans ses bras.

A l'instant où leurs lèvres se joignirent, Abby sut que les jeux étaient faits. Elle désirait que Brad l'embrasse, elle désirait sentir son corps contre le sien, elle désirait savourer sa passion. Et, contre toute raison, elle désirait lui rendre toutes ses caresses au centuple.

Attirant Abby à lui, Brad se délecta du goût du champagne, des fraises et du chocolat sur ses lèvres de corail. Durant ses trente-deux ans de vie, il ne croyait pas avoir jamais goûté de saveur plus délicieusement érotique et sensuelle.

Il augmenta l'intensité de leur baiser, et le désir brûlant qu'il sentit dans la réponse d'Abby dépassa ses meilleures espérances. Dans les débuts de leur relation, Abby avait pu tenter de lutter contre cette incroyable attirance qui les poussait l'un vers l'autre, mais, aussi sûrement que le soleil se levait le matin, il savait qu'elle avait été aussi impuissante que lui à s'en libérer.

Lorsqu'elle noua les bras autour de sa taille et prit l'initiative de l'exciter à son tour comme il l'avait fait avec elle, son cœur se mit à battre follement dans sa poitrine, et il eut l'impression que tout son sang se retirait vers une zone précise de son corps, juste en dessous de la boucle de son ceinturon. Sa réponse physique fut quasiment instantanée et, sans réfléchir davantage, il laissa glisser les mains jusqu'à ses hanches, et il l'attira tout contre lui. Il voulait qu'elle sente l'effet qu'elle avait sur lui et l'intensité de son désir.

Il la sentit frissonner de la tête aux pieds, puis elle se blottit plus étroitement contre lui. Il sut alors avec certitude qu'à cet instant elle le désirait autant qu'il la désirait.

— Tu me rends fou, chérie, murmura-t-il d'une voix rauque.

— Je crois… que c'est mutuel, répondit-elle dans un souffle.

Emmêlant les doigts dans ses longues boucles auburn, il s'écarta un peu pour plonger le regard tout au fond de ses yeux d'azur.

— Je ne vais pas te mentir, Abby, murmura-t-il. Je te désire comme je n'ai jamais désiré aucune autre femme avant toi, mais je jure que je n'ai pas organisé cette soirée dans le but de te séduire. Si tu préfères qu'on reste tranquillement assis à bavarder, je suis d'accord.

Si elle choisissait cette option, il en serait incroyablement malheureux. Mais il respecterait sa décision si c'était le prix à payer pour qu'elle se sente bien en sa compagnie.

Mais, à sa grande jubilation, elle posa un doigt sur ses lèvres en secouant la tête.

— Non, répondit-elle d'une voix douce. Je n'ai plus la force de lutter contre l'inévitable, et je n'ai pas envie de bavarder. Je te désire à en mourir, Brad.

— Tu es sûre ? se surprit-il à lui demander.

Si elle changeait d'avis à ce stade, il savait qu'il en mourrait probablement. Mais il n'avait aucune intention de la pousser au-delà de ce qu'elle souhaitait lui donner.

— Il y a beaucoup de choses dans ma vie dont je ne suis pas sûre, dit-elle d'un air grave. Mais celle-ci ne fait pas partie du nombre. Oui, j'ai envie de toi.

Il prit son visage dans ses mains et la contempla un instant.

— Lorsque nous serons montés dans ma chambre, murmura-t-il, il sera trop tard pour reculer, chérie. On aura passé la ligne rouge, et les choses ne seront jamais plus les mêmes entre nous.

— Je le sais.

— Et je ne voudrais pas que tu aies des regrets, ajouta-t-il sans la quitter du regard.

Elle ferma les yeux une seconde, puis les rouvrit pour plonger son regard au fond du sien.

— La seule chose que je pourrais regretter, ce serait qu'on ne fasse pas l'amour, dit-elle presque à voix basse.

La sincérité qu'il lisait dans ses yeux bleus lumineux si expressifs était le seul encouragement dont il avait besoin. Il s'écarta d'elle et alla éteindre la cheminée à gaz, puis il débrancha les guirlandes du sapin de Noël.

Ni l'un ni l'autre ne prononcèrent un mot lorsqu'il revint vers elle, prit sa main dans la sienne et l'entraîna vers l'escalier au bout du couloir. Les paroles étaient inutiles. Ils savaient tous deux qu'ils prenaient un risque, et qu'ils ne pourraient jamais plus revenir à ce qu'ils avaient été.

Ils entrèrent dans sa grande suite, et il referma la porte derrière eux avant d'allumer la lampe dans l'antichambre. Puis il se retourna et la prit dans ses bras. Il était décidé à prendre tout son temps, à savourer chaque seconde de sa première nuit d'amour avec elle. Il ne doutait pas un instant qu'il y aurait d'autres nuits. Il n'aurait su dire d'où lui venait cette certitude, mais il le savait, tout simplement. Et il ne doutait jamais de son instinct.

Il l'embrassa avec une lenteur gourmande, puis, s'écartant un peu pour plonger son regard tout au fond du sien, il entreprit de déboutonner son chemisier avec des doigts fiévreux.

— Tu ne peux pas savoir combien de fois j'ai rêvé de cet instant au cours de ces deux dernières semaines.

— Probablement pas plus souvent que moi, murmura-t-elle en s'attaquant à son tour aux boutons de sa chemise.

Lorsque les derniers boutons cédèrent de part et d'autre, Brad eut l'impression d'avoir parcouru des kilomètres. Il glissa les mains sous le tissu de soie, sur la peau tiède et satinée du dos d'Abby tandis qu'elle effleurait ses pectoraux. Au moment où ses doigts fins entrèrent en contact avec sa peau, il ressentit une brûlure, comme s'il avait été marqué au fer rouge.

— Pourquoi ne pas se débarrasser de tout ceci ? dit-il d'une voix un peu essoufflée, faisant glisser le chemisier sur ses épaules minces et le long de ses bras.

Il jeta le léger vêtement de soie sur le tapis et ferma les yeux, se délectant de la sensation des mains délicates d'Abby qui exploraient la musculature de ses épaules tout en lui ôtant sa chemise.

— Je n'avais jamais imaginé que ton corps était

aussi magnifique, dit-elle en suivant du bout des doigts le tracé de ses abdominaux.

Luttant de toutes ses forces pour contrôler le flot impétueux du désir qui rugissait dans ses veines, Brad cessa de respirer alors que sa main fine arrivait à la ceinture de son pantalon. Les doigts tremblants, il défit l'agrafe de son soutien-gorge de dentelle, qui alla bientôt rejoindre le chemisier et la chemise sur le tapis.

— C'est toi qui as un corps parfait, murmura-t-il, recueillant ses seins fermes et généreux dans ses paumes avant d'y poser les lèvres. Et si doux…

Il fut immédiatement récompensé par un gémissement, et il la prit dans ses bras et la serra, douce et vibrante, tout contre lui.

— Ne trouves-tu pas qu'on est encore un peu trop habillés pour l'occasion ? s'enquit-elle d'une voix de velours qui provoqua une onde de chaleur dans tout son corps.

— Un désagrément qui peut facilement être corrigé.

Il abandonna ses seins pour descendre les mains jusqu'à la ceinture de son pantalon de lin, puis défit le bouton et le fit glisser sur ses hanches voluptueuses en même temps que sa culotte de soie noire. Puis il se déshabilla rapidement.

Lorsqu'ils furent nus, face à face, il ne se précipita pas pour la reprendre dans ses bras. Il était déterminé à prolonger leur plaisir, à faire de cette nuit le souvenir le plus magique de toute leur vie. Mais ce n'était pas chose facile, vu qu'au même moment la femme la plus sexy, la plus excitante qu'il lui ait jamais été donné de connaître, caressait chaque centimètre carré de son corps de ses yeux. Elle le désirait aussi fort qu'il la désirait, et cette idée lui coupait le souffle.

Il lui ouvrit les bras sans un mot, et, à son immense satisfaction, elle fit un pas et se blottit contre lui. A présent, leurs deux corps étaient joints depuis les épaules jusqu'aux genoux, et le feu qui couvait dans son corps devint un incendie ravageur.

Il s'écarta un peu, et leurs regards se fondirent l'un dans l'autre. Puis, sans un mot, il la souleva dans ses bras et l'emporta jusque dans sa chambre pour la déposer au centre du grand lit.

Levant les bras vers lui en un geste d'invitation, Abby lui offrit alors un sourire qui illumina chaque recoin de son cœur.

— Fais-moi l'amour, Brad, murmura-t-elle.

Le cœur battant à tout rompre, Brad s'allongea près d'elle et la serra de nouveau dans ses bras.

— Je voudrais que nous prenions tout notre temps, dit-il d'une voix rauque, luttant pour contrôler la vague de désir qui menaçait de le submerger. Mais je ne suis pas sûr que cela soit possible, chérie.

— Pour moi non plus, répondit-elle dans un souffle. Cela fait si longtemps…

Il posa tendrement les lèvres sur la veine qui palpitait à la base de son cou, pour empêcher que l'ombre de son mari disparu vienne s'interposer entre eux. Richard Langley ferait toujours partie de son passé, mais il désirait qu'elle pense à Brad Price comme à l'homme de son avenir.

Cette idée aurait dû le terroriser, mais, à son grand

étonnement, il n'en fut rien. Décidant de repousser à plus tard l'analyse de ce curieux phénomène, il souda sa bouche à la sienne.

Il retrouva avec délices la douceur de ses lèvres, et il laissa glisser lentement sa main vers le creux de sa taille, l'arrondi de sa hanche, descendit le long de sa cuisse. Sa peau parfaite était lisse et satinée sous les doigts. Jamais il ne se lasserait de la toucher. Il la sentit frissonner sous ses caresses et sut qu'elle ressentait la même excitation que lui. Sa main glissa vers l'intérieur de la cuisse, puis s'immobilisa.

— Tu veux que je te donne du plaisir, Abby ?

— Oui, répondit-elle dans un soupir.

Tout en couvrant son épaule et son cou d'une pluie de baisers légers comme les caresses d'une plume, il poursuivit sa tendre exploration, et ses doigts descendirent jusqu'à son sexe, caressant, effleurant, s'assurant qu'elle était prête pour lui. Elle eut un petit gémissement, et cette douce plainte déclencha un torrent de feu dans ses veines. Mais lorsqu'elle laissa glisser les mains de son torse vers son ventre et commença à se livrer à sa propre exploration, Brad eut l'impression que sa tête allait exploser.

— Chérie, murmura-t-il, capturant sa main dans la sienne, j'adore la sensation de tes mains sur mon corps, mais si tu continues comme ça, tu risques d'être rapidement déçue, et moi terriblement embarrassé.

— J'ai envie de toi, Brad.

— Maintenant ?

— Oui, confirma-t-elle d'une voix vibrante.

L'intensité du désir qu'il entendait dans sa voix était tout l'encouragement dont il avait besoin, et il se redressa pour se placer au-dessus d'elle. Lorsqu'elle le guida en elle, il eut l'impression que son cœur cessait de battre, et il dut s'accrocher de toutes ses forces au peu de contrôle qu'il lui restait.

Graduellement, avec des précautions infinies, il poussa les hanches en avant, et il sentit que le corps d'Abby l'acceptait avec une ardeur qui faillit faire échouer toutes ses bonnes résolutions de lenteur. Serrant les dents, il lutta de toutes ses forces contre son besoin impérieux de se perdre immédiatement en elle. Cela faisait plus d'un an qu'Abby n'avait pas fait l'amour, et elle avait besoin de temps pour retrouver ses sensations.

Il scruta son ravissant visage à la recherche de la moindre trace de douleur ou de gêne, mais vit ses lèvres esquisser un sourire voluptueux, et elle noua les bras autour de son cou.

— C'est tellement bon de te sentir en moi, Brad…

Il la serra plus fort dans ses bras, et, avec une lenteur sensuelle, plongea profondément en elle. Puis il se tint parfaitement immobile, la bouche posée sur la sienne. Il aurait voulu prolonger leur plaisir indéfiniment, repousser les limites de cet instant magique. Mais son désir d'elle dépassait tout ce qu'il avait pu imaginer, et apparemment elle le désirait avec la même force. Lorsqu'elle noua les jambes autour de ses hanches et creusa les reins pour venir à sa rencontre, il s'enfonça encore plus loin en elle et, malgré sa détermination, il ne put s'empêcher d'entamer un lent mouvement de va-et-vient en elle.

La combinaison de son intense désir et de son acceptation fiévreuse de cette douce invasion ne tarda pas à engendrer une fulgurante spirale de plaisir qui échappa bientôt à tout contrôle, et il sut qu'ils approchaient du pic vertigineux qu'ils recherchaient l'un et l'autre.

Un instant plus tard, il l'entendit gémir et se convulser dans ses bras, l'entraînant avec elle dans une éblouissante explosion de tous leurs sens.

Ils demeurèrent longtemps immobiles dans les bras l'un de l'autre, revenant très lentement à la réalité. Ce qu'ils venaient de partager était plus puissant, plus incroyable que tout ce qu'il aurait pu imaginer.

— Comment te sens-tu ? murmura-t-il.

— C'était fabuleux, répondit-elle en souriant.

— *Tu* es fabuleuse, répliqua-t-il, déposant un baiser sur le bout de son nez. Reste avec moi cette nuit.

— Je ne suis pas sûre que…

Il la fit taire en posant doucement un doigt sur ses lèvres. Il savait qu'il devait être extrêmement difficile pour elle de renoncer à se préoccuper des critiques après toutes ces années, mais il était temps qu'elle comprenne que leurs faits et gestes feraient l'objet de commentaires quoi qu'ils fassent.

— Je me fiche bien de savoir ce que les gens pensent, et tu ne devrais pas t'en préoccuper non plus. Nous sommes des adultes.

Il lui offrit un sourire pour adoucir ses paroles, avant de conclure :

— Nous n'avons pas besoin de leur permission ni de leur approbation pour être ensemble.

— Je sais que tu as raison, reconnut-elle d'un air songeur.

— A présent, déclara-t-il, la serrant contre lui avec un sourire enjôleur, je te propose que nous nous concentrions davantage sur ce que je pense, et moins sur ce que pensent les autres.

- 8 -

Abby acheva de mettre les dernières touches à son maquillage et contempla un instant la femme qui lui faisait face dans le miroir. Moins de vingt-quatre heures auparavant, elle s'était tenue devant ce même miroir, s'apprêtant à se rendre chez Brad pour un bon dîner, une conversation stimulante, et peut-être un ou deux de ces baisers torrides dont il avait le secret. Rien de plus. Mais il avait suffi qu'il l'embrasse une seule fois pour qu'au lieu de rentrer à la maison en fin de soirée comme elle l'avait prévu, elle passe la nuit entière chez lui.

Elle soupira et passa dans sa chambre pour ôter son peignoir et enfiler la longue robe de soirée noire qu'elle avait étalée sur le lit avant d'aller prendre sa douche. Après qu'ils eurent fait l'amour pour la seconde fois, il l'avait convaincue, à renfort de mots doux et de caresses, de se rallier à ses arguments, et elle ne comprenait toujours pas comment elle avait pu accepter. Personne n'avait jamais réussi à la convaincre de faire quelque chose dont elle n'avait pas envie. Mais, mystérieusement, Brad semblait toujours trouver les arguments nécessaires pour faire pencher la situation en sa faveur.

Elle respira profondément et ferma les yeux. Elle devait cesser de se mentir à elle-même. La vérité, c'était que, même si c'était déraisonnable, même si cela lui compliquait singulièrement l'existence, elle n'avait pas eu envie de rentrer chez elle, la veille. Elle désirait se délecter de ses baisers, sentir sa passion et, plus que tout, faire l'amour avec lui.

Lorsqu'elle se glissa dans la longue robe de soirée très moulante, la caresse du tissu sur sa peau lui rappela celle des mains de Brad sur son corps, déclenchant des ondes de plaisir exquis. Un frisson de désir la parcourut tout entière. La seule idée de faire l'amour avec lui lui coupait le souffle.

Elle chaussa ses escarpins noirs à talons hauts et ouvrit sa boîte à bijoux pour en sortir ses boucles d'oreilles. Il aurait été rassurant de se convaincre que ce qu'elle avait partagé avec Brad n'était rien d'autre qu'un peu d'intimité qui leur manquait à tous deux dans leur vie de célibataire. Mais elle n'était pas dupe.

Son regard alla se poser sur l'anneau que Richard avait passé à son doigt le jour de leur mariage, anneau à présent rangé dans un coin du coffret à bijoux, et elle sut avec certitude que son désir de faire l'amour avec Brad allait bien au-delà du simple besoin d'être de nouveau désirée par un homme. Cette pensée ne fit qu'aggraver sa confusion.

Depuis aussi longtemps qu'elle s'en souvienne, elle avait aimé celui qui avait été son mari. Ils étaient ensemble depuis leur première année de lycée, mais, que ce soit avant et après leur mariage, la passion et le désir n'avaient jamais atteint l'intensité de ce qu'elle avait connu avec Brad. Ce que Richard et elle avaient vécu ensemble était plus tranquille, plus… confortable.

Abby fronça les sourcils. Quelle drôle de façon de décrire un mariage, songea-t-elle. Sûrement, Richard et elle avaient partagé davantage que ce…

Le tintement du carillon de la porte d'entrée vint interrompre ces troublantes réflexions. Elle finit de mettre ses boucles d'oreilles, prit son sac et sortit de la chambre. Elle avait l'intention de faire un bilan honnête de son mariage, mais cela devrait attendre. Une soirée de gala n'était pas le moment idéal pour se livrer à ce type d'introspection.

En se dirigeant vers le vestibule, elle ne put s'empêcher de remarquer que son cœur battait la chamade, et qu'elle courait presque dans son impatience de revoir Brad. Elle s'en inquiéta un peu, mais chassa vite cette sensation, toute à l'anticipation de revoir Brad.

Quand elle le découvrit sur le pas de la porte, elle eut un pincement au cœur. Sans un mot, il s'avança et l'enveloppa dans la douce étreinte de ses bras. Il lui donna un baiser qui la laissa haletante, puis recula pour l'admirer.

— Tu es magnifique, Abby.

— Je pourrais te renvoyer le compliment.

Elle était sincère. Dans son smoking noir, chemise blanche à jabot et nœud papillon noir, il était digne de faire la couverture d'un magazine de mode.

Il ouvrit alors une petite boîte de fleuriste qu'elle

n'avait pas remarquée jusque-là et en sortit une magnifique orchidée blanche.

— Que dirais-tu de la fixer à ta robe ?

Il épingla l'orchidée sur son corsage de dentelle délicate et, dans ce geste, ses doigts effleurèrent sa poitrine, la faisant frissonner de la tête aux pieds.

— Merci, Brad, murmura-t-elle. Elle est très belle.

— Sa beauté n'est qu'un pâle reflet de la tienne, chérie. Prête pour la plus grande soirée de l'année à Royal ?

— Je suis aussi prête que je le serai jamais, répondit-elle en souriant, alors qu'il l'aidait à passer son châle sur ses épaules.

Ils descendirent ensemble les marches de la véranda et se dirigèrent vers la limousine qui les attendait.

— Qui garde Sunnie ce soir ? s'enquit-elle.

— Juanita est rentrée de Dallas juste après ton départ, ce matin, et elle a accepté de garder le bébé et les jumelles toute la soirée.

Il l'aida à s'installer à l'arrière de la limousine.

— A cette date, l'année dernière, dit-il en riant, j'étais loin de m'imaginer que je devrais négocier des arrangements pour faire garder un bébé ou laisser des numéros de téléphone où l'on peut me joindre en cas d'urgence.

— Un bébé vient tout bouleverser, observa Abby, regrettant une fois de plus de n'avoir pas de bébé pour donner un sens à sa vie.

Tandis que le chauffeur les conduisait au grand gala de Noël du Texas Cattleman's Club, ni l'un ni l'autre n'évoqua l'issue imminente de la compétition. Pourtant, dans quelques heures, l'un deviendrait le nouveau président du TCC, tandis que l'autre rentrerait, battu.

— Sais-tu à quel point tu m'as manqué lorsque tu es partie, ce matin ? demanda-t-il de sa voix grave aux accents caressants.

— Euh… non, répondit-elle avec l'impression que la température venait de grimper de plusieurs degrés dans la voiture.

— Je ne cessais de penser au bonheur de t'avoir eue dans mes bras toute la nuit, à la douceur de ton corps, à mon désir de te faire encore l'amour, murmura-t-il.

Soulagée de constater que la vitre qui les séparait du chauffeur était relevée, Abby esquissa un sourire.

— La nuit dernière a été merveilleuse, reconnut-elle.

Le feu qu'elle voyait brûler au fond de ses prunelles la fit frissonner de la tête aux pieds. Brad se pencha plus près pour lui murmurer à l'oreille :

— Je te donne ma parole que la nuit prochaine le sera encore plus.

A la seule idée de passer une nouvelle nuit dans ses bras, elle sentit son cœur s'emballer dans sa poitrine.

— Mais, objecta-t-elle, Sunnie…

— Sunnie dormira à poings fermés, assura-t-il alors que le chauffeur engageait la voiture dans l'allée conduisant au club-house du TCC.

Avant qu'elle puisse répondre, le chauffeur ouvrit la portière arrière de la limousine, et Brad mit pied à terre afin de l'aider à descendre à son tour.

— Nous allons devoir reparler de cela plus tard, l'avertit-elle alors qu'ils passaient devant le portier en livrée.

— J'attends cette conversation avec impatience, répondit Brad d'un ton suggestif.

Deux ou trois fois dans l'année, l'atmosphère détendue du club-house se faisait plus formelle à l'occasion d'événements particuliers, dont le gala de Noël, le plus important et le plus fastueux. Outre les traditionnelles décorations de Noël, on avait ajouté à la façade une marquise faite de lucioles clignotantes qui créait une ambiance magique dans l'entrée, décorée pour la circonstance d'une multitude de poinsettias en pot.

— C'est magnifique, remarqua Abby, impressionnée par le soin que les organisateurs avait apporté à la préparation de cet événement. Je n'avais jamais vu ce club-house aussi bien décoré.

— Je sais que tu étais absente pour le gala de Noël de l'an dernier, dit Brad alors qu'ils se dirigeaient vers la grande salle de bal, mais je suis surpris que tu n'aies pas assisté aux autres soirées du TCC.

— Si, répondit Abby. Mais cela fait des années, et je crois que je n'avais jamais remarqué le charme de ce vieux bâtiment.

— Raison pour laquelle il serait dommage que les membres votent en faveur du nouveau club-house, observa-t-il, reprenant son sérieux. Je suis favorable au progrès, mais il doit exister un moyen d'avancer tout en préservant le meilleur de nos traditions.

Ce n'était un secret pour personne que Brad avait compté parmi les partisans les plus déterminés de la préservation de l'ancien club-house, et qu'il était opposé au projet de construction d'un bâtiment moderne.

— Sadie t'a-t-elle expliqué ce qu'elle aimerait faire de l'ancien club-house si les membres votaient en faveur de la nouvelle construction ? s'enquit Abby.

— Non, répondit-il en la dévisageant d'un air étonné. A-t-elle un projet en tête ?

Levant les yeux, Abby aperçut Sadie et Rick Pruitt qui s'avançaient vers eux.

— Pourquoi ne lui poses-tu pas la question toi-même ? suggéra-t-elle. Je suis sûre qu'elle saura t'exposer ses idées beaucoup mieux que moi.

Abby serra son amie dans ses bras et se recula pour l'admirer.

— Sadie, tu es absolument ravissante, dit-elle. J'adore ta robe.

— Et moi, je te trouve aussi très en beauté ce soir. Rick et moi remarquions justement que vous faisiez un très beau couple, tous les deux, lorsque nous vous avons vus descendre de la limousine.

Brad intervint avant qu'Abby n'ait le temps de rectifier et de lui faire remarquer qu'ils étaient seulement deux amis venus ensemble à la soirée.

— Il paraît que tu as des projets pour l'ancien club-house ?

Sadie tourna un regard étonné vers Abby, qui hocha la tête, un peu embarrassée.

— Durant une conversation avec Brad, je lui ai dit que tu serais peut-être intéressée par ce bâtiment.

Alors que Sadie exposait ses idées pour transformer l'ancien club-house en centre culturel familial, Zeke et Sheila Travers vinrent les rejoindre.

— Etes-vous prête à devenir la première femme présidente du Texas Cattleman's Club ?, chuchota Sheila à son oreille.

Abby esquissa un sourire.

— Je n'ai pas encore été élue, mais la réponse est oui. Je me sens tout à fait à la hauteur du challenge.

Se souvenant que, lors de leur dernière rencontre, Sheila ne se sentait pas très bien, Abby remarqua :

— Vous semblez remise de cette vilaine grippe. Je vous trouve resplendissante, ce soir.

— Il y a une excellente raison à cela, déclara Zeke avec un sourire lumineux.

Il se pencha pour déposer un baiser sur la joue de son épouse.

— Veux-tu le leur annoncer, poursuivit-il, ou préfères-tu que je le fasse ?

— Vas-y, toi, l'encouragea Sheila en levant un regard d'adoration vers son mari.

— Apparemment, la grippe n'avait rien à voir avec les malaises de Sheila, durant ces deux dernières semaines, dit-il, glissant son bras autour des épaules de son épouse. Nous venons d'apprendre que ma chère moitié est enceinte.

— J'en suis heureuse pour vous deux, dit Abby en serrant dans ses bras la jolie femme au teint café au lait.

Sheila était l'une des femmes les plus douces et

les plus agréables qu'Abby ait jamais rencontrée, et elle savait combien elle avait envie de devenir maman. C'était un rêve qu'elles partageaient toutes les deux, et, aujourd'hui, il semblait que le rêve de Sheila se soit transformé en réalité. Abby s'en réjouissait véritablement. Elle aurait seulement aimé que, par un miracle, cette joie lui soit accordée, à elle aussi.

Brad arriva derrière elle et glissa les bras autour de sa taille.

— Tout va bien ? murmura-t-il à son oreille.

— Ou… oui, bien sûr.

Elle se sentit touchée par cette marque d'affection. Il savait combien elle désirait un bébé, et il avait dû deviner qu'elle souffrait en secret de voir que ce rêve était sur le point de se réaliser pour d'autres, alors qu'elle ne connaîtrait jamais cette joie.

— Chérie, je crois que Summer Franklin essaie d'attirer ton attention, observa Rick, indiquant un petit groupe de personnes de l'autre côté de la salle, qui faisaient cercle autour de Darius Franklin, l'associé de Zeke.

— Je reviens tout de suite, s'excusa Sadie en se hâtant en direction de la coordinatrice du foyer Helping Hands.

Alors qu'ils attendaient que Sadie revienne se joindre à eux, Mitch Taylor et son épouse, Jennifer, s'approchèrent pour les saluer.

— Vous êtes prêts pour l'annonce du résultat de l'élection ? s'enquit Mitch.

Mitch Taylor faisait fonction de président du TCC

par intérim, et il semblait soulagé d'être relevé de cette fonction.

— Cela fait des mois que j'attends cet instant, répondit Brad d'un ton jovial.

— Abby, pendant combien de jours encore ces flamants roses apparaîtront-ils sur les pelouses de nos concitoyens ? demanda Jennifer en riant. J'ai cru que notre voisin, M. Hargraves, allait avoir une attaque, l'autre matin, lorsqu'il les a découverts devant chez lui.

L'homme en question était un pingre notoire, et il avait dû se trouver fort marri d'avoir à se délester de son précieux argent pour se débarrasser des affreux volatiles en plastique fluorescent.

— Je crois que la campagne de cette année s'achève le jour de la Saint-Sylvestre, répondit Abby, riant avec elle. A l'évidence, M. Hargraves a déjà dû faire une donation, car je les ai vus sur une autre pelouse, ce matin.

Abby remarqua que Brad et Mitch échangeaient un regard.

— Un problème ? s'enquit-elle.

Brad secoua la tête alors que Mitch et Jennifer s'éloignaient pour aller saluer d'autres amis.

— Nous avons travaillé ensemble sur un projet, et nous avons l'intention de l'annoncer publiquement un peu plus tard dans la soirée, expliqua-t-il.

Elle avait une assez bonne idée de la teneur de cette prochaine annonce. Durant la campagne, Brad n'avait pas ménagé ses efforts pour faire savoir autour de lui qu'il comptait faire venir une équipe de football semi-professionnelle à Royal.

Comme il avait attendu que la campagne soit bien lancée avant d'exposer son idée, certains avaient pu penser qu'il ne s'agissait que d'un stratagème pour gagner des votes et remporter la présidence. Apparemment, il n'en était rien, même si Abby soupçonnait que cela avait dû jouer en sa faveur auprès de certains membres du club.

— Il s'agit de l'équipe de football, n'est-ce pas ? s'enquit-elle.

Il acquiesça et posa un doigt sur ses lèvres.

— Zeke, Chris et moi sommes copropriétaires de l'équipe, et Mitch a accepté d'en être le directeur général, lui chuchota-t-il à l'oreille. Mais nous avons décidé d'attendre que les résultats de l'élection soient communiqués pour l'annoncer.

— C'est merveilleux ! s'exclama-t-elle. Cette ville avait besoin d'un projet de ce genre depuis des années.

Pour la majorité des habitants de Royal, les villes de Houston et Dallas étaient trop éloignées pour assister à un match de football professionnel plus d'une fois ou deux par saison. La présence d'une équipe semi-professionnelle sur place leur permettrait de s'adonner plus souvent à ce loisir.

— Très bien, dit Sadie en revenant. La liste des heureux futurs destinataires des flamants roses est complète jusqu'à la fin de l'année !

— J'espère que mon nom n'y figure pas, répliqua Brad en riant. C'est une cause juste, et je la soutiens à cent pour cent. Mais je vous promets de vous faire deux dons au lieu d'un si vous passez devant ma maison sans vous arrêter.

— Ta générosité sera la bienvenue, répondit Abby en lui tapotant la joue, mais nous ne pouvons pas te promettre que tu ne trouveras pas les flamants roses sur ta pelouse un beau matin.

Tout le monde éclata de rire, et le groupe passa dans la salle de bal, où des tables élégantes étaient disposées autour du parquet de chêne ciré de la piste de danse. Une longue table avait été dressée à un bout de la salle pour les élus sortants du conseil d'administration du club, et un groupe de musiciens d'Austin très connu achevait de s'installer sur une petite scène.

Ils trouvèrent les places marquées à leur nom à une table bordant la piste de danse, et Abby constata avec plaisir que Brad et elle avaient été placés avec les Travers, Chris et Macy Richards, ainsi que Daniel et Elizabeth Warren. Tous étaient des amis, et elle était impatiente de savoir ce qu'ils avaient prévu pour les fêtes de fin d'année.

Une heure plus tard, après avoir fait honneur aux meilleurs steaks du Texas, les dames quittèrent la table pour se rafraîchir dans les toilettes. Lorsqu'elles retournèrent à la table, les musiciens venaient d'attaquer un air très populaire, et plusieurs couples gagnaient la piste de danse, main dans la main.

Drapant son châle sur le dossier de sa chaise, Abby s'assit près de Brad pour observer les évolutions des danseurs sur la piste. Au Texas, on dansait presque à tous les événements mondains, et Abby s'attendait donc à ce que les convives dansent avant et après l'annonce du résultat de l'élection.

Lorsque le premier morceau prit fin, l'orchestre

entama une chanson d'amour lente et langoureuse. Brad se leva et prit sa main.

— J'aime beaucoup les slows, lui confia-t-il en se penchant pour qu'elle puisse l'entendre par-dessus la musique. C'est une excellente occasion de te serrer dans mes bras.

— Tu es sûr que ce soit une bonne idée ? observa-t-elle en se levant pour le suivre.

Jusque-là, elle ne s'était pas sentie au centre des regards. Ce qui ne signifiait nullement que les convives n'aient pas remarqué que Brad et elle étaient arrivés ensemble, ou qu'ils paraissaient beaucoup plus proches qu'ils ne l'avaient jamais été par le passé.

— J'en suis tout à fait certain, assura-t-il en la serrant très fort contre lui. J'ai attendu ce moment toute la soirée.

D'un geste automatique, elle posa les mains sur ses larges épaules, et ils commencèrent à évoluer au rythme de la musique.

— Je ne te savais pas aussi passionné par la danse, remarqua-t-elle.

— Je ne faisais pas allusion à la danse, chérie, corrigea-t-il en lui offrant un sourire qui ne laissait aucun doute sur le sens véritable de sa remarque. Je brûlais d'envie de te serrer à nouveau dans mes bras depuis l'instant où tu m'as ouvert ta porte.

Abby frissonna au contact de ses mains sur son dos nu, et elle ne put s'empêcher de se demander si le choix d'une robe aussi échancrée avait été judicieux. Elle se sentait irrésistiblement ramenée à la nuit passée, à ces mains qui l'avaient caressée comme elle brûlait de l'être à cet instant.

— Je meurs d'envie de te ramener chez moi, murmura-t-il d'une voix rauque. Tu es incroyablement sexy dans cette robe noire moulante, mais je n'ai qu'une idée en tête, te l'enlever.

— Je ne me souviens pas d'avoir promis de rentrer avec toi, rappela-t-elle, malgré le picotement d'excitation que ces propos passionnés avaient fait naître dans tout son corps.

— Mais tu le feras.

Ce n'était pas une question. A l'évidence, Brad était convaincu qu'elle accéderait à tous ses désirs.

Pour être honnête, c'était exactement ce qu'elle désirait aussi, et cette idée l'effrayait. Elle avait adoré s'endormir dans ses bras après avoir fait l'amour comme elle ne l'avait jamais fait de sa vie, et adoré aussi se réveiller dans ces mêmes bras. Et elle avait envie de répéter cette expérience, encore et encore. Durant tout le reste de sa vie.

Elle s'aperçut qu'elle avait cessé de respirer. Qu'avait-elle fait ? Comment avait-elle pu laisser une pareille chose se produire ?

Elle avait lutté, elle avait tenté de se voiler la face, elle avait nié l'évidence. Mais il ne servait plus à rien de se mentir à elle-même. Elle avait commis l'impensable. Elle était tombée amoureuse de Brad Price, et cette idée la terrifiait.

C'était le comble de l'ironie. Elle, qui savait parfaitement tenir sa place dans un conseil d'administration, était terrifiée par l'amour.

Que se passerait-il si, comme son mari disparu

et le bébé qu'elle était censé adopter, elle perdait aussi Brad ? Dans le passé, ceux qu'elle aimait ne lui avaient-ils pas toujours été arrachés ?

Une vague de panique déferla sur elle. Elle avait besoin de temps pour réfléchir, pour analyser ce qui s'était produit et pour comprendre pourquoi ce qu'elle ressentait pour Brad était tellement plus fort que ce qu'elle avait pu ressentir pour Richard.

En regagnant leur table, à la fin de la danse, Brad ne manqua pas de remarquer sa pâleur.

— Tu te sens bien ? murmura-t-il.

Elle le dévisagea un instant, avant d'acquiescer.

— Oui… heu… tout va bien.

L'intense panique qu'il lisait au fond de ses yeux d'azur vibrant lui prouvait le contraire, et il secoua la tête.

— Qu'y a-t-il ?

Elle s'efforça de sourire, mais le résultat ne fut guère convaincant. Elle n'en paraissait que plus effrayée.

— Je suis seulement… un peu fatiguée, c'est tout, répondit-elle, parcourant la salle des yeux comme si elle cherchait une issue pour s'échapper.

Il l'avait déjà vue totalement épuisée, mais l'expression sur son visage n'était pas de la fatigue. Elle paraissait… désespérée ?

Fronçant les sourcils, il l'aida à se rasseoir à leur table, puis il prit place près d'elle. Il n'avait aucune idée de ce qui avait bien pu se produire pour qu'elle ait ainsi l'air d'un animal pris au piège, mais il était bien déterminé à le découvrir. Si quelqu'un dans la salle l'avait dévisagée de façon insultante, ou si elle avait surpris des commentaires désobligeants à leur sujet, il ferait en sorte que les coupables regrettent le jour où ils étaient nés.

Hélas, Mitch Taylor choisit cet instant pour s'avancer jusqu'au micro et s'adresser à l'assistance, privant Brad de l'occasion de lui poser les questions qui lui brûlaient les lèvres.

— Bonsoir à tous, dit Mitch d'un ton plein d'entrain. Je crois que l'heure est venue de vous dévoiler le nom de la personne qui dirigera les destinées du Texas Cattleman's Club durant les deux prochaines années.

Il attendit que les applaudissements aient cessé, avant de poursuivre :

— Tout d'abord, je dois vous informer que les voix étaient partagées à soixante-quarante. C'est le plus petit écart entre deux candidats que nous ayons eu lors d'un vote pour la présidence du club depuis des années.

Brad cessa d'écouter le reste du discours et se concentra sur la jeune femme assise à son côté. Abby était sans nul doute la femme la plus belle, la plus séduisante qu'il lui ait jamais été donné de connaître. Avec ses longs cheveux auburn sombre attachés en un nœud lâche sur sa nuque, ses pendants de diamants scintillant à ses oreilles délicates, elle avait la grâce d'une reine, la sophistication d'une *lady* et la séduction d'une beauté fatale. Il avait dû batailler toute la soirée contre lui pour ne pas dévoiler devant toute la salle le désir qu'elle éveillait en lui.

Comme mue par sa propre volonté, sa main alla se poser sur son épaule. La soie noire de sa longue robe de soirée épousait son buste comme une seconde peau avant de s'évaser à partir des hanches, ondulant à chacun de ses mouvements. Ce seul fait aurait suffi à lui faire oublier toute raison, mais, lorsqu'il l'avait prise dans ses bras pour danser, la sensation de son dos nu sous ses paumes avait failli lui faire perdre ce qui lui restait de contrôle. Elle avait fait resurgir le souvenir érotique de leur nuit, du contact de sa peau satinée sous ses doigts, toute brûlante de l'incendie qu'il avait allumé en elle.

—... Bradford Price, entendit-il annoncer, puis un tonnerre d'applaudissements éclata dans la salle.

Totalement concentré sur Abby, Brad mit un moment à comprendre qu'il venait d'être élu président du Texas Cattleman's Club. Lorsque l'information arriva enfin jusqu'à son cerveau, il ne put s'empêcher de penser que sa victoire avait un goût amer. Il avait gagné, mais cela signifiait qu'Abby avait perdu.

— Félicitations, dit-elle en lui offrant la poignée de main de rigueur.

Ignorant son geste, il l'attira à lui et la serra très fort dans ses bras.

— Je suis désolé, chérie. Je sais combien tu tenais à devenir la première femme présidente du TCC.

— Crois-moi, je m'en remettrai. Tu as gagné, et le combat était loyal. A présent, je crois que tu devrais monter sur scène et remercier tous ces gens qui ont voté pour toi.

Il savait qu'elle avait raison. L'assistance attendait le discours du vainqueur de l'élection. Mais, en ce moment précis, la dernière chose au monde dont il avait envie, c'était de faire face à ses concitoyens pour les remercier de lui avoir confié l'avenir du club. Il aurait de loin préféré rester avec Abby et découvrir ce qui la tracassait.

Il se leva et lui adressa ce qu'il espérait être un sourire encourageant.

— Dès que ce sera possible sans froisser personne, nous partirons, murmura-t-il.

— Nous verrons.

Mitch l'accueillit sous les projecteurs de la petite scène, et, lorsqu'il lui remit le marteau de bois sculpté qui avait ouvert toutes les séances du conseil d'administration du TCC depuis plus d'un siècle, Brad se sentit à la fois humble et profondément honoré.

— Merci à vous tous d'être venus ici ce soir et de m'avoir choisi pour défendre les principes qui sont au cœur de la devise de notre prestigieuse organisation : *Leadership, Justice et Paix*.

Il marqua une pause et, parcourant la foule du regard, il comprit qu'il était temps de commencer à guérir les blessures du passé — de combler le fossé entre la vieille garde et la nouvelle génération du TCC.

— Pour ma première action en tant que président, je vais renoncer au protocole un petit instant et vous proposer de voter sur un petit nombre de points qui, je le crois, assureront le succès du Texas Cattleman's Club dans les années à venir, et que Tex Langley, notre estimé fondateur, aurait approuvés sans aucune réserve.

Il sentit que la foule était intriguée. Encouragé, il poursuivit :

— J'aimerais proposer à Daniel Warren de dessiner un projet intégrant notre vieux club-house dans un ensemble architectural moderne, mariant la tradition et les nouvelles technologies.

Il y eut un moment de silence tandis que la foule assimilait ce qu'il venait de dire. Puis, à son immense satisfaction, la salle entière se leva, et les applaudissements fusèrent.

— A présent, je demande un vote à main levée des membres du club sur cette proposition. Qui est pour ?

Toutes les mains se levèrent dans un bel ensemble. Visiblement, il n'y avait aucune objection au projet, mais afin que ce vote soit officiel, il devait poser cette question :

— Qui est contre ?

Personne ne leva la main, et il abattit son marteau de président pour la première fois.

— La proposition est votée à l'unanimité, déclara-t-il.

— Que faire des plans du nouveau bâtiment que nous avons déjà commandés ? demanda quelqu'un au fond de la salle.

— Ce sera justement l'objet de ma seconde proposition, répondit Brad en souriant. Il a récemment été porté à mon attention que ma sœur, Sadie, projette de créer un nouveau centre culturel familial — une structure qui non seulement proposera des expositions et des spectacles dont les familles de Royal pourront profiter ensemble, mais qui fournira également soutien et assistance à ces familles en temps de crise. Elle souhaite que la fondation travaille en liaison avec le foyer d'accueil pour femmes Helping Hands de Somerset. J'aimerais proposer que les plans du nouveau bâtiment soient offerts à la fondation Pruitt afin d'aider à la construction du centre culturel familial Tex Langley. Et, pour résoudre le problème de son implantation, j'ai décidé de faire don d'un terrain que je possède à l'orée de la ville, ainsi que d'un million de dollars pour financer la construction du centre.

Avant même qu'il ait terminé d'exposer sa proposition, des mains enthousiastes se levèrent pour proposer d'autres contributions au projet. Il procéda ensuite au vote pour officialiser la décision, et, lorsqu'il se tourna vers la table où Sadie était assise, Brad vit des larmes de bonheur ruisseler sur ses joues.

— Quelques mots encore avant de vous parler d'un projet qui me tient à cœur, puis nous pourrons continuer à célébrer comme il se doit cette soirée de Noël, déclara-t-il au micro. Je voudrais saluer les nombreuses contributions des femmes de Royal. Sans leur aide et leur soutien sans faille, nous n'aurions jamais trouvé Daniel Warren, l'architecte dont les brillantes réalisations vont faire entrer notre organisation ainsi que notre ville dans le futur. J'aimerais aussi exprimer plus personnellement ma sincère gratitude aux femmes — et tout spécialement à Sheila Travers — pour le soutien et le dévouement dont elles ont fait preuve lorsque ma nièce a été abandonnée devant la porte du club.

Tous les hommes se levèrent alors pour une bruyante ovation à leurs compagnes, alors que Brad poursuivait d'une voix ferme :

— Je crois que nous serons d'accord pour déclarer que toutes ces femmes sont dignes des critères d'excellence fixés par le fondateur du club, Tex Langley.

Brad nota que certains des représentants de la vieille garde qui étaient les plus férocement opposés à l'entrée des femmes au TCC jetaient des regards embarrassés à leurs épouses, et il faillit éclater de rire. La rumeur qui laissait entendre que certaines femmes se refusaient à leurs maris en signe de protestation contre leurs positions conservatrices semblait fondée.

— Par conséquent, conclut-il, j'aimerais proposer qu'après le nouvel an nous votions pour accueillir les femmes comme membres à part entière du Texas Cattleman's Club, avec tous les droits et les privilèges s'y rattachant.

Dans le tonnerre d'applaudissements qui suivit, Brad tourna son regard vers la table où Abby était assise et, à sa grande surprise, il s'aperçut que sa chaise était vide. Où était-elle passée ?

Il poursuivit en annonçant officiellement l'arrivée d'une équipe de football semi-professionnelle à Royal et le projet de construction, en partenariat avec Chris et Zeke, d'un stade pouvant accueillir des matchs ainsi que d'autres événements festifs, et il conclut son discours en souhaitant à tous de bonnes fêtes de fin d'année.

Lorsqu'il descendit de scène, il lui fallut un temps interminable pour se frayer un chemin dans la foule de tous ceux qui tenaient à le féliciter et à lui souhaiter bonne chance dans l'exercice de son mandat.

— Où est Abby ? s'enquit-il sitôt qu'il eut atteint leur table.

Le front soucieux, Sadie lui tendit une feuille de papier pliée.

— Elle m'a fait remettre ce mot par l'un des serveurs à ton intention, dit-elle d'un ton embarrassé. Je crois qu'Abby est partie, Brad.

Il n'avait pas encore posé les yeux sur la feuille, mais savait déjà qu'il n'apprécierait pas la teneur du message qu'il contenait. La dernière fois qu'on lui avait remis un mot similaire, quelqu'un essayait de le faire chanter, et, dans son esprit, ce genre de billet était annonciateur de mauvaises nouvelles. Réprimant un juron, il le froissa et le fourra dans sa poche sans lui accorder un regard.

— Je crois connaître ses intentions.

Il se retournait déjà pour partir lorsque sa sœur l'arrêta, posant une main sur son bras.

— Ne la suis pas si tu n'es pas sincère, Brad. En ce moment, c'est elle-même qu'elle fuit, plus que toi.

— Je dois lui parler, insista-t-il, tenaillé par une angoisse sourde. Cela pourrait prendre un peu de temps. Pourrais-tu…

— Rick et moi allons passer chez toi pour libérer Juanita de sa corvée de baby-sitting, coupa Sadie en ramassant son sac et sa capeline de satin. Nous resterons avec Sunnie jusqu'à ton retour.

— Prends mon pick-up, proposa Rick en lui tendant ses clés. Elle a probablement demandé au chauffeur de la limousine de la ramener chez elle. Sadie et moi rentrerons avec Zeke et Sheila. Bonne chance, mon vieux.

— Merci, Rick. Je te suis redevable.

Il se précipita vers la sortie la plus proche. Il trouva facilement le luxueux pick-up de son beau-frère dans le parking, se glissa au volant et démarra dans un crissement de pneus. Il devait trouver Abby avant qu'elle quitte la ville, et lui demander pourquoi elle quittait Royal, pourquoi elle l'abandonnait *lui*.

Dès qu'il fut sorti de la ville, il appuya sur l'accélérateur et fonça vers son ranch dans la plaine. Il se souvenait de l'offre que lui avaient faite ses anciennes associées, une offre qu'elle avait déclinée en attendant le résultat de l'élection. Etait-elle plus déçue qu'elle ne le laissait paraître de n'avoir pas été choisie ?

Il ne le pensait pas. Lorsqu'on avait annoncé le nom du vainqueur, elle avait semblé presque soulagée. L'issue de l'élection pouvait-elle lui avoir simplement fourni un prétexte pour le quitter et couper les liens qui s'étaient tissés entre eux ?

Le cœur serré, il tourna dans l'allée qui conduisait au ranch Langley. La grande maison était plongée dans l'obscurité, et la voiture d'Abby n'était pas garée à sa place habituelle. Sachant tout au fond de son cœur que c'était inutile, il descendit, monta les marches de la véranda et frappa à la porte. Personne ne répondit. La porte était verrouillée.

Tiraillé entre colère et tristesse, il retourna jusqu'au pick-up de Rick et se glissa derrière le volant. Elle avait dû partir dès qu'il s'était levé pour faire son discours. Ce qui signifiait qu'elle avait une bonne demi-heure d'avance sur lui, et il était fort probable qu'elle avait dû emprunter le jet privé des Langley pour retourner à Seattle. Il était inutile d'espérer la retrouver ce soir. Mais si elle s'imaginait qu'il lui suffisait de partir pour que tout soit fini entre eux, elle allait au-devant d'une belle surprise.

Aussi longtemps qu'il s'en souvienne, il y avait toujours eu entre eux une sorte de tension dont il n'avait compris la nature que tout récemment. Mais, au cours de ces dernières semaines, ce sentiment avait atteint un pic d'intensité qu'il ne pouvait plus ignorer et, aujourd'hui, il le reconnaissait pour ce qu'il était : il était tombé amoureux d'Abby. A vrai dire, il l'avait peut-être aimée toute sa vie, et il avait été trop obtus pour le comprendre.

Mais qu'en était-il pour elle ? Et que pouvait-il faire, alors qu'elle était déjà partie se cacher à Seattle ?

Glissant la main dans la poche intérieure de son smoking, il sortit son téléphone portable et appela le numéro de sa résidence. Lorsque sa sœur décrocha, il avait pris sa décision.

— Sadie, s'il te plaît, demande à Rick de commencer à appeler les compagnies aériennes pour me réserver des places sur le prochain vol vers Seattle pendant que tu prépares les affaires de Sunnie et tout ce dont elle pourrait avoir besoin.

— Combien de temps comptes-tu t'absenter ?

— Je l'ignore, reconnut-il. Mais une chose est sûre. Sunnie et moi ne reviendrons pas avant qu'Abby ait accepté de rentrer avec nous.

- 9 -

Plantée devant l'immense baie vitrée dans un confortable pull de laine, Abby observait les évolutions d'un aigle pêcheur au-dessus des eaux du lac Washington. Son jet avait atterri un peu après l'aube et, même si elle s'était couchée dès que le taxi l'avait déposée devant chez elle, il lui avait été impossible de trouver le sommeil. Pis encore, elle avait le sentiment qu'elle n'était pas au bout de ses nuits d'insomnie.

Renonçant à trouver le repos, elle s'était affairée toute la journée dans la maison, lavant le linge qu'elle gardait dans cette résidence et ôtant les housses antipoussière de tous les meubles. Dès l'ouverture de l'agence, elle avait loué un véhicule en attendant de faire expédier sa voiture, qu'elle avait laissée au parking de l'aéroport de Dallas. Toute la journée, elle s'était trouvé suffisamment d'occupations pour éviter d'avoir à trop penser, mais, à présent que le crépuscule approchait, elle n'avait plus rien à faire. Sauf retourner inlassablement les mêmes pensées dans son esprit.

Elle soupira et regagna la cuisine pour se préparer

une autre tasse de café. Elle avait toujours adoré sa maison sur l'eau, adoré ce paysage qui lui rappelait le lac à proximité de Royal. Mais, en cet instant, il lui rappelait seulement Brad, et la première fois où il l'avait embrassée. Ils n'avaient que six ans, mais il y avait quelque chose dans ce baiser innocent — une sorte de magie — qui avait marqué son âme, probablement pour la vie entière.

Durant des années, elle avait attribué sa nervosité, ce sentiment d'inquiétude qu'elle ressentait chaque fois qu'elle se trouvait près de lui, à la compétition qu'ils se livraient constamment. Il l'obligeait à rester en alerte, attendant ses défis pour préparer sa contre-attaque. Aujourd'hui, elle comprenait que tout cela n'avait été qu'un vernis, un masque pour dissimuler l'attirance latente qui s'exerçait l'un sur l'autre.

Pourquoi lui avait-il fallu aussi longtemps pour le comprendre ? Pourquoi n'avait-elle rien vu jusqu'à cet instant ?

Elle se pelotonna sur le canapé, sa tasse de café à la main, et ferma les yeux, s'efforçant de démêler l'écheveau de ses émotions. Elle avait aimé Richard, et, s'il n'était pas décédé, elle aurait vraisemblablement passé le reste de sa vie auprès de lui. Il avait été son ami, son confident, son abri dans la tempête. Leur confortable relation lui avait apporté la sécurité dont elle avait eu besoin, sinon la passion. Abby savait aujourd'hui qu'elle l'avait épousé parce qu'il était rassurant et responsable, qu'il ne regarderait jamais une autre femme et qu'il ne l'abandonnerait jamais comme son père avait abandonné sa mère.

Mais sa relation avec Brad était d'une tout autre nature. Ils n'avaient jamais été amis dans le sens classique du terme, et elle doutait même que cela eût été possible. Brad était une constante incitation à se dépasser, à réussir davantage, et il y avait trop de passion entre eux pour que leur relation soit jamais sereine et tranquille. Elle n'avait jamais éprouvé envers un autre homme le désir qu'il faisait naître en elle. Jamais non plus elle ne s'était sentie aussi heureuse que dans ses bras, aussi entière, aussi vivante. Pour dire les choses simplement, elle l'aimait.

Mais cet amour qu'elle découvrait l'effrayait plus que tout. Et si elle le perdait, comme elle avait perdu tous les êtres qu'elle avait aimés ?

Avec le recul, elle comprenait que tout avait commencé par la perte de son père, lorsque celui-ci avait abandonné sa famille sans jamais plus donner de nouvelles. Jusque-là, elle avait été la petite fille chérie de son père, et sa trahison l'avait dévastée. Puis, six mois à peine après leur mariage, elle avait eu la douleur de perdre Richard. Elle avait même perdu le bébé qu'elle croyait pouvoir adopter lorsque sa mère biologique était revenue sur sa décision.

Secouant tristement la tête, elle reposa sa tasse, puis se leva et ouvrit les portes coulissantes pour sortir sur la terrasse. La lune avait tout juste commencé à s'élever dans le ciel au-dessus des pics des Cascades. En temps ordinaire, elle était toujours fascinée par son reflet dans les eaux noires du lac, mais, ce soir, c'est à peine si elle la remarquait.

Si elle aimait de tout son cœur Brad et son adorable nièce, il lui semblait impensable de s'infliger une nouvelle fois ce type de souffrance. Que ferait-elle lorsqu'il déciderait de la quitter pour la prochaine femme qui capterait son attention ? Que resterait-il d'elle ? Ou, pis encore, que ferait-elle si l'un d'eux venait à disparaître ?

Même s'il n'avait pas été facile de quitter de nouveau Royal, elle savait qu'elle avait pris la bonne décision. Elle souffrirait moins à Seattle, où elle ne risquerait pas de les croiser chaque jour comme un rappel constant de ce qui ne serait jamais à elle. Et, avec le temps, elle cesserait peut-être de penser à eux à chaque heure du jour et de la nuit.

Alors qu'elle tentait encore de se convaincre que tout cela était possible, elle entendit un bruit de pas sur la passerelle de bois menant à la maison. Elle soupira et attendit que l'intrus arrive jusqu'à la terrasse. Elle aurait dû se douter que cette solitude dont elle avait tant besoin ne durerait pas longtemps. Mme Norris, sa voisine, était dehors en train de promener son caniche tout à l'heure, lorsqu'elle était rentrée de faire quelques courses, et elle n'était pas du tout surprise que la vieille dame ait eu envie de venir la saluer après sa longue absence.

— Mme Norris, je suis désolée, lança-t-elle, mais je viens tout juste d'arriver, et ce n'est pas un très bon moment.

Avec un peu de chance, sa charmante vieille voisine comprendrait à demi-mot qu'elle n'avait pas envie d'être dérangée, et lui accorderait au moins un jour supplémentaire de tranquillité.

— Peut-être pourriez-vous repasser demain matin ? ajouta-t-elle d'un ton aimable. Nous prendrons une tasse de café et nous échangerons les derniers potins.

— Je ne suis pas Mme Norris, et il n'est pas question que j'attende jusqu'à demain matin, déclara Brad en surgissant au coin de la maison. Toi et moi allons avoir une longue conversation. Maintenant.

Lorsqu'elle se tourna pour lui faire face, Abby, le souffle coupé, sentit un sanglot monter à sa gorge. Debout à quelques pas d'elle, le couffin du bébé dans une main, un gros sac de voyage dans l'autre et le sac à langer suspendu à une épaule, il n'avait jamais paru aussi séduisant, ni aussi furieux.

Il était inutile de lui demander comment il l'avait retrouvée. A l'évidence, il avait obtenu son adresse par Sadie.

— Que… fais-tu ici, Brad ? balbutia-t-elle, s'efforçant désespérément de reprendre le contrôle de ses émotions.

— Sunnie et moi avons décidé de découvrir pourquoi tu as disparu comme une voleuse dans la nuit, répondit-il, posant le sac de voyage à ses pieds. Ce n'était pas très poli de ta part, chérie.

Un brusque coup de vent balaya ses cheveux sur son visage. Elle les repoussa derrière son oreille et indiqua la maison.

— Entrons, dit-elle, il risque de faire trop frais pour Sunnie.

Elle esquissa un geste pour le débarrasser du

couffin, mais elle se ravisa en voyant le regard de Brad. Elle se dirigea vers les portes coulissantes et les ouvrit de ses mains qui tremblaient un peu. Lorsqu'il la suivit dans le salon, elle eut tout à coup l'impression que la pièce, pourtant vaste, avait rétréci. Elle n'avait jamais remarqué combien il était grand. *Gigantesque* était le mot qui lui venait à l'esprit. Et dans cet état de colère, il était aussi un peu intimidant.

Alors qu'elle réfléchissait à ce qu'elle allait bien pouvoir lui dire pour qu'il reparte et la laisse reconstruire sa vie — une vie sans lui et sans Sunnie —, Brad posa son sac de voyage et le sac à langer du bébé sur le sol. Dans le lourd silence, le claquement se répercuta dans la pièce et la fit sursauter.

— Imagine ma surprise, hier soir, lorsque j'ai regagné notre table après mon discours pour m'apercevoir que ma cavalière m'avait laissé tomber.

Il posa le couffin sur le canapé, abaissa un peu la couverture et déboucla les sangles qui maintenaient le bébé en sécurité dans la voiture. Il prit Sunnie contre lui.

— Tu aurais pu au moins rester pour me dire au revoir, ajouta-t-il.

Il se tourna vers elle, plantant dans ses yeux son regard qui semblait lire au plus profond d'elle.

— Tu me devais au moins cela, Abby, conclut-il.

— Je… suis désolée, murmura-t-elle, incapable de trouver une meilleure réponse.

L'homme qu'elle aimait au-delà de ce qu'elle aurait cru possible était là, devant elle, tenant dans ses bras le bébé qu'elle adorait, et cette scène lui brisait le cœur. Au bout du compte, quelle que soit la réponse qu'elle lui ferait, le résultat serait le même. Ils rentreraient au Texas et elle ne les reverrait plus jamais.

— Non, répliqua-t-il d'un air sombre. Etre « désolée » ne suffit pas. Je n'ai pas fait plus de trois mille kilomètres avec un bébé pour repartir d'ici sans avoir obtenu une réponse franche. Tu me dois une explication sur ce qui s'est passé hier soir. Je veux savoir pourquoi tu t'es enfuie jusqu'ici.

Au même instant, Sunnie commença à gémir et à s'agiter dans ses bras, permettant à Abby de gagner un peu de temps. Elle savait qu'elle ne faisait que retarder l'inévitable, mais peut-être trouverait-elle les arguments pour le convaincre que sa décision de quitter Royal était la seule raisonnable.

— Donne-la-moi, suggéra Abby, tendant les bras vers le bébé. Je vais la changer pendant que tu te reposes du voyage.

Il la dévisagea un instant, puis hocha lentement la tête.

— Nous attendrons que Sunnie soit couchée avant de reprendre cet entretien. Mais sois tranquille, chérie. Nous aurons une longue conversation à cœur ouvert, je te le promets.

Dix minutes plus tard, installée dans un coin du canapé, Abby donnait le biberon à Sunnie. Brad était assis dans le fauteuil en face d'elle. Ni elle ni lui ne disaient mot, et la tension dans la pièce était devenue presque palpable.

— Je suis sûre que tout le monde a dû être très excité d'apprendre l'arrivée en ville d'une équipe de football, remarqua-t-elle, incapable de supporter une autre seconde de silence.

— La nouvelle a été bien accueillie, convint-il simplement.

Constatant qu'il n'en dirait pas davantage, elle fit une nouvelle tentative.

— Qu'est-ce qui a été décidé, concernant le club-house ?

— Les membres ont voté pour faire don des plans de Daniel Warren à la fondation de Sadie afin qu'elle construise le centre culturel familial qui lui tient tant à cœur, répondit-il d'une voix aussi dénuée d'expression que son visage. Et de faire bâtir une extension au TCC qui inclura l'ancien club-house dans un ensemble moderne.

— Qui avait soumis cette proposition ? s'enquit-elle, levant le bébé jusqu'à son épaule pour qu'elle fasse son rot.

— Moi.

— C'est une excellente idée, opina-t-elle.

Il haussa les épaules, mais ne fit aucun commentaire.

En terminant de donner son biberon à Sunnie, Abby avait l'impression que ses nerfs allaient céder. Durant toutes ces années, elle n'avait jamais vu Brad aussi dénué de toute émotion, aussi détaché. On eût dit qu'il jaugeait un adversaire, cherchant ses faiblesses pour mieux les utiliser à son avantage. Et l'adversaire, c'était *elle*. Cette idée ne faisait qu'accroître son anxiété.

— Tu penses que les membres finiront par voter l'admission des femmes au sein du club ?

demanda-t-elle, s'accrochant à la moindre idée pour qu'il continue à lui parler.

— Tu aurais dû rester jusqu'à la fin, répondit-il froidement. Après le nouvel an, il y aura un vote sur le sujet. Je suis persuadé que le « oui » l'emportera.

— C'est merveilleux, dit-elle d'une voix faible.

Elle se réjouissait que les femmes soient enfin admises de plein droit au TCC, mais ses nerfs éprouvés ne lui permettaient pas de montrer davantage d'enthousiasme. En outre, Sunnie venait de s'endormir dans ses bras.

Le moment qu'elle redoutait depuis qu'elle avait aperçu Brad sur la terrasse venait d'arriver. Le temps de la conversation mondaine était révolu. Rien ne pouvait plus empêcher la confrontation à laquelle il semblait tant tenir.

— Je vais coucher Sunnie dans son couffin, dit-il en tendant les bras vers le bébé.

Abby sursauta. Elle avait été à tel point concentrée sur leur explication à venir qu'elle n'avait pas remarqué qu'il s'était levé pour venir se planter devant elle.

Lorsqu'il souleva Sunnie dans ses bras, ses doigts frôlèrent sa poitrine, faisant naître une onde de désir qui irradia dans tout son corps.

— Je... je crois que je vais aller préparer du café, déclara-t-elle, ressentant un besoin impérieux de mettre un peu d'espace entre eux. Si tu le souhaites, tu peux coucher le bébé dans ma chambre.

— C'est une bonne idée, dit-il avec un hochement de tête approbateur. Je ne voudrais pas que notre conversation la réveille.

Elle se leva et lui indiqua le chemin de la chambre, au bout du couloir. Puis, pendant qu'il installait l'Interphone pour bébé qu'il avait apporté avec lui, elle se retira dans la cuisine pour préparer du café. Ce n'était pas vraiment que la caféine soit une bonne idée, vu l'état de ses nerfs et la tension qu'elle sentait chez lui, mais Brad ne buvait pas d'alcool, et elle ne pouvait donc pas lui offrir de vin. Elle sortit tout de même une bouteille de chardonnay et entreprit de la déboucher. Il n'avait peut-être pas besoin d'un remontant plus fort que du café, mais elle, si.

Brad installa rapidement l'Interphone pour bébé, vérifia que Sunnie dormait paisiblement et retourna dans le salon. Debout devant les portes de la terrasse, les mains au fond des poches de son jean, il contempla un moment les eaux du lac. Ses doigts effleurèrent l'objet qu'il transportait avec lui depuis le Texas, et il sentit sa détermination se renforcer encore davantage.

— Pourquoi t'es-tu enfuie, Abby ? demanda-t-il alors qu'elle arrivait derrière lui.

— Je... j'ignore ce que tu veux dire, se défendit-elle.

Au léger tremblement de sa voix, il sut qu'elle lui mentait.

— Tu ne crois pas qu'il est grand temps d'arrêter ton petit jeu, et de cesser de nous mentir, à toi et à moi ? répliqua-t-il en se retournant.

Ce qu'il vit lui coupa le souffle. Elle était certainement la plus belle femme sur laquelle il ait posé les yeux de toute sa vie. Même avec ces cheveux fous qui s'étaient échappés de sa queue-de-cheval et ce pantalon de jogging informe beaucoup trop grand pour elle, il devait lutter de toutes ses forces pour ne pas la prendre dans ses bras, la serrer très fort et l'embrasser jusqu'à ce qu'elle lui avoue la vraie raison pour laquelle elle s'était enfuie, à savoir qu'elle était terrorisée par ce qui se passait entre eux.

— Brad, je pense que… mon retour ici était la meilleure solution pour nous deux, finit-elle par avouer d'un ton hésitant.

— Qu'est-ce qui te le fait penser ? insista-t-il, bien décidé à obtenir la réponse qu'elle s'efforçait si visiblement de taire.

— Ma place n'est plus au Texas, dit-elle en évitant soigneusement son regard.

— Pourquoi ?

Il lui suffisait de continuer à lui poser les bonnes questions, songea-t-il. Il savait que ce n'était qu'une question de temps. Tôt ou tard, elle céderait et lui dirait toute la vérité.

— Tu as habité Royal une bonne partie de ta vie, observa-t-il. Tu n'aimes plus cette ville ?

— Si, répondit-elle. Non… enfin…

— Dis-moi, chérie, quelle est la bonnc réponse ? s'enquit-il en s'approchant d'un pas. Est-ce oui ? Est-ce non ?

Elle le dévisagea un long moment en silence, puis hocha la tête.

— Oui, répondit-elle d'une voix tremblante.

J'aime beaucoup Royal. C'est le lieu où je suis née. Mais… ma place… n'est pas là-bas.

— Et *où* est ta place, Abby ?

Il vit réapparaître sur son visage cette expression d'animal traqué qu'il y avait surprise le soir du gala de Noël.

— Ma place… est ici, répondit-elle en détournant les yeux.

— Tu mens, dit-il en se rapprochant encore. Tu veux savoir où je pense qu'est ta vraie place ?

— Non, répondit-elle, évitant toujours son regard.

— Eh bien, je vais tout de même te le dire, chérie.

Il s'approcha encore et l'attira doucement à lui.

— Ta vraie place est dans mes bras.

— Non, Brad ! protesta-t-elle.

— C'est la stricte vérité, Abby, insista-t-il, repoussant délicatement une boucle auburn sur sa joue d'ivoire. Tu ne crois pas qu'il est grand temps que tu cesses de t'enfuir et que tu m'expliques pourquoi tu m'as abandonné au gala de Noël pour venir te réfugier ici ?

— S'il te plaît… ne fais pas ça, Brad, le supplia-t-elle.

Il vit les larmes briller dans ses yeux d'azur, et, tout à coup, il eut l'impression d'être le plus grand imbécile que la terre ait jamais porté. Il lui souleva doucement le menton pour l'obliger à le regarder.

— Pourquoi, Abby ? insista-t-il.

Elle ferma les paupières et répondit dans un souffle :

— Parce que… je t'aime et que je ne veux pas courir le risque de te perdre, toi aussi. Je perds tous ceux que j'aime. Mon père… Richard… le bébé. Je ne pourrais plus le supporter. Je… je ne pourrais plus, c'est tout.

— C'est tout ce que j'avais besoin d'entendre, chérie, déclara-t-il en la serrant très fort dans ses bras.

Il déposa une pluie de baisers sur ses cheveux tandis qu'elle sanglotait, blottie contre sa poitrine. Il s'en voulait de lui avoir infligé une telle souffrance, mais il n'avait pas eu le choix. Pour que leur relation puisse s'épanouir, Abby devait partager avec lui cette peur secrète qui l'empêchait d'avancer. Et il savait qu'elle s'y serait refusée s'il ne l'avait pas poussée dans ses retranchements.

Lorsque ses sanglots cessèrent enfin, il prit tendrement son visage entre ses mains.

— Chérie, la vie n'offre aucune garantie, aucune promesse de lendemain. C'est valable pour nous tous. Mais je peux t'assurer une chose. Je t'aimerai à chaque minute de ma vie, aussi longtemps que je respirerai.

— Je ne peux plus perdre quelqu'un que j'aime, répéta-t-elle avec obstination. C'est trop de souffrance.

Il aurait dû deviner qu'Abby ne se rendrait pas sans combattre jusqu'au bout. C'était l'un des traits de caractère qui l'irritait le plus chez elle, mais, en même temps, c'était pour cela qu'il l'aimait.

— Chérie, je ne pense pas que tu aies le choix, observa-t-il d'une voix douce. Tu m'aimes, n'est-ce pas ?

A son immense soulagement, sa réponse fut instantanée :

— Oui, répondit-elle. J'ai essayé de résister, mais je ne peux pas m'empêcher de t'aimer.

Brad éclata de rire. Il reconnaissait bien là son Abby, fidèle jusqu'au bout à ses convictions.

— Dans ce cas, tu nous dois à tous trois de courir le risque. Rentre avec moi, chérie. Deviens ma femme et la mère de Sunnie.

— Tu me demandes de t'épouser ?

Il acquiesça, puis s'écarta d'elle pour aller récupérer l'écrin de velours dans le sac à langer de Sunnie. Il en tira le solitaire qu'il contenait et mit un genou à terre devant la femme qu'il aimait.

— Veux-tu m'épouser, Abigail Langley ? Veux-tu m'aider à élever Sunnie et tous les autres enfants que nous choisirons éventuellement d'adopter ?

Il la dévisagea anxieusement, espérant que les larmes qu'il voyait ruisseler sur ses joues étaient des larmes de bonheur. Il la vit fixer la bague un instant, puis elle releva les yeux vers lui et hocha lentement la tête.

— Comment pourrais-je refuser ? Oui, je t'épouserai, Brad. Mais où as-tu trouvé cette bague ?

— Sunnie et moi avons fait un peu de shopping dans le centre de Seattle avant de venir ici, expliqua-t-il, sentant son amour pour elle grandir à chaque seconde.

Il glissa la bague à l'annulaire de sa main gauche, puis il se releva et la prit dans ses bras pour l'embrasser, sentant que ce baiser scellait leur union pour toujours.

— Je t'ai aimée depuis notre baiser au lac, lorsque nous avions six ans, dit-il d'un air grave. Ce jour-là, tu as volé mon cœur, et il n'a plus jamais appartenu à personne d'autre.

Fouillant la poche de son jean, il en tira le mot froissé qu'elle lui avait laissé avant de partir, et le plaça d'autorité dans sa main.

— Tiens, chérie, dit-il. J'ai parcouru plus de trois mille kilomètres pour te rendre ceci. Je ne l'ai pas lu et je n'ai pas du tout l'intention de le lire.

— Pourquoi ? murmura-t-elle, un tel amour rayonnant dans son regard qu'il en fut ému jusqu'au fond de l'âme.

— Parce que je savais que rien n'était terminé entre nous, répondit-il, déposant un baiser sur son front lisse. Tu es mon âme sœur — ma moitié. Quelques mots griffonnés sur un bout de papier ne peuvent rien y changer.

Heureux d'être enfin ensemble, dans les bras l'un de l'autre, ils demeurèrent silencieux un long moment, puis elle s'écarta un peu pour lever son regard vers le sien.

— Tu es certain de vouloir m'épouser, Brad ? Je ne peux pas te donner d'enfants, tu le sais.

— Je veux que nous adoptions Sunnie ensemble, répondit-il. Et nous pourrons aussi adopter autant d'enfants qu'il te plaira. Je ne suis pas un de ces hommes qui ne peuvent se sentir pères que si leur sang coule dans les veines d'un enfant.

— J'ai essayé d'adopter un bébé l'été dernier, l'informa-t-elle d'une voix douce. Je n'avais mis personne au courant parce que je craignais qu'un événement imprévisible vienne l'empêcher.

Il comprit soudain sa réticence à discuter avec lui des diverses options qui lui étaient offertes pour devenir mère, le jour où elle lui avait confié qu'elle était stérile. Elle avait déjà tenté par d'autres moyens d'obtenir le bébé qu'elle désirait si ardemment, et, à l'évidence, ses espoirs avaient été déçus.

— Que s'est-il passé pour que l'adoption de ce bébé ne puisse avoir lieu ? s'enquit-il, sentant qu'elle était enfin prête à en parler.

— Lorsque le bébé est né, sa mère biologique a changé d'avis, expliqua-t-elle d'une voix voilée de tristesse. Je me suis rendue à l'hôpital pour ramener mon fils à la maison, et j'ai dû rentrer sans lui.

En moins d'une année, Abby avait donc subi deux pertes dévastatrices. Elle avait perdu un mari ainsi que l'enfant qu'elle croyait pouvoir adopter, et elle avait été impuissante à l'empêcher.

— Tu n'as pas à t'inquiéter qu'une pareille mésaventure se produise avec Sunnie, murmura-t-il, s'efforçant de trouver les mots susceptibles de la rassurer. A mes yeux, tu es déjà sa mère. Tu t'es occupée d'elle autant que moi. Tu l'as changée, nourrie et mise au lit le soir. Tu as été là pour la soigner et pour veiller sur elle lorsqu'elle était fiévreuse, après son vaccin. Il me semble, chérie, que cela fait de toi une mère.

— Il est vrai que je l'aime de tout mon cœur, reconnut-elle, esquissant un sourire.

— Oh ! et je suppose que ton amour pour moi est une idée de dernière minute, parce que Sunnie et moi sommes un ensemble indissociable ? la taquina-t-il.

Elle répondit par un sourire qui le réchauffa comme un soleil.

— Disons simplement que j'ai envie de vous garder tous les deux, et n'en parlons plus.

A cet instant, un événement extérieur attira son attention, et elle tourna la tête.

— Regarde ! Il neige !

Brad fronça les sourcils.

— Est-ce inhabituel, ici ?

— Normalement, il ne neige pas beaucoup dans la région, répondit-elle en le prenant par la main. Viens. J'ai quelque chose à te montrer.

Il la suivit sans se faire prier sur la grande terrasse à l'arrière de la maison flottante. Et il comprit alors pourquoi elle aimait tant vivre sur ce lac, et pourquoi celui-ci lui rappelait l'autre lac près de Royal.

La neige avait saupoudré de blanc les sapins sur les pentes des collines sur l'autre rive du lac Washington, et les lumières des habitations se reflétaient sur la surface du lac comme une myriade de diamants dansant sur l'eau mouvante.

— La beauté de ce paysage égale presque la tienne, chérie, murmura-t-il.

— Tu le dis seulement parce que tu m'aimes, répondit-elle en passant un bras autour de sa taille.

Brad la serra un instant contre lui, se délectant du contact tiède de son corps.

— Je suis bien décidé à ne jamais te laisser l'oublier, répondit-il. Je veux dormir toutes les nuits en te serrant dans mes bras et me réveiller de la même manière.

— Je t'aime, Brad.

— Moi aussi, je t'aime, chérie. Pour toute la vie.

Epilogue

— Brad, tu as vu la tétine de Sunnie ? demanda Abby alors qu'ils regagnaient leur voiture après avoir assisté à la cérémonie de pose de la première pierre du nouveau centre culturel familial Tex Langley, le jour de la Saint-Sylvestre. Elle l'avait dans sa bouche il y a seulement une minute.

Secouant la tête, il plongea la main dans la poche de sa veste de complet.

— En voici une toute neuve, répondit-il en riant. Si tous les bébés perdent autant de tétines que notre fille, je crois que je vais songer à acquérir quelques milliers d'actions dans la société qui les fabrique. Nous gagnerons une fortune en un rien de temps.

Abby se contenta de sourire. Sur le vol de retour depuis Seattle, ils avaient eu une longue discussion sur la meilleure façon de s'organiser avec Sunnie, et ils avaient décidé que le plus simple était de la considérer comme leur fille biologique. Ils allaient l'élever comme si elle avait été la leur, et ils étaient décidés à ce qu'elle sache qu'ils l'aimaient et qu'ils désiraient très fort être ses parents. Tous les enfants avaient besoin d'un père et d'une mère, et c'était exactement ce qu'ils entendaient être pour Sunnie.

Lorsqu'il lui prit le bébé des bras pour l'installer dans le couffin de transport, Brad effleura sa poitrine de ses doigts. Malgré l'épaisseur de son manteau de laine, Abby sentit un frisson d'excitation la parcourir tout entière. Leurs regards se rencontrèrent, et face à la promesse brûlante qu'elle lisait dans ses yeux noisette, elle eut l'impression d'être la femme la plus aimée au monde.

— Prête à prendre le chemin du club-house ? s'enquit-il, déposant un bref baiser sur ses lèvres.

— Je n'ai jamais été aussi prête de toute ma vie, répondit-elle avec sincérité. Mais toi ? Tu vas renoncer à beaucoup de choses. Es-tu certain de vouloir t'engager à ce point ?

Il l'aida à s'installer sur le siège passager, puis fit rapidement le tour de la voiture pour se glisser derrière le volant.

— Tu sais, répondit-il en se tournant vers elle, j'ai beaucoup pensé à toutes les femmes que j'ai connues au cours des années, et je suis arrivé à la conclusion que je cherchais à savoir si l'une d'elles pourrait me faire ressentir même une fraction de ce que je ressentais pour toi.

Il porta la main d'Abby à ses lèvres et déposa un baiser sur la bague de fiançailles qu'il lui avait offerte deux semaines plus tôt.

— En toute honnêteté, poursuivit-il, je dois reconnaître qu'aucune d'elle n'a jamais pu rivaliser avec l'original, chérie.

— Excellente réponse, Price, opina-t-elle.

— C'est la stricte vérité, assura-t-il en démarrant pour sortir du parking. Ma sœur t'a-t-elle prévenue que Rick et elle gardent le bébé, ce soir ?

Abby acquiesça.

— Sadie m'a demandé d'apporter les affaires du bébé à la cérémonie, de façon à ce que Rick et elle puissent ramener Sunnie directement chez eux. C'est le sac supplémentaire que tu as chargé dans le coffre avant notre départ de la maison.

— Tu sais que nous n'allons pas rester très longtemps à la réception, n'est-ce pas ? s'enquit-il, la couvant d'un regard qui ne laissait aucun doute sur ses projets.

Alors qu'ils passaient devant la maison de Brad, en route vers le TCC, Abby se tourna vers sa vitre et ne put s'empêcher d'éclater de rire.

— Regarde, Brad ! Je suppose que ton nom était le dernier de la liste, pour cette année.

Riant aux éclats, elle le vit freiner brusquement au beau milieu de la rue et contempler d'un regard sidéré les flamants roses en plastique éparpillés sur sa pelouse. Sur le fond blanc de la mince couche de neige qui était tombée sur la ville, ce troupeau d'un rose fluorescent paraissait d'autant plus saugrenu. Et plus laid que jamais.

Brad redémarra et, secouant la tête d'un air sombre, se remit en route vers le club-house.

— Je ne veux pas penser à une horde de…

— Tu veux dire une colonie, corrigea-t-elle. Et cela aurait pu être bien pire. Ils auraient pu poser des éléphants roses sur ta pelouse.

— Oublions tout cela. Nous avons de meilleurs sujets d'intérêt, aujourd'hui.

Il prit sa main dans la sienne et lui sourit.

— Rien n'est plus important pour moi que de te retrouver sous la devise *Leadership, Justice et Paix*, dans la salle de bal du TCC, à 14 heures précises.

— Je t'aime plus que la vie elle-même, Brad Price, murmura-t-elle, le cœur débordant d'amour. Je serai là.

Une heure plus tard, au bras de Zeke Travers, Abby traversait la grande salle de bal en direction de la plaque de marbre arborant la devise qui rappelait au monde les principes qui avaient guidé le TCC depuis des générations, sous laquelle Brad l'attendait près du pasteur. Il était incroyablement séduisant dans son smoking noir, avec un bouton de rose épinglé au revers de sa veste.

Il était l'homme qu'elle aimait de tout son cœur, l'homme qui lui avait fait comprendre que l'amour était plus fort que la crainte de la perte, et celui grâce à qui son rêve d'avoir une famille bien à elle allait devenir une réalité.

— Tu es prête à commencer l'année en tant que Mme Price ? murmura Brad lorsqu'elle fut devant lui sous la devise du club.

— Je crois que j'ai été prête pour cet instant toute ma vie.

Ils se tournèrent vers le pasteur.

SANDRA HYATT

Amoureuse d'un prince

Passions

éditions HARLEQUIN

Titre original : LESSONS IN SEDUCTION

Traduction française de FLORENCE MOREAU

83-85, boulevard Vincent-Auriol, 75646 PARIS CEDEX 13.
Service Lectrices — Tél. : 01 45 82 47 47
www.harlequin.fr

- 1 -

Rester calme et maintenir le cap.

Danni St. Claire avait lu ce slogan quelque part, et s'il lui revenait à la mémoire maintenant, c'est qu'il était tout à fait de circonstance.

Elle remua légèrement ses doigts gantés avant de les refermer sur le volant.

Ses passagers, et plus particulièrement l'un d'entre eux, ne lui accordaient aucune attention derrière la vitre de séparation. C'était l'usage, surtout si elle exécutait son travail convenablement. En l'occurrence, elle devait ramener chez lui Adam Marconi, l'héritier du trône de San Philippe, principauté européenne, et la sublime créature qui l'accompagnait.

Il était impératif que l'opération se déroule sans incident, car Adam ne devait pas se rendre compte que c'était elle qui conduisait. Pour cela, il lui suffisait de demeurer bouche cousue. Elle avait parfois du mal à tenir sa langue, et il lui arrivait de s'exprimer au moment le plus inopportun ou de tenir des propos déplacés. Mais, ce soir, elle n'avait aucune raison de parler. Ce n'était pas elle qui ouvrirait la portière à Adam. Sa tâche consistait exclusivement à se concentrer sur la conduite. Sans attirer l'attention. Elle demeurerait invisible. Une ombre.

Alors qu'elle était arrêtée à un feu rouge, elle ramena un peu plus sur son front la casquette de chauffeur que son père lui avait prêtée.

« Une mission particulièrement délicate », avait-on dit au palais. Une mission que son père préférait ne pas voir confiée à Wrightson, son rival direct au poste de chauffeur en chef qu'il occupait. Heureusement, Danni détenait encore l'autorisation de conduire les gens du palais, pour l'avoir fait quand elle était plus jeune, afin de financer ses études. Elle n'avait pas revu Adam depuis cette époque.

Toutefois, elle ignorait que ce serait lui qu'elle véhiculerait ce soir. Quand elle avait intercepté l'appel, elle avait cru que sa tâche consisterait simplement à aller chercher le « rendez-vous » d'Adam chez elle, et à l'emmener au restaurant. Soit dit en passant, c'était une très belle femme, et probablement intelligente, comme il les aimait. Mais ensuite — et elle aurait dû se douter qu'il y aurait une suite car, pour ce genre de mission, les instructions n'étaient pas données à l'avance — on l'avait priée de les ramener chacun chez soi. Il fallait bien justifier la nature « délicate » de la mission.

Son estomac se mit à gronder. Elle n'avait pas eu le temps de dîner et elle savait pertinemment que la boîte à gants était vide, son père ne mangeant jamais pendant le service. En revanche, il gardait toute une sélection de mets délicieux dans le discret réfrigérateur, à l'arrière. Evidemment, il était exclu de prier ses passagers de lui faire passer quelque chose à manger ! Surtout ce soir. Elle devrait se contenter des pastilles à la menthe qu'elle avait dans sa poche.

Alors qu'ils passaient sous une rangée de lumineux réverbères, elle jeta un coup d'œil discret dans le rétroviseur et leva les yeux au ciel. Si le palais pensait que la mission méritait le qualificatif de « délicate » parce qu'ils craignaient du chahut à l'arrière, il n'y avait aucune inquiétude à se faire de ce côté-là. Adam et son « rendez-vous » étaient en grande conversation. Visiblement très sérieuse. Peut-être était-ce l'activité à laquelle se livraient les princes et les intellectuelles quand ils sortaient ensemble. Et elle aurait probablement dû se réjouir qu'ils aient autre chose en tête que ce qu'ils découvriraient dans leur réfrigérateur en rentrant à la maison !

Toutefois, elle avait cru que le but de leur soirée était de mieux se connaître, pas d'aborder des sujets aussi sérieux. Elle soupira. Que connaissait-elle au protocole ? Tout se passait différemment dans le monde d'Adam, ça avait toujours été ainsi, d'ailleurs. Même adolescent, il semblait porter le poids du monde sur ses épaules. Dès son plus jeune âge, il avait pris ses responsabilités et ses devoirs avec le plus grand sérieux — un peu trop, selon elle.

Tout ce qu'elle savait, c'était qu'Adam était en quête d'une épouse et que l'une des candidates potentielles se trouvait sur le siège arrière, à son côté.

A trente et un ans, on attendait de lui qu'il

accomplisse son devoir, à en croire ce que rapportaient les médias. En d'autres termes, il devait se ranger, fonder un foyer et produire des héritiers, de préférence mâles, pour perpétuer la lignée des Marconi et assurer sa succession.

Si quelqu'un lui avait demandé son avis, elle aurait joyeusement répondu que le prince avait plutôt besoin de s'amuser un peu, au lieu de se ranger. Elle avait toujours pensé que la vie qu'il menait l'empêchait d'apprécier le monde dans toute sa variété et de saisir les occasions qu'il présentait. Et tant qu'il aurait des œillères, les gens ne verraient pas non plus qui il était vraiment, si tant est qu'il puisse s'autoriser un jour à être lui-même.

Adam pensait qu'il trouverait la femme idéale en l'invitant à dîner. Ainsi, ce soir, il avait organisé un tête-à-tête romantique dans un restaurant panoramique qui surplombait un nouveau quartier de la ville.

Mais peut-être qu'au lieu de se pencher sur le cas d'Adam, elle ferait mieux d'observer comment une femme digne de ce nom se comportait au cours d'un rendez-vous et en prendre de la graine ! Elle regarda dans le rétroviseur. De toute évidence, il était primordial de se tenir bien droite, d'avoir des mains soigneusement manucurées et de les croiser sagement sur ses genoux, sans oublier de battre des cils de temps à autre.

Battre des cils ? Elle ne se voyait pas faire une chose pareille, pas plus qu'elle ne se vernirait les ongles. Vu le milieu dans lequel elle travaillait, les courses d'automobiles, ça aurait été une pure perte de temps et d'argent.

Elle espérait néanmoins que ses collègues masculins ne la prenaient pas pour un garçon manqué même si, elle le reconnaissait, elle ne ressemblait pas du tout à une poupée Barbie. Encore que la fameuse poupée avait sans doute plus de personnalité que la femme assise à l'arrière de la voiture. Assez. Elle n'avait pas le droit de reporter ses frustrations sur une femme qu'elle ne connaissait même pas.

Elle jeta de nouveau un regard dans le rétroviseur, résolue à se faire une meilleure opinion du couple assis derrière elle. Difficile… D'autant qu'elle venait de se rendre compte qu'Adam avait sorti son ordinateur portable et que lui et son « rendez-vous » étaient maintenant penchés sur l'écran.

— On peut dire que tu sais t'y prendre avec les femmes, Adam, marmonna-t-elle malgré elle.

Aussitôt, elle se mordit la langue. Mais il ne pouvait pas l'avoir entendue. Une épaisse paroi vitrée les séparait, et le micro n'était pas allumé. Toutefois, Adam leva brusquement les yeux vers elle et, pendant une fraction de seconde, elle les sentit dans les siens. Heureusement, aucun éclair dans ses belles prunelles n'indiqua qu'il l'avait reconnue. L'avait-il seulement vue ? Son regard avait glissé sur elle comme si elle était invisible, ce qui était parfait puisqu'elle n'était pas censée être son chauffeur, ce soir.

Quelques années plus tôt, il le lui avait interdit. En réalité, ce n'était pas une interdiction officielle, il lui avait juste donné un ordre. Ordre qui, dans les cercles palatins, revenait à une mise au ban. Pas besoin de message officiel.

Pourtant, quelle personne sensée lui en aurait voulu de ce café renversé ? Le nid-de-poule était inévitable… Heureusement, ce job ne lui était pas vital. A l'époque, elle poursuivait ses études et aujourd'hui elle faisait partie de l'équipe organisatrice du Grand Prix de San Philippe.

Son père, en revanche, avait besoin de ce travail. Plus pour l'image qu'il avait de lui-même et pour donner un sens à sa vie que pour l'argent, mais tout de même. Proche de la retraite, il commençait à craindre qu'on ne le remplace prématurément par une personne plus jeune.

Assez regardé dans ce rétroviseur. Sa mise à l'index avait eu lieu cinq ans plus tôt, pendant les vacances d'été, et Adam avait sans doute des choses plus importantes en tête que cet incident qu'il avait dû oublier depuis belle lurette. Tout comme il l'avait oubliée, elle… D'ailleurs, il lui était devenu étranger.

Elle se concentra sur sa conduite et, évitant les chemins cahoteux, s'arrêta devant le porche de l'hôtel le plus luxueux de San Philippe.

— Attendez ici !

La voix profonde d'Adam, si habitué à commander, venait de résonner dans le micro.

Un groom ouvrit la porte arrière. Adam et l'élégante aux jambes interminables en sortirent. Danni se souvint alors qu'elle s'appelait Clara.

« Attendez ici. » Cela pouvait signifier trente

secondes, ou trente minutes, ou bien des heures. Ça lui était déjà arrivé avec d'autres passagers.

Adam raccompagnait une femme chez elle, après avoir dîné avec elle. Elle ignorait si c'était leur premier rendez-vous. Peut-être Clara l'inviterait-elle à prendre un dernier verre. Peut-être lui enlèverait-elle ensuite sa cravate, et ferait-elle glisser sa veste sur ses larges épaules, les lèvres collées aux siennes. Peut-être lui ferait-elle oublier le sacro-saint protocole en déboutonnant sa chemise…

Non ! Voilà qu'elle revoyait Adam torse nu, alors même qu'elle venait de se persuader qu'elle l'avait totalement oublié.

Elle avait grandi dans l'enceinte du palais, alors bien sûr, en dépit des cinq ans qui les séparaient, ils avaient souvent joué ensemble, comme tous les enfants qui y vivaient. Il était une époque où elle le considérait presque comme un ami. Il avait sans doute été un allié, parfois un protecteur. Elle avait du mal à s'imaginer qu'il faisait partie de la famille royale et pourtant, un jour, il serait prince héritier. Et elle était tout à fait consciente qu'elle n'était pas censée fantasmer sur un prince héritier, torse nu de surcroît ! Elle savait aussi que son imagination débordante lui jouait parfois des tours…

Rien dans la conduite du couple qu'elle avait ramené à l'hôtel ne laissait supposer une quelconque intimité mais, encore une fois, que connaissait-elle au protocole ? Les gens qui gravitaient dans ces cercles-là se comportaient peut-être différemment, cachant bien mieux leurs passions que le commun des mortels ?

Elle s'enfonça dans son siège, puis alluma la radio avant de baisser la visière de la casquette sur ses yeux. L'avantage, quand on transportait des membres de la famille royale, c'était que, où que vous soyez garé, on ne vous ordonnait jamais d'aller stationner ailleurs…

Elle se redressa bien vite quand elle entendit la portière arrière s'ouvrir. Cela faisait à peine quelques minutes qu'il était descendu de la voiture, pourquoi revenait-il déjà ? Elle éteignit prestement la stéréo, et le son s'arrêta au moment où Adam se glissait à l'arrière.

Ses vêtements étaient aussi bien ajustés que tout à l'heure et pas un cheveu ne dépassait. Sa cravate était impeccablement serrée et son visage ne portait pas la moindre trace de rouge à lèvres. Il avait le même air sérieux que pendant tout le trajet.

S'étaient-ils seulement embrassés ?

Elle secoua la tête et démarra. Qu'est-ce que cela pouvait bien lui faire ? Elle ne devait pas se poser de telles questions.

Avec tout autre passager, elle aurait dit quelque chose comme : « Vous avez passé une bonne soirée, monsieur ? » Parfois, un chauffeur servait un peu de majordome. Mais Adam n'était pas n'importe quel passager, et à en juger par sa tête penchée en arrière et ses yeux clos, il n'avait pas besoin qu'elle lui fasse la conversation. Que le silence puisse durer encore un quart d'heure, ce serait parfait ! C'était le temps qu'il lui fallait pour regagner le palais. Ensuite elle serait libre. Tout se serait passé sans incident. Son père serait de retour le lendemain et cette incartade serait passée inaperçue.

Comme prévu, un quart d'heure plus tard, la voiture franchissait la grille du palais et s'arrêtait devant la porte d'entrée. Le gravier crissa légèrement sous les pneus. Danni devait se retenir pour ne pas freiner brusquement devant l'entrée. Elle avait pris tant de plaisir à de tels exercices lors de sa formation. Rien que d'y penser, un sourire lui vint aux lèvres.

Mais son sourire s'évanouit rapidement quand elle se rendit compte qu'aucun valet ne s'était matérialisé pour ouvrir la portière à son passager. Elle se rappela soudain que son père s'était plaint de la liberté qu'avait prise Adam : pour sa résidence privée, il s'était dispensé d'un domestique. Son père en avait été aussi choqué que si Adam avait décidé de ne plus porter de chaussures en public. Elle n'avait pas trouvé cela particulièrement révoltant, sur le coup. Mais maintenant…

Il n'y avait pas d'autre solution, elle devait sortir et lui ouvrir elle-même !

Contournant la voiture, elle jeta un coup d'œil aux alentours, puis ouvrit la porte et se plaça bien sur le côté, espérant éviter le face-à-face. Comme il ne bougeait toujours pas au bout de quelques secondes, elle se pencha vers lui à contrecœur.

Son cœur bondit dans sa poitrine. Il avait toujours les paupières closes, mais ses traits s'étaient adoucis. Il ne semblait plus aussi imposant, ni aussi inabordable. Au contraire, il était sensuel, avec ses cils épais et sombres. En outre, il sentait divinement bon. Elle aurait aimé s'approcher un peu plus près de lui, pour mieux s'imprégner de son parfum.

— Adam, appela-t-elle doucement.

Elle aurait dû l'appeler « Votre Altesse », ou « Monsieur », ce qui, en plus de respecter l'étiquette, aurait eu l'avantage de rétablir une distance entre eux. Il fallait qu'elle cesse de nourrir des pensées inappropriées et bien peu formelles envers le prince héritier. Mais Adam avait toujours insisté, entre autres choses, pour que le personnel, et notamment les personnes qui avaient grandi avec lui au palais, l'appelle par son prénom.

— Adam.

Elle avait voulu parler plus fort, mais le mot s'était étranglé dans sa gorge. Elle déglutit. Tout ce qu'elle avait à faire, c'était le réveiller et remonter dans la voiture. Elle se pencha un peu plus vers lui, s'efforçant de rester impassible. Après tout, ce n'était qu'Adam. Elle le connaissait depuis toujours, même si cela faisait cinq ans qu'elle ne l'avait pas revu et qu'ils n'évoluaient pas dans les mêmes cercles.

Ce fut alors qu'il ouvrit les yeux. Il n'avait plus du tout l'air endormi. Elle sentit sa bouche s'assécher.

— Je peux faire quelque chose pour toi ? demanda-t-il d'une voix veloutée, trahissant un soupçon d'ironie.

Déconcertée par la lueur qu'elle crut voir dans son regard, elle se sentit soudain brûlante.

— Oui. Tu peux te lever et sortir de ma voiture, répondit-elle.

— *Ta* voiture, Danielle ? demanda-t-il en haussant un sourcil.

— *Ta* voiture ! Mais c'est tout de même moi qui dois la ramener au garage, rétorqua-t-elle.

Aïe ! On ne s'adressait pas à un prince sur ce ton. Sa réponse était tout à fait inappropriée, mais, visiblement, elle n'avait pas offensé Adam, dont la commissure des lèvres se souleva — encore que le sourire qu'elle attendait ne se profilât pas. Il redevint tout de suite sérieux.

Elle déglutit avec difficulté.

Elle devait se reprendre, et vite.

— Nous sommes arrivés au palais, reprit-elle. J'espère que tu as passé une bonne soirée.

Elle avait pris le ton le plus neutre possible et s'était redressée, se raccrochant au protocole.

Il sortit alors de la voiture, la dominant de toute sa hauteur avant de river sur elle des yeux pensifs.

— Très bonne, oui, répondit-il. Merci.

— Vraiment ? fit-elle alors, consciente qu'une fois encore elle s'écartait des règles.

Elle s'était pourtant juré de n'être qu'une ombre !

Il plissa les yeux, comme s'il lui en voulait.

— Tu doutes de moi, Danielle ?

Elle frissonna.

En effet, mais il était difficile de le lui avouer. Cependant, elle se refusait à mentir. Ellc s'cfforça donc d'éluder la question.

— Toi seul es en mesure d'évaluer si tu as passé une bonne soirée ou non.

— Tu as raison.

Ce qu'elle désirait à présent, c'était qu'il s'éloigne

et disparaisse dans son palais. Qu'il s'occupe des affaires, de la nation, du monde. Alors elle pourrait refermer la portière de la voiture, et s'en aller dîner. Et ce serait comme si cette soirée n'avait jamais eu lieu. Il n'y aurait pas de répercussions, ni pour son père ni pour elle.

Mais il ne bougeait pas. Son estomac la trahit alors en émettant un gargouillis.

— Tu n'as pas mangé ? s'enquit-il.

— Ça va, dit-elle.

De nouveau, le silence s'installa. Un silence embarrassant. Qu'attendait-il pour rentrer ? Il continuait à la fixer sans ciller.

— Je ne savais pas que tu jouais de nouveau les chauffeurs, observa-t-il. Je pensais que tu étais encore aux Etats-Unis.

— J'y ai séjourné pendant quelque temps. Mais j'en suis revenue à présent.

Cela faisait trois ans et demi qu'elle s'était installée sur le continent.

— J'ai fait cette course pour rendre service à mon père, qui m'héberge actuellement, précisa-t-elle.

Elle retint son souffle. Est-ce qu'il se rappelait qu'il l'avait renvoyée, cinq ans plus tôt ?

— Ton père va bien ? s'enquit-il d'un ton presque inquiet.

— Absolument. Un de ses amis était malade, et il devait lui rendre visite. Mais il reprendra le volant dès demain.

— Parfait.

Il pivota alors sur ses talons, se dirigeant vers

le palais. Ouf ! Mais au moment où elle se croyait enfin libre, il se retourna.

— Qu'est-ce que tu as dit, au juste ?

— Que mon père reprendrait le volant dès demain.

— Non, ça, j'ai entendu. Tout à l'heure, dans la voiture, qu'est-ce que tu as dit ?

Bon sang ! Il ne pouvait tout de même pas avoir entendu les mots qu'elle avait marmonnés alors qu'il se trouvait à l'arrière de la Bentley !

— Je ne me rappelle pas, prétendit-elle.

Et tant pis pour ses principes.

— Au moment où j'ai pris mon ordinateur pour montrer à Clara comment la lave s'était répandue sur l'île de Ducan, lors de l'éruption de 1300.

Elle leva les yeux au ciel. Cet homme était décidément incorrigible !

— C'est bien ce que je pensais, fit-elle dans un soupir. Bon, puisque tu insistes, j'ai dit : « On peut dire que tu sais t'y prendre avec les femmes, Adam. » Non, mais franchement ! L'éruption de 1300 !

Son regard se glaça et elle comprit qu'elle avait dépassé les bornes. La seule façon pour elle de s'en sortir, c'était de lui démontrer qu'elle disait vrai.

— Allez, Adam, tu n'as pas toujours été aussi guindé, tout de même.

Comme elle l'avait vu grandir, elle avait continué à entrevoir sous la surface policée, quand il se laissait un peu aller, les traces de l'enfant spontané qu'il avait été dans sa jeunesse.

Tout le contraire de l'homme qu'il était devenu.

Il fronça les sourcils. Trop tard pour faire marche arrière.

— Quelle femme a envie d'entendre parler de lave et de formations rocheuses quand elle sort avec un homme ?

Il la foudroya du regard.

— Clara est une universitaire, elle a étudié la géologie. Elle était très intéressée par ce que je lui racontais, déclara-t-il d'un ton vif.

— Ce n'est pas impossible, répondit-elle. Elle a certainement l'habitude de lire des articles sur le sujet. Mais elle n'attendait pas forcément cela d'un tête-à-tête romantique, ou supposé l'être, avec un homme. Où est la poésie dans tout cela, la magie ? Tu ne l'as même pas regardée dans les yeux, tu fixais ton écran. Est-ce que tu l'as seulement embrassée, quand tu l'as raccompagnée à sa porte ?

— Je ne crois pas que cela te regarde, mais puisque tu tiens à le savoir, oui, affirma-t-il avec aplomb.

Il redressa les épaules, sans doute pour paraître plus grand, mais elle n'en fut pas du tout impressionnée.

— Sur la joue ? fit-elle.

— Depuis quand est-ce que tu es passée experte dans les baisers et les soirées romantiques ? De quoi étais-je censé discuter avec elle ? Des avantages de la Bentley, par exemple ?

Elle recula de quelques pas, comme si la distance pouvait atténuer la douleur de ses propos. Elle aimait les voitures, c'était indéniable, même si

Adam, que le sujet fascinait aussi, estimait que c'était un défaut chez une femme.

— Non, je ne suis pas une experte dans les affaires de cœur, mais je suis une femme.

— Tu en es certaine ?

Cette fois-ci, elle ne chercha pas à cacher sa mortification. Elle recula, le cœur cognant violemment dans sa poitrine. Puis elle serra les dents.

Son uniforme — une veste et un pantalon noirs — avait été conçu pour un homme. Toutefois, on l'avait ajusté à sa taille, puisqu'elle était le seul chauffeur femme de l'équipe. Il était certes bien coupé, mais pas à proprement parler féminin. Et il n'avait d'ailleurs pas lieu de l'être ! Rien à voir avec la robe rose pâle de Clara, qui dévoilait de larges pans de chair et flottait tel un voile sur ses courbes délicieuses.

Elle avait toujours été un garçon manqué et préférait les vêtements confortables. N'empêche, elle n'était pas insensible et elle avait sa fierté. Or, Adam venait de l'attaquer sur ces deux fronts.

Il parut soudain attristé. Il tendit la main, puis la laissa retomber.

— Ce n'est pas ce que je voulais dire. Tu sais, parfois, je te vois encore comme une enfant. Je n'en reviens toujours pas que tu sois en âge de conduire.

Faisant fi de sa douleur, elle releva le menton.

— Cela fait dix ans que j'ai mon permis de conduire. Et tu n'es pas beaucoup plus âgé que moi.

— Je le sais bien ! Seulement, parfois, j'ai l'impression d'être vieux.

— Je te comprends.

Elle aussi avait la même sensation. Adam lui avait toujours paru plus âgé, distant et inabordable.

Il soupira et ferma les yeux.

Quand il les rouvrit, ce fut pour lâcher :

— Je suis certain que tu es une femme formidable, mais cela ne t'autorise pas à me donner des conseils sur la façon de mener mes rendez-vous. Ce n'est pas la première fois que je sors.

— Je n'en doute pas, répondit-elle calmement.

Elle savait qu'il avait invité de nombreuses femmes, ces derniers temps. Toutes plus ravissantes et intelligentes les unes que les autres, et dotées des qualités requises pour devenir princesses. Pourtant, il sortait rarement deux fois de suite avec la même. Et jamais, à sa connaissance, une troisième fois. Elle n'avait pas besoin de l'espionner pour le savoir, sa vie s'étalait dans les journaux. En revanche, il avait raison : il ne lui appartenait pas d'émettre des commentaires là-dessus. Quelques siècles plus tôt, cela lui aurait coûté la tête.

Et à en juger par le mécontentement que reflétaient les yeux d'Adam, elle pouvait s'estimer heureuse que la loi ait évolué. Allait-il se départir de son calme légendaire ? Autrefois, sous l'incitation de Rafe, le plus jeune des frères d'Adam, les enfants du palais s'amusaient à faire sortir de ses gonds l'imperturbable Adam. Aujourd'hui, sa minivictoire était rendue amère par la remarque offensante qui l'avait précédée.

Adam se rapprocha d'elle, mâchoire serrée.

— Je te présente mes excuses, Danielle. Du fond

du cœur. Merci pour ce soir. A l'avenir, je n'aurai plus besoin de tes services.

Renvoyée. Il venait de la renvoyer une deuxième fois.

Danni était encore sous le choc de sa prise de bec avec Adam, le lendemain soir, alors qu'elle mangeait un savoureux minestrone au coin du feu, en compagnie de son père. Une bonne soupe, puis un film, c'était une tradition chez eux, le dimanche soir.

Un saladier rempli de pop-corn posé sur la table basse, ils s'installèrent sur le canapé, un film d'aventures inséré dans le lecteur de DVD. Elle n'avait plus qu'à appuyer sur le bouton Lecture.

Quand elle se trouvait à San Philippe, elle passait voir son père de temps à autre pour dîner avec lui. Mais, cette fois, elle habitait chez lui, le temps que soient finis les travaux dans son appartement.

Elle devait l'informer du fiasco de la veille, au risque de gâcher le confort douillet de la soirée.

Le problème, c'était qu'elle ne s'en était pas encore remise.

Même si elle essayait de se convaincre que cela lui était totalement indifférent, par moments, la dernière partie de la soirée refaisait surface et la plongeait dans l'embarras. Elle aurait dû se comporter bien autrement. Et se taire, pour commencer.

En tant que chauffeur en chef, son père devait être informé de ce qui s'était passé. Mais elle n'avait pas été en mesure de le faire jusque-là. Par peur de le décevoir. Car elle ne supportait pas l'idée de décevoir celui qui lui avait tant donné et si peu demandé en retour.

Il lui avait aussi traversé l'esprit que si elle se taisait, son père n'en saurait jamais rien. Et puisqu'elle n'aurait pas à servir de nouveau de chauffeur à Adam…

En outre, son père avait été très attristé par la visite qu'il avait rendue à son ami malade. En gardant le silence, elle n'aggravait pas sa peine. Du moins était-ce l'excuse qu'elle s'était trouvée. Le film qu'ils allaient regarder ensemble leur redonnerait du baume au cœur. Il contenait des scènes de courses de voitures, et ils avaient déjà rencontré le cascadeur qui doublait l'acteur principal dans ces séquences. Cette vidéo serait une excellente distraction.

Peu importait si Adam ne faisait plus jamais appel à leurs services. Il était si rare que ce soit le cas qu'ils ne verraient pas la différence. Et elle savait que « l'incident » n'aurait aucune répercussion sur son père. Leur relation était de nature personnelle, et Adam en resterait là. Il avait le sens de l'éthique.

Elle venait de s'emparer de la télécommande quand on frappa trois coups à la porte. Son père lui lança un regard interrogateur, qu'elle lui rendit. Il voulut se lever, mais elle l'en empêcha.

— Ne bouge pas. J'y vais.

Il recevait rarement de la visite, surtout imprévue. Comme il habitait dans l'enceinte du palais, dans ce qui autrefois avait été la maison du gardien, ses amis ne pouvaient pas passer à l'improviste.

Danni ouvrit la porte.

Ce n'était pas un ami qui se trouvait derrière.

- 2 -

— Adam ?

Elle ne put cacher sa surprise. Venait-il lui reparler de ce qui s'était passé la soirée précédente ou bien l'informer qu'elle s'était attiré de nouveaux ennuis ?

— Danielle, commença-t-il d'un ton indéchiffrable. J'aimerais discuter avec toi. Est-ce que je peux entrer ?

Après une très brève hésitation, elle s'effaça pour le laisser passer. Même si son instinct et sa fierté lui dictaient le contraire, il lui était impossible de refuser l'accès de sa maison au prince héritier. Cependant, si sa mémoire était bonne, la dernière fois qu'Adam avait frappé à sa porte, c'était quinze ans plus tôt, quand Rafe et lui étaient venus l'inviter à un match de base-ball. Elle ne se rappelait plus très bien du match, mais elle se souvenait clairement qu'il s'était très mal terminé. Et elle redoutait que cette visite ne s'inscrive sous les mêmes augures.

Dans le petit vestibule, Adam semblait encore plus grand. Il sentait extrêmement bon, et son parfum lui rappela la soirée précédente. Malgré l'humiliation subie, elle avait envie de le respirer à pleins poumons.

Elle entendit son père se lever du canapé.

— Monsieur St. Claire, dit Adam dans un sourire. Rien d'important, ne vous inquiétez pas. Je souhaitais parler à Danielle, si vous le permettez.

— Bien sûr. Je m'apprêtais justement à aller travailler dans mon atelier.

Tant mieux, car elle n'avait aucune envie que son père entende ce qu'Adam avait à lui dire. En dépit de la politesse affichée, il n'était sans doute pas venu lui rendre une visite de courtoisie. D'un autre côté, elle ne souhaitait pas que son père s'en aille : en sa présence, Adam serait sans doute moins virulent dans ses propos.

— Vous travaillez sur un autre projet ? s'enquit l'héritier.

Un sourire éclaira le visage de son père.

— Oui, un avion cette fois, un Tiger Moth. Je devrais l'avoir fini dans cinq mois.

Les deux hommes échangèrent un sourire entendu.

Peu de temps après qu'elle et son père étaient revenus des Etats-Unis — elle avait alors cinq ans —, ce dernier avait hérité d'une vieille Bugatti Type 49 à laquelle il manquait de nombreuses pièces.

Pendant des années, la restauration de la Bugatti avait occupé tout son temps libre. Elle lui avait d'ailleurs servi de thérapie, après son divorce.

Le mariage de ses parents n'avait rien eu d'épouvantable, si ce n'était le fait que l'amour qu'ils se portaient n'avait pas été assez fort pour qu'ils puissent surmonter la nostalgie de leurs pays respectifs. Son père se morfondait aux Etats-Unis, et sa mère ne supportait plus San Philippe.

Pendant quelques années, après la mort de sa propre mère, Adam avait aidé son chauffeur à reconstituer la Bugatti. Danni se joignait aussi à eux, son rôle principal consistant à s'asseoir sur l'établi et à leur passer les outils, sans oublier de les rappeler à l'ordre à l'heure de manger. Cette voiture avait été un divertissement pour eux trois. Elle se rappelait aussi qu'elle restait parfois dans la voiture avec Adam, quand son père estimait qu'il avait assez travaillé pour la soirée. Le prince, qui ne devait pas avoir plus de onze ans à l'époque, faisait alors mine de la conduire, bruits à l'appui, vers des destinations imaginaires.

Quand Danni avait atteint ses quinze ans, ils avaient abandonné ces passe-temps. Adam, accaparé par sa vie et ses études, avait depuis longtemps cessé de leur rendre visite. Son père avait vendu la voiture, toujours pas terminée, à un collectionneur, prétextant que certaines pièces restaient introuvables. Rétrospectivement, elle s'était rendu compte que la vente correspondait à son départ pour les Etats-Unis où, à la demande de sa mère, elle était partie poursuivre ses études. Son père s'était probablement défait de sa chère Bugatti afin de payer ses études.

Son père sorti, elle se retrouva seule face à Adam. Il la regarda longuement, un sourcil levé. Elle baissa les yeux vers son jean, son pull. Evidemment, ce n'était pas une tenue agréée au palais, mais ils n'étaient pas au palais.

Un silence pesant s'installa.

— Entre, lui dit-elle en désignant le salon.

— Non… Ça ira.

Le ton était étrangement hésitant, pour un homme aussi sûr de lui. Finalement, semblant soudain changer d'avis, il se dirigea vers le canapé où il prit place.

Elle lui emboîta le pas et s'assit en face de lui, dans un fauteuil. Mais elle restait sur ses gardes.

— Je suis venu te présenter mes excuses, dit-il.

Elle retint un soupir. Il n'allait tout de même pas recommencer.

— Tu l'as déjà fait.

Brusquement, il se leva et se mit à faire les cent pas devant la cheminée.

— Pas pour ça, même si je suis encore désolé de mes paroles, et je maintiens que je ne faisais pas du tout allusion à ton physique. Manifestement, tu es…

— Alors pourquoi viens-tu me présenter des excuses ? le coupa-t-elle.

— Pour t'avoir renvoyée.

Elle faillit éclater de rire.

— Ce n'est pas mon vrai travail, Adam. Je m'occupe des Grands Prix. Je rendais service à mon père, hier. Ce renvoi ne va pas affecter ma vie.

— Si je tiens à m'excuser, c'est parce que je vais encore recourir à tes services.

Cette fois, le silence qui s'abattit entre eux fut entièrement de son fait : bouche bée, elle le dévisageait, incapable de réagir.

— C'est gentil mais, non merci, dit-elle quand elle eut retrouvé sa voix. Comme je te l'ai dit, j'ai remplacé mon père au pied levé, mais ce n'est pas mon gagne-pain. Et heureusement, car je t'ai démontré que je n'étais pas faite pour ça.

— C'est vrai, admit-il. Tu es trop perspicace et tu ne sais pas tenir ta langue, ce qui peut être gênant. Et pourtant, j'ai besoin de toi.

En quoi pouvait-elle bien l'embarrasser et lui être utile à la fois ? Même si la question lui brûlait les lèvres, elle se retint. Sous ses airs affables, il cherchait à lui tendre un piège, elle le sentait. Elle n'avait qu'un souhait : qu'il s'en aille !

— Je ne sais pas à quel jeu tu joues, commença-t-elle en se levant.

Elle chercha son regard, tentant de lire dans ses pensées qu'il gardait si secrètement derrière son front.

— Tu n'as pas besoin de moi, poursuivit-elle. Il y a suffisamment de chauffeurs, au palais. Tout comme je n'ai pas besoin de ce poste. Je ne peux être plus claire.

— C'est vrai, je pourrais m'adresser à Wrightson, concéda-t-il après quelques secondes de réflexion.

C'était le jeune homme en qui son père voyait un rival.

— Ou à mon père, renchérit-elle.

Il secoua la tête.

— J'évite de faire travailler ton père le soir.

En raison de son âge, et de son ancienneté. Même si son père ne considérait certainement pas cet égard comme une faveur. Il n'aimait pas se sentir vieillir.

— Qui plus est, il ne s'agit pas seulement de conduire, poursuivit Adam.

Il la dévisagea longuement, puis finit par ajouter :

— J'ai appelé Clara, ce matin, pour l'inviter de nouveau à sortir.

— Tu ne crois pas que c'est un peu rapide ?

— Peut-être, mais je n'ai pas de temps à perdre avec ce genre de jeux, ni l'envie d'ailleurs.

— Oh…

Comme elle le comprenait ! Mais cette empathie n'allait pas forcément servir ses intérêts, elle le percevait aussi tout à fait.

Il s'accouda au manteau de la cheminée et se mit à fixer le feu.

— Elle m'a dit qu'elle appréciait mon amitié.

— Mais… ?

— Qu'il n'y avait pas d'alchimie entre nous, pas d'étincelle, déclara-t-il, sourcils froncés.

— Ah ! soupira-t-elle, n'osant rien dire d'autre.

— Elle m'a reproché de ne pas l'avoir regardée dans les yeux quand je m'adressais à elle. D'ailleurs, à l'en croire, je ne l'ai pas vraiment regardée. Et puis, elle me trouve tendu.

Il plongea les yeux dans les siens, comme pour sonder ses réactions.

— Mmm.

Il dardait sur elle un regard intense qui aurait troublé n'importe quelle femme. Elle finit par détourner les yeux.

— En fait, dit-il après une longue inspiration, tu avais raison. Tout ce que tu m'as dit était vrai.

— N'importe qui aurait pu le constater, argua-t-elle gentiment.

— Hélas, tu as sans doute raison, là encore ! Le

seul problème, c'est que personne ne me l'aurait dit à part toi. Je ne vois pas qui d'autre peut être aussi honnête avec moi, et je ne sais pas non plus à qui je pourrais faire plus confiance qu'à toi. Il n'y a qu'à toi que je peux confier mes faiblesses, puisque tu les connais déjà.

Son statut de prince héritier le vouait à la solitude, et il en souffrait encore plus depuis que son confident le plus proche, Rafe, s'était marié. En outre, le fait que son frère avait épousé la femme qui lui était au départ destinée avait dû encore compliquer la situation. Mais d'une manière générale, Adam était un homme solitaire, qui tenait les autres à distance. Et elle ne pouvait pas prendre ses problèmes en charge. Bien sûr, elle appréciait qu'il lui fasse confiance, mais pas question de devenir pour lui une sorte de frère de substitution.

Elle ne savait que dire. Sa raison lui dictait de refuser tout ce qu'il lui proposerait.

De nouveau, il se mit à fixer les flammes.

— Il est impératif que celle que j'épouserai fasse une bonne princesse et puisse diriger la principauté à mes côtés. Et je sais ce que je recherche, je connais tout à fait mes exigences en la matière.

— Tes exigences ? Par pitié, ne me dis pas que tu as établi la liste de tes priorités sur ordinateur.

Il planta son regard dans le sien.

— Très bien, alors je ne te le dirai pas.

Elle se frappa le front.

— Mais j'ai vu juste, pas vrai ?

— Pourquoi insister, puisque tu ne veux pas l'entendre ?

Elle poussa un soupir et il lui adressa un petit sourire.

— Tu as besoin d'aide, Adam.

— Pas en ce qui concerne la liste que j'ai établie ! précisa-t-il aussitôt. Mes exigences ne sont pas négociables. Non, j'ai juste besoin d'aide pour m'améliorer et devenir un meilleur parti.

Elle secoua la tête.

— Tu n'as pas *besoin* de devenir meilleur, dit-elle. Il suffit que tu montres aux autres qui tu es vraiment, au lieu de toujours te retrancher derrière ton personnage officiel.

L'air hésitant, il reprit :

— Alors tu veux bien m'aider ?

A cet instant, elle eut la sensation d'avoir mis le pied dans un piège qui était en train de se refermer sur elle.

— Je n'ai pas dit ça ! J'aimerais t'aider, Adam, sincèrement. Mais je n'en ai pas le temps. Je ne dois passer que deux semaines chez mon père. Dès que mon appartement est rénové, je repars.

Il haussa les sourcils.

— Tu penses donc que ça va prendre beaucoup de temps, de faire de moi un meilleur parti ? Plus de deux semaines ?

— Non, pas plus.

— Donc, ce n'est pas un gros sacrifice, pour toi ?

Elle se mordit la lèvre et secoua la tête.

Quand elle avait dix ans, Adam s'était cassé la jambe. Il avait profité de son immobilisation pour lui apprendre à jouer aux échecs. Les années suivantes, lorsqu'il revenait pour les vacances, il trouvait toujours du temps pour disputer au moins une ou deux parties avec elle. Mais elle avait eu beau faire preuve de stratégie et de perspicacité, elle n'était jamais parvenue à le battre. Aujourd'hui encore, c'était un fin stratège.

— Cela fait longtemps que je n'ai pas fait la cour à une femme, continua-t-il. Après Michelle, je n'en avais plus envie… J'ai presque oublié comment on s'y prend.

Il était sorti avec Michelle quelques années avant ce qui s'était passé avec Lexie, la femme de Rafe. Elle était la dernière femme avec qui il avait eu une relation sérieuse. Ils avaient tout du couple parfait, et partageaient de nombreux centres d'intérêt. Tout le monde pensait qu'ils se marieraient. Et soudain ils avaient rompu, sans que personne ne comprenne ni n'obtienne la moindre explication. Michelle était maintenant mariée à un autre membre de l'équipe de polo d'Adam.

— Et qu'en est-il de ta femme mystère ? questionna-t-elle soudain.

Il sourcilla, perplexe.

— Quelle femme mystère ?

— Si l'on en croit les rumeurs qui courent au palais…

— Eh bien, quoi ?

— Oh ! rien, ça n'a pas d'importance.

— Mais si ! Parle-moi de ces rumeurs.

Elle prit une profonde inspiration.

— On prétend que dès que tu as du temps libre, tu disparais pendant une heure ou deux. Quand tu reviens, tu es en général de bonne humeur et tu as pris une douche.

Son expression s'éclaira et, rejetant la tête en arrière, il se mit à rire. Un rire plein de chaleur.

— Est-ce que cela veut dire qu'il n'y a pas de femme mystère ? demanda-t-elle quand il cessa de rire.

Il s'efforça alors de retrouver son sérieux.

— Non, il n'y a pas de femme mystère, ni de mystère tout court, d'ailleurs.

— Alors pourquoi… ?

— Revenons à nos moutons, d'accord ? J'ai besoin d'une femme, et de la bonne ! Et je pense que tu peux m'aider à la trouver. C'est important, Danielle. Tout ce que j'attends de toi, c'est ton avis, et quelques conseils. Cela ne te prendra pas beaucoup de temps.

Elle hésitait encore.

— Est-ce que tu as quelque chose ou quelqu'un d'autre à qui tu dois consacrer ce temps ? demanda-t-il alors.

Elle ne voulait pas admettre que non. Il n'y avait eu personne dans sa vie depuis que le coureur de rallye avec qui elle sortait l'avait laissé tomber. C'est-à-dire dès qu'il avait commencé à remporter des prix et compris qu'il pouvait s'offrir des femmes plus glamour qu'elle.

— Tu seras dédommagée, promit-il.

De toute évidence, il avait compris ce que signifiait son silence. Mais cette offre de compensation, c'était une véritable insulte.

— Je n'accepterai pas que tu me paies, répondit-elle.

— Alors tu es d'accord pour m'aider ?

— Ton problème, c'est que tu penses trouver la femme idéale en faisant des listes et en cochant des cases. Mais je peux te dire que tu te trompes.

— C'est justement pour cela que j'ai besoin de ton aide. Ma méthode est indispensable et tu devras l'accepter. Néanmoins, j'ai bien conscience que cela ne suffit pas. Je veux plus !

Il fit une pause, avant d'ajouter :

— Je veux la même chose que Rafe.

Elle étouffa un petit cri.

— Tu veux Lexie ?

— Non !

Le ton était véhément ; et le regard qu'il lui adressa, empli d'incrédulité.

— Mon frère a trouvé la femme idéale, celle qui le rend heureux.

— Et qui était censée t'épouser, observa-t-elle tranquillement.

— Selon la décision de mon père. Lexie et moi n'avions jamais envisagé le mariage.

Il semblait sincère et elle décida de ne pas remettre en question la véracité de ses propos. Mais il était notoire que le prince Henri avait vu en l'héritière américaine une épouse idéale pour son fils Adam, un choix éminemment politique.

— Il a avoué dernièrement qu'il savait que Lexie convenait bien mieux à Rafe, mais qu'il redoutait que ce dernier se rebelle contre un mariage imposé.

Rafe avait été chargé de servir d'escorte à Lexie quand elle était arrivée à San Philippe dans le dessein d'y rencontrer Adam. Et tout le monde s'accordait à dire que les tourtereaux étaient tombés amoureux au premier regard. Quand ils avaient fini par avouer publiquement leurs sentiments, le prince Henri en avait été fort contrarié, et l'existence de célibataire insouciant que menait Rafe avait pris fin. Depuis, ils s'étaient mariés et avaient eu une adorable petite fille. Rafe n'avait jamais semblé aussi heureux et, de fait, Adam paraissait lui aussi ravi de cette union. Ou alors, il donnait bien le change.

— Tu ne me crois pas ? demanda-t-il.

Elle haussa les épaules.

— C'est pourtant la vérité, lui assura-t-il. J'aime beaucoup Lexie, mais comme une sœur. Il était évident dès le départ que ça ne pouvait pas fonctionner entre nous. Il n'y a pas eu d'étincelle.

— Elle est très belle, et très intelligente.

— C'est indéniable, mais elle n'était pas faite pour moi. Et vice versa.

Elle hocha la tête. Un léger doute l'habitait toujours, et Adam n'était pas dupe.

— Bon, puisque tu ne me crois pas, je vais t'avouer quelque chose que je n'ai dit à personne.

— Non, tu n'as pas besoin de me faire des confidences !

— Si, si, insista-t-il.

Puis il détourna le regard, presque gêné.

— A notre premier rendez-vous…

Une bûche craqua dans la cheminée, puis le silence se fit de nouveau.

— Je me suis endormi, compléta-t-il enfin.

— Non !

— J'avais beaucoup travaillé, j'étais épuisé, je

manquais de sommeil. Papa n'aurait jamais dû l'inviter à cette période-là. Bref, nous sommes allés au restaurant ensemble, le même que celui où j'ai invité Clara, hier soir. Nous avons merveilleusement bien dîné, mais ensuite, dans la voiture, voilà… Je me suis endormi. C'est inexcusable, je sais, mais c'est ainsi.

— C'était mon père qui conduisait ?

Il hocha la tête.

— Je comprends mieux maintenant pourquoi il a toujours affirmé que le mariage de Rafe et Lexie ne te dérangeait pas.

— J'en suis ravi, même ! Tout comme je suis très heureux que Logan et Rebecca s'entendent à merveille.

Peu après le mariage de son frère, sa sœur, Rebecca, avait elle aussi trouvé l'amour. Son mariage avec Logan, un milliardaire de Chicago parti de rien, aurait lieu dans deux mois.

— Et je me demande…

— Si toi aussi tu ne pourrais pas trouver l'âme sœur, c'est ça ?

C'était cette question que tous les habitants de San Philippe se posaient, elle la première.

Il poussa un soupir.

— Je sais que ce n'est pas réaliste, avec la vie que je mène. J'ai tellement de contraintes. La personne que j'épouserai devra les partager, et la perspective n'est pas forcément réjouissante.

Il ne s'autorisait pas à aimer et il s'avouait vaincu d'avance ? Pour un homme aussi intelligent que lui, il faisait preuve d'une bien curieuse logique.

— C'est précisément pour cela que l'amour est très important, observa-t-elle. Il faut que ta future fiancée sache que, quelles que soient tes contraintes, tu en vaux la peine.

En prononçant ces mots, elle lui posa la main sur le torse, au niveau du cœur. Une drôle de sensation l'enveloppa.

Adam suivit le geste de sa main.

— Alors tu vas m'aider ?

Elle hésita une seconde de trop.

— J'ai un rendez-vous vendredi. Si tu pouvais me servir de chauffeur, tu rendrais un grand service à la principauté, à mon père et à moi-même.

— C'est donc à mon sens patriotique que tu fais appel ?

— Je ne l'aurais pas formulé en ces termes…

Il poussa un soupir et poursuivit :

— Je ne sais pas si tu es au courant, mais les médecins ont conseillé à papa de ralentir le rythme et de s'infliger le moins de stress possible. En me mariant, je lui ôterais un lourd souci. Il faut absolument que je sois accompagné pour le mariage de Rebecca et de Logan, or je ne peux pas prendre la première venue. Ce doit être une relation sérieuse, c'est pourquoi je dois réfléchir à la question dès aujourd'hui. Il ne nous reste que deux mois.

Ce fut à elle de soupirer avec ostentation.

— Tu vois ? Tout le problème est là ! Ton approche est fondamentalement erronée. Il ne s'agit pas d'une transaction que tu peux expédier ainsi.

— C'est bien pour cette raison que j'ai besoin de ton aide. En tant qu'amie.

— C'est ce que tu penses, mais je te connais suffisamment bien pour savoir que tu ne tiens compte ni des conseils ni des critiques. Surtout quand ils viennent de moi.

— Tu as raison, mais je n'attends pas de critiques de ta part, juste des indications.

— Et si tu estimes que mes « indications » sont des critiques ?

— Je ferai en sorte de ne pas en arriver là, je te le promets.

Il était un temps où elle adulait Adam et où elle aurait fait tout ce qu'il lui demandait les yeux fermés. Aussi devait-elle lutter contre l'envie naturelle qu'elle avait de l'aider. Ce n'était pas parce que le service qu'il requérait d'elle n'était pas chronophage qu'accepter était une bonne idée. Elle n'avait pas été aussi indécise depuis son saut en parachute, l'année dernière… Il fallait qu'elle sache où elle mettait les pieds, et qu'il comprenne aussi qu'elle ne lui était plus dévouée corps et âme.

— Si j'accepte de jouer le jeu, je te dirai sans doute des choses que l'étiquette réprouve, le prévint-elle.

— Cela sonne comme une menace.

— Je peux te prédire que ça ne marchera pas si je ne dispose pas d'une totale liberté de parole.

Il hésita.

— Si tu veux bien m'aider, Danni, alors j'accepte la contrepartie.

Autrefois, il l'appelait toujours « Danni ». Mais avec le temps, leur relation était devenue plus formelle, et il s'était mis à l'appeler « Danielle ». Ce surnom dans sa bouche fit resurgir des souvenirs de l'époque où tout était simple entre eux. Il posa un doigt sur l'imperceptible renflement qu'il avait sur le nez. De façon subreptice et sans doute inconsciente. Mais chaque fois qu'il faisait ce geste, cela réveillait implacablement sa culpabilité. Le savait-il ? Etait-ce une façon de lui montrer qu'elle lui était redevable ?

En tout cas, cela fonctionna.

— Je ne sais pas si mon aide te sera très utile.

Il comprit qu'elle avait capitulé, et une lueur triomphante traversa son regard.

— Je ne peux rien te garantir, insista-t-elle. Comme tu l'as souligné hier, je ne suis pas spécialiste des histoires d'amour.

— Mais comme tu l'as de ton côté fait remarquer, tu es une femme, et je te fais confiance.

Elle reprit sa respiration en silence tandis qu'il poursuivait :

— Mon prochain rendez-vous est avec Anna Dupont. Elle correspond à tous mes critères. Je l'ai déjà rencontrée à des dîners, et je crois qu'elle a du potentiel. Tu nous serviras de chauffeur, d'accord ?

S'il avait voulu, il aurait tout simplement pu le lui ordonner et, en cas de refus, le lui faire payer très cher en créant des difficultés à son père. Mais sa requête était tellement sincère qu'elle sentit l'ancienne adulation refaire surface.

— Entendu, dit-elle d'un ton décidé. Je te servirai de chauffeur. Mais une fois, pas davantage !

Il devait comprendre qu'elle n'avait pas totalement perdu le contrôle de la situation !

- 3 -

Le vendredi, Danni arrêta la Bentley devant l'aile du palais occupée par Adam. L'imposant édifice en grès la surplombait, ses ombres mystérieuses semblant se moquer d'elle. Dans quel guêpier s'était-elle fourrée ? Elle était à la fois chauffeur, conseillère et amie, une situation aussi déroutante qu'inédite. Elle prit une large bouffée d'air. Après tout, elle n'avait qu'à s'en tenir à ce qu'elle savait, voire faire confiance à son instinct. Au moins, elle n'aurait pas besoin de surveiller ses propos aussi étroitement que d'habitude.

Elle sortit de la voiture et attendit près de la portière arrière tandis qu'on informait Adam de son arrivée. Par le passé, quand elle lui avait servi de chauffeur, il était d'une ponctualité remarquable. Et ce soir, il ne dérogea pas à ses principes. Quand la cloche d'une tour lointaine sonna 7 heures, il apparut dans un halo de lumière.

Elle le considéra, incapable d'évaluer si l'affaire allait être ridiculement facile ou difficile.

Elle secouait toujours la tête quand il s'arrêta devant elle.

— Tu as déjà quelque chose à redire ? demanda-t-il.

— Oui. Tu portes un costume et une cravate, constata-t-elle.

— Effectivement.

— Or tu vas dîner dans un club de jazz, au bord de la mer, c'est ça ?

— Exact, affirma-t-il d'un ton un rien intimidant.

Pourtant, elle devait faire preuve de l'honnêteté qu'il avait dit attendre d'elle.

— Personne ne porte un costume et une cravate pour aller dans un club de jazz, Adam.

— Moi, si.

— Non, Adam, pas ce soir. Ce n'est pas un dîner officiel.

Elle tendit la main.

— Donne-moi ta cravate.

Il semblait sur le point de refuser.

— Tu veux mon aide, oui ou non ? insista-t-elle.

Serrant les dents, il défit sa cravate et la déposa dans le creux de sa paume.

— Satisfaite ?

Elle referma la main sur la soie chaude.

— Non.

— Non ?

— Le premier bouton.

Et elle désigna le col de sa chemise.

Il pinça les lèvres, mais il se déboutonna. Puis il resta bras ballants et la regarda patiemment, attendant son approbation. Mais elle ne pouvait la lui donner, car cela ne convenait toujours pas. Il avait l'air tendu. Un peu agacé, aussi.

— Le deuxième bouton aussi, fit-elle.

Il ouvrit la bouche, s'apprêtant sans doute à protester, mais il la referma sans mot dire et, avec lenteur, défit le deuxième bouton.

— Voilà qui est bien mieux. Maintenant tu as l'air plus détendu, presque décontracté. Au bon sens du terme ! s'empressa-t-elle de préciser, devançant son objection.

Elle avait une furieuse envie de lui ébouriffer légèrement les cheveux, mais ça aurait été dépasser les bornes. Elle se contenta de bien écarter son col.

— Tu vois, dit-elle, cette petite ouverture, là ?

Elle pointait du doigt l'endroit où ses yeux étaient rivés.

— Les femmes adorent ! C'est très sexy, ajouta-t-elle.

— Ah bon ?

— Tout à fait. Sans compter que tu sens très bon. C'est un atout supplémentaire.

Elle était assez proche de lui pour parler en connaissance de cause. Sans réfléchir, elle ferma les yeux et prit une profonde inspiration. Et l'image d'Adam torse nu, encore gravée dans sa mémoire, refit surface. Ce souvenir ne l'avait jamais quittée depuis le fameux incident qui lui avait valu sa mise à pied. Ce jour-là, elle avait emprunté un raccourci plus chaotique que prévu et Adam avait renversé son café sur ses vêtements, ce qui l'avait obligé à se changer à l'arrière de la limousine. Un coup d'œil dans le rétroviseur lui avait permis d'apercevoir son large torse et ses abdominaux parfaitement dessinés. C'était un spectacle plus que charmant, et très excitant. Un moment éphémère, une vision inoubliable qui lui avait coupé le souffle et s'était ensuite invitée dans ses rêves. Après cet épisode, elle avait été presque soulagée qu'il la renvoie.

Quand elle rouvrit les yeux, elle se rendit compte qu'il l'étudiait attentivement. En dépit de la fraîcheur de la soirée, elle eut soudain très chaud. Son nouveau rôle requérait un ajustement, pour chacun d'eux. Les limites habituelles du protocole et de l'étiquette étaient franchies, et elle se retrouvait en terrain incertain. Elle n'aurait peut-être pas dû lui dire avec autant d'enthousiasme qu'il était très attirant avec son col ouvert, ni qu'il sentait bon. Mais, de la même façon qu'elle allait souligner tout ce qui n'allait pas chez lui, elle se devait de répertorier ses atouts.

Se rapprochant de la Bentley, elle ouvrit grand la portière.

— Allons chercher ta princesse, dit-elle.

Une heure plus tard, elle commençait à s'ennuyer ferme. C'était aussi pour cette raison qu'elle n'avait jamais eu l'étoffe d'un chauffeur, même si son père aurait aimé qu'elle reprenne le flambeau. Elle détestait attendre.

Elle alluma la radio, ajusta le siège, puis les rétroviseurs, avant de se pencher pour ouvrir la boîte à gants. A l'intérieur, une carte semblait posée là pour être vue. Voilà qui n'était guère protocolaire. Sourcils froncés, elle s'en empara. Derrière la carte, il y avait une boîte. Intriguée, elle l'ouvrit et y découvrit une sélection d'en-cas gastronomiques.

L'attention la fit sourire, et elle regretta les pensées peu charitables qu'elle avait conçues envers Adam.

Une autre heure s'écoula, durant laquelle elle eut le temps de se restaurer. Enfin, Adam et son « rendez-vous » sortirent du restaurant. La très belle et svelte Anna ne titubait-elle pas légèrement ? A moins qu'elle n'ait tout simplement froid. Avec un corps dépourvu de la moindre once de graisse, elle avait sans doute besoin d'absorber la chaleur de son compagnon.

N'empêche, la consommation de champagne n'avait pas dû être limitée. Ils avaient d'ailleurs commencé dans la voiture, sur sa suggestion.

Anna resta collée à Adam tandis qu'ils se glissaient sur la banquette arrière. Il lui fit un petit signe de la tête, et elle démarra.

Au premier feu rouge, elle jeta un coup d'œil discret dans le rétroviseur, et détourna aussi vite les yeux.

Anna, apparemment, était une jeune femme directe. Peut-être avait-elle eu son compte de regards romantiques et de déclarations au cours du dîner, toujours est-il qu'elle avait continué à déboutonner la chemise d'Adam et glissé sa main sur son torse. De toute évidence, plus personne n'avait froid. La vitre assourdissait les sons, mais elle percevait néanmoins le rire d'Anna, un rire rauque et sans doute sexy d'un point de vue masculin. Certains hommes appréciaient les femmes démonstratives et Adam en faisait visiblement partie.

Elle pensa à la cravate qui était encore dans sa poche et eut une furieuse envie de lui ordonner de la remettre. Bon sang, mais qu'est-ce qui ne tournait pas rond chez elle ? Tout de même, la scène qui se déroulait sur la banquette arrière était indigne d'un prince ! Encore que, quand il s'était agi de Rafe, elle n'avait jamais trouvé cela particulièrement choquant. Mais les deux frères étaient si différents. Adam gardait toujours ses distances, et la façon dont cette femme venait de les franchir ne lui semblait pas convenable.

Seule consolation, son travail était terminé. Adam s'était trompé en estimant qu'il aurait besoin de son aide, et elle-même s'était illusionnée en imaginant pouvoir lui être d'une quelconque utilité. Il n'avait besoin d'aucune aide, puisque Anna faisait tout le travail. Et tous deux étaient visiblement ravis. Parfait ! Elle allait pouvoir rentrer chez elle et oublier Adam Marconi et ses prétendus problèmes.

Elle serra les doigts sur le volant.

Quand elle arriva devant l'immeuble d'Anna, elle freina peut-être un peu plus brusquement qu'elle n'aurait dû. A l'arrière, le couple se sépara. Anna ôta ses longs ongles vernis de l'encolure d'Adam. Le portier en livrée vert et or se dirigea alors vers la portière arrière et le couple sortit de la Bentley, Anna toujours littéralement collée à Adam. Etait-elle en train de lui murmurer quelque chose à l'oreille ou de lui mordiller le lobe ? Quoi qu'il en soit, cette fille ne reculait devant rien pour le séduire. Peu désireuse de regarder les effusions des tourtereaux, Danni s'empara de son livre et inclina le siège. Elle n'avait même pas encore retrouvé sa page qu'Adam rouvrait la portière arrière.

— Au palais ! ordonna-t-il d'une voix tendue en s'asseyant.

Il baissa la vitre de séparation, mais ne prononça pas un mot tandis qu'elle traversait la ville pour rejoindre l'enceinte du palais. De temps en temps, elle jetait des coups d'œil dans le rétroviseur, pour constater chaque fois qu'il ne s'était pas endormi. Elle percevait pourtant une grande lassitude dans ses yeux tandis qu'il contemplait le paysage urbain.

Elle savait que la semaine précédente avait été fort chargée pour lui, qu'il avait eu de nombreuses réunions et des dîners d'affaires qui s'étaient poursuivis tard dans la nuit.

Arrivée à destination, elle s'arrêta en douceur et croisa son regard dans le rétroviseur.

— Bien mieux, dit-il.

— Quoi ? La jeune femme de ce soir ?

— Non, elle, c'était une catastrophe. Je parlais de la façon dont tu as freiné, comparativement à ton arrêt devant l'immeuble d'Anna.

— Oh ! je suis désolée ! prétendit-elle. Mon pied a glissé, tout à l'heure.

— En tout cas, merci.

Pourquoi la remerciait-il, au juste ? Pour s'être excusée, ou parce que son pied avait glissé ? Le temps qu'elle descende de voiture et la contourne, il en était déjà sorti. Il la jaugea alors de pied en cap.

D'habitude, elle restait imperturbable sous son regard inquisiteur mais, cette fois, elle ressentit une sorte de malaise. A moins que ce ne soit à cause du froid. La nuit était glacée, on annonçait même de la neige.

Son regard se fixa sur le col d'Adam, toujours grand ouvert. Sourcillant soudain comme s'il venait juste de se rappeler que sa chemise était ouverte, il la reboutonna lentement. Le mouvement de ses doigts était hypnotique.

Ce n'est que lorsqu'il eut terminé qu'elle se souvint de ce qu'elle voulait lui dire.

— Merci à toi aussi, pour le ravitaillement.

— Je t'en prie.

Cela n'avait pas dû lui donner grand-peine, bien sûr. Un de ses nombreux employés s'en était chargé. Pourtant, c'est lui qui avait eu l'idée et elle en était encore curieusement émue.

Glissant les mains dans ses poches, il désigna le palais du menton.

— Rentre avec moi, dit-il.

— Où ? Au palais ?

— Oui, je ne veux pas parler d'Anna ici.

Elle regarda autour d'elle. Des membres du personnel se tenaient à bonne distance, sur le qui-vive. Si elle insistait pour qu'ils discutent ici, tout le monde devrait rester au froid. En outre, elle était déjà entrée dans le palais. Plusieurs fois, jadis. Mais rien n'avait dû changer.

— Entendu, consentit-elle.

Un domestique qu'elle ne connaissait pas ouvrit immédiatement la porte quand ils arrivèrent à sa hauteur. Adam lui montra le chemin et ils gravirent quelques marches avant de se retrouver dans un couloir couvert de portraits. Elle comprit alors où ils allaient.

Quelques instants plus tard, ils pénétraient dans la bibliothèque. Cette pièce, entièrement tapissée d'étagères chargées de livres reliés, et pourvue d'immenses fauteuils dans lesquels on pouvait se lover, avait toujours été sa préférée quand elle était plus jeune. Le jeu d'échecs qu'ils utilisaient alors était toujours à la même place, près de la fenêtre.

Bien que la pièce soit conçue pour favoriser la relaxation, Danni se sentait des plus tendues. Cela faisait des années qu'elle n'était pas venue ici. Aujourd'hui, il n'allait plus de soi de s'y retrouver seule en compagnie d'Adam. Leur amitié n'existait plus.

Dans la voiture, elle était au travail. La maison de son père était aussi son territoire, et à l'extérieur, c'était un espace de liberté. Mais ici, à l'intérieur du palais, où tout était régi par des règles strictes, elle se trouvait dans une position fort inconfortable.

Elle se dirigea vers une petite table où elle posa sa casquette, avant d'enlever lentement ses gants. Sans la protection de ces accessoires, elle se sentit un peu plus vulnérable. Cet uniforme définissait les rôles. Mais maintenant, alors qu'elle se passait la main dans les cheveux, elle se rendait compte qu'elle n'était plus que Danni et lui, Adam, un homme sérieux certes, mais d'une beauté frappante. Avec des yeux couleur de jais qui semblaient toujours songeurs, voire inquisiteurs.

Elle devait toutefois rester concentrée sur la raison

de sa présence ici, qui n'avait rien à voir avec les yeux d'Adam, si troublants soient-ils.

— Alors, ce rendez-vous ? demanda-t-elle.

— Attendons d'avoir pris le dessert.

— Le dessert ?

A cet instant, on frappa à la porte. Un serviteur en livrée entra, un plateau à la main. Il le disposa sur la table basse entre les deux fauteuils, puis ressortit avec la plus grande discrétion.

Danni considéra le plateau, puis Adam.

— J'ai pensé que tu aurais peut-être faim, dit-il.

— Je ne suis pas affamée à ce point ! dit-elle en considérant les deux parts de gâteaux au fromage et les bols remplis de chocolat chaud.

Pour la première fois de la soirée, un sourire éclaira les traits d'Adam.

— Tout n'est pas pour toi, lui dit-il.

— Mais tu viens de dîner, non ?

Il secoua la tête.

— Anna est le genre de femme qui ne mange que des salades, surtout pas de glucides. Et pas de vinaigrette. Je ne me voyais pas commander un dessert, alors qu'elle avait à peine touché aux plats précédents. Même mes linguines, je n'ai pas pu les manger avec appétit. Et pourtant, j'adore ça ! Je n'avais aucune envie de prolonger la soirée dans ces conditions. Quand le serveur nous a apporté la carte des desserts, il était clair que notre relation n'avait pas d'avenir.

— Mais moi, j'ai déjà mangé, dit-elle alors.

L'eau lui montait pourtant à la bouche.

— La soirée a été longue et tu as juste grignoté

des en-cas. Et à moins que tu n'aies beaucoup changé, je me souviens que tu avais très bon appétit et un faible pour les gâteaux. Le gâteau au fromage, plus particulièrement.

Il la regarda avant d'ajouter :

— Tu aurais changé ?

Un sourire trembla sur ses lèvres.

— Non, pas énormément.

— Alors assieds-toi.

Il lui tendit une part de gâteau, puis il s'installa dans le fauteuil en face d'elle.

Elle mordit dans la pâtisserie veloutée et ferma les yeux pour mieux la savourer.

— Charlebury est toujours votre chef cuisinier ? s'enquit-elle au bout d'un moment de silence gourmand.

Adam se mit à rire.

— Oui, répondit-il.

Une fois repue, elle se leva pour poser son assiette sur le plateau.

— Je n'ai plus de place pour le chocolat chaud.

— Allons, un peu de courage !

— Je ne renonce pas, mais je vais attendre un peu, dit-elle.

Elle se dirigea vers la fenêtre. Quelques flocons de neige tournoyaient dans la nuit.

Le parc était bien éclairé mais, au-delà, il faisait sombre. Seuls quelques ronds de lumière trouaient l'obscurité.

— Je crois apercevoir la maison du gardien, au fond, remarqua-t-elle.

— Derrière le bosquet, à gauche ?

— Oui. Je ne me souvenais pas qu'on la voyait d'ici.

— Cela fait très longtemps que tu n'étais pas venue. Tu as grandi, c'est tout.

— Sans doute. Tiens, les lumières sont encore allumées. Mon père doit regarder la télévision.

— Tu te souviens de la première fois que tu es venue ici ?

Elle hocha lentement la tête.

Elle le vit froncer les sourcils dans le reflet de la vitre.

— Tu sais, j'en suis encore mortifié. Cette réflexion sur ta taille était parfaitement déplacée.

Un sourire furtif passa sur son visage, et il continua :

— Comme tu étais plus petite que moi, il était normal que tu ne puisses pas attraper les livres qui se trouvaient sur les étagères du haut. Il faut croire que les princes ne sont pas meilleurs que les autres.

— Merci de me le rappeler.

— Je t'en prie, dit-il, toujours souriant.

— J'avoue que tu m'avais vexée. J'étais nouvelle ici, et intimidée. Je ne me sentais pas à ma place.

— Je m'en étais rendu compte.

Elle se tourna vers lui.

— Tu avais pourtant été gentil avec moi, tu m'avais avoué être heureux que je te considère comme une personne normale, pas comme un prince. Tu te plaignais que beaucoup de gens te traitent différemment.

Elle se mit à rire.

— Et puis tout à coup, tu as dit que si j'étais plus

grande, j'aurais une meilleure vue sur les choses. Ce n'était plus tout à fait le même ton.

Elle sourit, puis désigna l'étagère.

— Regarde, l'atlas est encore là-haut… Tu m'avais aidée à trouver l'Amérique, histoire de te faire pardonner.

Il possédait déjà cette attention envers autrui qui faisait de lui un si bon prince aujourd'hui, un futur souverain aimé de tous ses sujets.

— Je ne voudrais pas ternir mon image, mais j'étais alors censé travailler et je n'en avais aucune envie. Tu étais ma bonne excuse pour ne rien faire.

Elle le revoyait assis au bureau où s'empilaient les livres. Pour elle qui avait cinq ans, il lui semblait presque un adulte, du haut de ses dix ans. Et comme il l'avait prise sous son aile le temps qu'elle trouve ses marques dans la principauté, elle s'était toujours sentie redevable.

Pendant longtemps, elle l'avait adulé, ne supportant pas d'entendre la moindre critique sur lui de la part des autres enfants qui vivaient au palais.

— Alors, ce rendez-vous ? insista-t-elle en tournant de nouveau les yeux vers lui.

Si elle était dans ce bureau avec lui, ce soir, c'était pour l'aider à trouver sa future femme, pas pour ressasser les souvenirs. Elle pouvait enfin lui rendre la faveur qu'il lui avait accordée des années auparavant.

Elle le vit se raidir, puis froncer les sourcils, et elle se retint pour ne pas lui passer la main sur le front.

— Pourquoi Anna était-elle une « catastrophe » ?

Ce n'est pas l'impression que j'ai eue, de l'endroit où je me trouvais.

— Les apparences sont souvent trompeuses, Danni. Il s'avère que nos personnalités sont totalement incompatibles. Je me suis rendu compte que, dans ma liste, j'ai oublié un critère extrêmement important.

— Lequel ?

— Une certaine réserve vis-à-vis de la consommation d'alcool.

Il lui tendit un bol de chocolat.

— Anna était peut-être nerveuse, ce soir, plaida-t-elle. Il se peut qu'elle soit timide et réservée, et qu'elle ait bu plus que de coutume pour surmonter ses inhibitions. Tu es impressionnant, tu sais.

— Pas quand je sors avec une femme. Du moins, je m'efforce de ne pas l'être, précisa-t-il, devançant son objection.

— Il est aussi probable qu'elle ne supporte pas l'alcool.

— Oui, j'y ai pensé, admit-il en venant la rejoindre près de la fenêtre. Mais ses suggestions concernant la suite de notre relation ne m'ont pas fait l'impression d'une personne timide et réservée.

Mieux valait ne pas imaginer les propos tenus ! Pourtant, elle ne put s'empêcher de remarquer :

— D'après ce que j'ai vu, tu ne semblais pas tout à fait mécontent de la situation.

Il lui adressa un sourire engageant, dans lequel elle reconnut l'enfant qu'il avait été.

— J'avais une belle femme à mes côtés qui ne demandait qu'une chose : que je profite d'elle. Je reconnais que cela ne me déplaisait pas. Et puis je ne voulais pas me montrer grossier.

— Bien sûr, je comprends. Tu sais rester un gentleman en toutes circonstances.

Son sourire s'effaça, et il redevint sérieux.

— Il n'y a pas eu de déclic entre nous, dit-il. Pas plus quand nous avons parlé que lorsque nous nous sommes embrassés. Il n'y aura pas d'autre rendez-vous.

Elle préféra ne pas chercher à comprendre pourquoi ses paroles lui procurèrent un tel soulagement et enchaîna :

— Elle n'avait pas franchement l'étoffe d'une princesse.

— Non, pas du tout, tu as raison !

— Et ton père n'aurait pas approuvé.

— Ah, non alors !

— Donc tout est pour le mieux.

— Oui.

— Adam, je pense que tu n'as pas besoin de mes services pour trouver une femme. Tu vois, Anna t'a trouvé très séduisant.

— Elle était ivre.

— Je ne pense pas que ce soit impératif pour te trouver séduisant.

De fait, elle-même n'avait pas bu une goutte d'alcool et elle le trouvait fort attirant. Un peu trop d'ailleurs… Ses yeux, ses lèvres, son torse, tout en lui la fascinait, ce qui était sans doute une raison de plus pour cesser cette collaboration.

— Je sais bien que non. Mais comme ce projet est sérieux, cela lui retire son côté divertissant.

— Si tu l'abordes avec la détermination et la précision d'un exercice militaire, oui, je te l'accorde. Tu te rappelles à quand remonte ton dernier rendez-vous avec une femme au cours duquel tu t'es amusé ?

— Je n'ai pas envie d'évoquer mes rendez-vous passés, Danni.

— Tu veux que je t'aide, oui ou non ?

— Pour les rendez-vous à venir, oui, pas pour les anciens.

— Tu peux au moins me parler de ceux qui ont marché. Ou de Michelle.

— Non !

Le ton était catégorique, elle n'insisterait pas. En fait, elle n'avait guère envie d'entendre parler des rendez-vous qui s'étaient bien déroulés. Il avait raison : sa tâche consistait uniquement à l'aider pour résoudre son dilemme actuel.

— Trouve une femme qui a les mêmes hobbies que toi et pratiquez-les ensemble. Ainsi, tu t'amuseras pendant ces sorties, même si elles ne débouchent sur rien.

Il hocha la tête, songeur, mais ne pipa mot.

— Qu'est-ce que tu aimes faire ? demanda-t-elle tout à trac.

— Je ne sais même plus, répondit-il en fronçant les sourcils. Cela fait si longtemps que je ne me suis pas diverti. Ma vie n'est pas placée sous le signe de la distraction.

— Et ça se voit.

— C'est-à-dire ?

Etait-ce son imagination, ou bien avait-elle distingué une certaine tension dans sa voix ?

— Tu sais bien ce que je veux dire. En outre, ce n'était pas une critique, précisa-t-elle.

— Vraiment ?

— Non, c'était un simple constat. Tu sembles porter le poids du monde sur tes épaules. Tu te sacrifies pour ta famille et la principauté, mais tu ne fais rien pour toi-même, juste par plaisir. Cela ne te ferait pourtant pas de mal de te distraire un peu. On ne peut pas toujours travailler et ne jamais…

— Je joue au polo ! la coupa-t-il sur un ton triomphant. Quand mon emploi du temps le permet, bien sûr.

— Je sais, je t'ai déjà vu jouer.

Elle secoua la tête, sceptique, et ajouta :

— Pardonne-moi, mais ce n'est pas ce que j'appelle « s'amuser ». C'est un sport bien trop structuré. Tu y joues aussi intensément que si tu travaillais.

— Mais cela me plaît.

— De toute façon, tu ne peux pas inviter une femme à jouer au polo lors d'un rendez-vous. Pourquoi ne te laisses-tu pas aller un peu ? Tu as besoin de t'amuser. T'A-MU-SER.

Il se mit à fixer sa bouche, avant de sourciller de nouveau. Pourquoi fronçait-il si souvent les sourcils quand il la regardait ? Si cela se trouvait, il ne l'écoutait même pas.

Elle voulut ajouter quelque chose, mais soudain les mots et les pensées semblèrent s'embrouiller dans sa tête. Cet homme la troublait. Elle était seule avec lui, tout près de lui. Trop près de lui.

- 4 -

En regardant Danni, Adam eut soudain l'irrésistible envie de se rapprocher d'elle. Il avait beau savoir se dominer en toutes circonstances, il savait identifier une impulsion. En l'occurrence, il avait envie de l'embrasser, de la prendre dans ses bras. Désireux de lui montrer qu'il appréciait ce qu'elle faisait pour lui, il avait jugé que lui proposer un dessert serait une bonne manière de lui témoigner sa gratitude. Mais elle avait mangé le gâteau avec une sensualité telle qu'il en était venu à regretter son geste.

Il était choqué par ce puissant désir de l'embrasser. Mais il ne se laisserait pas emporter par son instinct, son éducation, sa vie le lui interdisaient. Il évaluait toujours les avantages et les inconvénients de chaque action.

Pourtant, depuis qu'il avait décidé de se mettre sérieusement en quête d'une femme, son subconscient semblait s'acharner à contrarier ses projets. Il se faisait l'effet d'un homme qui souhaitait acheter une Volvo familiale et qui, tout à coup, voyait que la Ferrari dont il rêvait depuis toujours était en vente.

Il connaissait Danni depuis l'enfance, et il ressentait chaque fois la même surprise quand il la regardait : celle de constater qu'elle n'était plus une enfant…

Après sa soirée avec Anna, le caractère de Danni, sa franchise, son piquant, son innocence étaient fort tentants. Elle n'avait pas idée de la manière dont il avait fantasmé sur sa bouche en la voyant manger son gâteau… Sa bouche sensuelle, dont il aurait tant aimé essuyer de ses lèvres la trace de chocolat. Juste au coin. Conjuguée à sa fraîcheur, elle aurait eu le goût d'un divin nectar.

Alors qu'il la fixait, il vit ses beaux yeux verts s'agrandir. Pourvu qu'elle ne devine pas ses pensées ! Il ne pouvait se permettre de tels fantasmes sur elle.

S'il s'était agi d'une autre femme, il aurait cédé à la tentation et léché le chocolat. Mais c'était Danni !

Il secoua la tête pour s'éclaircir les idées, et recula d'un pas, par sécurité. Etait-il possible que sa peau soit aussi douce qu'elle en avait l'air ?

— Danni…

Elle le fixait d'un air curieux. Peut-être lui avait-il communiqué sa confusion ? Elle s'éclaircit la voix.

— Oui ?

— Tu as du chocolat au coin de la bouche.

— Oh ! fit-elle en émettant un petit rire nerveux.

Puis elle détourna les yeux. Il lui tendit alors une serviette en papier.

— Merci, dit-elle.

Et elle essuya le chocolat. Il en éprouva presque du regret. Toutefois, l'envie qu'il éprouvait de le faire lui-même disparut enfin. Il allait pouvoir se concentrer à nouveau.

Quand elle s'était penchée vers lui la veille, alors qu'il s'était endormi sur la banquette arrière, son parfum mentholé avait failli lui faire perdre la tête. Un désir primaire s'était emparé de lui, cette sorte de désir qu'il n'avait pas du tout ressenti pour Clara. Il l'avait submergé avant qu'il ne puisse l'étouffer.

Bien sûr, il s'était tout de suite efforcé de remettre la distance appropriée entre eux, mais il avait été tellement déconcerté par la puissance de ce désir inattendu qu'il s'était mis à parler, sans réfléchir à la façon dont elle allait interpréter ses propos. Et il l'avait blessée par son allusion équivoque car, en dépit de ce qu'il avait affirmé, elle était femme à cent pour cent. Son apparence actuelle avait supplanté dans son esprit celle de la petite Danni, ce qui n'était pas facile à gérer pour lui.

Elle le regardait, attendant sans doute qu'il reprenne la parole.

— En ce qui concerne le fait de s'amuser, dit-il alors, car c'était bien de cela dont nous parlions, n'est-ce pas ? Eh bien, je ne pense pas que le moment soit opportun.

Elle recula de quelques pas, ce qui lui permit — même s'il déplorait cet éloignement — de réfléchir plus clairement, de ne plus imaginer sa silhouette voluptueuse sous l'uniforme.

— Tu plaisantes, j'espère ? répondit-elle.

Dans ses yeux dansaient des lueurs d'intelligence et de passion auxquelles se mêlait une pointe d'ironie. Par certains aspects, elle était restée la même : elle disait toujours sa façon de penser et n'avait pas perdu sa manie de le défier. Et s'il appréciait par-dessus tout son honnêteté, parfois elle le rendait fou.

— Non, c'est une affaire sérieuse, affirma-t-il.

— Oui, ça j'ai compris, dit-elle d'un ton condescendant que personne n'avait osé utiliser avec lui depuis longtemps.

— Bien sûr, ma future épouse et moi devrons nous apprécier mutuellement. J'espère l'aimer bien, voire l'aimer tout court, mais je n'ai pas le temps de tergiverser. Il faut que je l'aie rencontrée pour le mariage de Rebecca et de Logan. La personne qui m'accompagnera à leurs noces se retrouvera sous les feux de la rampe. Enfin, pour clore le débat, ce n'est pas parce que je prendrais du bon temps avec une femme que cela en ferait une épouse appropriée.

Elle soupira.

— Très bien ! Nous ne retiendrons pas comme critère essentiel le fait de « prendre du bon temps » avec ta future femme.

Il perçut la pointe de reproche dans le ton de sa voix, mais ne releva pas.

— Non, dit-il.

— Ce qui explique la façon dont l'affaire s'est terminée avec Clara.

— Clara est une femme charmante.

— Et tu dois admettre que même si elle ne recherchait pas le divertissement à tout prix, elle ne faisait pas une croix sur l'amour.

— Il semblerait. Je veux bien prendre sur moi la responsabilité de l'échec, mais sache tout de même que c'est elle qui a lancé des sujets sérieux tout au long de la soirée.

— Bien sûr.

La sentant sceptique, il soupira et reprit :

— Quand il s'agit de politique, je sais parfaitement interpréter les sous-entendus et les messages cachés. Je suis à l'affût de ce genre de choses. Mais j'ignorais qu'il fallait étendre ces facultés aux relations amoureuses et, pour tout dire, je n'en ai pas envie.

— Il s'agit juste d'écouter l'autre, Adam, d'oublier un peu ton emploi du temps.

Elle reposa son chocolat chaud.

— Et puisque ton travail est extrêmement sérieux, il est important que tu rencontres une femme avec qui tu puisses de temps à autre te divertir, argua-t-elle encore.

— Je comprends ton point de vue, mais tu n'as pas saisi le mien. De toute façon, c'est moi qui décide des critères à mettre dans ma liste de priorités.

— Tu ne vas tout de même pas faire passer des entretiens à tes prétendantes, comme pour un travail !

Il ne répondit rien.

— Cela n'a rien à voir, Adam, insista-t-elle.

— Ce n'est pas une approche déraisonnable, fit-il.

Elle se mordit la lèvre.

— Quels sont tes autres critères ? demanda-t-elle enfin.

— Les critères habituels, marmonna-t-il.

Elle se mit à rire. Et le son de ce rire, léger et contagieux, donna soudain un tour ridicule à ce qui lui semblait, une seconde plus tôt, tout à fait sensé.

— En la matière, il n'y a rien d'habituel, Adam. Les gens ont des préférences, bien sûr, mais rarement une liste de critères rigides.

— Et dans ces conditions, comment peut-on trouver le partenaire parfait ?

— C'est une question de feeling. Rafe et Lexie l'ont senti, tout comme Rebecca et Logan. Et ils n'avaient pas de liste.

— Ce n'est pas fiable. Je dirais même que le concept est pour le moins nébuleux.

— Très bien, dit-elle, admettant sa défaite avec réticence. Dans ces conditions, je t'écoute.

Il hésita.

— Je connais peut-être une femme qui correspondra à tous tes critères, l'encouragea-t-elle.

Sa liste était parfaitement rationnelle, mais il avait conscience que Danni allait s'employer à lui démontrer le contraire, élément par élément, une fois qu'elle en aurait connaissance. Mais c'était *sa* liste, et peu importait ce que Danni St. Claire en pensait, du moment qu'elle l'aidait.

— Elle devra parler plusieurs langues, commença-t-il.

Il se rendit compte en le disant qu'il avait oublié comment ce critère en était devenu un.

Seigneur ! Il était en train de révéler ses souhaits les plus intimes à son chauffeur. S'il continuait ainsi, il finirait par demander à son jardinier son avis sur la façon de gérer ses rendez-vous diplomatiques.

— Je comprends ce souhait, affirma-t-elle.

Pourtant, une drôle de lueur dans ses beaux yeux disait le contraire.

— Il est vrai qu'ainsi vous pourrez vous disputer et faire l'amour dans des langues différentes, ce qui permettra de varier les plaisirs. C'est important. Et puis cela apportera toujours de la nouveauté à la relation, ironisa-t-elle.

— Il ne s'agit pas de cela ! s'emporta-t-il. J'ai de nombreuses obligations avec des dignitaires du monde entier.

Elle lui adressa un petit sourire amusé.

— O.K., fit-il. Tu te moquais de moi, c'est ça ?

— Avoue que tu l'as bien cherché ! Bon, Adam, comme je te l'ai déjà dit, tu n'as manifestement pas besoin de moi. Tu as des idées très arrêtées sur la femme que tu recherches, et je ne pense pas que nous allons pouvoir nous mettre d'accord sur les choses importantes.

— Non, dit-il avec lenteur.

— Donc, je vais partir, annonça-t-elle.

Sur ces mots, elle pivota sur ses talons.

— Mon « non » ne signifiait pas que j'étais d'accord avec toi, lança-t-il. C'était même le contraire.

Elle prit son temps pour se retourner. Un sourire éclairait son visage.

— Comme d'habitude.

Il s'attendait à cette remarque.

— Anna, c'était une erreur, admit-il.

— Voilà une opinion que nous partageons.

— Et ce n'est pas le genre de femme que je souhaite rencontrer à l'avenir.

Si elle n'arrêtait pas de lui sourire, il n'allait pas pouvoir se retenir de l'embrasser beaucoup plus longtemps.

Il se dirigea brusquement vers la fenêtre.

— Mais j'avoue que tu avais raison au sujet de la cravate.

Cette cravate qu'elle lui avait fait enlever, avant de lui ordonner de déboutonner sa chemise.

Il secoua la tête pour chasser l'image inconvenante qui voulait s'immiscer en lui. Puis il posa les poings sur le rebord de la fenêtre, et fixa la nuit. Il devait rester concentré !

— Il faut impérativement qu'elle ait fait des études universitaires, ajouta-t-il. Le mieux serait un doctorat, et un diplôme international.

— Continue, dit-elle d'une voix neutre.

— Elle doit aussi avoir de la conversation, être une bonne hôtesse, et diplomate.

— Entendu. Quoi d'autre ?

— Il faut qu'elle sache gérer la presse et le public, notamment les enfants.

— Et physiquement ?

— Grande, mince, séduisante, élégante.

— Couleur de cheveux ?

Le ton sur lequel elle avait posé la dernière question était légèrement différent, mais il n'aurait su dire à quoi cela correspondait. En tout cas, cette inflexion ne lui ressemblait pas.

— Aucune importance.

— Comme c'est généreux de ta part !

Là, pas de doute, elle était en colère.

Il se tourna vers elle. Elle avait les mains sur les hanches, les yeux plissés et les mâchoires serrées.

— Qu'est-ce que j'ai encore fait ? questionna-t-il.

Elle laissa retomber ses mains et parut soudain affligée.

— Tu ne le sais vraiment pas, hein ?

— Non, je ne comprends pas ce qui a déclenché ta fureur, je me suis contenté de répondre à ta question. Tu craignais que je n'accepte pas tes critiques, mais je constate que c'est toi qui ne supportes pas mon honnêteté.

— Je suis outrée au nom de toutes les femmes, voilà ! s'écria-t-elle.

— Pourquoi ? Parce que j'ai des critères ? Ne me dis pas que les femmes ne font pas la même chose. Elles recherchent elles aussi des hommes grands, séduisants, qui conduisent de belles voitures et pourront leur assurer le train de vie qui est le mien, non ?

— Je n'ai pas d'objection à formuler contre les critères de ta liste, c'est plutôt ceux qui n'y figurent pas qui me gênent. Et la gentillesse, Adam ? Et le sens de l'humour ? Et l'amour, le fait de te sentir bien avec une personne qui partagerait ta vie ? Tous tes critères ne sont en fait que des barrières.

— Mais non ! Je n'ai mis aucune barrière.

Elle émit un rire moqueur.

— Tu as érigé plus de barrières que nous n'en mettons pour les Grands Prix.

— C'est faux.

— C'est vrai ! Et toutes ont pour but d'empêcher les autres de te voir tel que tu es. Tu souhaites juste qu'on admire en toi un prince, un leader. Mais fais-moi confiance sur ce point : toi-même, tu n'aurais pas envie de vivre avec une femme qui ne connaîtrait que cet aspect-là de toi. Je te rappelle que tu recherches une compagne pour la vie, pas un simple sujet ! Tu ne veux tout de même pas une épouse qui t'obéirait au doigt et à l'œil et qui ne dirait que ce que tu veux entendre ?

— Pourquoi pas ? Ce ne serait pas déplaisant. Mieux en tout cas qu'une personne qui me mettrait constamment au défi et ne cesserait de me provoquer.

— Je renonce, dit-elle. Je ne vois pas en quoi je peux t'aider puisque tu ne veux même pas m'écouter.

Elle se dirigea vers la porte. La Danni qu'il avait connue autrefois, quand ils jouaient ensemble aux échecs ou au base-ball, ne baissait jamais les bras. Elle devait donc être très en colère. Il s'efforça de rassembler rapidement ses pensées.

— Le ski, lança-t-il.

Elle s'immobilisa et tourna vers lui un regard suspicieux.

— J'aime le ski, précisa-t-il. C'est… amusant.

Il se sentit soudain frivole. Mais un sourire éclaira le visage de Danni, comme une récompense.

— Tu vois, ce n'était pas si difficile que ça.

Pas aussi facile non plus. Elle avait peut-être raison. Il était devenu assommant.

— Je ne suis pas frivole, crut-il toutefois bon de préciser.

— Personne ne te demande de l'être, dit-elle en revenant sur ses pas. C'est d'ailleurs ce qui fait une partie de ton charme. Mais on ne peut pas dédier toute sa vie au travail.

Ton charme ? Si sa mémoire était bonne, elle y avait déjà fait allusion. Et elle le regardait maintenant d'un drôle d'air, qui n'avait plus rien à voir avec celui de la petite fille qu'elle avait été. Son attitude l'intrigua.

Mais il n'allait pas l'interroger. Il ne le pouvait pas.

— Est-ce que tu acceptes de me servir de chauffeur, le week-end prochain ? Je serai accompagné.

Il devait se focaliser sur son but, il n'y avait rien d'autre à faire.

Elle secoua la tête.

— Désolée, je ne suis pas ton chauffeur attitré.

— Je t'assure que tu ne le regretteras pas.

Elle plissa les yeux.

— Je n'ai pas l'esprit d'aventure, Adam.

— Alors tu as changé, dit-il d'un ton neutre.

Le sourire de la belle Danni s'évanouit.

— Quand j'avais dix ans et que mon père ne me donnait pas d'argent de poche alors que vous en aviez, ton frère et toi, je te l'accorde, j'étais parfois téméraire, puisque vous me payiez pour tout ce que vous ne vouliez pas faire.

Elle se tut et le souvenir fit renaître un sourire sur ses lèvres.

— J'ai encore plus d'argent de poche aujourd'hui, observa-t-il avec un clin d'œil.

La surprise qu'il lut sur le visage de Danni n'avait d'égale que la sienne. Cela faisait une éternité qu'il n'avait pas fait de clin d'œil. Mais il était vrai qu'elle le ramenait des années en arrière. Il se toucha l'arrête du nez.

Elle poussa alors un soupir ostentatoire.

— Je te servirai de chauffeur si tu me jures de ne plus toucher ton nez, décréta-t-elle d'un ton décidé.

— Pardon ?

— Tu le touches délibérément pour que je me sente coupable. Et que je fasse ce que tu veux.

— Je ne vois pas le rapport…

Elle leva les yeux au ciel.

— Parce que chaque fois que tu touches cette minuscule bosse que tu as sur le nez, je me rappelle comment tu l'as eue.

— Ah bon ? Et tu te sens coupable ? Mais c'était un accident. C'était autant ma faute que la tienne.

Il avait seize ans et elle avait beau en avoir onze, elle possédait une sacrée poigne au base-ball. Ce jour-là, il n'était pas très concentré sur le jeu. Il se disputait avec Rafe. La balle était venue de nulle part. C'était la première fois qu'il voyait pleurer Danni. Non parce qu'elle avait été blessée, mais parce qu'elle l'avait blessé. Puis elle lui en avait voulu de l'avoir fait pleurer.

— Je sais. Mais il n'empêche que je me sens toujours coupable.

— Alors si je fais ça…

Et en prononçant ces mots, il toucha le léger renflement, avant de poursuivre :

— Et que je te demande gentiment si tu me serviras de chauffeur ce week-end, tu vas me dire oui ?

— Arrête, ce n'est pas fair-play.

— Mais enfin, on ne voit plus rien aujourd'hui. Et j'avoue que je sens à peine un renflement quand j'y touche.

— Adam, tu ne me facilites pas les choses.

— Non, sérieusement. Touche, si tu veux. Tu verras, ce n'est rien. Tu te fais des idées.

Et sur ces mots, il lui saisit le poignet. Elle avait des poignets si délicats ! D'ailleurs, tout en elle l'était. Il approcha sa main de son nez.

Il la vit se mordre la lèvre. Ses doigts étaient si près qu'il ne les distinguait pas. En revanche, il percevait nettement ce que reflétaient ses yeux : de la curiosité, et une certaine nostalgie. Elle avait les lèvres légèrement entrouvertes, et elle sentait aussi bon que la promesse du printemps.

De nouveau, il sentit une vague de désir le submerger. Le même désir qui avait failli le jeter dans ses bras, tout à l'heure… Il fit glisser les doigts de son poignet à sa main pour en embrasser le dos. Il ne pouvait s'en autoriser plus.

Mais c'était apparemment déjà trop. Elle retira bien vite sa main et la cacha derrière son dos en rougissant.

— En fait, cette bosse est encore un peu sensible. Il faudrait peut-être que tu l'embrasses pour me guérir complètement.

Les paroles avaient jailli malgré lui.

— Arrête ton manège, Adam ! le prévint-elle d'une voix furieuse qui le surprit. Ne te moque pas de moi, s'il te plaît !

— Moi, me moquer de toi ? Jamais, Danni ! La seule fois que j'ai essayé, tu avais sept ans et tu m'as mis un coup de pied dans le tibia.

— C'est pourtant ce que tu viens de faire.

La suspicion avait remplacé la colère dans sa voix. En temps normal, ses propos ne prêtaient jamais à équivoque. La diplomatie, c'était son domaine ! Comment avait-il pu faire un tel gâchis ?

— Non, insista-t-il.

La dernière chose qu'il avait en tête, c'était se moquer d'elle. Il avait envie de l'embrasser, et s'étant contenu à grand-peine, il avait fini par compenser en lui donnant un baiser sur la main. Parce que l'embrasser, alors qu'elle faisait partie de son équipe, alors qu'il recherchait une épouse, et qu'elle était Danni, ça aurait été une erreur fatale. Pourtant, il gardait toujours la douce sensation de sa peau sur ses lèvres. Et ce simple échange, si chaste fût-il, l'avait bien plus troublé que le baiser qu'il avait donné à Anna un peu plus tôt.

— Je t'ai offensée, j'en suis désolé, reprit-il.

Il faudrait du temps pour que l'impair soit réparé et que leur relation redevienne amicale et respectueuse.

— Non, tu ne m'as pas « offensée », je ne suis pas susceptible à ce point.

— Si, je vois bien que tu es fâchée.

— Tu te trompes, je t'assure.

— Alors prouve-le-moi, et sers-moi de chauffeur le week-end prochain.

Elle poussa un petit soupir.

— Tu es content de toi, hein ? Tu m'as encore manipulée pour que je te dise oui !

— Ah non, je ne t'ai pas manipulée ! se récria-t-il.

— Tu le fais sans même t'en rendre compte.

— Tu es libre d'accepter ou non, mais j'aimerais vraiment que tu dises oui.

Son avis lui était si précieux. Elle avait eu raison au sujet de Clara, tout comme pour sa cravate.

Elle ouvrit la bouche. Il ne supporterait pas un refus.

— Ce sera la dernière fois, je te le promets, dit-il d'un ton pressant. Tu as un point de vue sur les choses différent du mien, et c'est intéressant. Je prends tes conseils très au sérieux. La preuve : je vais aller skier et m'amuser.

— Même si tu n'en as pas envie ?

— Tout à fait.

Elle se mit à rire, et la tension qu'il avait causée en lui baisant la main s'évanouit. Il vit une lueur familière se rallumer dans ses yeux.

— Entendu, dit-elle, et ce sera la dernière fois. Après, tu pourras redevenir aussi sérieux que tu voudras ou bien continuer à t'amuser.

— Tu passes me prendre vendredi, à 14 heures ?

— Entendu.

Elle semblait accepter à contrecœur. Mais il avait son accord et c'était tout ce qui comptait.

— Qui emmènes-tu en week-end ?

— Je n'ai pas encore décidé. J'ai plusieurs candidates.

— Et qui correspondent à tous tes critères ?

— Oui.

— Et si on partait avant 14 heures ? proposa-t-elle alors. Autant commencer à vous amuser sans tarder.

— J'ai des rendez-vous dans la matinée.

Cette fois, elle ne leva pas les yeux au ciel, mais il devina que cela lui coûtait un certain effort de s'en abstenir. Se dirigeant vers la table, elle reprit sa casquette et ses gants.

— Pas besoin d'uniforme, précisa-t-il. Ce week-end n'a rien à voir avec un service officiel. Nous serons amis.

— C'est justement ce qui m'inquiète. Je sais mieux où j'en suis quand je porte l'uniforme.

Il lui ouvrit la porte.

— Depuis quand refuses-tu les défis ? demanda-t-il.

— Depuis que tu les utilises contre moi.

Sur ces mots, elle fourra la main dans sa poche et en sortit sa cravate. Il s'en saisit et, pendant quelques secondes, ils furent liés l'un à l'autre par ce bout de tissu réchauffé par son corps. Elle croisa son regard, puis détourna rapidement les yeux en relâchant la cravate.

— A vendredi.

— Merci, Danni. Tu ne le regretteras pas.

— Je le regrette déjà…

- 5 -

— Il y a un café, en haut de la rue.

La voix d'Adam arracha Danni à sa concentration et lui rappela qui elle transportait.

— Je sais, répondit-elle, immédiatement sur ses gardes.

Cela faisait une heure qu'ils roulaient, et c'étaient quasiment les premiers mots qu'ils échangeaient depuis qu'il lui avait annoncé qu'il rejoignait son « rendez-vous » directement sur place.

Elle eut soudain un curieux pincement au cœur. Jusque-là, Adam avait tué le temps à l'arrière de la voiture en donnant des coups de téléphone et en travaillant sur son ordinateur. Ce qui lui convenait parfaitement, et elle avait espéré qu'il en serait ainsi tout le trajet.

— Nous allons nous y arrêter, déclara-t-il.

Jetant un bref coup d'œil dans le rétroviseur, elle se rendit compte qu'il avait refermé son ordinateur. Quand il travaillait, il était lointain, elle n'avait donc rien à craindre. Mais lorsqu'il s'adossa contre la banquette et qu'il fixa son attention sur elle, cette sensation de sécurité s'évanouit. Mais tout cela, c'était dans sa tête.

— Pourquoi s'arrête-t-on ? objecta-t-elle.

Après tout, elle le conduisait plus à titre d'amie que de chauffeur, comme il l'avait lui-même souligné la veille, ce qui lui donnait le droit d'émettre un avis.

— Ce n'était pas prévu, ajouta-t-elle. Je n'ai pas averti le café que nous allions passer.

— Je suis certain que ça ne posera pas de problème. Je ne vais rien commander de princier. Un café me suffira, éventuellement accompagné d'un muffin.

— Je parlais de ta sécurité, précisa-t-elle. Et tu le sais très bien.

Dans le rétroviseur, elle vit une lueur amusée s'allumer dans ses yeux, sa bouche s'étirer en un sourire.

— Tout va bien se passer, lui assura-t-il. Si nous-mêmes ne savions pas que nous allions nous arrêter, qui pourrait le savoir et nous attendre pour m'agresser ? Je veux me faire aussi discret que possible ce week-end, j'ai envie de passer à travers les écrans radar.

— Dans ce cas, nous ne devrions pas nous arrêter dans un endroit où des gens sont susceptibles de te reconnaître.

Le café était en vue à présent. Dans une minute, ils l'auraient dépassé.

— Arrête-toi, Danni !

Réprimant un soupir, elle mit son clignotant et quitta la route. Visiblement, il avait repris ses prérogatives de commandant en chef.

— Je pensais que tu attendais plus de spontanéité de ma part, poursuivit-il.

Il n'allait quand même pas faire retomber la faute sur elle !

— Non, ce n'est pas ce que j'ai dit, *Votre Altesse*, se récria-t-elle.

Ces ultimes paroles étaient délibérées. Elle espérait ainsi revenir à son rôle de simple chauffeur. Il fallait qu'elle rétablisse les formalités entre eux, car depuis la discussion dans la bibliothèque, la veille, leur relation n'était plus la même. Quand il avait embrassé le dos de sa main, la pression de ses lèvres avait envoyé une onde de chaleur à tout son corps. En fait, tout avait basculé lorsqu'il l'avait incitée à toucher le renflement de son nez, et que ses yeux avaient croisé les siens. Elle avait résisté à grand-peine au désir désespéré de l'embrasser, de se glisser dans ses bras, de se presser contre lui et d'unir sa bouche à la sienne jusqu'à en perdre la tête. Décidément, elle ne valait guère mieux qu'Anna, pire même puisqu'elle n'avait pas l'excuse de l'alcool. Si c'était cela la spontanéité, alors c'était à proscrire.

— Si tu m'appelles une fois encore « Votre Altesse », je te congédie sur-le-champ, plaisanta-t-il.

Malgré le ton badin, elle savait qu'il détestait cela.

— Comme tu veux. Mais je voudrais rectifier une chose : je n'ai jamais dit que j'attendais plus de spontanéité de toi, Adam.

Il eut un petit sourire suffisant. Dieu qu'il pouvait être exaspérant !

— Tu ne l'as pas dit expressément, je te l'accorde, mais c'est ce que tu sous-entendais. Nous allons donc descendre de voiture pour prendre un café impromptu.

— Paul ne va pas apprécier.

C'était le chef de la sécurité du palais. Il l'avait briefée pendant une demi-heure dans son bureau ce matin, avant qu'elle n'aille chercher Adam.

Rien ne se passait comme prévu. En outre, le fait qu'elle ne porte pas l'uniforme la perturbait, elle ne savait plus très bien qui elle était, ni quel rôle elle devait jouer. Dans son esprit, cela brouillait les lignes, au point qu'elle se surprenait à imaginer Adam en train de l'embrasser.

— Paul survivra. Bon, est-ce que tu viens avec moi, ou bien comptes-tu rester dans la voiture à bouder ?

— Je ne boude pas.

— Parfait. Allons-y, alors.

Elle descendit de voiture en marmonnant « Oui, Votre Altesse » suffisamment bas pour qu'il ne l'entende pas.

Quand elle arriva au niveau de la portière arrière, il se tenait déjà à l'extérieur, inspirant à pleins poumons l'air frais de la montagne.

— Un jour…, commença-t-elle.

Il attendait qu'elle continue, un sourire dansant au coin de ses lèvres.

— Oui ?

— Un jour, tu verras, je déjouerai tes plans, lui annonça-t-elle d'un air déterminé.

— Je ne demande qu'à voir, fit-il en riant.

Sans répondre, elle fit volte-face. Elle avait oublié,

ou peut-être ne s'en était-elle jamais rendu compte parce qu'elle le connaissait depuis l'enfance, à quel point il était séduisant. Surtout quand il souriait. Mais ce n'était pas du tout le moment de nourrir de telles pensées, alors qu'elle sentait déjà le sol vaciller sous ses pieds. Elle aurait plutôt dû être irritée qu'il cherche toujours à gagner, et qu'il y arrive si souvent.

Une fois à l'intérieur du café, ils commandèrent des boissons chaudes et des muffins au chocolat, puis s'assirent sur une banquette avec vue sur une colline recouverte de pins, se détachant sur les montagnes enneigées.

— J'aperçois ces montagnes de mon bureau, au palais, dit-il comme il s'adossait à son siège après avoir bu une gorgée de café. Et chaque fois, j'ai envie d'aller les contempler de plus près. Rafe et Lexie ont séjourné plusieurs fois au chalet Marconi, d'ailleurs, même Rebecca et Logan y ont fait un tour. Moi, cela fait des années que je n'avais pas pris le temps d'y retourner. Grâce à toi, je suis là. Merci.

Elle haussa les épaules.

— Ravie de t'être utile.

Elle se réjouissait sincèrement de constater qu'il était un peu moins tendu. Au fond, elle devait prendre la situation comme un service rendu à la nation, même si, en ce moment, c'était surtout à lui qu'elle pensait, et pas vraiment à la nation. Il paraissait aussi plus ouvert…

— Alors, qui est cette femme ? questionna-t-elle tout à trac.

Mieux valait revenir à la véritable raison de leur présence ici. Il ne lui avait fourni aucune précision, l'informant simplement que la personne en question l'attendrait au chalet.

— Claudia Ingermason, répondit-il.

— La patineuse sur glace ?

La Claudia Ingermason qu'elle connaissait avait remporté une médaille pour San Philippe aux derniers Jeux olympiques d'hiver. Depuis, elle avait lancé sa propre gamme d'articles de ski et de patinage. Elle était aussi remarquablement belle, le style mannequin suédois.

Il hocha la tête.

— C'est Rebecca qui a tout organisé. Claudia est l'une de ses vieilles camarades d'école. Tu m'as conseillé de sortir avec une femme qui avait les mêmes distractions que moi. Nous aimons tous les deux skier, par conséquent nous devrions nous amuser.

— Tu l'as déjà rencontrée ?

— Pas vraiment.

— Donc, tu as rendez-vous avec une inconnue ?

— Non, puisque je sais qui c'est.

— Tu as dû harceler Rebecca pour qu'elle arrange ce rendez-vous, marmonna-t-elle alors.

— Tu sous-entends que j'ai pour habitude de « harceler » les gens ? Cela ne me plaît pas du tout, Danni. D'ailleurs, Rebecca n'est pas le genre de personne à se laisser harceler. Je lui ai simplement demandé si elle connaissait une femme avec qui je pourrais sortir, et elle m'a suggéré Claudia.

— C'est parfait, dit-elle en reposant son café

avant d'ajouter, désireuse d'abréger la pause : Bon, on repart ? Plus tôt je te déposerai au chalet, et plus vite Claudia et toi pourrez vous amuser.

— Il n'y a pas urgence. Elle doit terminer une série de photos pour sa prochaine collection et, apparemment, elle a pris du retard. Nous avons une heure d'avance.

Sa tasse de café dans le creux de la main, il ne semblait pas du tout pressé de partir.

— Il y a juste une chose que je ne comprends pas, ajouta-t-il.

— Quoi ?

— Pourquoi ai-je l'impression d'être encore en train de travailler ?

— C'est dans ta tête, Adam. C'est toi qui te mets la pression.

— J'essaie juste d'accélérer les choses.

— Détends-toi, si tu te souviens encore de la façon dont on s'y prend. Si ça marche entre Claudia et toi, parfait. Sinon, tu auras pris du bon temps en t'accordant un week-end à la neige. Cela dit, je pense que nous devrions repartir, car le ciel ne me dit rien qui vaille.

Les nuages semblaient s'être rapprochés et assombris depuis qu'ils étaient entrés dans le café.

Il sourcilla.

— Tu as écouté le bulletin météorologique ?

— Oui. Il n'est pas censé neiger avant ce soir, voire demain.

— C'est bien ce que je pensais.

Il reprit une gorgée de café et ferma les yeux un instant.

Cela faisait des années qu'elle ne l'avait pas vu aussi détendu, aussi n'eut-elle pas le cœur à le presser. Il s'était levé très tôt pour régler des affaires avant de partir et, d'après un commentaire qu'elle lui avait entendu faire au téléphone, il avait aussi travaillé très tard la veille.

— Qu'est-ce que tu fais ? demanda Danni, horrifiée, quand quinze minutes plus tard, Adam s'assit à côté d'elle sur le siège avant.

Elle s'était secrètement réjouie de retrouver sa place au volant, et que lui retrouve la sienne à l'arrière, une distance salutaire. Elle appréciait un peu trop sa compagnie à son goût. Et voilà qu'il venait s'asseoir sur le siège avant ! Son initiative était bien trop déstabilisante. Adam était un membre de la famille royale, il ne pouvait pas s'asseoir à côté de son chauffeur ! Comment le voir comme un prince, dans ces conditions ? S'il redevenait un homme, il était susceptible de parler à son cœur…

— A ton avis ?

— A mon avis, tu as oublié où tu es censé t'asseoir.

— C'est ma voiture, que je sache, je peux encore m'asseoir où j'en ai envie.

C'était définitivement un homme qui s'était assis à côté d'elle, et un homme qui avait l'habitude de faire ce qu'il voulait. Elle devait rester diplomate.

— Oui, c'est ta voiture, et en plus elle est très belle, reprit-elle. Mais moi, je suis ton chauffeur, et l'avantage d'avoir un chauffeur, c'est que l'on peut s'installer à l'arrière et travailler. Rentabiliser son temps. Ne pas être obligé d'entretenir la conversation.

Comme il l'avait d'ailleurs fait pendant la première partie du voyage, en l'ignorant purement et simplement. Chacun avait alors son espace et tout était en ordre.

— Nous nous sommes mis d'accord sur le fait qu'il ne s'agissait pas d'un voyage formel, non ? répondit-il. En outre, pour l'instant, je n'ai plus de travail. J'ai envie de m'asseoir à l'avant, la vue est meilleure.

Sur ces mots, il croisa son regard, et elle détourna bien vite les yeux pour les fixer sur la route, là où ils devaient être. D'autant que les virages s'accentuaient, au fur et à mesure qu'ils montaient. Cela dit, elle devait tout de même garder un œil sur lui, histoire de deviner ce qu'il mijotait. Même s'il ne suffisait pas de le surveiller pour deviner ses plans. Elle retint un soupir. Avec Adam, on ne savait jamais trop à quoi s'en tenir. D'ailleurs, elle n'était pas la seule à s'en plaindre. Son frère, sa sœur et même son père, dont il avait pourtant hérité ce trait, le déploraient aussi.

Il ouvrit la boîte à gants.

— Qu'est-ce que tu fais ? s'enquit-elle vivement.

— J'ai envie de voir ce que tu caches là-dedans.

— Il n'y a rien de spécial.

Il en sortit alors le thriller qu'elle était en train de lire, le retourna.

— Ça me semble quand même un peu spécial,

cette histoire, commenta-t-il en lisant la quatrième de couverture.

— Adam, tu es sûr qu'il ne te reste pas encore du travail ?

Un sourire aux lèvres, il referma la boîte à gants.

— Certain. Pour tout t'avouer, j'ai des réticences concernant ce rendez-vous. Pas en ce qui concerne le ski, bien sûr, ça, j'en ai envie, mais l'idée de devoir faire la connaissance d'une nouvelle femme m'ennuie par avance.

— C'est parce que tu considères cette rencontre comme du travail.

— En partie, sans doute, mais je me rends compte que si ça ne fonctionne pas entre nous, j'aurai perdu beaucoup de temps pour rien. Un peu comme quand on assiste à une réunion infructueuse.

— Quel défaitisme !

— Je suis réaliste, c'est tout ! Qu'allons-nous faire si le courant ne passe pas du tout entre nous ? J'aurais dû m'en tenir à un dîner. C'est bien plus facile de s'éclipser.

Croisant les bras, il ajouta alors :

— Je préfère te prévenir que si ça tourne mal, je te considérerai comme l'unique responsable.

— Si ça peut te soulager…

Il se tut un instant.

— Allons, reprit-il finalement, tu sais bien que je ne t'accuserai de rien.

— Ça, je n'en suis pas sûre. Quoi qu'il en soit, je me remettrai de tes accusations.

Le petit sourire qui éclaira son visage racé lui

réchauffa le cœur, sans qu'elle ne comprenne trop bien pourquoi.

Le silence s'installa et Adam s'absorba, l'air satisfait, dans la contemplation du paysage. La neige tombée précédemment tapissait les sols et alourdissait les branches des sapins qui bordaient la route. A un moment, il lui montra les traces d'une biche sur l'accotement. Devant ce spectacle enchanteur et serein, il se détendait de manière tangible.

Soudain, son téléphone sonna. L'appel fut bref. Il assura à son correspondant qu'il n'y avait pas de problème et qu'il était inutile de s'excuser. Quand il eut raccroché, il reposa sa tête contre le siège.

— Voilà qui résout le problème, marmotta-t-il. Fais demi-tour.

Elle lui lança un regard incrédule.

— Nous rentrons, insista-t-il.

— Il y a un problème ?

— Claudia ne peut pas venir me rejoindre au chalet. Son directeur artistique vient de la laisser tomber, et la séance de photos ne sera pas finie ce soir. Je n'ai plus aucune raison d'y aller. En un sens, c'est parfait, car je pourrai assister demain à la réunion générale avec le prince.

— Je pensais que tu te réjouissais d'avoir un prétexte pour y échapper.

— C'est vrai, mais puisque je n'ai plus de motif valable de m'y soustraire…

— Et le ski ?

— La montagne ne va pas s'en aller. Je reviendrai une autre fois.

— Tu es sûr ? Cela fait des années que tu n'étais pas venu.

— Je reviendrai, c'est promis.

Il ne reviendrait pas, elle le savait pertinemment. Elle sentit son cœur se serrer, en partie parce que Claudia venait de se désister, mais surtout parce qu'il allait manquer le premier jour de congé qu'il prenait depuis presque un an. Et puis elle voyait bien qu'il s'était de nouveau tendu.

— Je suppose que tu as des assistants compétents pour te remplacer, à cette réunion ? fit-elle.

— Oui.

— Dans ces conditions, pourquoi ne pas t'en tenir au moins à une partie du plan et aller skier ? Un chef qui prend en compte ses besoins ne peut être que meilleur.

— J'ai des choses plus importantes à faire que de skier.

— Mais…

— Quoi ?

— Rien.

Après tout, sa vie privée ne la regardait pas, d'autant qu'il ne prenait jamais en compte ses remarques.

— Si, qu'est-ce que tu voulais dire ?

— Je voulais juste t'annoncer que je ne pouvais pas faire demi-tour pour l'instant. C'est trop dangereux. Montons un peu plus haut, je pourrai sans doute mieux manœuvrer.

— Tu es la seule juge.

Sur ces mots, il inclina son siège et ferma les yeux. En l'espace de quelques minutes, ses traits s'adoucirent et sa respiration ralentit. Il venait de s'endormir, un léger sourire aux lèvres.

Il rouvrit les yeux une heure plus tard.

Cela faisait une demi-heure que Danni ne cessait de regretter sa décision. Surtout depuis dix minutes car la neige s'était mise à tomber, plus tôt et plus dru que prévu.

Adam redressa son siège, et regarda autour de lui en fronçant les sourcils.

— Danni ?

— Oui ?

— La lumière décline. Et il neige.

— Cela n'a rien d'inquiétant. La Range Rover est très bien équipée.

Elle était loin d'être aussi rassurée qu'elle ne voulait le montrer.

— Et il semblerait que nous continuions à monter, observa-t-il encore.

— Euh… Oui, ça en a tout l'air.

— Ah bon, ça en a tout l'air ? répéta-t-il d'un ton sarcastique. Danni, pourquoi est-ce que nous ne sommes pas en train de redescendre ?

— Parce que…

Elle s'interrompit, nerveuse, puis finit par reprendre :

— Parce que c'est le chemin qui mène au chalet et que nous n'en sommes plus très loin.

— Le chalet Marconi ?

— Arrête de répéter tout ce que je dis.

— J'essaie de voir si ce que tu me dis a du sens ou non quand c'est prononcé par une autre bouche que la tienne. Hélas, non ! Danni, tu vas devoir t'expliquer.

— Tu t'es endormi.

— Oui, merci. Ça, je le sais.

— Et tu semblais si fatigué.

— Danni…

Elle ne pouvait ignorer son ton menaçant.

— Et je n'ai trouvé nulle part où faire demi-tour.

— Ah bon ? Tu as conduit une heure sans trouver le moindre endroit où faire demi-tour ?

Elle ne répondit pas.

— Fais demi-tour immédiatement !

— Je ne crois pas que ce soit une bonne idée.

Ils n'étaient plus qu'à vingt-cinq minutes du chalet.

— Ce que tu penses m'est bien égal ! Ce que je veux, moi, c'est rentrer au palais. Ce soir. Pouvoir dormir dans mon lit et remplir mes obligations demain.

Il ne s'était pas énervé, mais son calme froid masquait une profonde colère, elle le savait.

— Je pensais que tu apprécierais cette pause forcée, et que tu en tirerais partie.

— Eh bien tu t'es trompée !

— Adam, je…

La voiture cahota brusquement, fit un soubresaut et dévia vers la droite, au moment où un bip se déclenchait sur le tableau de bord électronique. Ces trois indications lui confirmaient toutes la même chose. Et c'était bien la dernière nouvelle qu'elle voulait apprendre.

Un pneu venait de crever !

Elle se gara sur le côté et pendant quelques secondes se contenta de tenir le volant, sans oser regarder vers le siège passager.

— Cela ne prendra que quelques minutes, dit-elle enfin. Ensuite, nous redescendrons.

Elle aurait bien plus vite fait de changer le pneu elle-même que d'appeler l'assistance. Elle envoya un message radio au chef de la sécurité pour l'informer de ce qui se passait et de ses intentions, puis sortit de la voiture.

Quand elle atteignit le coffre, Adam était déjà là, manches relevées.

— Mais qu'est-ce que tu fais ? s'insurgea-t-elle en retirant également sa veste.

— Je vais changer la roue, annonça-t-il d'un ton impérieux qui ne souffrait pas la contradiction.

— Pas question ! riposta-t-elle néanmoins. C'est *moi* le chauffeur, et c'est *moi* qui vais changer la roue. C'est mon rôle.

Sur ces mots, elle ouvrit le coffre.

— Ton rôle était de me conduire là où je le voulais, et tu ne l'as pas rempli.

— Ça n'a rien à voir.

— Je refuse de me disputer avec toi, déclara-t-il d'un ton radouci mais toujours implacable. C'est *ma* voiture. Et c'est *moi* qui vais changer la roue.

Il se planta devant elle et s'empara de la roue de secours.

— Si j'étais un homme, est-ce que tu insisterais pour changer la roue ? demanda-t-elle sur un ton de reproche.

Saisissant le cric et la manivelle, elle lui emboîta le pas.

Il posa le pneu devant la roue crevée.

— Si c'était ton père, oui.

— Et il en serait aussi offensé que moi, répondit-elle.

— Il faudra t'en remettre. Ne compte pas sur moi pour me tourner les pouces en te regardant changer la roue. Pour qui me prends-tu ?

Alors qu'il allait s'emparer du cric qu'elle avait posé par terre, elle s'interposa entre lui et la voiture, lui en bloquant l'accès.

— Et tu crois que je vais te regarder faire sans bouger ? répliqua-t-elle. C'est mon travail, Adam, c'est la raison de ma présence ici.

— Non, ta présence ici n'a rien à voir avec le fait de changer un pneu.

Il fit un pas de côté, mais elle l'imita.

— Au cas où tu l'aurais oublié, c'est moi qui conduis, *Votre Altesse*.

Ce titre était censé lui rappeler sa fonction et leurs rôles respectifs. Elle voulait aussi qu'il perçoive à quel point il l'irritait.

Des flocons de neige voltigeaient entre eux.

— Tu viens de résoudre ton problème, Danielle. Je t'avais prévenue que je ne voulais plus que tu m'appelles « Votre Altesse », sous peine d'être congédiée. Voilà qui est fait ! Donc, tu n'es plus mon chauffeur. Pousse-toi.

Elle eut du mal à contrôler sa colère.

— Tu ne peux pas me licencier sans préavis écrit !

Elle ignorait si cette loi valait pour le palais, où

régnaient des réglementations spécifiques, mais elle espérait qu'Adam ne les connaissait pas non plus.

— Aussi, poursuivit-elle, en ce qui me concerne, je reste ton chauffeur et je vais changer la roue.

— Non ! Tu n'es plus mon chauffeur et tu ne changeras pas cette roue.

Il fit un pas dans sa direction, cherchant à l'intimider.

Un pas de plus, et ils se touchaient…

Elle leva les yeux et croisa son regard obstiné, espérant qu'il lisait la même détermination dans le sien. Ce fut alors qu'elle sentit son souffle se mêler au sien, sa chaleur. Les battements de son cœur s'accélérèrent. Il lui fallut quelques secondes pour comprendre ce qui la saisissait : un irrépressible désir.

Ce n'était pas possible. Pas pour Adam ! Son trouble était simplement dû à sa proximité, à sa virilité et à la vie de recluse qu'elle menait en ce moment, vide de relations masculines autres qu'amicales.

Elle vit son regard s'assombrir, la colère et l'obstination laissant place à quelque chose qu'elle aurait été incapable de définir. Le temps parut soudain suspendu. Avec lenteur, il baissa la tête et l'odeur de son après-rasage lui parvint. Inconsciemment, elle se passa la langue sur les lèvres. Il allait l'embrasser et elle aurait dû prendre ses jambes à son cou.

Mais elle en avait tellement envie, elle aussi !

Sans qu'elle ait le temps de parer le geste, il glissa les mains sous ses coudes et la souleva de terre. L'ayant écartée de son chemin, il se frotta les mains d'un air triomphant. Il avait gagné. Et elle le maudissait !

Il lui fallut quelques secondes pour retrouver son équilibre et pour se remettre des pensées baroques qu'elle venait de concevoir. Du geste fatal qu'elle aurait pu commettre en devançant les intentions qu'elle lui avait attribuées à tort. Et de sa déception. Elle aurait tant aimé goûter à la saveur de ses lèvres !

Pire que tout, il avait clairement lu dans ses pensées et il les avait contournées !

A présent, il était accroupi devant la roue, en train de positionner le cric, la reléguant au rôle d'observatrice à moins de se battre avec lui, ce qui ne la mènerait nulle part, assurément. Elle se sentait à la fois mortifiée de la réaction qu'il avait causée chez elle, et frustrée qu'il l'ait si facilement mise hors jeu, en tant que chauffeur et en tant que femme.

— Si tu me licencies, tu devras rentrer chez toi tout seul et tu perdras un temps précieux que tu aurais pu employer à travailler, reprit-elle sur un ton acrimonieux.

— Au moins, je serai certain de parvenir à la destination de mon choix.

— Tu as des progrès à faire en ce qui concerne tes rencontres féminines, Adam, enchaîna-t-elle, toujours acerbe. Apprendre à te détendre et à être plus léger.

Il tourna la tête vers elle, sourcil relevé.

— Si c'est ta façon de m'aider à me détendre, je crois que je peux m'en passer.

Il venait de marquer un point, et elle jugea plus prudent de ravaler sa colère.

Il se remit au travail, et elle resta à côté de lui, à le regarder, malgré la neige qui tombait sur sa tête et ses épaules. Elle savait que c'était mesquin, mais elle guettait la moindre fausse manipulation. Malheureusement, il se débrouillait très bien.

En général, elle admirait la force et la compétence, mais là, après tout ce qui s'était passé entre eux, ces qualités l'irritèrent de façon irrationnelle. Quand il posa le pneu crevé à terre, elle se précipita pour le ramasser.

— Repose ça ! fit-il. Je m'en occuperai quand j'aurai terminé.

Elle ignora son ordre, tout comme son soupir, et fit rouler le pneu jusqu'au coffre. Elle n'arrivait pas à digérer qu'il l'ait congédiée pour la troisième fois.

S'ils n'étaient plus employé et employeur, s'ils n'étaient plus amis, qu'étaient-ils l'un pour l'autre ? Deux connaissances temporairement immobilisées sur le bas-côté d'une route alors que la neige tombait de plus en plus dru. Tout était imprévisible, y compris Adam.

Elle s'était doutée qu'il serait furieux qu'elle ne lui ait pas obéi. En revanche, elle n'avait pas prévu qu'il s'obstinerait à changer la roue, pas plus qu'elle n'avait anticipé le trouble que lui avait valu leur face-à-face. C'était ce qui la tracassait le plus. La soudaineté de son désir l'avait prise de court…

Aucune voiture ne circulait sur la route. Elle revint vers lui et continua à l'observer, essayant de le comprendre. Adam était plus âgé qu'elle, mais ils n'avaient pas beaucoup d'années d'écart. C'était surtout en raison de sa position qu'il était une sorte d'intouchable. Il était aussi censé être imperturbable, prévisible, attentionné, bref, un homme sur qui l'on pouvait compter. Sécurisant, quoi.

Du moins jusqu'à maintenant.

Et si Adam n'était plus Adam, alors c'était son monde qui s'écroulait. Elle glissa les mains sous les aisselles et tapa ses pieds l'un contre l'autre pour se réchauffer.

— Monte dans la voiture, tu as froid, dit-il en donnant un dernier coup de clé.

— Ça va, répondit-elle.

Puis elle se pencha pour ramasser le cric.

Il la regarda avec insistance.

— T'a-t-on déjà dit que tu étais entêtée ? demanda-t-il.

— Effectivement, on me l'a souvent dit, mais c'est un peu fort venant de toi.

— Et insolente ?

— Quelquefois, je le reconnais.

— Provocatrice, aussi, peut-être ?

— Pas plus que toi.

— Exaspérante ? fit-il en se redressant.

Ils se regardaient à présent droit dans les yeux.

— Pot de fer contre pot de terre, dit-elle.

Alors il leva les yeux au ciel, comme s'il cherchait de l'aide dans les nuages lourds. Puis il croisa de nouveau son regard…

Et elle y décela une nouvelle fois cette lueur étrange qu'elle ne lui connaissait pas, et qui la troublait considérablement. Elle l'étudia avec attention, s'efforçant de demeurer imperturbable, et de comprendre ce qui avait changé, afin de le gérer au mieux.

— Et qui est qui ? répliqua-t-il.

— Tu es…

Sans la laisser finir, il lui glissa une main derrière la nuque et l'attira à lui.

Subitement, la bouche d'Adam recouvrit la sienne, lui ravissant la parole, pour lui donner à savourer le goût de ses lèvres. D'un coup, elle fut comme submergée par sa personne, par la chaleur exquise de sa bouche contre sa peau froide, une chaleur qui se communiquait à tout son corps. Le baiser était autoritaire, possessif, et elle s'abandonna à cette étreinte, consentante.

C'était ce qu'elle avait désiré.

Il était celui qu'elle désirait.

Elle noua les bras autour de son cou, le pressa contre elle, et inclina la tête pour l'embrasser encore plus profondément. Passionnément.

L'ardeur avec laquelle elle répondait à son baiser lui prouvait à quel point elle l'avait désiré. Elle s'abandonna à la sensation qu'il lui procurait, totalement hypnotisée, prise au piège.

Il la fit soudain chavirer sur le capot de la voiture, ses mains froides qui caressaient ses joues contrastant avec sa bouche si chaude. Puis il enfouit les doigts dans sa chevelure de façon impérieuse. Il resserra son étreinte et elle se cambra pour mieux épouser son corps. Seuls le désir, la faim la guidaient. Elle était devenue esclave de ses sens, il était tout ce qu'elle avait toujours voulu, et ce qu'elle avait toujours espéré qu'il ne soit pas. Sa froide réserve avait fait place à une passion brûlante.

Il l'embrassait comme s'il mourait de soif, éveillant la même soif en elle.

Elle gémit doucement, se sentant faible et forte à la fois, en feu. Brusquement, il décolla sa bouche de la sienne et recula. Ses yeux de braise croisèrent les siens, et elle vit le regret s'y substituer à la passion. Il la relâcha, et serra les poings.

Un terrible silence s'installa.

Les battements de son cœur retrouvaient peu à peu une cadence plus normale, tandis qu'elle luttait pour retrouver sa respiration.

— Danni, je…

— Non ! Ne dis rien ! le coupa-t-elle.

Elle lui tourna le dos pour ramasser le cric et la clé. Elle n'aurait pas supporté de l'entendre s'excuser, formuler les regrets qui se lisaient déjà sur son visage. Elle ne voulait pas qu'il prononce le mot *erreur*.

Serrant les dents, elle replaça les outils dans leur boîte, mortifiée par sa propre réponse incontrôlée, qui en disait trop long sur ce qu'elle éprouvait pour lui. Et bien qu'elle sache pertinemment qu'il était impossible qu'Adam la désire, elle attendait, le cœur plein d'espoir, qu'il prononce les mots qu'elle souhaitait entendre…

Mais rien ne vint.

Alors, en silence, elle regagna sa place derrière le volant.

Tout protocole ayant volé en éclats, comme dissous dans la neige, elle allait conduire. C'était sa seule chance de reprendre le contrôle d'elle-même. Et chacun retrouverait alors sa place.

Il s'assit à côté d'elle, charriant un silence tendu dans l'habitacle. La situation était inédite, elle ne savait comment y répondre.

Elle démarra en prenant une longue inspiration, les yeux rivés sur l'obscurité et la neige qui tombaient. Ce n'était pas un temps à faire demi-tour, et Adam devrait écouter ce que son chauffeur lui dirait. Elle n'avait aucune visibilité, la route était verglacée et serait bientôt recouverte d'une épaisse couche de neige. Il fallait s'en référer au bon sens. Elle aussi voulait en finir. Elle avait envie de fuir, de se tapir dans un endroit inaccessible. Mais elle devait faire face.

Aussi, prenant une nouvelle bouffée d'air, elle déclara :

— Il ne serait pas raisonnable de rentrer au palais ce soir, par ce temps.

- 6 -

Adam jeta un coup d'œil à Danni, raide derrière son volant et concentrée sur la route. L'atmosphère dans l'habitacle était encore plus glacée qu'à l'extérieur, et cela n'avait rien à voir avec la neige dont ses cheveux étaient encore saupoudrés. La tension, visible sur son visage, n'était pas non plus liée à la détérioration de la météorologie, mais au baiser qu'ils avaient échangé, il l'aurait juré.

Elle sentait les aiguilles de pin et la neige, et avait le goût des pastilles de menthe qu'elle gardait toujours dans sa voiture. Durant quelques secondes, elle s'était abandonnée à lui, avait blotti son corps contre le sien. Il avait perçu sa surprise, tout comme son désir, aussi déconcertant pour elle que pour lui. Et alors plus rien d'autre n'avait compté…

Elle avait été si vivante dans ses bras, à la fois feu et lumière. Et sans doute faisait-elle l'amour de la même façon. A cette idée, il retint un grognement.

Il devait cesser de penser à ce baiser et de le revivre !

Il avait tout gâché, et en beauté. Il devait à présent trouver un moyen pour que tout rentre dans l'ordre, et qu'ils soient en mesure de faire comme si rien n'était arrivé.

Ce baiser, qui n'aurait jamais dû avoir lieu et qui pourtant, au moment où il le lui avait donné, avait été une nécessité absolue, lui avait fait perdre le contrôle de lui-même et l'avait transporté dans un territoire où la raison n'avait pas sa place, où seuls régnaient la sensation et le désir.

Mais, au vu du paysage qui s'étalait derrière la vitre, ils avaient un problème plus grave à résoudre dans l'immédiat.

— A combien sommes-nous encore du chalet ? demanda-t-il d'un ton plus brusque qu'il n'aurait voulu.

Décidément, il avait des difficultés à retrouver le contrôle de lui-même. Il ne s'était pas tout à fait remis de ce baiser dont il sentait encore les effets.

Mais il s'agissait de Danni ! Il ne pouvait se permettre de la désirer. Ce baiser, c'était une grave erreur.

— Vingt-cinq minutes, répondit-elle calmement.

Le ton était sans équivoque : elle n'avait pas envie de faire la conversation.

Il ne put s'empêcher d'observer sa bouche sublime, qui lui avait fait perdre la tête. Il avait une excuse, elle n'était plus officiellement son chauffeur. Mais il avait été si dur de s'arracher à ses lèvres. C'est en entendant son petit gémissement passionné que la lucidité lui était revenue.

La douce et impertinente Danni embrassait comme dans un rêve. Le plus érotique des rêves. La façon dont elle avait répondu à son baiser, dont sa bouche avait épousé la sienne, la sensation de son corps contre le sien, tout était… parfait. Une promesse de plaisir défendu.

C'était après qu'avaient surgi les regrets. Quand cet éclair de lucidité l'avait contraint à détacher sa bouche de la sienne. En lisant dans ses yeux sa surprise et son trouble, il avait pris conscience qu'il venait de franchir des frontières interdites.

Il relevait de sa responsabilité, même si elle le contestait, de la protéger, pas de l'assaillir, et encore moins de l'humilier !

— Allons au chalet, déclara-t-il.

Etant donné la neige qui tombait sans relâche à présent, c'était la meilleure solution, même si rester seul avec elle comportait aussi des risques. Mais s'il s'en tenait à son rôle de « protecteur », il aurait peut-être l'occasion de rétablir un semblant de normalité entre eux. S'ils étaient tout de suite rentrés au palais, chacun aurait repris le cours de sa vie, et il l'aurait perdue pour toujours. Leur relation aurait été définitivement entachée.

Il observa son profil, cherchant ses mots. Il était pourtant réputé pour ses talents de diplomate. En tout cas, ils lui faisaient cruellement défaut en ce moment !

Cette femme le déstabilisait complètement.

— Danni…

— Non, je ne veux rien entendre, Adam, le coupa-t-elle.

Elle le devait, pourtant. Il fallait qu'ils s'expliquent.

— C'était un accident, ajouta-t-elle.

— Ah bon ? Tu as glissé et tes lèvres sont venues se coller sur les miennes, comme par hasard ?

Elle secoua la tête, mais un petit sourire lui échappa.

— Je…

— S'il te plaît, l'interrompit-elle de nouveau. Je sais ce que tu vas dire et je t'assure que c'est inutile. Nous n'aurions pas dû nous embrasser, c'est certain, nous le savons tous les deux. Et tu vas me dire que c'est entièrement ta faute, comme si moi je n'étais pas du tout responsable, comme si je ne l'avais pas voulu. Tu vas aussi me dire que nous devons oublier ce qui s'est passé.

Il aurait voulu la contredire, mais elle avait raison.

— Eh bien, c'est ce que nous allons faire, continua-t-elle.

Sur ces paroles, elle serra les dents et fixa la route.

Ni l'un ni l'autre n'aimaient reconnaître une faiblesse ou une blessure, et ce trait commun allait peut-être les aider.

— Tu penses vraiment que c'est possible ? Ce n'était pas un baiser ordinaire, s'entendit-il répondre.

— Je te l'accorde, il était plutôt extraordinaire. Et je dois te présenter mes excuses pour avoir insinué, lors de ton rendez-vous avec Clara, que ta technique n'était peut-être pas la bonne. Car ce n'est manifestement pas le cas. Mais nous pouvons en rester là.

— Tu crois ?

Que lui prenait-il de se faire l'avocat du diable ? Et où étaient passées toutes ses bonnes résolutions ?

— Bien sûr ! C'était une erreur commise dans

le feu de l'action, et le moment est passé. Juste une minute d'égarement, alors que nous nous connaissons depuis des années. Cela compte tout de même plus qu'une malheureuse minute, non ?

— Si.

— Donc, si tu veux vraiment me présenter des excuses pour quelque chose, fais-le pour m'avoir licenciée.

— Tu m'as appelé « Votre Altesse » ! se récria-t-il.

— Tu devenais pontifiant, c'était une façon de te le faire comprendre.

— Heureusement que tu es déjà congédiée.

Elle lui fit alors un petit sourire. Bien, au moins elle ne lui en voulait pas.

— C'est la troisième fois que tu me renvoies, et chaque fois, c'était injustifié.

— La première fois, à cause de toi, j'avais renversé du café sur ma chemise.

— Je voulais éviter un nid-de-poule.

En vérité, cela n'avait rien à voir avec le nid-de-poule, mais avec le regard qu'ils avaient échangé dans le rétroviseur alors qu'il était torse nu. Il se rappelait encore l'élan de désir qu'il avait ressenti pour elle. Elle n'avait que vingt et un ans, elle était son amie, et il avait étouffé cette attirance naissante. Malheureusement, l'incident lui avait coûté son amitié. Ce qu'elle avait pu lui manquer ! Il s'en rendait compte à présent.

— Bon, peut-on parler d'autre chose ? enchaîna-t-elle. S'il te plaît !

Elle faisait tant d'efforts pour oublier leur baiser,

il ne pouvait qu'obtempérer. D'ailleurs, n'était-ce pas ce qu'il souhaitait aussi ?

— Parle-moi du Grand Prix, dit-il alors.

Visiblement reconnaissante, elle lui raconta comment elle avait organisé l'événement sportif à San Philippe. Au début, elle parlait avec une certaine réticence, mais peu à peu elle se laissa emporter par le sujet et redevint plus naturelle. Aucun des deux n'avait oublié le baiser, mais la discussion, sur un terrain neutre, lui donna l'espoir que le dommage ne soit pas irréversible.

Dix minutes plus tard, les phares éclairèrent un panneau, dans la neige tourbillonnante. C'était une publicité pour une auberge dont il ne se rappelait pas l'existence. Il regarda Danni. Nul doute qu'elle était très fatiguée, et il y avait encore un bon quart d'heure de route, peut-être même plus eu égard à la vitesse où le temps se détériorait.

— Allons voir si l'on peut nous loger dans cette auberge, proposa-t-il.

— Mais…, commença-t-elle, pour finalement laisser l'objection mourir sur ses lèvres.

Elle s'arrêta devant l'entrée d'un chalet de style autrichien. Il était bien plus petit que celui des Marconi, mais il présentait l'avantage d'offrir un répit et un toit. Tout ce dont ils avaient besoin. Par ailleurs, en terrain neutre, il serait plus facile de maintenir une distance cordiale entre eux.

— Je vais voir s'ils ont des chambres libres, annonça-t-elle, reprenant son rôle de chauffeur.

Mais il posa la main sur son bras avant qu'elle n'ait le temps d'ouvrir la portière. Il éprouvait le besoin impératif de lui présenter de réelles excuses. Et tant pis pour le protocole !

Elle ne tourna pas la tête vers lui, se contentant de fixer le pare-brise.

— Arrête ! marmonna-t-elle, comme si elle lisait dans ses pensées. Il ne s'est rien passé entre nous. Continuons comme avant.

Un coup frappé à la vitre les fit sursauter tous les deux. Ils découvrirent alors un homme imposant, la tête recouverte d'une capuche bordée de fourrure. Danni jeta un coup d'œil à Adam, attendant son acquiescement pour ouvrir la vitre.

— Vous avez pu venir, cria l'homme pour couvrir le mugissement du vent. Faites le tour, je vais ouvrir la porte du garage.

Sans attendre de réponse, il disparut à l'intérieur.

De nouveau, Danni le regarda, sourcils levés, une lueur d'hésitation dans les prunelles. Elle attendait qu'il décide. Il hocha la tête.

— Allons-y, déclara-t-il.

— Il doit attendre quelqu'un.

— Eh bien, ce sera nous ! Fais le tour du chalet. A moins que tu n'aies une meilleure proposition.

Par radio, elle indiqua leur position au palais, puis longea le bâtiment pour entrer dans le garage.

Leur hôte les y attendait. Il avait baissé sa capuche, mais sa carrure était toujours aussi impressionnante. Et il aurait eu besoin d'une bonne coupe de cheveux. Toutefois, quand ils descendirent de voiture, il leur offrit un sourire cordial derrière sa barbe et sa moustache.

— Je commençais à m'inquiéter, je pensais que

vous ne viendriez plus ce soir, avec ce temps, dit-il avec un léger accent.

— Nous ne sommes pas ceux que vous attendez, lui annonça Adam.

— Ce n'est pas grave, tant que vous savez cuisiner.

Du coin de l'œil, il vit un petit sourire se dessiner sur la bouche de Danni. Il était rare qu'on attende de lui qu'il se mette aux fourneaux, quand il arrivait dans une auberge.

— Je connais quelques recettes, mais je dois avouer que la cuisine, ce n'est pas mon point fort, répondit-il. Nous nous rendions à un chalet, un peu plus haut dans la montagne et puis nous avons vu votre pancarte. A cause du mauvais temps, nous préférons nous arrêter chez vous.

— Oh ! fit l'hôte, d'un ton déçu. Vous n'êtes donc pas Simon ?

— Non, désolé.

— Bon. Puisque vous êtes là, et vu le temps, je vous garde. Mais je vous préviens, la cuisine ne sera pas excellente. A propos, je m'appelle Blake, j'aurais dû me présenter plus tôt. En fait, je m'occupe de cette auberge quelques jours seulement, et tout est nouveau pour moi. Et puis il y a tant de choses à retenir. Sans compter les hôtes guindés qui ont des exigences proches du caprice. Bref, il faut toujours tout résoudre au mieux.

Il les jaugea rapidement et ajouta :

— Mais je peux d'emblée dire que vous n'êtes pas comme ça, vous. Je me trompe ?

— Pas du tout, en effet, approuva Adam, ravi

que la cordialité de leur hôte leur fasse oublier la tension qui régnait entre eux.

Et avant que Danni ne prenne la parole pour se lancer dans une explication, il ajouta :

— Moi, c'est Adam, et voici Danni.

Blake ne l'avait pas reconnu, c'était parfait. Il appréciait l'anonymat.

— Entrez, leur dit l'aubergiste. Par ce temps, le voyage n'a pas dû être très agréable. Je vais vous apporter quelque chose à boire, ça au moins, je sais faire.

Puis il leur sourit.

— Je vais chercher les bagages, annonça Danni.

— Il n'en est pas question. Je m'en occupe, dit Blake.

Et déjà il se dirigeait vers le coffre, avant que l'un ou l'autre n'ait pu protester.

— Prenez celui-ci, dit-il à Adam en lui tendant le sac de Danni.

Il la vit pâlir. Elle n'appréciait pas du tout qu'il porte son bagage, mais à moins de se disputer avec lui et d'éveiller les soupçons de son hôte, elle devait bien l'accepter.

— Comment se fait-il que vous teniez l'auberge quelques jours seulement ? demanda-t-il à leur hôte, sans doute pour faire diversion.

— Ah, c'est toute une histoire ! Je venais rendre visite à ma belle-sœur, la propriétaire des lieux. Moi, je suis australien. Cela fait deux ans que mon frère est mort et comme elle a du mal à s'en sortir financièrement, elle a décidé de faire des chambres d'hôte. Donc, je suis venu lui donner un petit coup de main, mais Sabrina…

Il ouvrit une porte qui menait au vestibule, puis ajouta finalement :

— Bah, mais toutes ces histoires ne sont pas très intéressantes. Tout ce que vous devez savoir, c'est qu'entre ceux qui se sont cassé la jambe et ceux qui ont eu un bébé, il ne restait plus que moi pour jouer les hôtes.

Il les conduisit vers un premier escalier en continuant à bavarder. C'était visiblement plus fort que lui, mais cela arrangeait les affaires d'Adam, car son enjouement détendait l'atmosphère et l'empêchait de trop se fixer sur les hanches de Danni, qui chaloupaient doucement devant lui au gré de la montée des marches.

Blake atteignit le palier le premier, posa le bagage d'Adam et attendit ses invités en poursuivant son récit. Soudain, il eut un sourire penaud, ce qui était surprenant de la part d'un homme taillé comme lui.

— Si Sabrina m'entendait ! La première des instructions sur la liste qu'elle m'a laissée, c'est de ne pas trop parler. Elle l'a même soulignée en rouge. En fait, c'était la femme de Simon qui était censée recevoir les hôtes, mais bon… Je vais aller vous chercher la boisson promise. Et ne vous inquiétez pas pour le dîner. Il y aura de quoi manger, et ce sera bon, bien que pas très original.

Il jeta un coup d'œil à l'escalier qui continuait vers les chambres.

— Mais avant, je vais monter vos bagages dans votre chambre.

— Nos chambres, précisa alors Adam. Nous en prendrons deux.

L'idée de partager une chambre avec elle le perturbait depuis tout à l'heure et l'avait catapulté une heure en arrière, jusqu'à leur baiser.

Décidément, il n'allait pas pouvoir l'oublier, pas plus que les sensations qu'il avait convoquées. Tout cela risquait de le hanter pendant un bon bout de temps.

— Deux ? répéta Blake, interloqué.

— Cela pose un problème ?

— Euh… Non. Mais comme j'attendais le chef cuisinier et sa femme, je n'ai préparé qu'une chambre. Peu importe ! Il ne me faudra pas beaucoup de temps pour en préparer une deuxième. Je m'en occuperai pendant que vous siroterez votre vin chaud.

Soudain, il parut préoccupé.

— Vous aimez le vin chaud, au moins ?

— Nous adorons ça, le rassura Danni avec un sourire qui, comme un coup de baguette magique, lissa les rides soucieuses sur le front de leur hôte.

Il les fit entrer dans un salon rustique et confortable, avec des poutres apparentes et une cheminée où pétillait un beau feu.

— Installez-vous près de la cheminée. Je reviens dans deux minutes.

Dès qu'il fut parti, Danni se tourna vers lui.

— Adam, je suis désolée de ne pas avoir fait demi-tour quand tu me l'as demandé. Je m'en veux vraiment de t'avoir entraîné ici.

Sans compter qu'il ne l'aurait pas embrassée, et que tout serait encore comme avant entre eux.

Mais il se contenta de répondre :

— Ce n'est rien. Tu l'as fait pour mon bien.

De fait, elle souhaitait qu'il se repose, car elle estimait qu'il ne pensait pas assez à lui.

— Nous ne sommes pas obligés de rester ici, si ça ne te plaît pas, fit-elle.

— Que veux-tu dire ?

Elle jeta un regard circulaire.

— Ce salon est mignonnet, mais ce n'est vraiment pas le standing dont tu as l'habitude. En plus, il n'y a pas de personnel. Après dîner, je pourrai te conduire jusqu'au chalet Marconi.

— Arrête, c'est vexant ! Pour qui est-ce que tu me prends, Danni ? J'ai fait mon service militaire, tu sais, et il m'est déjà arrivé de ne pas dormir dans des chambres très luxueuses.

— Bien sûr, mais…

— Je pensais que tu étais l'une des rares personnes qui ne s'arrêtaient pas à un titre, qui voyaient au-delà.

— C'est exact, mais…

— Et tu penses que par un temps pareil, je préférerais te faire reprendre le volant et me montrer impoli envers Blake ? Et tout cela pour un meilleur service ?

— Un meilleur repas, peut-être, suggéra-t-elle.

— Je me fiche de manger de la nourriture raffinée, un peu d'authenticité me fera le plus grand bien.

Elle détourna les yeux.

— Ne m'en veux pas, Adam, je sais que tu n'es pas comme ça.

Le baiser avait-il donc créé un tel malaise entre eux qu'elle n'était plus capable de le regarder dans les yeux ?

Une autre pensée lui traversa alors l'esprit.

— Tu n'as pas de problème avec Blake ? demanda-t-il alors.

— Moi ? Pas du tout !

Elle paraissait aussi indignée que lui, tout à l'heure, quand elle avait suggéré que l'endroit ne correspondait peut-être pas à ses critères en matière de luxe. Et soudain, il vit une lueur malicieuse s'allumer dans ses prunelles.

— C'est un homme charmant !

Son cœur fit un bond : il venait de retrouver la Danni qu'il connaissait. Mais tout aussi brusquement, son visage s'assombrit et elle poursuivit :

— Nous devrions lui dire qui tu es.

— Pourquoi ? fit-il, de nouveau contrarié.

— Parce qu'il a le droit de savoir !

— Tu images le choc que la nouvelle va lui causer ? Il est déjà assez agité !

— Mais…

— Il n'a pas besoin de savoir !

— C'est un ordre ?

Pourquoi devait-elle toujours le défier et le remettre en question ? Avec elle, rien n'était jamais facile ni acquis.

— Je n'ai pas l'habitude de te donner des ordres, Danni. Et si je m'abstiens, ce n'est pas simplement parce que je sais que tu ne les suivras pas.

Elle émit un petit rire.

— Parfois, tes demandes ressemblent pourtant à des ordres.

Evidemment, elle n'avait pas tout à fait tort. Néanmoins, il s'efforçait toujours d'être subtil quand il voulait obtenir quelque chose. Non ?

Blake revint avec deux verres de vin chaud fleurant bon la cannelle.

— Allez, videz-moi ça et je vous montre vos chambres. Enfin, si vous êtes bien certains que vous voulez faire chambre à part.

— Certains ! répondirent-ils en chœur.

Ils le regardèrent sortir, puis Danni éclata de rire.

— Je suis prête à parier mes économies que c'est la première fois qu'on te tend un verre en te disant de le vider ! finit-elle par dire.

— Tu n'as pas de souci à te faire pour tes économies, répondit-il en souriant.

En inspectant la pièce, il remarqua un très bel échiquier posé sur une petite table entourée de deux fauteuils.

— Et si nous faisions une partie ? proposa-t-il.

Ce serait une bonne façon de revenir au bon vieux temps.

Elle considéra le jeu d'échecs.

— Je n'ai guère joué depuis notre dernière partie.

— Moi non plus.

— J'ai du mal à te croire.

— J'ai dû jouer une fois ou deux, pas plus. Et toi ?

— Même chose.

Ils pourraient surmonter ce baiser, il en était sûr

à présent. Danni n'était pas le genre à ruminer sa rancœur, elle préférait vivre dans le présent.

— Je ne sais pas si je dois accepter, les dernières fois que nous avons joué, tu m'as battue chaque fois.

— Je ne me rappelle pas.

— Bien sûr que si ! Avec l'esprit de compétition qui est le tien, tu ne risques pas d'avoir oublié. Mais je t'ai quand même mis deux fois échec.

— Une fois, rectifia-t-il. Et il ne m'a pas fallu plus d'un tour pour te mettre ensuite échec et mat.

— C'était deux fois, j'insiste, et il t'a fallu plus d'un tour pour me prendre mon roi. D'ailleurs, j'étais à deux doigts de te souffler le tien.

— Prouve-le ! dit-il en désignant l'échiquier.

Elle hésita.

— Nous n'avons rien d'autre à faire, plaida-t-il. Sauf si tu veux que nous reparlions de ce qui s'est passé tout à l'heure…

— Je prends les blancs, déclara-t-elle avec un enthousiasme feint.

Il la regarda s'installer, puis admirer les magnifiques pièces de bois sculpté.

— C'est un très beau jeu, dit-elle en prenant le cavalier pour l'examiner de plus près.

— Je crois que c'est un Staunton, renchérit-il.

Il souleva le roi pour l'observer de plus près.

— Il est en ébène et buis, confirma-t-il, et date des années 1860. Et c'est à toi de jouer.

Elle ouvrit avec le pion qui se trouvait devant le roi.

— Le problème, fit-elle remarquer, c'est que

tu m'as appris à jouer. Tu sais donc ce que je vais jouer. C'est injuste.

— La réciproque est donc vraie aussi. Mais je te rassure, tu as rapidement développé tes propres stratégies. Elles sont peu conventionnelles mais parfois efficaces, je le reconnais.

— Aujourd'hui, je ne vais pas me laisser impressionner par tes savants stratagèmes, le prévint-elle.

— Que veux-tu dire, au juste ?

C'était ce qu'il appréciait quand il jouait avec elle. Outre son jeu intelligent, il aimait aussi ses commentaires.

— « Eh, Danni, tu es sûre que tu veux jouer cette pièce ? » dit-elle en l'imitant. « Tu es sûre que tu as bien pesé le pour et le contre ? Ce n'est pas toujours le coup le plus évident qu'il faut jouer. » Tu me rendais folle. J'avais l'impression de me retrouver dans le labyrinthe du palais.

— Je ne t'ai jamais donné de mauvais conseils, se défendit-il. Et puis tu étais tout à fait capable de réfléchir par toi-même. En outre, je te rappelle que tu adorais jouer dans le labyrinthe.

— Tu avais cinq ans de plus que moi ! J'étais désavantagée !

— C'était toujours toi qui voulais jouer, dit-il en avançant le même pion que le sien.

— J'ai toujours pensé que je finirais par te battre un jour. Malheureusement, on a cessé de jouer alors que je touchais au but.

— Je te laissais penser que tu pourrais me battre. Comme tu l'as souligné, j'avais cinq ans de plus que toi. Je voulais que tu croies en tes chances.

— Ça, c'est un peu fort de la part d'un homme qui m'a appris le proverbe français selon lequel on ne joue pas aux échecs avec un bon cœur ! Non, tu ne m'aurais jamais donné à penser que j'allais gagner. J'étais vraiment sur le point de l'emporter et je pense d'ailleurs que c'est pour ça que tu as arrêté de jouer avec moi.

— Et pas parce que je suis allé en pension, bien sûr ! ironisa-t-il.

— Je te concède que ton départ a sans doute joué un certain rôle.

— D'ailleurs, puisque tu te réfères aux paroles échangées, tu disais toujours qu'après le jeu le roi et les pions se retrouvaient tous ensemble dans la même boîte.

— Ce qui reste vrai ! Je sais que tu adores gagner, Adam, mais, ce soir, il va falloir avoir l'esprit vif, déclara-t-elle sur le ton du défi.

Ses yeux brillaient d'impertinence.

— Parfait, Kasparov, montre-moi de quoi tu es capable ! J'ai pour ma part l'impression que je vais être un homme comblé, ce soir.

Il n'avait pas cherché à faire un jeu de mots, il s'agissait juste d'une allusion à son goût pour le jeu. Mais il vit bien, dans ses beaux yeux si expressifs, que le double sens du mot « comblé » ne lui avait pas échappé. D'ailleurs, lui aussi y avait immédiatement pensé en le prononçant. Il n'était pas à court d'idées sur la façon dont Danni pourrait le combler, et il l'imaginait elle aussi aisément sous l'empire du plaisir… Assez ! Il ne pouvait se permettre de telles pensées, elles lui étaient strictement interdites.

Mieux valait se concentrer sur le jeu, ou elle allait vraiment gagner. Elle bougea un pion, puis ils continuèrent à jouer en silence pendant un bon quart d'heure, jusqu'au retour de Blake.

— Qui gagne ? s'enquit-il.

Danni les regarda tour à tour.

— On ne peut encore rien dire, répondit-elle.

— Vous voulez finir la partie avant que je vous montre vos chambres ?

Adam leva les yeux vers Danni qui, extrêmement concentrée, s'apprêtait à saisir le fou.

— La partie risque de durer encore très longtemps, dit-il.

Blake secoua la tête.

— C'est l'inconvénient, avec les échecs. On ne sait jamais quand ce sera fini, ni même qui sera le vainqueur.

Danni déplaça son pion puis, après un dernier regard à l'échiquier, elle se leva en souriant à leur hôte.

— Bon, j'ai mis du temps à rassembler tout ce qu'il vous fallait, mais je pense que je n'ai rien oublié, annonça ce dernier. J'ai bien vérifié ma liste. Après les chambres, le dîner. Je suis plus habitué à cuisiner pour mon groupe de copains que pour un couple en vacances, mais je vous promets que ce sera bon. Et j'espère que vous avez faim.

— J'ai une faim de loup ! répondit Adam.

— Voilà qui me plaît, rétorqua Blake.

Une fois à l'étage, il poursuivit d'un ton triomphant :

— Danni, je vous ai attribué cette chambre.

Puis il ouvrit une porte qui donnait sur un lit à baldaquin recouvert d'une couverture en lin. Sur l'oreiller, il y avait une délicate attention : une bouchée de chocolat enveloppée dans du papier rouge.

— C'est notre plus belle chambre, précisa-t-il. La salle de bains est par ici. Et cette porte-ci donne sur la chambre contiguë, qui sera la vôtre, Adam.

Et prononçant ces mots, il ouvrit la porte mitoyenne.

Blake pensait manifestement qu'il y avait anguille sous roche entre eux. Cette pensée le troubla, et il voulut la chasser de son esprit, mais elle semblait vouloir s'y insinuer. Pourtant, il devait l'oublier. *Il ne pouvait rien y avoir entre eux, et cela pour quantité de raisons.* A commencer par l'âge de Danni. Il recherchait une épouse dotée de la maturité nécessaire pour l'épauler dès maintenant, puis quand le temps serait venu pour lui de remplacer son père à la tête de la principauté. Un rôle qui ne correspondait pas du tout à Danni et à son esprit d'aventure, et qui ne serait jamais fait pour elle. Il connaissait les qualités nécessaires à sa future partenaire, il en avait établi la liste.

Non, vraiment. Une liaison avec Danni, aussi tentante fût-elle, serait une erreur. Sans compter qu'elle détruirait leur amitié à laquelle, il s'en rendait compte à présent, il tenait beaucoup.

Elle était un territoire interdit.

Sa chambre était similaire à l'autre, encore que beaucoup plus petite. Le lit était standard, et les couvertures, pas aussi soigneusement tirées, ce qui tendait à prouver que c'était Blake qui avait fait le lit. Il n'avait toutefois pas oublié le chocolat.

Danni le regarda et il crut lire de la gêne dans ses yeux. Il supposa que cela provenait de la différence de standing entre les chambres plutôt que de leur proximité. Il aurait aimé pouvoir en dire autant. Il n'aurait jamais cru que l'idée de dormir si près de Danni St. Claire le troublerait à ce point. D'avance, il savait que ce soir, il aurait dû mal à s'endormir, la sachant de l'autre côté de cette mince cloison…

Tout cela, c'était la faute de ce baiser. Il était le seul responsable de ce qui lui arrivait. Et elle ne lui avait même pas permis de lui présenter ses excuses.

Au fond, peut-être l'avait-il simplement embrassée pour qu'elle cesse de se disputer avec lui ?

Il retint un soupir. Qui cherchait-il à duper ? Il l'avait embrassée parce qu'il en avait une irrésistible envie, et une partie de lui-même, rebelle et traîtresse, ne le regrettait absolument pas.

Le pire, c'était qu'elle ne l'avait pas repoussé. Sa réponse ne laissait place à aucune ambiguïté. Il aurait sans doute été plus facile qu'elle le gifle. Le courant instantané qui était passé entre eux, la chaleur qui les avait envahis, il ne les avait connus avec aucune autre.

En général, il prenait rapidement des décisions irrévocables, et les regrettait rarement. Aussi la confusion et l'indécision qui l'assaillaient étaient-elles aussi inconnues qu'inquiétantes.

— C'est parfait, dit-il à Blake. Sabrina sait recevoir.

Leur hôte reprit alors la parole, loin de se douter

des tourments qui étaient les siens : il venait en effet d'effleurer l'épaule de Danni pour éviter qu'elle n'émette un commentaire avant lui, et ce simple frôlement avait fait naître chez lui un trouble insensé.

— Ces chocolats, c'est raffiné, pas vrai ? disait Blake. Et je peux vous assurer qu'ils sont délicieux. Bon, on va dîner ?

— Vous nous donnez cinq minutes ? fit alors Danni.

— Accordé avec plaisir. Cela me laissera le temps de finir les préparatifs du repas. Appelez-moi si vous avez besoin de quoi que ce soit, et descendez quand vous serez prêts.

Dès qu'il fut parti, Danni annonça :

— Nous allons échanger nos chambres.

— Pas question, dit-il en lui bloquant l'accès à sa valise.

— Si, insista-t-elle en faisant un pas de côté.

Il l'imita, l'empêchant de nouveau de passer.

— Non, répéta-t-il. Nous gardons nos chambres, cette fois, c'est un ordre.

— Ah bon ? Tu oublies que je n'obtempère pas aux ordres qu'on me donne. Ma chambre est deux fois plus grande que la tienne. C'est toi le prince, pas moi.

— Mais nous sommes ici à cause de moi. Nous avons tous les deux un lit confortable, c'est le principal.

Peu importait, d'ailleurs, le lit dans lequel il se glisserait, il savait d'avance qu'il aurait un sommeil agité.

— Et puis, je parie que tu as toujours rêvé de dormir dans un lit à baldaquin, ajouta-t-il.

Il vit un sourire irrépressible naître sur sa jolie bouche.

— Quand j'étais plus jeune, je rêvais plutôt d'un lit en forme de voiture de course, oui !

— Et maintenant ? Où te conduit ton imagination, la nuit ? demanda-t-il dans un souffle.

Ils étaient tout proche l'un de l'autre, si proche qu'il distinguait les paillettes d'or dans ses iris. Il recula d'un pas.

— Je suis désolé, fit-il alors. Ma question était déplacée.

Elle se mordit la lèvre, ce qui attira une nouvelle fois son attention sur sa belle bouche sensuelle.

Il aurait dû lui tourner le dos et s'en aller, mais il restait planté devant elle, terriblement conscient du désir dévorant qu'il éprouvait. Et dans ses yeux, il voyait se refléter le même désir.

Un fol espoir le saisit.

L'espoir qu'elle ressente quelque chose de semblable. Un espoir forcément accompagné de désir, redoutable mélange.

Elle ne semblait plus lui en vouloir pour le baiser, ni pour le fait qu'il avait dépassé les bornes et abusé de son pouvoir. D'ailleurs, tout cela, c'était sans doute lui qui l'avait imaginé. Tout comme il s'était figuré voir dans ses yeux un désir qu'elle ne ressentait pas. Il devait absolument se rattacher à cette pensée pour ne pas céder à l'envie de l'embrasser de nouveau.

Pourtant, il savait que sa raison le trompait, et

qu'il ne s'illusionnait pas : il y avait bel et bien une attirance réciproque entre eux !

Il détourna les yeux de sa silhouette si gracieuse, si féminine, et son regard tomba sur le lit à baldaquin. Immédiatement, il la vit allongée lascivement dessus. Avec lui.

Il devenait fou. Le désir l'égarait.

Ce tête-à-tête avec elle le rendait fou. Si celle qu'il avait conviée pour le week-end, si Claudia — il avait même du mal à se rappeler son nom — était venue, rien de tout cela ne serait arrivé. Il se rendit compte qu'il se souvenait à peine du visage de Claudia. C'était bien sûr une très belle femme, mais elle ne possédait ni l'esprit ni l'impertinence de Danni.

Elle semblait songeuse. Peut-être avait-elle perçu son trouble. Soudain, une lueur de désir éclaira son regard. A deux doigts de l'attirer contre lui, il se rappela à l'ordre.

S'il n'était pas capable de contrôler ses pensées ni ses désirs, il pouvait encore dominer ses gestes. Détachant son regard du sien, il se dirigea vers la porte. Un acte quasi héroïque et terriblement douloureux.

Lorsqu'il eut mis suffisamment de distance entre eux, il déclara :

— Il faut que nous parlions de ce qui nous arrive. C'est la première fois que nous nous retrouvons seuls quelque part, et je ne sais pas pourquoi ni comment, mais cela change la donne. Cependant, une chose reste certaine : il ne peut rien y avoir entre nous, ce n'est pas possible. Enfin, ce n'est pas ce que je souhaite, mais… Ce ne serait tout simplement pas convenable, voilà.

— Tu crois que je n'en suis pas consciente ? Tu as manqué ton rendez-vous avec une éventuelle future épouse, alors tu te focalises sur moi. Je suis une remplaçante commode.

— Oui, ce doit être cela, marmonna-t-il.

Il n'en pensait pas un mot. L'attirance qu'il ressentait pour elle était tout sauf « commode ». Danni représentait tout ce qui manquait à sa vie. La spontanéité, l'honnêteté. Et il lui semblait qu'elle était sa dernière chance de pouvoir incorporer ces ingrédients majeurs à son existence. Mais, et il en revenait toujours au même point, ce ne serait pas bien d'un point de vue éthique. Il aurait été injuste de sa part de la cantonner au rôle de princesse corsetée dans le protocole.

— Allons dîner ! ajouta-t-il. Mais nous n'échangerons pas nos chambres. Demain, nous revenons au palais et tout rentrera dans l'ordre.

Il se rapprocha un peu plus de la porte, chaque pas lui coûtant davantage, comme s'il devait lutter pour ne pas vaciller.

— Adam ?

Il n'aurait pas dû répondre, ni se retourner.

Elle était juste derrière lui. Se hissant sur la pointe des pieds, elle noua les mains autour de son cou et l'embrassa. Un baiser à la fois doux et dur. Un baiser qui le mettait au défi, et qui s'affranchissait aussi de tout interdit. Elle pressait ses lèvres contre les siennes, son corps contre le sien, et sa saveur l'envahit tel un feu incandescent.

Ce baiser emporta avec lui toutes ses résolutions, ne laissant place à rien d'autre dans son esprit qu'à Danni.

Puis elle détacha sa bouche de la sienne et recula.

Un curieux mélange de soulagement et de regret l'envahit quand il se laissa aller, dos contre le mur.

- 7 -

Ce fut un léger coup frappé à la porte qui réveilla Danni. Elle ignorait l'heure, mais elle savait qu'il était très tôt. Aussi, roulant sur le côté, elle décida de se rendormir, quand un deuxième coup plus fort se fit entendre.

— Tout va bien, je n'ai besoin de rien, dit-elle d'une voix endormie.

Blake avait frappé à sa porte, la veille au soir, alors qu'elle allait se mettre au lit, car il avait oublié de vérifier s'il y avait tout ce qu'il fallait dans la salle de bains. Et même si ces quelques minutes en compagnie de l'incorrigible bavard avaient été une bénédiction après le très pénible repas partagé avec Adam, elle n'avait pas envie de voir son hôte de si bonne heure.

Pendant le dîner, Adam avait été poli et charmant, mais elle sentait que son attitude était affectée. Leur conversation n'avait été ni sincère ni naturelle. Les bonnes manières et l'agrément dont il avait fait preuve lui avaient servi à masquer une distance apparemment impossible à combler.

De fait, un véritable gouffre s'était ouvert entre

eux. Elle l'avait embrassé, et il n'avait pas cherché à la retenir. En outre, il n'avait pas évoqué le baiser pendant le dîner. Pas une seule fois.

Elle espérait que cette attitude étoufferait la folie qui avait surgi de nulle part et s'était développée en quelques jours dans son cœur. Mais visiblement, le désir n'avait rien à voir avec la raison, et il était difficile de le contrôler car, en dépit de tout et malgré elle, Adam continuait de la hanter.

Au cours du dîner, désireuse d'oublier la scène de la chambre, elle avait bu un peu de vin. Hélas ! L'alcool ne lui avait apporté aucune consolation et n'avait pas diminué sa gêne.

Il était Adam Marconi, prince héritier de la principauté de San Philippe. Elle était la fille d'un chauffeur du palais. Il la connaissait depuis qu'elle avait cinq ans, et il ne la considérait même pas comme une femme ! Ah, si seulement elle avait pu trouver un moyen de passer la journée à venir sans le voir !

— Danni ?

Elle cessa un instant de respirer et sentit tous ses muscles se tendre. Ce n'était pas Blake qui se trouvait derrière la porte, c'était Adam ! Et c'était à la porte mitoyenne qu'il frappait, pas à celle du couloir.

— Danni ? répéta-t-il. Je peux entrer ?

Elle s'enfonça sous les couvertures.

— Qu'est-ce que tu veux ?

Elle savait qu'elle ne pourrait pas complètement l'éviter aujourd'hui, mais elle aurait aimé que cela ne commence pas si tôt.

Ainsi qu'il l'avait annoncé, il ouvrit la porte, ou plutôt l'entrebâilla.

— Est-ce que tu as pensé à prendre ton équipement de ski ? demanda-t-il alors.

— Oui, j'ai pensé à tout. Je ne comptais pas attendre en me tournant les pouces, pendant que vous auriez skié, Claudia et toi. Mais tu ne voulais pas rentrer au palais aujourd'hui ?

Il ouvrit la porte un peu plus largement.

— Nous allons d'abord skier. Bien que la neige ne tombe plus ce matin, cela prendra des heures avant que les routes ne soient déblayées. Nous sommes donc coincés ici pour un bon bout de temps.

Elle se rendit compte qu'il était rasé de frais, et que ses cheveux étaient encore humides.

— Blake m'a dit qu'il y avait une petite piste de ski à cinq minutes à pied d'ici. J'ai pensé que nous pourrions l'essayer. Ce serait mieux que de rester enfermés, non ?

Il n'ajouta pas « avec toi », sans doute pour ménager sa susceptibilité. Il était vrai qu'elle n'avait pas besoin qu'on lui rappele son comportement de la veille.

— Le petit déjeuner sera servi dans un quart d'heure. Est-ce que tu peux être prête d'ici là ?

Il laissa alors glisser son regard sur le lit dévasté. Elle avait eu en effet une nuit fort agitée.

— Oui, c'est possible.

Il semblait un peu moins tendu, ce matin, un peu plus égal à lui-même, comme s'il avait décidé d'oublier ce qui s'était passé, voire de faire comme s'il n'était rien arrivé. Tant mieux, dans un certain sens. Elle ne pourrait pas oublier son coup de folie, mais ils seraient peut-être capables de retrouver un mode de relation agréable. Elle devait juste lui prouver qu'elle pouvait se comporter normalement. Et si cela impliquait qu'elle passe la journée sur les pentes avec lui, alors elle le ferait. Skier serait une très saine occupation, de loin préférable à un tête-à-tête à l'auberge.

Seul le bruit de leurs bottes crissant sur la neige brisait le silence du matin. Danni se concentrait sur le sentier, où l'on distinguait les empreintes des rares personnes qui étaient passées par là avant eux. Au loin, elle apercevait les trois panneaux orange indiquant que le chemin continuait dans la forêt.

Le chalet disposait d'une motoneige, mais Blake leur avait expliqué avec moult circonvolutions que l'engin n'était pas disponible ce matin… Elle ne l'avait écouté que d'une oreille distraite. Bien qu'il ne l'ait jamais parcouru lui-même, l'aubergiste avait toutefois assuré que le chemin était court.

— C'est magnifique, dit-elle.

La beauté, la sérénité du paysage lui offraient de nouvelles perspectives. La nature ignorait le tumulte qui l'agitait, et elle savait qu'un jour tout cela serait sans importance, comme si ça n'avait jamais existé.

— C'est vrai, approuva Adam.

Il marchait à la même allure qu'elle.

Le petit déjeuner s'était passé un peu mieux que

le dîner. Ils avaient tous deux vaillamment décidé de faire comme s'ils ne s'étaient jamais embrassés et de se comporter normalement l'un envers l'autre. Et ils y arrivaient ! Un peu comme de mauvais acteurs dans un mauvais film, soit, mais le tout était d'y croire.

A travers les pins, elle apercevait les bâtiments rustiques qui entouraient la piste de ski. Blake avait été optimiste en affirmant qu'elle se trouvait à cinq minutes de l'auberge.

— J'imagine qu'il t'arrive rarement d'aller sur une piste de ski en devant transporter ton propre matériel, dit-elle.

Elle essayait de plaisanter avec lui, mais, en réalité, elle culpabilisait de l'avoir placé dans une telle situation. Si elle s'était comportée comme elle aurait dû, la veille, tout cela ne serait pas arrivé.

— Il est vrai qu'en général je ne m'occupe pas de ces choses-là.

— C'est bien ce que je pensais ! Tu sais, je crois qu'on pourrait prendre un raccourci, au lieu de continuer par le sentier. Regarde, il y a des traces de pas ici, il suffit de les suivre.

Et elle s'engagea dans le raccourci, sans attendre sa réponse, car elle savait qu'il n'aimait pas prendre les chemins de traverse. Adam s'en tenait toujours à ce qui était fixé par le règlement.

— Pourquoi est-ce que tu as une si mauvaise opinion de moi ? dit-il en la rejoignant.

Elle lui lança un coup d'œil en biais, mais comme il portait bonnet et lunettes, il était difficile de lire quoi que ce soit sur son visage.

— Ce n'est pas vrai, se défendit-elle.

— Si ! Tu penses que je suis un homme gâté et arrogant. Et tu me trouves ennuyeux et guindé.

— Je n'ai jamais rien dit de pareil !

Il se mit à rire.

— Mais c'est ce que tu penses.

Son rire la soulagea et lui mit du baume au cœur.

— Tu es un prince, Adam. Tu as une vie faite de privilèges, si l'on excepte le temps que tu as passé au service militaire.

— Toi aussi, tu as grandi dans l'enceinte du palais, répliqua-t-il. Tu as donc bénéficié toi aussi de nombreux privilèges… sans avoir de responsabilités, si je peux me permettre.

Elle ne répondit rien. Elle ne partageait pas tout à fait cet avis, mais il y avait du vrai dans ce qu'il venait de dire.

— Cela te rassure, n'est-ce pas ?

— Qu'est-ce qui me rassure ?

— Tu préfères ne pas me voir comme un homme normal, encore que ce soit nouveau chez toi. Mais je suis normal, Danni, et c'est pour cela que je dois garder mes distances.

Elle eut un rire un peu forcé.

— Non, Adam, tu n'es pas ce qu'on appelle un homme « normal ». Rien en toi n'est normal.

— C'est toi qui as changé, Danni. C'est toi qui me voies avec d'autres yeux. Je ne suis pas le raseur fini que tu vois en moi.

— Adam ! fit-elle mine de s'insurger, tout en éclatant de rire. Ton vocabulaire ! Toi qui es toujours imperturbable, je ne te reconnais plus.

Souviens-toi : autrefois, quand Rafe s'amusait à te taquiner, tu demeurais impassible, comme un sphinx. Tes paupières ne frémissaient même pas. Et pourtant, on faisait tout pour te provoquer.

— Je me souviens, et cela me rendait dingue. Vous saviez bien vous liguer contre moi, Rafe et toi.

— Nous voulions te rendre service, déclara-t-elle alors, en se demandant comme il allait le prendre.

— Je ne te remercierai jamais assez, alors ! fit-il d'un ton sec.

— Pas besoin d'être sarcastique ! Grâce à nous, tu as gardé le sens des réalités. Et puis on te distrayait, car tu étais bien trop sérieux.

— Sérieux ? Parce que j'étudiais ? Que j'aimais les langues ? Cela m'est fort utile aujourd'hui, tu sais.

— Comme le latin, par exemple, dit-elle d'un ton ironique.

— Eh bien, quoi, le latin ? Rappelle-toi : c'était toi qui avais insisté pour que je te l'apprenne.

— J'étais jeune et impressionnable.

— C'est peut-être une langue morte, mais elle vit dans d'autres langues, dont elle est la base et…

Remarquant son sourire, il s'interrompit.

— C'est plus fort que toi, commença-t-elle, tu…

Mais elle perdit l'équilibre et tomba dans un gros tas de neige. Elle en avait jusqu'à mi-cuisses. Ayant lancé ses skis et ses chaussures de ski, elle s'efforça de se hisser hors du piège. Adam la regardait se débattre en vain. Elle dut finir par tendre la main dans sa direction.

Posant ses affaires, il s'avança vers elle.

— J'ai comme qui dirait l'impression que je

pourrais t'être utile maintenant. Si on avait suivi le chemin indiqué, tu n'en serais peut-être pas là… Mais il n'y a que les rasoirs comme moi, pour vouloir s'en tenir au chemin balisé.

— Qu'attends-tu de moi ? Un *mea culpa* en latin, pour te décider à m'aider ?

Un sourire aux lèvres, il lui saisit la main.

— *Gratias*, fit-elle.

Et il l'aida à sortir du tas de neige. Deux secondes plus tard, il lui passait le bras autour de la taille, pour l'aider à retrouver son équilibre. Alors les sensations, les souvenirs affluèrent d'un coup… Il la regarda intensément, puis relâchant son étreinte, il s'éloigna de quelques pas. Avait-il lui aussi ressenti le même trouble qu'elle ?

— Est-ce que tu skies souvent ? demanda-t-il quand la piste se dessina enfin devant eux, quelques minutes plus tard. J'aurais dû me renseigner plus tôt, mais j'ai supposé que oui.

— Tu as bien supposé.

Son cœur avait repris un battement normal.

— Je skie chaque fois que j'en ai l'occasion, ajouta-t-elle.

Sa voix n'était pas essoufflée, comme elle l'avait craint, après ce qui venait de se passer. Elle avait presque espéré qu'il l'embrasse ! Décidément, elle n'avait tiré aucune leçon de ce qui s'était passé la veille.

— J'adore la sensation de liberté que cela procure. La vitesse, l'exaltation…

— C'est pour cela, je pense, que je me suis dit que tu savais skier. Tu aimes tout ce qui implique vitesse et excitation, et qui peut conduire à se rompre le cou.

— Toi aussi cela te plaît.

— C'est vrai, admit-il.

— Je n'aurais jamais cru que nous avions des intérêts communs. Nous sommes si différents.

— C'est toi qui prétends une chose pareille. Mais en fait, tu me ressembles plus que tu ne veux l'admettre.

— N'exagérons rien ! Tu es de sang royal, tu es un fin lettré, tu parles plusieurs langues et, avoue-le, tu as des goûts un peu particuliers.

— Particuliers ? Parce que je joue aux échecs, par exemple ?

— Par exemple, dit-elle avec lenteur. Et si j'ai appris à y jouer, c'est uniquement parce que nous étions tous les deux alités, toi avec ta jambe cassée et moi à cause de ma varicelle. Je ne savais plus quoi faire, alors j'ai accepté.

— Mauvaise excuse, Danni. Reconnais que toi aussi, tu adores jouer aux échecs.

— C'est vrai, reconnut-elle, mais ça ne veut rien dire…

Elle pensa alors au *Seigneur des anneaux*. Adam lui avait donné les différents tomes de cet ouvrage et avait insisté pour qu'elle les lise avant de voir l'adaptation cinématographique. Ils en avaient ensuite longuement parlé, de manière approfondie, échangeant leur point de vue, leurs impressions.

— Admets-le, Danni, nous avons des centres d'intérêt communs, que cela te plaise ou non, reprit-il, comme s'il avait deviné le cheminement de ses pensées. Il se peut que tu n'apprécies pas ce que je suis ou ce que je fais, mais cela ne signifie pas que nous soyons forcément aux antipodes l'un de l'autre.

Les yeux fixés sur les télésièges, elle accusa le choc.

— Je n'ai jamais dit que je n'aimais pas la personne que tu étais ou ce que tu faisais, déclara-t-elle, peinée qu'il puisse penser une chose pareille.

— Ah bon ?

Ils avaient atteint la piste. Des skieurs attendaient leur tour pour acheter des forfaits pour prendre les télésièges.

— Non. J'admire qui tu es et ce que tu fais. Et depuis toujours. Je ne peux pas imaginer quelqu'un de plus doué que toi pour remplir la fonction que tu occupes.

— Je ne sais pas si c'est un compliment…

— C'en est un ! lui affirma-t-elle tranquillement.

Il s'arrêta de marcher, mais encore une fois, à cause de ses lunettes, elle ne voyait pas l'expression de ses yeux. Il ouvrait la bouche pour parler lorsqu'un sanglot attira leur attention… Elle baissa les yeux et vit une petite fille de cinq ou six ans qui regardait désespérément autour d'elle, les yeux écarquillés et paniqués. Elle s'accroupit tout de suite devant l'enfant.

— Tu cherches quelqu'un ? Tu es perdue ? demanda-t-elle.

L'enfant hocha la tête, et les oreilles de lapin de son bonnet se mirent à danser.

— Je ne retrouve pas mon papa, dit la fillette d'une voix tremblante.

— On va le chercher, ne t'inquiète pas, la rassura-t-elle. Moi, je sais comment on retrouve les papas perdus.

— C'est vrai ?

— Vrai de vrai.

Elle tendit alors ses skis à Adam.

— Il y a un point accueil juste ici, lui dit-il en désignant un endroit où s'assemblaient de nombreuses personnes.

Elle se tourna vers la petite fille.

— Donne-moi la main, nous allons aller dans cette petite cabane, là-bas, lui dit-elle.

La fillette glissa sa main gantée dans la sienne.

— Comment est-ce que tu t'appelles ? lui demanda encore Danni.

— Georgia.

— Viens, Georgia ! On va trouver ton papa. Je parie qu'il se fait un sang d'encre.

Et elle pria intérieurement pour que le papa se soit aperçu de la disparition de sa fille et se soit rendu au point d'accueil.

Adam ouvrait la marche, leur frayant un chemin dans la foule. Arrivé au kiosque à informations, il tapa sur l'épaule d'un homme en train de gesticuler et visiblement paniqué. Celui-ci se retourna. Adam lui montra alors Danni et Georgia. Immédiatement, il se précipita vers elles.

— Est-ce que c'est ton père ? demanda Danni à la petite fille.

Celle-ci murmura : « Papa ! » et éclata en sanglots.

L'homme la prit alors dans ses bras, pour la serrer très fort contre lui.

— Tout va bien, ma chérie ? s'enquit-il.

L'enfant hocha la tête, blottie contre l'épaule de son père, puis ses pleurs s'atténuèrent.

— La belle dame, là, elle savait comment retrouver les papas perdus, dit-elle.

L'homme serra vigoureusement la main de Danni.

— Merci, merci beaucoup ! s'exclama-t-il. Je me suis retourné quelques secondes, et elle avait disparu.

— Tout va bien maintenant, le rassura Danni. Georgia est une adorable petite fille. Profitez bien de votre journée sur les pistes.

Elle n'était pas certaine qu'il l'ait entendue, tant il était occupé à cajoler sa fillette retrouvée. Quand elle se détourna, elle rencontra le regard d'Adam, tout proche.

— Tu as réglé l'affaire d'une main de maître, lui dit-il.

— Merci.

— « La belle dame », répéta-t-il alors.

— Ne te moque pas de moi, s'il te plaît.

— Je crois que Georgia le pensait vraiment.

— Je ne parlais pas de Georgia.

— Moi non plus.

Comme elle avait envie de le croire !

— Voyons voir si tu dis toujours que je suis une « belle dame » quand je t'aurai battu sur la première descente.

Il inclina un peu la tête.

— Il n'est pas défendu d'accepter un compliment, Danni.

Non, elle n'avait pas le droit d'accepter des compliments venant de lui, ni d'y croire. D'ailleurs, cette conversation avec lui n'avait pas lieu d'être.

— Tu as peur de perdre, c'est cela ? reprit-elle. Et c'est pour cette raison que tu es si gentil. Pour que je ne sois pas trop méchante avec toi sur la piste !

Il soupira.

— Allez viens ! Montre-moi ce que tu sais faire.

L'après-midi était fort avancé quand ils revinrent au chalet. Initialement, ils avaient eu l'intention de rentrer pour midi, mais la neige était parfaite. En skiant, ils avaient retrouvé la camaraderie qui était la leur, autrefois. Ils s'étaient tour à tour taquinés, puis ils étaient redevenus sérieux, sans le moindre effort. En début d'après-midi, quand ils auraient dû repartir, chaque fois qu'ils étaient arrivés au bas d'une piste, ils s'étaient regardés, et l'un ou l'autre avait suggéré d'en refaire une dernière.

Techniquement, Adam était meilleur skieur qu'elle : c'était une joie de le voir virer, puis descendre tout schuss. Si elle n'avait pas sa grâce dans l'art dc manicr les skis, elle compensait par sa détermination, voire sa témérité. Il avait éclaté de rire quand elle avait dérapé pour s'arrêter quelques mètres devant lui, en bas d'une piste.

Aidée par le fait que personne ne le reconnaissait sur les pistes de ski, ou du moins que personne ne faisait attention à lui, elle s'était autorisée à oublier, le temps d'un après-midi, qui il était vraiment. C'était une journée sans photographes, sans protocole. Il avait fait la queue comme elle, à la cafétéria, le bonnet bien enfoncé sur le front et les lunettes calées sur le nez. Ils s'étaient installés en terrasse, pour siroter leurs boissons chaudes et manger leurs pizzas, afin de reprendre des forces.

— Nous reviendrons demain matin, lui dit-il comme ils approchaient du chalet de Blake.

Elle lui lança un regard interrogateur, mais il ne lui donna aucune explication. C'était une habitude chez lui. Il n'était pas prévu qu'ils passent une nuit de plus ici. Pourquoi avait-il changé d'avis en cours de route, alors ? Etait-ce parce qu'il voulait passer plus de temps en sa compagnie ? Elle n'osa pas le lui demander. Elle avait la même sensation que lors de sa journée à Disneyland, quand elle était enfant : elle souhaitait que ce séjour ne finisse jamais.

Adam était peut-être tout simplement fatigué. Peut-être n'avait-il pas envie de faire de la voiture après une journée de ski, ou bien ne voulait-il pas la faire conduire, à supposer qu'il ait oublié qu'il l'avait renvoyée et qu'il lui laisse le volant. Avec Adam, rien n'était jamais tranché, personne ne savait ce qu'il avait en tête.

Au fond d'elle-même, elle était ravie de passer un peu plus de temps en sa compagnie. Chaque minute était précieuse.

Ils entrèrent dans l'auberge et mirent leurs skis et chaussures de ski dans la chaufferie. Mais quand Adam eut retiré les couches de vêtements qui le protégeaient du froid, elle eut la sensation qu'il revêtait dans le même temps la couche invisible de réserve, dont il s'était, comme par inadvertance, départi dans la journée. Quand elle sortit de la pièce, il s'écarta vivement pour la laisser passer.

Ils regagnèrent le salon en silence.

Blake les accueillit avec sa verve et sa bonne humeur habituelles, insistant pour qu'ils prennent le vin chaud qu'il leur avait préparé en face du feu, dès qu'ils se seraient « rafraîchis », précisa-t-il en mettant le mot entre guillemets.

Elle prit sa douche en pensant à Adam, repensa au plaisir immense que lui avait procuré toute cette journée passée avec lui. Elle se revit sur le télésiège à côté de lui, le bruit des roues filant sur le câble venant seul rompre la quiétude, à la fois profonde et si particulière, que procurait la neige. Parfois ils avaient parlé, parfois ils s'étaient tus, le tout sans le moindre embarras. Et ç'avait été merveilleux.

Mais elle était folle de rêver ainsi ! Et pourtant elle ne parvenait pas à s'en empêcher.

Elle était déjà sortie avec des hommes, mais il n'y avait jamais eu de réelle magie. C'étaient des relations peu compliquées et superficielles. Rien à voir avec celle-ci…

La dimension unilatérale des sentiments qu'elle lui portait était difficile à supporter. Elle avait conscience qu'il pensait servir ses intérêts à elle, mais le problème, c'était qu'il ne les connaissait pas vraiment. Ce qu'il prenait pour son bien était aux antipodes de ce qu'elle jugeait tel.

Adam passa devant sa porte au moment où elle sortit de sa chambre, en robe et en escarpins.

Il paraissait très à l'aise dans son pull en cachemire noir qui épousait son torse à la façon d'une deuxième peau. Il lui présenta son bras, comme si c'était la chose la plus naturelle du monde.

Et peut-être l'était-ce pour lui. Il avait l'habitude de donner le bras aux femmes, quand il les escortait à un dîner. Mais pour elle, ce n'était pas anodin de glisser son bras sous le sien. Elle sentit son cœur battre plus vite. C'était insensé. Ils avaient passé toute la journée ensemble sur les pistes, dans la plus grande décontraction, et voilà que le soir venu, elle était de nouveau tendue en sa compagnie.

Il fallait dire que leurs anoraks et leurs pulls étaient suffisamment épais pour leur tenir lieu d'armures. Ce qui n'était plus le cas ce soir…

La paume posée sur le pull soyeux d'Adam, elle sentait la chaleur et la force qui en émanaient, et cela la troublait au plus haut point, suscitant en elle de mauvaises pensées. Elle avait envie de se serrer contre lui, de s'imprégner pleinement de son odeur virile, de cette odeur si enivrante qui émane d'un homme au sortir de la douche… Elle voulait recevoir de lui bien plus qu'il n'était disposé à lui donner.

Mais en même temps, elle connaissait l'antidote : s'éloigner d'Adam ! Ainsi, son cerveau pourrait recommencer à fonctionner normalement, et elle se rappellerait leurs positions respectives. Et surtout qu'il était en quête d'une femme correspondant à ses critères — pas d'une liaison temporaire avec son chauffeur intérimaire.

Pourtant, elle ne parvenait pas tout à fait à étouffer la petite voix de la tentation qui murmurait en elle.

Adam ralentit soudain le pas, et elle croisa son regard.

— Qu'est-ce qu'il y a ? demanda-t-elle. J'ai du dentifrice sur les lèvres ?

Et, en prononçant ces mots, elle passa la langue dessus pour vérifier. Il secoua la tête et détourna les yeux.

— Tu es…, commença-t-il.

Puis il s'éclaircit la gorge, avant de poursuivre :

—… jolie, voilà.

— Jolie ?

— Je sais, le compliment est faible. Mais je ne pense pas qu'il existe un mot exact pour te décrire. Et dans cette robe…

Il laissa son regard glisser sur elle, sans insistance pourtant, mais elle sentit aussitôt une vague de chaleur l'inonder.

— Tes jambes… Je ne les avais pas vues jusqu'à aujourd'hui.

Elle éclata de rire devant son audace inhabituelle.

Elle avait apporté une petite robe noire, parce que celle-ci était facile à transporter, et qu'elle lui donnait l'impression d'être vraiment femme, comme le lui confirmait la lueur qui brillait dans le regard d'Adam.

— J'espère que ce n'était pas censé être un compliment plus flatteur que le précédent, fit-elle avec un petit sourire ironique aux lèvres.

Il émit un petit rire rauque, qui s'attarda dans ses prunelles tandis que leurs regards restaient rivés l'un à l'autre…

Cela dura quelques secondes, puis il se remit à avancer, et elle comprit de quelle façon il la considérait. Il la prenait pour une enfant ! Presque une sœur. C'était pourquoi l'adjectif « jolie » lui semblait honnête. Agacée, elle dégagea sa main, sous prétexte d'arranger sa robe, et se garda bien de la lui redonner, même si elle en ressentit une immense frustration.

Blake vint les accueillir au bas de l'escalier et les pria de s'installer près de la cheminée, pendant qu'il allait chercher leurs vins chauds. Mais Adam désigna le jeu d'échecs du menton, et elle hocha la tête.

Une fois qu'ils furent de chaque côté de l'échiquier, il leva les yeux vers elle.

— Je te dois des excuses et des remerciements, déclara-t-il.

— Les deux à la fois ? C'est un grand jour alors, j'en suis toute secouée, plaisanta-t-elle.

— Je suis sérieux, Danni.

— Moi aussi.

Un petit sourire aux lèvres, il déclara :

— Laisse-moi te dire que tu avais raison.

Elle posa une main sur le cœur, l'air ingénu, et laissa échapper un petit cri. C'était ainsi qu'elle était censée se comporter, comme une amie amusante, et non comme une femme dont l'esprit était agité de préoccupations fort inconvenantes…

Le sourire d'Adam s'élargit, puis il redevint sérieux en ajoutant :

— Je n'ai pas passé une aussi bonne journée que celle-ci depuis… En fait, je ne sais pas depuis combien de temps. J'ai vraiment fait le vide, en skiant. J'ai tout oublié : les crises diplomatiques, les problèmes de sécurité, les engagements difficiles à tenir, les discours à venir. J'ai oublié que j'étais à la recherche d'une… J'en ai oublié le futur.

Voulait-il dire qu'il en avait oublié sa quête d'une épouse ?

— Et cela grâce à toi !, enchaîna-t-il. Tu as pris une bonne décision en me conduisant ici.

— Merci.

— Personne d'autre que toi n'aurait pu le faire.

— Parce que tous te craignent.

— Pardon ? D'après toi, j'inspirerais de la crainte à mon entourage ? Non, je ne crois pas, dit-il en s'adossant à son siège.

— Du respect serait plus exact, je te l'accorde, corrigea-t-elle.

C'était ce qu'elle éprouvait parfois elle-même, en sa présence.

— Voilà qui me convient mieux, dit-il.

— Je ne sais pas si c'est bien, renchérit-elle. Tu vas finir par perdre le contact avec la réalité. Avoir la grosse tête, pour parler plus crûment.

— Moi ?

« Grosse tête », c'était ainsi qu'elle l'appelait, quand ils étaient plus jeunes et qu'il savait tellement plus de choses qu'elle. Aujourd'hui, il ne riait plus d'elle ouvertement, mais il n'en pensait sans doute pas moins.

— Heureusement que je t'ai, cela me permet de rester humble, poursuivit-il.

Elle pensa alors avec dépit que l'aider à rester humble n'était pas vraiment le rôle qu'elle aurait aimé jouer auprès de lui. Mais celui dont elle rêvait était inaccessible… L'attirance qu'elle éprouvait pour lui était ancrée profondément, et se manifestait avec d'autant plus de vigueur qu'ils étaient en tête à tête. Elle ne savait pas comment lutter contre.

— Cette journée m'a fait le plus grand bien, lui dit-il encore. Elle m'était nécessaire. Merci du fond du cœur.

Visiblement, il avait eu besoin de se détendre, mais il n'avait pas eu besoin d'elle ! Elle se mordit la lèvre. Elle n'aurait pas dû avoir envie qu'il la désire…

— Et toi ? demanda-t-il alors.

— Quoi moi ?

— Est-ce que tu as passé une bonne journée ?

— Bien sûr, dit-elle.

— Tu as l'air songeuse.

— Pas du tout, tout va bien, reprit-elle d'un ton un peu trop enjoué. Je suis juste légèrement fatiguée, mais c'est une saine fatigue. Et puis, j'ai une faim de loup.

Voilà, cela recommençait. Il était redevenu poli et distant.

— Bon, on joue ? fit-il.

— Avec plaisir. J'ai hâte de te prendre ton…

— Mon quoi ?

— Ton roi, bien sûr ! dit-elle en éclatant de rire.

Mais ils avaient à peine commencé que Blake revenait avec leurs vins chauds.

— Le dîner sera prêt dans une demi-heure, annonça-t-il. Et vous serez soulagés d'apprendre que le chef est arrivé. Je ne sais pas ce qu'il vous a mijoté, mais je peux vous assurer que ça sent très bon.

Le jeu allait lui permettre de penser à autre chose qu'à Adam, et c'était tant mieux ! Mais cela ne suffit pas à détourner complètement son attention, notamment de ses mains quand il déplaçait une pièce. Elle observait aussi à la dérobée la concentration qui se lisait sur son visage alors qu'il était absorbé par la contemplation de l'échiquier. Elle aurait tant aimé qu'il soit absorbé de la même façon par sa personne…

Elle était en train d'étudier le dessin de son oreille quand, relevant les yeux, il surprit le regard qu'elle posait sur lui.

— A toi de jouer, dit-il avec lenteur, ses prunelles rivées aux siennes.

Elle aurait aimé prendre sa phrase au sens métaphorique. Se lever, passer les doigts sur sa joue, dans ses cheveux avant de l'embrasser, de s'enivrer de sa saveur exquise, de sa douceur infinie…

Mais ils étaient penchés sur l'échiquier. Le visage d'Adam était indéchiffrable, et elle était complètement captive de la profondeur de ses yeux…

Or voici qu'elle reconnut dans ces yeux sombres la lueur qui lui était si familière : la lueur du désir. Elle voulut détourner la tête, mais en vain… Et elle n'aurait su dire lequel des deux se rapprocha le premier de l'autre ! Elle en avait tellement envie que ce fut peut-être elle, mais quelle importance ? Ce qui comptait, c'était qu'il pressait à présent ses lèvres contre les siennes…

Elle ferma les yeux pour savourer le flot de sensations qui venait de la submerger. Les lèvres d'Adam étaient fermes mais douces, elles sentaient la cannelle à cause du vin chaud, et elles étaient toutes chaudes, elles aussi. Elle laissa l'émotion l'envahir tandis qu'il enfouissait les mains dans sa chevelure…

Ce n'était pas un baiser désespéré, comme les précédents.

Celui-ci était tendre à pleurer…

- 8 -

— Le dîner est prêt !

Ils s'écartèrent vivement l'un de l'autre en entendant la voix de Blake.

— Oh ! je suis désolé ! continua ce dernier. Je ne voulais pas vous déranger.

— Vous ne nous dérangez pas, intervint Adam.

— J'en ai pourtant l'impression, marmonna Blake. Le repas peut attendre.

— Non ! trancha Adam d'un ton abrupt. Nous sommes prêts.

— Dans ces conditions, suivez-moi, dit Blake tout en les regardant tour à tour, d'un air songeur.

Il les conduisit dans la salle à manger, où une seule table était dressée, avec couverts en argent et chandeliers. Des haut-parleurs invisibles diffusaient une musique d'ambiance.

Danni, dont le grand problème était généralement de dire ce qu'il ne fallait pas, ne trouva cette fois aucun commentaire à formuler.

Ils tentèrent de se concentrer sur l'entrée, mais ni l'un ni l'autre n'avaient beaucoup d'appétit. Finalement, Adam reposa sa fourchette.

— Je suis désolé, dit-il.

Le regret qu'il exprimait n'était rien d'autre qu'une manière de la laisser gentiment tomber, de prendre la responsabilité sur lui et de rétablir de la distance entre eux.

— Non, c'est moi qui le suis, répondit-elle.

— Je n'aurais pas dû t'embrasser tout à l'heure, pas plus qu'hier. Il semblerait que je n'aie pas pu m'en empêcher. Mais cela ne se reproduira pas.

Elle n'aurait pas dû répondre, mais ce fut plus fort qu'elle.

— Et pourquoi ?

Il ouvrit de grands yeux.

— Parce que je ne veux pas perdre ni gâcher ce qui existe entre nous. Et puis je ne veux pas non plus tirer profit de toi.

— Nous n'avons rien à perdre ni à gâcher, répondit-elle en faisant involontairement s'entrechoquer sa fourchette et son assiette.

— Si ! insista-t-il. Je te fais confiance, je t'apprécie et tu comptes beaucoup pour moi.

Ce n'étaient pas les mots qu'elle aurait voulu entendre. Ils faisaient écho au « jolie » de tout à l'heure.

— Et je n'ai pas envie que cela change, compléta-t-il.

— Eh bien, c'est trop tard, puisque c'est déjà fait ! protesta-t-elle.

— Comment revenir en arrière, alors ?

— Ce n'est pas possible. Nous ne pouvons pas faire comme si de rien n'était, et d'ailleurs, je ne le souhaite pas. Et puis ce n'était pas toi, mais moi qui t'ai embrassé. Alors tu n'as aucune raison de t'excuser. Depuis le baiser que nous avons échangé hier...

— C'était une erreur, l'interrompit-il.

— Et même avant ce baiser, pour être tout à fait honnête, reprit-elle sans se laisser impressionner, je ne te vois plus de la même façon.

— Assez, Danni ! Nous pouvons tout à fait retrouver l'amitié qui était la nôtre.

— Je n'en ai pas envie.

Il parut à la fois dévasté et choqué.

— Je veux que nous allions de l'avant, compléta-t-elle.

— De l'avant ?

— Je veux voir où vont nous mener les nouveaux sentiments que nous ressentons l'un pour l'autre. Et je veux t'embrasser et te toucher quand j'en ai envie. Et plus encore...

Elle attendit sa réaction, le cœur battant, tout en se maudissant de ne jamais pouvoir tenir sa langue.

— Ce n'est pas possible, Danni, dit-il alors d'un air fermé, le visage assombri par la tristesse.

Elle savait qu'il ne voulait pas penser à elle comme à une femme désirable, et si elle s'était tue, elle aurait au moins conservé sa dignité.

— Je suis désolée, articula-t-elle.

Et elle sentit ses joues s'empourprer alors qu'elle portait une bouchée de champignons à sa bouche, pour essayer de faire diversion.

— Ce n'est pas que je n'en aie pas envie, précisa-t-il alors.

Elle releva aussitôt la tête, et lut une confusion extrême dans ses yeux.

— Sois au moins honnête, lui dit-elle alors. N'essaie pas de trouver des excuses qui ne font qu'aggraver la situation. Dis-moi simplement que je ne t'attire pas, et ce sera suffisant.

— Je suis plus attiré par toi que je ne puis me le permettre, répliqua-t-il d'un ton vif. J'ai skié toute la journée à tes côtés, alors que nous aurions dû rentrer, parce que je voulais prolonger ce temps passé en ta compagnie. Juste pour être avec toi. Tu ne peux pas imaginer à quel point c'était fantastique pour moi. Je n'ai jamais été aussi heureux. Je n'arrête pas de penser à toi. Seulement…

Avec Adam, il y avait toujours un « seulement » ou un « mais ». Elle qui avait recommencé à espérer !

— Je ne vais pas me laisser aller à cette attirance, ajouta-t-il.

— Pourquoi ?

— Parce que je suis censé être en quête d'une épouse. D'une femme qui m'épaulera dans mes fonctions de prince quand je prendrai la place de mon père.

— Et je ne peux pas être cette femme ?

Elle était l'opposée de la partenaire qu'il recherchait. Elle le savait depuis toujours, pourtant ça allait être affreusement douloureux de l'entendre de sa bouche.

— Tu veux l'être ?

Elle faillit répondre par l'affirmative, mais, réflexion faite, elle prit le parti d'éclater de rire.

— Non, je n'imagine rien de pire que de parader

aux côtés du prince de San Philippe et d'être prise dans le carcan du protocole.

— Donc, j'ai raison de résister à l'attirance que j'ai pour toi.

— Parce qu'une relation entre nous n'aurait pas d'avenir, acheva-t-elle.

Il hocha la tête.

— Mais pour ce qui est du présent ? demanda-t-elle alors.

— Non, ce ne serait pas bien. Ce ne serait pas fair-play vis-à-vis de toi.

— C'est à moi d'en décider, tu ne crois pas ?

— Je n'ai plus envie de parler de ça.

— Tu vois les entrées que nous sommes en train de manger ?

— Oui, et alors ?

— Ce n'est pas le plat principal, elles ne vont pas nous rassasier, mais elles sont agréables à nos palais. Ce que je veux dire, c'est que ce n'est pas parce que tu t'es mis sérieusement en tête de trouver une épouse que nous deux, nous ne pouvons pas…

Elle s'interrompit et haussa les épaules pour reprendre sa respiration. Une petite voix intérieure la mit alors en garde contre elle-même, mais elle refusa de l'entendre.

— Je veux faire l'amour avec toi, lui souffla-t-elle alors.

Le regard d'Adam se fit plus dur, et il secoua la tête.

— C'est impossible, Danni. Ce ne serait pas bien.

Jamais elle n'avait fait une telle proposition à un

homme. Et jamais aucun homme ne l'avait rejetée de cette façon. Et pourtant, elle le désirait encore.

De retour dans sa chambre, après le dîner, elle enfila son pyjama — un pantalon resserré par un cordon et un caraco —, puis elle s'assit sur le grand lit à baldaquin. Ce genre de lit ne l'avait jamais fait fantasmer, il n'y avait qu'Adam pour produire cet effet-là sur elle. Et les fantasmes qu'il suscitait étaient si forts qu'ils la dévoraient.

Les sens en alerte, elle écoutait les moindres bruits de l'autre côté de la cloison. Adam se préparait à se mettre au lit. Elle l'entendit entrer dans la salle de bains, ouvrir le robinet, ressortir.

Il était attiré par elle. Il le lui avait dit, ou plutôt il l'avait admis à contrecœur. Mais il n'allait rien faire. Et c'était cela qui la minait.

Elle trouvait son immobilisme si injuste. Comment pouvait-elle se retrouver seule dans cette chambre, alors qu'ils nourrissaient le même désir l'un pour l'autre ?

Elle considéra le rai de lumière qui passait sous la porte commune. Pensait-il à elle ? Elle était sans doute déjà sortie de ses pensées, il était très fort à ce petit jeu-là. Il devait être en train de lire ou de travailler, totalement absorbé par sa tâche.

Pourtant, il avait admis qu'elle l'attirait. Plus qu'il ne pouvait se le permettre. Et Adam n'était pas le genre d'homme à utiliser les mots à la légère.

S'approchant de la porte, elle tendit l'oreille.

Mais elle n'entendit rien. Elle posa doucement les mains sur la surface froide et hostile.

Il avait finalement reconnu qu'elle avait eu raison de transgresser ses ordres en l'amenant ici. Et si elle prenait une nouvelle initiative et essayait de le séduire… ? Peut-être qu'il l'en remercierait après coup. Elle ravala un petit rire quasi hystérique. Ce qu'elle pouvait être agitée !

S'armant de courage et en même temps consciente qu'il y avait des regrets plus lourds à porter que d'autres et que certaines occasions ne se représenteraient jamais, elle posa la main sur la poignée. Son pouls battait à toute allure.

Elle n'avait pourtant pas froid aux yeux mais, en l'occurrence, ce qu'elle s'apprêtait à faire la terrifiait. Elle s'efforça de respirer calmement, pour que ses mains cessent de trembler.

Qu'avait-elle à perdre après lui avoir dit qu'elle voulait faire l'amour avec lui ? Lentement, elle tourna la poignée, redoutant soudain qu'il ait fermé la porte à clé. Avec un soupir de soulagement, elle constata que ce n'était pas le cas…

Assis à la table de travail, il lui tournait le dos. Son ordinateur portable était ouvert, mais visiblement, il ne travaillait pas.

Attirée de façon irrésistible par sa large carrure, elle traversa la pièce, dont la moquette épaisse étouffa ses pas.

Adam ne fit pas un geste.

Elle s'arrêta juste derrière lui. L'écran de son portable était en veille.

Et soudain, Adam se redressa.

— Non ! s'écria-t-il.

Le ton était brutal.

Puis il tapa sur une touche de son clavier, et un diagramme apparut sur l'écran.

Il n'était même pas en train de lui envoyer un message avant qu'elle entre ! Que faisait-elle dans sa chambre ? Elle n'avait pas l'âme ni le cran d'une séductrice. Elle ne portait même pas de négligé ! Et puis, il l'avait éconduite, tout à l'heure, au dîner. Prise de panique, elle recula, les jambes tremblantes. Elle posait déjà la main sur la poignée de la porte lorsqu'elle sentit celle d'Adam sur son épaule. Retenant un petit cri, elle vacilla.

— Qu'est-ce que tu fais ?

Dans la question d'Adam, elle entendit la peur qu'il avait de sa réponse. Il était donc vain qu'elle lui avoue la vérité.

— Rien, dit-elle, sans se retourner.

Il lui était tout simplement impossible de lui faire face. Son cœur battait à tout rompre, et elle n'avait plus qu'une envie : fuir. Comment avait-elle osé pénétrer dans la chambre d'Adam ?

Elle le sentait derrière elle, tout proche, avec sa main qui ne la lâchait pas. Une main lourde et insistante sur son épaule…

— Que fais-tu dans ma chambre ?

Elle sentait son souffle chaud sur sa nuque, qui s'harmonisait, cette fois, avec la douceur de son ton. Aussitôt des sensations contradictoires l'envahirent, le désir et la peur se mêlant dans son cœur.

Il n'avait donc pas encore compris ce qu'elle faisait dans sa chambre ? Nul doute que d'autres femmes avaient déjà tenté de le séduire par le passé, et il ne leur avait pas demandé ce qu'elles étaient en train de faire, elle en était sûre !

— J'allais cambrioler ta chambre, répondit-elle.

— Et que comptais-tu prendre ?

— Ton innocence.

Elle avait eu l'intention de les dire sur un ton ironique, mais ce fut dans un souffle que les mots sortirent de sa bouche.

La main d'Adam se resserra sur son épaule, et il l'attira contre lui, riant de bon cœur. Finalement, il avait pris cela comme une plaisanterie, et c'était sans doute mieux ainsi.

Soudain, il cessa de rire.

— Il y a longtemps que j'ai perdu mon innocence, Danni. Mais quand je suis avec toi, ça me rappelle le temps où je l'avais encore.

Son souffle lui caressait toujours la nuque, et elle remarqua qu'il était plus court à présent. Mais elle était comme paralysée. Pourtant aurait-elle voulu fuir que la main d'Adam l'en empêchait.

— Oublions que je suis venue dans ta chambre, proposa-t-elle soudain, cédant à la panique.

— Cela ne va pas être facile.

— Rien ne l'est, avec toi.

— Pourquoi ?

Il posa alors sa deuxième main sur son autre épaule.

— Parce que tu analyses toujours la vie comme si c'était un jeu d'échecs.

A l'étage du dessous, ils entendirent un grand

bruit, puis un grondement étouffé. De toute évidence, Blake venait de renverser de la vaisselle.

Adam fit glisser ses longues mains sur ses bras, dans un geste doux mais déterminé.

— Pourquoi voulais-tu me séduire, Danni ? reprit-il alors.

Au ton de sa voix, elle comprit qu'il n'était pas fâché.

— A ton avis, il y a beaucoup de raisons possibles ?

— Plus que tu ne peux imaginer, sans doute.

— Il semblerait alors que je n'aie pas une très bonne imagination. Parce que je ne vois pour ma part qu'une seule raison.

— Danni, va-t'en ! Il en est encore temps, dit-il d'une voix tendue.

Mais il la maintenait serrée contre lui, et elle ne pouvait faire le moindre geste. Finalement, il l'enlaça, achevant de contredire ce qu'il venait de lui ordonner. Sa joue était tout contre la sienne, à présent.

Elle ferma les yeux et s'appuya contre lui, se laissant submerger par sa chaleur, son odeur…

Elle sentit bientôt ses lèvres dans son cou. Et un violent désir resurgit aussitôt, la privant totalement de force, si bien que sans son appui elle serait sans doute tombée… Sans plus réfléchir, elle inclina davantage la tête, pour qu'il puisse mieux embrasser son cou.

Peut-être n'obtiendrait-elle pas davantage de lui que cet instant de faiblesse. Mais à quoi bon gâcher son plaisir ? Ce qui comptait, c'étaient les caresses qu'il lui donnait, déclenchant en elle un désir déraisonnable…

Et tandis que de ses lèvres et sa bouche, il lui faisait perdre le sens des réalités, ses mains s'insinuèrent sous son caraco… Bientôt, elle sentit sa peau sur la sienne, l'irradiant de sa chaleur… Elle se serra un peu plus étroitement contre lui.

Mais il s'immobilisa soudain.

Pourvu que ce ne soit que momentané !

Elle se colla un peu plus à lui, désireuse de se fondre en lui, et surtout de le retenir. Mais le souffle saccadé d'Adam, qui en disait long sur son désir, la rassura.

— Danni…

Elle l'avait entendu exprimer trop de regrets et d'excuses, elle ne supporterait pas d'en entendre encore. Plaquant les mains sur celles d'Adam, elle les dirigea vers sa poitrine. Elle avait tellement envie d'avoir ces mains sur les seins ! Il émit un petit grognement, puis entreprit d'en effleurer les pointes.

En écho, elle poussa un gémissement de plaisir, ivre de désir.

Mais il retira bientôt ses mains… Il s'en fallut de peu qu'elle se mette à hurler de frustration, quand il la fit pivoter sur elle-même et l'embrassa…

Il lui donna le baiser qu'elle avait attendu toute sa vie. Il ne contenait ni colère ni regret. Ni gentillesse d'ailleurs. Seul le désir régnait en maître. Leurs langues s'enroulaient, comme pour mieux se connaître, tandis qu'il pressait fiévreusement son corps contre le sien.

Ayant attendu cet abandon depuis si longtemps, elle l'embrassait avec la même ferveur. Elle l'avait tant imaginé, ce baiser, elle en avait tellement rêvé !

Et c'était bien mieux que dans ses fantasmes.

A présent qu'elle lui faisait face, elle pouvait, elle aussi, le toucher. Suivre le contour de son visage, sentir sa barbe naissante sous ses pouces. Mue par une impulsion soudaine, elle enfouit les mains dans sa belle chevelure soyeuse… Puis, suivant une nouvelle impulsion, elle posa bientôt les doigts sur les boutons de sa chemise, les ouvrant l'un après l'autre afin de pouvoir caresser enfin son torse, ses muscles, son dos imposant…

Elle était partagée entre l'envie d'une exploration longue et lente, qui lui aurait permis de chérir chaque muscle de ce corps splendide, et le désir impérieux de le sentir tout entier, d'un seul coup. Elle avait si longtemps imaginé cette scène qu'elle redoutait que tout ne s'évanouisse brutalement, que le paradis ne soit qu'un mirage…

Comme en écho à ces terrifiantes pensées, il prit son visage entre ses mains et mit fin au baiser.

Il la scruta, et elle essaya de deviner ce qui lui traversait l'esprit. Elle y voyait du trouble et de l'angoisse. Mais elle y percevait aussi du désir. Un désir profond, douloureux, qui se lisait dans ses yeux de braise, se dessinait sur ses lèvres entrouvertes, transparaissait dans sa respiration saccadée…

— Ce n'est pas bien, murmura-t-il.

— Mais c'est très bon, répondit-elle sur le même ton.

Et de nouveau, il l'embrassa.

Elle comprit que la résistance d'Adam venait définitivement de céder, et elle en aurait pleuré de joie.

La prenant dans ses bras, il franchit la porte de communication et la déposa tout près du lit à baldaquin. Dans ses yeux, elle perçut encore un peu du tourment qui l'habitait. Il lui tenait les bras, d'une poigne presque féroce.

— Cesse de lutter contre toi-même, Adam, et dis-moi que tu as des préservatifs.

Un beau sourire éclaira son visage, et il ferma les yeux.

— Je capitule, déclara-t-il. J'irai sans doute brûler en enfer, mais je capitule.

Un vif sentiment de soulagement l'envahit…

Heureusement, quelques secondes plus tard, il était de retour et entreprenait de la déshabiller, contemplant son corps avec émerveillement. Elle l'aida elle aussi à retirer ses vêtements, puis se mit à le caresser, parcourant d'une main avide ses muscles vigoureux, sa peau soyeuse, ses cheveux brillants… La réalité était bien plus puissante que l'imagination !

— Est-ce que tu sais à quel point je te désire ? lui demanda-t-il.

Elle se mordit la lèvre.

— Je crois, oui, répondit-elle.

Il posa les mains sur ses seins, et un frisson la parcourut tout entière quand il se mit à en titiller les mamelons. Elle se cambra et il plaqua alors la bouche sur sa poitrine… Elle sentit sa langue, ses dents, ses lèvres jouer avec ses seins et l'étourdir de plaisir, tout en étant pressée contre son érection.

Et soudain, sans prévenir, il la fit rouler sur le lit et s'allongea sur elle.

— Tu es tellement parfaite, dit-il en se plaçant entre ses jambes, qu'elle enroula autour de son dos.

— Assez parlé ! murmura-t-elle.

Et elle se donna à lui.

Son regard brûlant rivé au sien, il la pénétra d'un coup. Elle se cambra légèrement, pour s'ajuster à lui, et il se retira avec lenteur, avant de revenir… La sensation était exquise. Ils se mirent à bouger au même rythme, parfaitement en accord. Elle sentait le plaisir monter, monter en elle… Et soudain, des cris de volupté lui échappèrent. Ils accélérèrent la cadence, de plus en plus haletants, jusqu'à ce que l'orgasme la submerge et la transporte dans une autre dimension… Elle l'entendit vaguement crier son nom et comprit qu'il l'y avait rejointe…

Ils restèrent étendus un bon moment, l'un sur l'autre, front contre front, la respiration saccadée. Quand ils retrouvèrent enfin leur souffle, il roula sur le côté. Elle enfouit alors sa tête dans son épaule, rêveuse, repue.

Mais, lentement, la réalité refaisait surface.

Elle entendit Adam prendre sa respiration, comme s'il allait parler.

— Ne dis rien ! le prévint-elle.

— Je n'y pensais même pas.

Elle éclata de rire, et il l'attira plus étroitement à lui.

*
* *

Adam se réveilla et regarda Danni endormie, baignée dans la lumière douce du matin. Il avait l'impression de la voir pour la première fois. Elle était complètement détendue. Même quand ils jouaient ensemble aux échecs, et qu'elle était concentrée, il percevait en elle une certaine impatience contenue, comme si elle était prête à bondir de sa chaise. Cela se voyait à la façon dont elle tapotait la table ou remuait le pied.

Il sourit. Elle était couchée de travers, un bras passé derrière la tête. Sa peau couleur ivoire lui conférait à la fois de la douceur et de la vulnérabilité. Ses yeux qui d'habitude pétillaient étaient fermés, et ses cils dessinaient un éventail soyeux sur le haut de ses joues.

Tout à coup, elle bougea et roula sur le côté. Le drap qu'il venait de remonter sur elle tomba de nouveau. Elle était si belle ! D'une beauté à couper le souffle. Son corps était gracile et délicat. Finalement, elle était plus petite qu'elle n'en avait l'air, sans doute était-ce son inlassable énergie qui lui donnait cette aura. Elle était plus vivante que toutes les personnes de sa connaissance, débordant toujours de vitalité et d'humour.

Le drap recouvrait l'un de ses seins, exposant la perfection de l'autre à sa vue…

Danni était tellement féminine ! Comment avait-il pu être aveugle au point de ne pas s'en rendre compte avant ? Pendant des années, il avait vu en elle un garçon manqué, et dans leur relation une amitié fraternelle, tout cela pour éviter d'affronter la réalité. Danni était une femme magnifique. La passion personnifiée. Elle dégageait une sensualité électrique qui l'attirait au-delà de tout…

Soudain, il se figea.

Il ne pouvait se permettre de telles pensées ! C'était Danni. Il ne représentait qu'une petite pause dans la grande course de sa vie. Et lui aussi devait gérer la sienne, faire face à ses responsabilités.

Il fallait qu'il se lève du lit, revienne dans sa chambre et referme soigneusement la porte derrière lui. Il venait de se rendre compte, un peu tard, qu'il se tenait sur le rebord d'un précipice inconnu et dangereux.

Elle ouvrit les yeux, et un sourire se dessina sur ses lèvres. Voilà où se trouvait le danger : dans son regard. Il était si bon de la contempler. Le sourire de Danni s'élargit, et elle se cambra légèrement. Un érotisme fou se dégageait de sa personne ! Il roula vers elle. Advienne que pourra…

Du bout des doigts, elle traça quelque chose sur son torse.

— Le français est la langue de l'amour, dit-elle. Mais tu ne m'as pas parlé en français quand nous…

Elle laissa sa phrase en suspens.

— Je n'arrivais à penser dans aucune langue. Tu veux que je te parle français maintenant ?

Elle lui sourit, et des étincelles brillèrent dans ses yeux.

Il prit ses doigts dans sa main.

— Je vais te dire des mots qui te mettront l'eau à la bouche, et que tu comprendras forcément.

Il lui prit la main.

— Croissant, Citroën.

Il embrassa un premier doigt.

— *Schnitzel*, Mercedes-Benz.

Mais il n'avait plus envie de lui embrasser les doigts, alors il s'allongea sur elle et remarqua qu'elle s'ajustait immédiatement à son corps, à sa chaleur, à son impatience.

— Continue !

Il lui caressa les cheveux, puis le visage, avant de déposer un baiser sur son front.

— Pizza, Ferrari.

— Oh oui ! L'italien, c'est bien. Encore !

Elle bougea les hanches.

— Tiramisu, Lamborghini.

— Prends-moi, je suis à toi.

Alors il lui donna le monde.

Il plaqua les mains sur ses hanches, et toute pensée consciente, en n'importe quelle langue, s'évanouit de son esprit…

- 9 -

Adam se tenait en compagnie de Danni et de Blake, sur la terrasse du chalet. Il se sentait bercé par un doux sentiment de paix, aussi doux que le bruit du moteur de la Range Rover.

Une nuit et une matinée de perfection, d'amour et de rire, c'était ce qu'ils s'étaient volé à eux-mêmes. Alors qu'il regardait Danni discuter tranquillement avec Blake, il se rendit compte que c'était la première fois qu'il avait autant ri avec une femme. Danni était joyeuse, elle ne prenait rien au sérieux. C'était une révélation.

Il avait été tellement sceptique quand elle lui avait affirmé qu'une relation amoureuse pouvait être amusante. C'était une des leçons qu'il avait reçues d'elle.

Vivre dans l'instant faisait partie de sa nature. Elle avait catégoriquement refusé d'évoquer l'avenir.

L'énergie dont elle débordait avait été communicative et, grâce à elle, il avait retrouvé une partie de lui-même qu'il avait ensevelie et oubliée depuis bien longtemps.

Maintenant, il la regardait. Son énergie avait

légèrement diminué : c'en était fini de cette parenthèse hors de la réalité. Ils revenaient à la vie normale. Et pour la première fois de son existence, il se rendit compte qu'il redoutait ce qui l'attendait.

— J'espère que vous avez apprécié votre séjour, déclarait Blake comme s'il récitait un scénario appris.

Ce qui était probablement le cas. Plusieurs fois durant leur séjour, il s'était référé au carnet contenant toutes les instructions que Sabrina y avait consignées à son attention. Même absente, elle continuait de gouverner le navire.

— Enormément, répondit Danni.

Blake se pencha alors vers elle.

— Je n'ai rien voulu vous dire, car je ne souhaitais pas vous inquiéter…

Il baissa la voix et poursuivit :

—… mais vous étiez mes premiers clients. Je suis soulagé d'avoir eu affaire à des gens comme vous. Je ne connais pas grand-chose à l'hôtellerie, et j'admets que j'étais inquiet. Sabrina ne me le pardonnerait pas si je commettais un impair ou si je me conduisais avec une trop grande familiarité envers des hôtes. Ou si je parlais trop.

Un sourire penaud éclaira alors son visage, puis il leur fit un clin d'œil.

— Si jamais vous la voyez un jour et qu'elle vous questionne, dites-lui que je sais tenir ma langue.

— Tout à fait, approuva Adam.

— En tout cas, ça a été un bon entraînement pour moi. La semaine prochaine, nous attendons un maire. Je ne peux vous dire de qui il s'agit, vu que je suis tenu au secret professionnel, mais au moins, j'ai beaucoup appris grâce à vous. Evidemment, je suis encore nerveux à l'idée de recevoir un dignitaire local, mais beaucoup moins, maintenant.

— Ne vous inquiétez pas, vous avez été un hôte parfait.

Blake lui tapa alors sur l'épaule avec une force surprenante.

— Merci, mon vieux. Vos paroles me vont droit au cœur. Oh ! à propos ! J'ai oublié de vous faire signer notre livre d'or.

— C'est fait, déclara alors Danni.

Elle lança les clés de la voiture en l'air, puis les rattrapa. Elle était manifestement consciente du regard qu'il posait sur elle, car une lueur de défi s'alluma dans ses yeux. Il ne releva pas, pour qu'elle en déduise qu'il la laissait conduire.

Comme lui, elle avait eu du mal à quitter le lit, ce matin. Mais, une fois debout, elle s'était montrée remarquablement efficace.

Ils roulaient depuis quelques minutes quand il demanda :

— Quel nom as-tu mis, dans le livre d'or ?

— Juste le mien. Et ma signature est quasiment indéchiffrable. Ne t'inquiète pas, personne ne pourra faire le rapprochement avec toi. Il n'y aura nulle trace de notre séjour ici.

Elle ne ressemblait déjà plus à la Danni de ces derniers jours. Il y avait une distance nouvelle dans sa voix, et une légère tension crispait ses épaules.

Etait-ce ainsi que les choses allaient désormais se passer entre eux ? Il se demanda s'il n'avait pas tout gâché en cédant à sa violente pulsion et en lui faisant l'amour.

— Ce n'était pas ce qui m'inquiétait, dit-il.

— Ah bon ? Qu'est-ce qui te tracassait, alors ?

— Vas-tu seulement me croire, si je te le dis ?

Elle soupira puis partit d'un petit rire, et il eut la sensation qu'elle se décontractait un peu.

— Bien sûr, répondit-elle.

Et elle lui lança un regard presque peiné.

La route se déroulait devant eux, telle une bande sombre et humide qui serpentait entre la neige d'une blancheur aveuglante et les sapins vert foncé. Le GPS sur le tableau de bord affichait l'itinéraire qui les attendait. Mais il n'y avait aucune carte en mesure de les guider dans la suite de leurs existences. Or, il était habitué à vivre en fonction de projets, d'objectifs, de rendez-vous. L'incertitude et les changements liés à Danni et à leur relation le tracassaient.

Se rendait-elle seulement compte de ce qu'ils allaient devoir affronter ?

— Tu es celle qui aurait le plus à perdre, si ce qui se passe venait à se savoir, déclara-t-il.

Sa vie en serait toute chamboulée, et elle pourrait dire adieu à la tranquillité de son anonymat. Il ne tenait pas à lui laisser ce genre d'héritage en contrepartie de leur brève liaison.

— Personne n'en saura rien. Il ne s'agit que d'un week-end. Seuls toi et moi sommes au courant, et ce n'est pas moi qui irais raconter quoi que ce soit.

Donc, si tu peux tenir ta langue — bon, d'accord, je sais que ce sera difficile —, précisa-t-elle avec l'impertinence charmante qui la caractérisait, tout se passera sans problème. Blake sait que nous étions ensemble, mais il ignore qui tu es. Et même s'il l'a deviné, je ne pense pas qu'il le dira. Du moins, pas de façon délibérée.

— Et puis il y a Sabrina qui lui sert de garde-fou, renchérit-il.

Blake lui avait montré une photo de la propriétaire. C'était une petite femme aux traits affables.

— Tout à fait, approuva Danni en souriant. Et nous ne nous sommes rien accordé de plus qu'un petit week-end, parce que nous étions bloqués par la neige.

A vrai dire, le secret de ce week-end n'était pas son souci majeur. Ce qui le tracassait, et c'était purement égoïste de sa part, c'était la perspective de la perdre. Pour la première fois de sa vie, ce week-end, il s'était senti vraiment proche de quelqu'un.

— Si je te comprends bien, tu estimes que c'est fini entre nous ?

C'était lui qui était censé dire ce genre de choses, et en les entendant dans la bouche de Danni, il avait eu immédiatement envie de s'y opposer. Mettre un terme à sa relation avec Danni, alors qu'elle était à peine commencée, allait à l'encontre de ce qu'il ressentait, même si c'était ce que dictait sa raison.

Elle lui jeta un regard inquiet.

— Oui, il le faut, et tu le sais, dit-elle. Toi et

moi, nous n'avons pas d'avenir commun. Nous allons retrouver notre vie normale.

C'était bien là le problème. Car elle l'avait si profondément chamboulé qu'il n'arrivait plus à réfléchir. Et à cause d'elle, il ne retrouverait sans doute jamais sa faculté à penser objectivement. Ni la normalité qui était la sienne, avant ce fameux séjour au cœur de la montagne.

— Je ne suis pas certain que ce soit possible, répondit-il.

— Nous y arriverons, déclara-t-elle d'un ton farouche.

Y croyait-elle vraiment ? Tout s'était passé si vite entre eux. Il n'y avait même pas eu le temps de l'anticipation, de la séduction… Rien de ces histoires romantiques que, selon Danni, les femmes adoraient.

— Et tu ne trouves rien à redire au fait que j'ai profité de toi pour une nuit ? Toi, cela ne te pose aucun problème ?

— Pas du tout. J'ai profité de toi de la même façon. Ce n'était sans doute pas très correct de ma part…

Elle haussa les épaules, mais il secoua la tête. Il avait entendu comme une fausse note dans sa voix.

— Je ne sais pas, Danni… Les choses ont changé si rapidement et de façon si radicale entre nous. J'ai besoin de temps pour réfléchir.

— Inutile de réfléchir ! Tu vas arriver à la conclusion que tu n'as pas été convenable avec moi, je n'ai aucun doute là-dessus. Mais moi, je trouve que tu as été très convenable, je t'assure.

Elle redressa le menton, mais cet air de défi lui déplut.

— Oublie ce week-end, et continue à vivre, dit-elle, d'un ton neutre.

Il eut pourtant l'impression qu'elle menait un combat contre elle-même pour paraître calme.

— C'est ce que je vais faire de mon côté, continua-t-elle. Tu es un homme d'honneur, Adam, tu serais incapable d'utiliser qui que ce soit.

— Tu as raison, je ne t'ai pas utilisée, déclara-t-il alors. Tu sais bien que j'en serais incapable.

— Dans ces conditions, je suppose que je te dois des excuses, car moi, en revanche, je me suis servie de toi.

— Je ne te crois pas.

Il reconnaissait bien là son côté obstiné, son esprit de contradiction qui lui venait de l'enfance et persistait dans la femme qu'elle était devenue.

— Tu as tort. Et je pensais que c'était mutuel, sinon je n'aurais pas…

Elle n'aurait pas quoi ? Il n'y avait eu aucune préméditation dans ce qui s'était passé entre eux, aucune anticipation, ni réflexion.

Elle déglutit avec difficulté.

— Bref, même si tes excuses sont charmantes, elles ne sont pas nécessaires, conclut-elle.

Elle fanfaronnait, il le savait, mais il n'arrivait pas à se représenter ce qu'elle avait derrière la tête. Peu importait ce qu'elle affirmait, il devait se racheter.

— Danni, il faut que nous parlions sérieusement.

— C'est inutile !

Elle fixait obstinément la route, l'empêchant de voir ses yeux. Or ils étaient si expressifs ! Il fallait absolument qu'il puisse lire dedans, pour avoir une petite idée de ce qu'elle ressentait.

— Arrêtons-nous au café où nous avions fait une pause, à l'aller, déclara-t-il tout à trac.

— Non, ce n'est pas une bonne idée, dit-elle.

— Si c'est fini entre nous…

— Il faut que ça le soit ! affirma-t-elle avec vigueur.

— Alors, nous allons retrouver la relation qui était la nôtre avant ?

— Oui.

— Et je cesserai d'être ton amant, pour redevenir simplement ton prince, rien de plus ?

— Ce sera mieux ainsi.

— Dans ces conditions, arrête-toi au café. C'est un ordre ! Et tu as intérêt à le suivre, si tu veux me prouver que les choses sont redevenues ce qu'elles étaient entre nous.

Danni inspira profondément et s'efforça d'évacuer la pression de ses épaules. Adam n'allait pas tarder à redevenir lui-même. Tout ce qui lui restait à faire, c'était de demeurer calme, comme si de rien n'était. Quand le café se profila, elle ralentit, puis mit son clignotant pour se garer sur le parking. Elle serait un chauffeur obéissant. Rien de plus.

A l'intérieur flottait une bonne odeur de café, et un feu crépitait dans la cheminée. Seules deux tables étaient occupées, mais toutes les têtes se retournèrent sur leur passage. Puis chacun se pencha vers son voisin et murmura quelque chose.

Elle avait envie de se gifler. Si personne n'avait reconnu Adam, la première fois, c'était parce qu'ils avaient eu de la chance. Ils avaient été naïfs d'espérer un *bis repetita*.

A l'aller, ils n'avaient rien à cacher, mais à présent ils devaient faire comme si les choses étaient demeurées inchangées. Elle était son chauffeur, et elle le reconduisait au palais, après qu'il avait passé un week-end à la neige.

Après qu'ils avaient partagé une nuit d'amour extraordinaire, précisa aussitôt une petite voix insidieuse, tapie dans son cerveau.

Elle ne devait pas se laisser déstabiliser par de telles pensées. Elle avait été le chauffeur d'Adam pour le week-end, point ! Si elle se le répétait en boucles, elle pourrait sans doute y croire. Adam était un prince. Elle le ramenait au palais. A sa vie. Evidemment, elle aurait dû porter son uniforme : il la rendait invisible et lui évitait les regards insistants des badauds.

En tenue civile, elle risquait d'être perçue comme la femme qui avait passé le week-end dans le lit du prince. Elle se sentait si différente, si comblée sexuellement, qu'il était impossible que ça ne se voie pas.

Adam hocha la tête et adressa quelques sourires aux clients et au personnel, ce qui lui valut des sourires et des murmures en retour. Au fil des ans, il avait maîtrisé l'art de paraître chaleureux et abordable, tout en décourageant quiconque de s'approcher de lui. Il se dirigea vers la même table que la fois précédente et attendit qu'elle s'assoie.

Elle s'installa sur la banquette en cuir noir, et il prit place juste à côté d'elle. Un peu trop près et de façon trop intime… Alors elle se glissa de l'autre côté de la table afin de se retrouver en face de lui et de donner le change aux clients. Encore qu'un chauffeur ne partagerait pas un café avec le prince ! Mais elle pouvait passer pour une amie. Cela lui convenait tout à fait.

Ils commandèrent leurs boissons auprès d'une serveuse très empressée, qui semblait prête à faire la révérence à chaque instant.

Quand la jeune femme se fut éloignée, Adam se pencha vers elle.

— Il y a deux heures, nous faisions encore l'amour, lui dit-il d'une voix basse qui donnait un tour encore plus séducteur à ses paroles.

Elle n'avait pas besoin qu'il le lui rappelle ! Il suffisait qu'elle le regarde pour que les souvenirs affluent. Mais ils ne devaient plus penser à leurs ébats, ou du moins ne fallait-il plus en parler.

Au fond d'elle-même, elle savait qu'elle ne pourrait plus être juste « amie » avec lui. Il y avait eu tellement plus entre eux ! Le triste sort qui l'attendait, c'était de perdre à la fois un amant et un ami.

En l'espace de quelques jours, le contrôle de la situation lui avait échappé. Elle aurait dû fuir dès le départ, le soir où elle l'avait réveillé dans la Bentley et où elle avait croisé son regard : elle y avait immédiatement repéré une attirance à laquelle elle serait incapable de résister.

— Je veux d'abord que nous considérions toutes les options, avant de déclarer que c'est impossible entre nous, dit-il.

— Nous n'avons aucune option, et il n'y a pas de « nous ».

— Il y a toujours différentes options.

— Non, pas toujours. Pas cette fois, en tout cas.

Leur relation se terminait *maintenant*. Elle ne ferait pas partie de sa vie, mais elle chérirait le souvenir de ce week-end comme un trésor.

Elle devait être impitoyable avec la midinette en elle, qui avait envie de chercher des options et des possibilités, qui voulait rêver à un avenir avec Adam — même s'il était très court —, qui voulait voler au temps le plus de minutes, d'heures, de jours et de nuits possible. Indépendamment de ce qu'il convenait ou non de faire, et sans réfléchir aux conséquences…

Adam appartenait à son pays, il n'était pas à elle, et il ne le serait jamais.

Elle crut soudain voir dans son regard l'ombre du chagrin qu'elle ressentait. Sous la table, il frotta son pied contre le sien. C'était un contact furtif, et pourtant même cela, ce n'était pas permis. Elle aurait dû s'écarter de lui… et elle n'y arrivait pas.

S'ils n'avaient pas été dans un endroit public et qu'il l'avait prise dans ses bras, il était certain qu'elle aurait succombé. En l'occurrence, il posa une main sur la table, tout près de la sienne, et elle lutta pour ne pas la toucher.

— Le problème, dit-il alors, c'est que je ne supporte pas l'idée que ce soit fini entre nous. Et je suis sûr que tu ne le supportes pas non plus.

— Dans la vie, on n'a pas toujours ce que l'on veut.

Il se redressa quand la serveuse revint avec leurs cafés, mais il ne la lâcha pas du regard.

— Ne vois-tu pas que c'est fini ? poursuivit-elle, une fois la barmaid repartie. Ça s'est terminé quand nous sommes sortis du chalet.

Il fronça encore les sourcils, comme s'il allait répondre. Il devait revenir au monde des responsabilités qui étaient les siennes, et parmi celles-ci figurait celle de trouver une femme qui l'épaulerait et serait princesse à ses côtés.

— Je ne peux pas t'aider à trouver l'épouse idéale, Adam, déclara-t-elle alors. Je suis forte, mais je ne suis pas masochiste.

Il sursauta, comme si elle l'avait giflé, puis il serra le poing, sur la table.

— Moi non plus, je ne le suis pas ! Comment pourrais-je regarder une autre femme, après toi ?

— Il le faudra bien.

Il redressa un peu plus les épaules. Le silence s'abattit entre eux, un silence lourd et pesant, jusqu'à ce qu'enfin il reprenne la parole :

— Alors j'arrête de chercher la femme parfaite.

La gravité de ses propos la déstabilisa.

Elle ne voulait pas être la cause de cet ajournement. Elle serait honnie par la principauté.

Jambes tremblantes, elle se leva.

— Dans ces conditions, tu n'as définitivement plus besoin de moi, dit-elle.

- 10 -

Le retour au palais dura une éternité. Adam était aussi silencieux et énigmatique qu'un sphinx, à côté d'elle. Elle ne souhaitait qu'une chose, que ce voyage se termine. Il fallait qu'elle s'éloigne de lui physiquement, car leur proximité s'apparentait à une torture.

Elle le déposerait devant sa porte, et des conseillers se précipiteraient vers lui, pour lui soumettre des questions diplomatiques à régler. Il reprendrait le fil de son existence.

Pourtant, quand elle vit enfin les tours du palais se dessiner, ce fut un sentiment de perte plutôt que de soulagement qui la submergea.

Voilà, c'était fini. Ils allaient se dire au revoir…

Elle le conduisit jusqu'à la porte de l'aile qu'il occupait. Il se tourna vers elle, au moment où elle garait la Bentley.

— Tu dînes avec moi, ce soir ?

— Non, je passe la soirée avec mon père, répondit-elle.

Puis elle respira profondément, avant d'ajouter :

— Je t'en prie, Adam, ne complique pas la situation…

— Tu veux dire que lorsque je vais t'embrasser, ce sera le dernier baiser que nous échangerons ?

Ses beaux yeux noirs la fixaient, l'attirant inexorablement vers lui. Dans un ultime moment de lucidité, elle comprit qu'elle ne pouvait pas même accepter ce baiser. Surtout ce baiser.

— Non… Enfin, oui. Bref, je ne peux pas t'embrasser, Adam, mais si je le faisais, ce serait effectivement un baiser d'adieu.

Mais, en dépit de ses affirmations, toute pensée rationnelle l'abandonna quand il se rapprocha d'elle. Chaque parcelle de son corps avait besoin qu'il la touche. Après tout, elle pouvait bien s'accorder un dernier baiser… Un dernier souvenir à emporter. Elle n'était pas assez forte pour se le refuser.

— Toi aussi tu en as envie, dit-il doucement.

— Non, ce n'est pas vrai.

Elle était à quelques centimètres de lui, secouant la tête avec vigueur.

Il se mit à rire, d'un rire grave et profond.

Ce qu'elle désirait le plus au monde, c'étaient ses lèvres souriantes sur les siennes. Et pourtant…

— Va-t'en ! Maintenant ! lui dit-elle. Nous avons tous les deux des choses à faire, nous devons reprendre nos vies.

— Je ne descendrai pas de voiture tant que tu ne m'auras pas embrassé.

— C'est du chantage, Adam !

Il n'était pas question qu'il l'emporte. S'il voulait

être têtu, elle aussi le serait. Ouvrant la portière, elle se précipita hors de la Bentley et alla lui ouvrir.

Quand il en sortit, elle se réfugia à l'arrière du véhicule pour prendre son bagage qu'elle porta jusqu'à l'entrée. Mais lorsqu'elle se retourna, il était juste derrière elle. Levant les bras, il prit son visage entre ses mains.

Elle s'immobilisa, retint son souffle… et malgré elle, sentit ses lèvres s'entrouvrir, sous l'influence d'une pulsion familière qui montait des tréfonds de son être.

— Dis-moi que tu n'as pas envie de m'embrasser autant que j'en ai envie, fit-il. Si tu prononces ces paroles, alors je te laisse tranquille.

Elle lutta pendant de longues secondes, le regard perdu dans celui d'Adam, et se retenant à grand-peine de le toucher, elle aussi.

— Je ne veux pas que tu m'embrasses, dit-elle enfin, tel un automate.

Mais, contrairement à ce qu'il avait annoncé, il pencha la tête et effleura sa bouche.

— Tu avais dit que tu ne m'embrasserais pas, se récria-t-elle.

— Comme tu as menti en prétendant que tu ne voulais pas que je le fasse, nous sommes quittes, rétorqua-t-il. Redis-moi que tu ne veux pas que je t'embrasse.

Son souffle se mêla au sien, dans l'air frais de la fin d'après-midi. Elle tangua légèrement contre lui, trahie par son corps.

— Non, je ne veux pas, s'entêta-t-elle.

— Menteuse, murmura-t-il.

Et de nouveau, il l'embrassa. Cette fois, le baiser correspondait exactement à ses attentes, un baiser profond, qui l'emplissait de toute sa saveur. Elle noua les bras autour de son cou, se serra contre lui, et le peu de raison qui lui restait s'envola... Elle s'abandonna à lui, aux sensations qu'il lui procurait : sa chaleur, son odeur, l'exquise pression de ses lèvres sur sa bouche, sa langue passionnée...

Finalement, ils s'écartèrent l'un de l'autre, restant front contre front. De son pouce, il lui caressait la joue.

— Ce n'est pas bien.

Il avait murmuré ses paroles contre sa bouche.

Elle savait qu'il finirait tôt ou tard par le reconnaître. Et pourtant, l'aveu la mortifia.

— Je te l'avais bien dit, répondit-elle.

— C'est moi qui devrais te raccompagner chez toi, et pas l'inverse.

— Non, ça ne marche pas comme ça. C'est moi le chauffeur.

— Mais non, je t'ai renvoyée, tu ne t'en souviens pas ? Je t'ai laissée conduire pour te faire plaisir, parce que je sais que tu adores ça. Alors remonte dans la voiture, et je te ramène chez toi.

— Non !

— Si ! Monte !

Il lança un coup d'œil vers le palais.

— Remarque, j'ai un grand lit, dans ma chambre, Danni... Et je n'arrête pas de te voir dedans. C'est ta dernière chance avant que je ne te jette sur mon épaule et que je t'y entraîne. Peut-être qu'ensuite, tu me sortiras de la tête et que je pourrai oublier tout cela.

Elle comprit que la menace était sérieuse. Obtempérant, elle monta dans la voiture, côté passager. Après tout, si cela lui faisait du bien et qu'il avait ainsi l'impression de contrôler la situation, qu'à cela ne tienne !

Il la ramena jusqu'à la maison du gardien et coupa le moteur. Dès que le silence se fit, il tourna la tête vers elle. Ses yeux étaient aussi noirs que le péché.

— Embrasse-moi encore, dit-il.

Elle était sous son charme, et elle en oubliait ce qui était bien ou non pour elle. Elle devait en finir avec cet enchantement !

Bondissant hors de la voiture, elle referma la portière en toute hâte, lui lança un vague merci et un au revoir tout aussi confus, puis elle courut vers la maison.

— Tu es sûre que tout va bien ? lui demanda son père pour la seconde fois ce soir-là.

Elle était penchée sur le réfrigérateur, réfléchissant à ce qu'elle allait préparer pour le dîner.

— Très bien, papa, répondit-elle d'une voix aussi claire que possible. Je suis juste un peu fatiguée.

Cette nuit, elle allait dormir sans Adam, et la perspective l'attristait. Et pourtant, ils n'avaient passé qu'une nuit ensemble ! Et qu'est-ce que c'était, dans toute une vie ? Même si ça avait été une nuit merveilleusement parfaite…

— Oh ! fit soudain son père.

— Qu'est-ce qu'il y a ? demanda-t-elle immédiatement sur ses gardes.

— Je ne l'avais pas entendu arriver.

— Qui ?

— Adam.

Sur ces entrefaites, on frappa comme par magie un coup à la porte.

— Papa, que vient-il faire ici ?

— Il a téléphoné, tout à l'heure, pour dire qu'il passerait te voir.

Sans attendre, elle se rua dans l'entrée.

— Il y a quelque chose entre lui et toi ? lui demanda son père, comme elle posait la main sur la poignée.

Immobilisant ses doigts, elle se retourna.

— Non, papa, il n'y a rien entre nous.

Ou, du moins, n'y avait-il plus rien.

Son père avait dû lui en vouloir d'avoir transgressé les règles tacites qu'ils s'étaient toujours fixées. Mais cette histoire ne concernait qu'elle ! Elle devait faire ce qui lui convenait le mieux à elle, pas à son père.

Elle ouvrit la porte et se retrouva face à l'homme qui lui était interdit. Et tous les souvenirs qu'ils avaient partagés la submergèrent… Alors son cœur se fit tout à coup plus léger. Ce fut comme s'il se mettait à chanter, tel un oiseau qui aurait retrouvé inopinément la liberté. Elle le regarda et vit se refléter dans ses yeux la faim qui l'habitait.

Comme il lui avait manqué !

Et cela faisait simplement quelques heures qu'ils

s'étaient séparés… C'était si bon de le revoir ! Même s'il lui forçait la main en venant chez elle, elle lisait une certaine incertitude sur son visage, comme s'il redoutait sa réaction.

— Adam…

Elle avait l'intention de prononcer son prénom d'un ton neutre, mais ses émotions l'avaient trahie…

Elle s'absorba dans sa contemplation, sachant que ce n'était qu'un sursis. Elle voulait juste imprimer son image dans ses prunelles, se souvenir de ses yeux, de son nez, avec ce léger renflement qu'elle était la seule à voir, ses lèvres, sa joue… Elle serra les poings pour que ses mains ne la trahissent pas.

De derrière son dos, il brandit soudain un bouquet.

— Tu n'aurais pas dû, murmura-t-elle, malgré tout émue par son geste romantique.

— Il ne te plaît pas ?

Elle leva le bouquet jusqu'à son visage, et en huma l'odeur.

— Elles sont très belles. C'est la première fois qu'on m'offre des fleurs.

Il posa les mains sur ses épaules et l'attira à lui, scrutant son visage.

Elle essayait d'être forte. Mais c'était bien difficile, car le désir avait totalement repris possession de son être.

Il la serra un peu plus étroitement contre lui, et continua à l'observer.

Pour finir, ce fut elle qui céda et lui tendit ses lèvres…

Quelques instants plus tard, il relâcha son étreinte et mit fin au baiser qui n'aurait jamais dû avoir lieu.

Pourtant, au lieu de reculer, elle resta où elle était…

Alors Adam l'embrassa de nouveau. Une promesse de désir et de plaisir qui dura de longues et merveilleuses secondes.

— Pendant toute ma réunion avec l'ambassadeur d'Espagne, je n'ai cessé de penser au baiser que je te donnerais.

— Nous étions pourtant d'accord sur…

— Nous n'étions d'accord sur rien ! trancha-t-il.

Elle s'esclaffa d'un rire où se mêlaient l'exaspération et le désespoir. Pourquoi fallait-il que ce soit Adam ? Le seul homme qu'elle ne pouvait pas avoir, le seul dont l'existence était si éloignée de la sienne. Il avait besoin d'une femme aux antipodes de ce qu'elle était, cultivée, distinguée, diplomate et superbe, qui aurait toutes les qualités requises pour être princesse.

Il fallait absolument que ce petit jeu cesse et qu'elle se sorte Adam de la tête.

Mais en ce moment précis, alors qu'il la berçait dans ses bras, elle ne pouvait que se réjouir de la situation.

— Passons la soirée ensemble. Il faut que nous discutions, lui souffla-t-il.

— Non, je travaille demain. J'ai une conférence de presse à préparer pour la fin de la semaine.

— Ne laisse pas Adam sur le palier, Danni, intervint alors son père, de la cuisine. Fais-le entrer.

— Non ! fit-elle d'un ton paniqué.

Mais son père ne l'avait pas entendue, ou il fit comme si.

— Venez voir la course ! insista-t-il. C'est la retransmission du Grand Prix du Brésil.

Adam releva un sourcil.

— Quel mal y aurait-il à regarder le Grand Prix avec ton père ?

— Non, on ne peut pas !

Un sourire éclaira les traits d'Adam.

— Tu as peur de moi, Danni ?

— Pas du tout, prétendit-elle.

Il avait vu juste : elle était terrifiée par le bouleversement qu'il avait entraîné dans son cœur, par le pouvoir qu'il avait sur elle.

— Parfait. Nous pouvons y aller, alors.

— Je t'ai dit non, pourquoi est-ce que tu insistes ?

— Parce que c'est une erreur que de refuser ! Tu étais censée me guérir de mes défauts, tu te souviens ?

Il jeta un coup d'œil par-dessus son épaule.

— Bonsoir, St. Claire, ajouta-t-il.

Danni sentit son cœur flancher. Si son père s'en mêlait, elle n'arriverait pas à se débarrasser d'Adam.

— Bonsoir, Adam, lança-t-il. Vous allez venir, tous les deux, ou vous préférez passer la soirée dans le froid, sur le pas de la porte ?

Adam la regarda comme s'il la laissait décider, mais il ne prenait pas un gros risque, maintenant qu'elle était piégée…

— On arrive, lança-t-elle en soupirant.

Elle n'avait pas la force de résister. Demain, dès que cette soirée en compagnie de son père serait terminée, elle reprendrait ses esprits et ses forces. Au fond, il ne pourrait rien se passer de terrible. Et elle avait tellement envie d'être tout près d'Adam, de le regarder, de l'entendre, de rire avec lui pour une soirée de plus.

Demain, tout rentrerait dans l'ordre. Elle irait loger chez une amie, le temps que ses travaux se terminent. Adam ne pourrait pas l'y suivre. Elle leur imposerait une rupture.

— Est-ce que tu as mangé ? demanda Adam alors qu'elle mettait les fleurs dans un vase.

Elle secoua la tête.

— On commande ? dit-il en sortant son portable. Est-ce que ton père aime toujours autant manger chinois ?

Elle acquiesça, avec la sensation qu'elle aurait pu dire oui à tout ce qu'il lui demandait.

Il la suivit dans le salon. Son père était assis dans un fauteuil, il restait donc le canapé pour Adam et elle. Ils s'assirent l'un à côté de l'autre, sans se toucher, ce qui la mit au supplice, mais alors que son père ajoutait ses commentaires à ceux du présentateur, Adam trouva sa main et entremêla ses doigts aux siens. Son père ne pouvait pas les voir, leurs mains n'étant pas dans son champ de vision. Mais ce contact, c'était à la fois trop et pas assez…

Tous trois se concentrèrent sur la course, faisant de temps à autre des commentaires, poussant parfois des cris de joie ou de détresse. Et même si elle savait qu'elle n'aurait pas dû, elle ressentait une joie réelle à partager cette soirée avec Adam et son père. C'était un tel bonheur que c'en était presque douloureux.

Après qu'ils eurent mangé, elle proposa du café,

ce qui lui donna l'occasion de s'éclipser et de reprendre quelque peu ses esprits. Dans la cuisine, elle se tint pendant quelques instants devant le comptoir, face à la nuit…

Mais Adam vint soudain se glisser derrière elle et l'enlaça.

— Cette soirée m'a rappelé mon enfance, lui dit-il, et tu ne peux pas savoir ce que ça représente pour moi, d'être en ta compagnie et celle de ton père. Je savais que mon père m'aimait, mais c'était ton père qui passait du temps avec moi, sans attendre de contreparties. Je lui en suis encore reconnaissant.

Il reprit son souffle, et poursuivit :

— J'aimais comme tu te comportais quand nous étions chez toi. Tu étais tellement différente de la Danni que je connaissais avec Rafe ou les autres enfants. Tu étais si sérieuse, si distante avec les enfants du palais, comme si tu te rappelais à chaque instant qui tu étais.

— Je devais être insupportable…

— Nous l'étions tous.

Elle sourit, au souvenir de leur enfance.

Elle l'avait vu au fil du temps ériger des barrières entre lui et les autres, mais elle avait discerné aussi les fêlures dans l'armure dont il se revêtait. Elle les avait perçues quand il venait les voir, son père et elle, ou lorsqu'ils étaient simplement tous les deux et qu'il la pensait trop jeune pour comprendre ce qui se passait vraiment ou encore trop dévouée pour révéler les secrets qu'il lui confiait. Elle avait bien conscience alors de son statut privilégié. Et à vrai dire, elle le regrettait.

Elle s'échappa de son étreinte.

Qu'est-ce qui se passerait si elle tombait amoureuse de lui ? Voilà la question qu'elle aurait aimé lui hurler au visage, ce qui lui faisait vraiment peur. Parce qu'elle connaissait la réponse : ce serait terrible !

- 11 -

Il y avait quelque chose d'inhabituel dans l'air.

Danni avait toujours assuré la coordination des points de presse concernant l'organisation du Grand Prix à San Philippe. Mais aujourd'hui, il régnait dans la pièce une atmosphère différente. Et cela ne tenait pas uniquement à son état d'esprit ni aux sentiments confus qu'elle éprouvait pour Adam.

La dernière conférence remontait à deux semaines. Certes, on y avait fait des annonces prometteuses, mais pas au point d'attirer une telle foule dans la petite salle où, d'ordinaire, il restait toujours des chaises vides.

Michael Lucas, le responsable des événements liés au sport automobile à San Philippe, lui lança un regard interrogateur, et elle se contenta de hausser les épaules. Outre les commentateurs sportifs et les représentants du secteur touristique qui espéraient que le Grand Prix attirerait de nombreux visiteurs à San Philippe, il y avait des journalistes et des photographes qu'elle ne reconnaissait pas. Elle sentait aussi une énergie et une excitation peu communes dans la salle.

Assise sur le côté de l'estrade, elle relisait une dernière fois ses notes, y compris les courriers électroniques qu'elle avait reçus dans la nuit et la matinée. Rien de surprenant jusque-là. Elle ne pouvait que se réjouir du regain d'intérêt pour le Grand Prix, après quelques mois de flottement à cause des discussions liées à la sécurité et au planning.

Elle s'efforçait de rester concentrée et de ne pas penser à Adam, dont la présence lui avait si terriblement manqué, la semaine passée. Elle avait la nostalgie de son odeur, du poids de son corps sur le sien. De la façon dont il lui faisait l'amour.

La première chose qu'elle s'était empressée de faire, le lundi suivant le week-end au ski, ç'avait été d'avancer les dates de ses voyages liés à d'autres Grands Prix à l'étranger. Fuir, c'était le seul moyen d'oublier Adam.

Elle entendit soudain Michael s'éclaircir la voix, ce qui la tira de ses pensées. Tout le monde était là, y compris les coureurs, et les représentants des fabricants. Michael attendit son assentiment, puis il commença la conférence, annonçant les dernières nouvelles à l'assistance avant de tendre le micro aux participants.

Quelques reporters qu'elle connaissait bien posèrent des questions sur la course, jusqu'à ce qu'une journaliste, dont elle ignorait le nom, prenne la parole. De l'estrade, elle apercevait son badge d'accréditation, sans parvenir à lire pour quel magazine elle travaillait. Si l'intérêt pour le Grand

Prix s'étendait à des journaux non spécialisés, elle avait tout lieu de s'en féliciter.

— Ma question s'adresse à Mlle St. Claire, déclara la journaliste.

Toutes les têtes se tournèrent vers Danni, qui s'empressa de masquer sa surprise, tout en se demandant ce que lui voulait l'inconnue. Au moment où celle-ci prenait le micro, elle eut un mauvais pressentiment…

— Est-il vrai que vous avez une liaison avec le prince Adam ?

Elle en resta bouchée bée. Ce n'était pas le Grand Prix qui intéressait cette femme, mais une grosse prise. Un grand prince. Elle recherchait des commérages sur Adam.

Danni avait vraiment cru qu'ils étaient parvenus à passer le week-end dans l'anonymat. Mais elle avait été bien naïve de penser qu'ils avaient échappé aux spéculations et que leur séjour resterait caché dans le secret de son cœur, où elle pourrait le chérir comme un trésor. Il ne s'agissait que d'un week-end ! Ne pouvait-on cesser de traquer Adam pour un jour ou deux ? Il en avait le droit, tout de même ! Mais tout le monde s'en fichait.

Dans la salle, les têtes s'étaient redressées, et l'on était passé de la surprise à la curiosité. Ellc lança un coup d'œil à Michael qui fronçait les sourcils, mais attendait visiblement qu'elle démente l'accusation. Elle sentit le souffle lui manquer. Lentement, elle dirigea de nouveau le regard vers la journaliste.

— Ce n'est pas l'objet de ce point presse,

répondit-elle alors, appuyant sa réplique d'un sourire sec.

Puis elle fit un petit signe à Michael, pour qu'il prenne la question suivante. Il fallait détourner l'attention le plus vite possible. Mais la journaliste n'avait apparemment pas l'intention d'en rester là.

— Comment décririez-vous votre relation avec le prince ? lança-t-elle sans attendre d'être interrogée.

Danni s'apprêtait à opposer un ferme démenti à la journaliste — après tout, entre Adam et elle, c'était terminé —, lorsqu'elle repéra soudain un homme vêtu d'un costume sombre, au fond de la salle. C'était Wrightson, l'un des chauffeurs du palais, bien reconnaissable à ses cheveux coupés ras ! Que faisait-il ici ? Il ne cessait de secouer la tête.

Non, il lui disait non ? Mais non à quoi ? Devait-elle nier ou confirmer ?

Prenant une large inspiration, elle regarda la journaliste droit dans les yeux.

— Comment est-ce que je décrirais ma relation avec le prince ? répéta-t-elle. A vous, avec circonspection. Et c'est tout ce que j'ai à dire sur le sujet.

Des rires ironiques parcoururent la salle. Les reporters sportifs n'appréciaient pas plus qu'elle la présence de journalistes people dans la salle. Ils les considéraient comme des imposteurs.

— Et maintenant, avançons, enchaîna-t-elle. Robert ?

Journaliste de télévision spécialisé dans la finance, Robert Dubrawski aimerait certainement connaître l'impact économique du Grand Prix sur la principauté.

Opérant un savant dosage de fermeté et d'humour, Danni parvint à mener de façon relativement convenable le reste de la conférence. Quand celle-ci fut terminée, elle se retira par une porte arrière, puis rentra chez elle en empruntant des rues latérales, pour mettre le plus de distance possible entre elle et la presse de bas étage…

Elle connaissait un petit restaurant tranquille dans la vieille ville. Elle demanderait une table d'angle et pourrait réfléchir à ce qui venait de se passer et à la meilleure façon de réagir. Elle atteignait déjà le restaurant quand une élégante Jaguar noire glissa le long du trottoir et s'arrêta à sa hauteur.

La fenêtre s'ouvrit, et elle découvrit Wrightson derrière le volant.

— Le prince Adam aimerait savoir si vous auriez un peu de temps à lui consacrer ?

Elle s'apprêtait à refuser quand on l'appela brusquement par son prénom. La journaliste de la conférence, accompagnée d'un photographe, se dirigeait vers elle d'un bon pas.

Elle sauta dans la voiture sans demander son reste.

Le fait que leur histoire soit connue changeait tout.

Ils devaient se mettre d'accord sur une version, trouver une raison qui justifierait qu'on les ait vus ensemble. Et en cas de besoin, Adam ferait appel aux meilleurs conseillers en communication de San Philippe.

Allumant son portable, elle trouva un message d'Adam qui la priait de le rappeler, ainsi qu'un autre message, plus récent, de la réceptionniste de la conférence. Celle-ci lui disait de ne pas revenir, parce que les photographes avaient envahi l'immeuble.

Danni demeura silencieuse tandis que la Jaguar roulait dans les rues pavées et traversait un pont en forme d'arc, pour se diriger implacablement vers le palais. Elle s'efforçait de garder son calme, alors que l'idée de revoir Adam la bouleversait par avance. Un quart d'heure plus tard, elle jaillissait de la Jaguar qui venait de s'arrêter devant l'aile du palais réservé à Adam. La porte d'entrée s'ouvrit aussitôt, et il apparut sur le seuil.

Alors, en dépit de ses belles résolutions, de sa détermination à faire en sorte que tout soit terminé entre eux, et de son irritation à l'idée que ce qui aurait dû rester strictement privé soit maintenant connu du grand public, elle sentit son cœur battre à tout rompre à la vue du prince. Il paraissait si confiant, si vibrant de vie. Mais elle lut aussi de l'inquiétude dans ses yeux.

S'avançant vers elle, il la prit par les épaules.

— Tout va bien ? s'enquit-il.

Elle hocha la tête.

— Je suis désolé pour ce qui s'est passé à la conférence, ajouta-t-il d'une voix où s'entendaient les regrets et la colère.

Si la presse était au courant, l'alternative était simple : soit on lui reprocherait d'empêcher le prince de trouver une femme respectable, soit on attendrait qu'Adam confirme le sérieux de sa relation avec Danni.

Il n'accepterait ni l'une ni l'autre des solutions.

— Ce n'est pas ta faute, lui dit-il alors.

Et il cala une boucle de ses cheveux derrière son oreille.

— C'est à cause de moi qu'ils s'en sont pris à toi, poursuivit-il. Je n'aurais jamais cru qu'ils en viendraient là.

Cette fois, elle perçut de la résignation dans sa voix, et cela la renseigna sur son état d'esprit : lui aussi reconnaissait que ce qu'ils avaient partagé était terminé.

Evidemment, elle avait toujours cherché à le convaincre qu'entre eux c'était impossible, mais maintenant que lui aussi l'acceptait, elle ressentait un grand vide, et une terrible peine.

— Dès que ma secrétaire m'a appris que des photos circulaient dans la presse, j'ai essayé de te joindre, mais ton téléphone était éteint.

— Je l'avais mis sur messagerie.

— C'est pour cela que je t'ai envoyé Wrightson. J'aurais pu y aller moi-même, mais…

— Cela aurait attisé le feu, compléta-t-elle. Merci pour ce que tu as fait.

— Si j'avais pu t'épargner l'épreuve, je l'aurais fait, lui dit-il.

— Je sais, mais nous ne pouvons pas revenir en arrièrc et, maintenant, il nous faut une stratégie. A ton avis, est-ce qu'il est trop tard pour affirmer qu'il n'y a rien eu entre nous ?

— Il y a des photos de nous deux en train de skier, et d'autres où l'on nous voit quitter le palais ensemble. Ça va être un peu dur de nier.

— Tout de même ! On peut trouver une autre explication que celle d'une liaison.

— Sans doute.

— Dans ces conditions, nous pouvons dire que…

— Il est préférable de rester honnête, trancha-t-il en lui caressant la joue. Au début, on parlait de toi comme de la femme mystère, mais il n'a pas fallu beaucoup de temps aux journalistes pour trouver qui tu étais.

— Effectivement…

— On m'a dit que tu avais bien su répondre à la presse.

— Je m'en suis sortie. La question m'a prise au dépourvu. J'allais nier toute relation quand Wrightson a secoué la tête pour m'indiquer de ne pas le faire.

— Comme je te l'ai dit, il vaut mieux dire la vérité. Cela finit toujours par se savoir.

— Si nous nous en tenons à la vérité, alors il faudra dire que nous avons passé un week-end ensemble, mais que c'était une erreur.

— Je ne commets jamais d'erreurs. Et tu n'en es assurément pas une.

— Alors nous dirons à la presse que… que ça n'a pas marché entre nous.

— J'ai pourtant l'impression que ça a bien marché, au contraire.

— C'est vrai…

Elle soupira.

— Alors que comptes-tu leur dire ? s'enquit-elle.

— J'ai discuté avec des conseillers du palais.

— Et ?

— J'ai aussi discuté avec mon père et Rafe.

— Oh… !

Il était bien sûr indispensable que son père et son frère donnent leur avis. Cela n'aurait pas dû l'étonner, ni la décevoir.

— Et qu'est-ce qu'ils t'ont dit ? Ou plutôt, non, ne me dis rien ! Je devine ce qu'ils ont pu dire.

Adam avait été contraint de les écouter, mais elle n'était pas obligée d'entendre ce qu'ils avaient dit. D'ailleurs, c'étaient sans doute eux qui l'avaient convaincu qu'il ne pouvait y avoir de relation amoureuse entre eux. Et elle aurait dû leur en être reconnaissante.

— Quelle est la stratégie ? demanda-t-elle alors.

— Elle n'est pas très originale : pas de commentaire. Ça semble être la ligne de conduite appropriée, et cesser tout contact entre nous. Si le feu n'est pas alimenté, il s'éteindra de lui-même.

Il chercha son regard et secoua la tête.

— Tu m'as manqué, ajouta-t-il.

Puis il l'attira à lui et, sans même s'en rendre compte, elle leva la tête pour que leurs lèvres se touchent…

Comment était-il possible que cela soit terminé entre eux, quand il l'embrassait avec tant de passion ? Comment aurait-elle la force de s'en aller ?

Son baiser, comme toujours, lui procura de doux frissons, qui firent vibrer tout son être, trembler ses jambes, et étouffèrent toute pensée rationnelle en elle…

Il agissait comme une drogue sur ses sens.

Sans réfléchir, elle l'enlaça par la taille, et il

la serra plus étroitement contre lui. Elle se sentit aussitôt enveloppée par sa chaleur et fut précipitée dans la fournaise d'un été brûlant. D'une passion torride…

— Est-ce que tu peux faire une dernière chose pour moi ? lui murmura-t-elle alors.

— Je ferai n'importe quoi pour toi.

— Fais-moi encore une fois l'amour…

Une ultime fois, et elle s'en irait.

Il recula, et elle vit à son regard qu'il hésitait. Puis elle perçut sa capitulation. Alors, lui prenant la main, il l'entraîna dans le palais. Ils montèrent directement au deuxième étage, passant devant la bibliothèque, puis dans le corridor, sous les regards solennels des portraits accrochés au mur. Enfin, ils atteignirent sa chambre.

Il avait dit vrai en affirmant qu'il avait un lit immense…

Dès qu'il eut refermé la porte derrière eux, ils se regardèrent pendant de longues secondes, une faim féroce chevillée au corps… Puis, en silence, chacun se mit à déshabiller l'autre. Elle ressentait un plaisir aigu à déboutonner sa chemise, à palper de nouveau sa peau nue et la chaleur mâle de son corps. Elle avait besoin d'une dernière dose, de s'enivrer une dernière fois de lui. Et les mains qu'Adam faisait déjà courir sur son corps lui promettaient que la satisfaction de ce besoin était proche.

Sa seule consolation, c'était de constater qu'il désirait apparemment leur étreinte avec la même impatience désespérée qu'elle. Tous deux étaient captifs des brumes du désir.

Il la déshabilla de manière fébrile, en oubliant presque ses bonnes manières, puis la fit basculer sur le lit. Alors son monde se résuma à l'homme qui comptait tant pour elle et qui allait lui faire l'amour pour la dernière fois.

Prête pour l'accueillir, elle se cambra. Et sans attendre, sans préambule, aveuglé par le désir de la posséder, il la pénétra. Elle poussa un long gémissement de satisfaction, tout en marmonnant un « oui » qui se perdit dans son grognement à lui…

Il était si bon de le retrouver.

Il se mit à aller et venir doucement au-dessus d'elle, mais elle répondit avec un peu plus de vigueur. Alors, comprenant ce qu'elle voulait, il accéléra le mouvement tandis qu'elle enroulait les jambes autour de ses hanches, se donnant à lui corps et âme.

Ils avançaient ensemble, sur la route de la volupté, à la recherche du plaisir absolu… Ce plaisir, elle le sentait monter en elle, comme les flammes d'un feu qui brûlait tout sur son passage. Elle n'était plus que sensations, et celles-ci l'emportèrent bientôt dans une autre dimension qui fit voler son monde en éclats…

Il la tint longuement dans ses bras pendant qu'ils reprenaient leurs esprits et retrouvaient la désagréable sensation de ne plus être un. Des gouttes de sueur perlaient sur le corps d'Adam.

Repoussant une mèche sur son front, il déclara :

— Chaque fois que je nous imaginais dans ce lit, en train de faire l'amour, je pensais que ce serait très lent et merveilleux, que ça durerait des heures…

L'idée qu'avec elle il perdait son contrôle légendaire était fort excitante, mais elle la rendait bien humble, en même temps.

— Au moins, la moitié de tes vœux s'est réalisée, puisque c'était merveilleux, murmura-t-elle.

Il resserra son étreinte.

— Peut-être que nous pouvons recommencer…

Elle ignorait comment elle trouverait la force de s'arracher à ses bras. Jamais elle n'aurait pensé que ce pourrait être si parfait entre eux et qu'Adam pourrait s'enraciner aussi profondément dans son cœur…

Ce fut alors qu'elle comprit qu'elle l'aimait.

Elle était tombée amoureuse d'Adam.

Il était tellement différent des hommes qu'elle avait connus. Elle aimait son sérieux, sa complexité, sa gentillesse. Elle l'aimait et aimait tout en lui. C'était à la fois un ami et un amant, un homme qui la comprenait, qui l'avait toujours comprise.

Mais c'était aussi un homme hors de sa portée.

Et elle ne pouvait lui avouer l'amour qu'elle éprouvait pour lui, car Adam allait se sentir coupable. Il ne voulait pas qu'elle l'aime. Elle n'était qu'un interlude dans sa quête d'une épouse.

Elle devrait sans doute lui être reconnaissante de lui avoir déjà tant donné. Plus qu'ils n'auraient dû se le permettre…

Mais il était difficile d'éprouver de la gratitude, alors que son cœur était sur le point de se briser. Pourquoi l'amour faisait-il mal à ce point ?

Puisant dans ses ultimes forces, elle ramassa ses vêtements.

Quand elle fut rhabillée, elle découvrit qu'Adam la regardait. Ses yeux, tout à l'heure enflammés et passionnés, étaient redevenus sérieux.

Voilà, c'était la fin, tous deux le savaient.

Elle détourna la tête et regarda par la fenêtre. Quelques secondes plus tard, elle vit le reflet d'Adam dans la vitre. Il s'était levé pour la rejoindre. Dehors, la nuit tombait. Sa vie était si simple, avant… Et elle posa le front contre la vitre.

Un quart d'heure plus tard, ils se trouvaient dans une petite voiture appartenant au chef de la sécurité.

— Je t'ai accordé une dernière faveur, lui avait-il dit. Tu veux bien m'en accorder une à ton tour ?

Elle avait accepté, bien incapable de lui refuser quoi que ce soit. Ils avaient longé la ville, puis la rivière, pour rejoindre une zone industrielle.

— Où allons-nous ? demanda-t-elle.

— Tu te rappelles, tu m'avais dit que des rumeurs couraient à propos d'une femme mystérieuse que j'étais censé fréquenter ?

— Tout à fait, et tu avais ri.

— Eh bien, tu vas bientôt comprendre. On y est presque.

A l'entrée d'un grand complexe industriel, il tapa un code sur un clavier, et un immense portail s'ouvrit. Adam entra lentement et passa devant une série de portes closes. Il finit par s'arrêter en face de l'une d'elles. Il pressa sur le bouton d'une clé qu'il tenait à la main, et la porte pivota sur ses gonds.

— Je n'ai jamais amené personne ici, lui dit-il alors.

— Si tu n'en as plus envie, je ne t'en voudrais pas, répondit-elle.

Elle sentait qu'il y avait derrière la porte quelque chose d'extrêmement personnel.

— Si, j'ai envie, affirma-t-il.

Et il engagea la voiture à l'intérieur d'un espace imprécis, dans lequel elle reconnut bien vite un atelier, en raison des outils appuyés contre le mur. Elle y distingua bientôt l'arrière d'une voiture recouverte d'une bâche. Adam coupa le moteur de la voiture du chef de la sécurité, et la porte se referma derrière eux.

Elle regarda le véhicule dissimulé par la bâche, devant eux.

— Pourquoi est-ce que tu caches une auto ici, alors que tu disposes de toute la place voulue au palais ?

— C'est privé. Cela n'a rien à voir avec le palais ou le fait d'être prince. C'est là que je viens me réfugier pour oublier précisément le palais et ma fonction. Derrière cette porte, là-haut…

Il désigna alors un mur et enchaîna :

—… il y a un escalier qui mène à un appartement. Il ne comporte qu'une chambre et une salle de bains, et c'est hautement privé.

Il inclina la tête.

— Et maintenant, laisse-moi te présenter à ma prétendue femme mystérieuse.

Ils sortirent de voiture, et il retira la bâche. Et ce qu'elle soupçonnait déjà se confirma…

— La Bugatti de papa ! s'exclama-t-elle. Alors c'était toi, le collectionneur ? Comment est-ce possible ?

— Ton père a été si bon avec moi quand j'étais enfant. Surtout après la mort de ma mère. Je voulais l'en remercier. J'ai racheté la voiture par un intermédiaire. Ce n'était pas non plus tout à fait désintéressé, car je pouvais continuer à travailler sur cette voiture qui m'avait apporté tant de paix et de plaisir pendant des années.

— Et papa n'en sait toujours rien, bien sûr ?

— Je voulais terminer de la retaper et la lui offrir. C'est presque fini. Je parviens à voler une heure ici et là.

Elle lui caressa la joue.

— C'est vraiment très généreux, ce que tu as fait là.

Il ouvrit une portière.

— Monte.

Elle lui tendit la main et se laissa entraîner à l'intérieur de la Bugatti. Côté conducteur. Il s'assit côté passager.

— Tu te souviens ? commença-t-elle.

— Oui, et j'en suis encore gêné.

— Tu disais qu'une fille ne pouvait pas la conduire. Que les filles n'étaient pas de bons chauffeurs.

— Merci de me rappeler mes paroles avec une telle exactitude. Est-ce que je t'ai présenté des excuses ?

— Pas *exactement*. Mais tu m'as laissée conduire

pour toi, alors j'imagine que c'était une façon de te faire pardonner.

— Exact. Et si tu en as envie, tu peux conduire la Bugatti. Il reste quelques détails à fignoler, mais elle roule merveilleusement bien, comme dans un rêve.

Une demi-heure plus tard, ils se garaient en haut d'une colline qui surplombait la ville, dont les lumières ressemblaient à des diamants parsemant la nuit. La pleine lune, partiellement voilée par un halo nuageux, était accrochée à la voûte céleste.

La voix rauque d'Adam s'éleva alors dans la nuit.

— Je pourrais rester assis ici avec toi toute la vie, dit-il.

Elle détourna la tête et essuya une larme.

Lui prenant la main, il la serra farouchement dans la sienne. Puis il inclina la tête en arrière et ferma les yeux. Quand il les rouvrit, il les braqua sur elle avec l'intensité qui le caractérisait.

— Si je ne t'aimais pas autant, je te demanderais en mariage, déclara-t-il tout à trac.

— Tu m'aimes ? fit-elle alors, gorgée serrée.

Ces mots résonnèrent en elle, l'emplissant à la fois de joie et de tristesse. C'était son plus grand souhait et sa plus grande peur.

— De tout mon cœur ! Je ne sais pas quand ni comment tout ça a commencé, et je ne sais pas quand cela s'arrêtera. Tu ne peux imaginer à quel point j'ai besoin de toi. Mais je ne peux pas te demander de partager une vie qui te rendrait malheureuse. C'est Rafe qui me l'a fait comprendre.

Un long silence s'ensuivit.

Il l'aimait. *Il l'aimait*, se répéta-t-elle.

Elle reprit finalement la parole.

— Et si je ne t'aimais pas autant, dit-elle, j'accepterais.

— Tu m'aimes ?

— De tout mon cœur. Et moi, je sais quand ça a commencé. Quand j'avais cinq ans et que tu as descendu ce livre de la bibliothèque, pour moi. Et je ne sais pas non plus comment cesser de t'aimer, et moi aussi, j'ai besoin de toi. Mais je comprends que je ne suis pas la femme dont tu as besoin. Je n'ai vraiment pas l'étoffe d'une princesse.

Elle sentit sa main se resserrer sur la sienne.

— Tu serais constamment sous le regard du public, tu devrais subir l'ennui du protocole. Je ne supporterais pas que ta spontanéité, ta joie de vivre en pâtissent.

Elle réfléchit quelques instants à ses propos avant de déclarer :

— Il suffit peut-être de s'habituer. Aujourd'hui, je m'en suis sortie avec la presse. Non, le véritable problème, c'est mon manque d'élégance, de diplomatie. Je ne voudrais pas que tu sois discrédité à cause de moi.

Il retira sa main de la sienne pour lui caresser le visage.

— Il y a bien trop de personnes superficielles et diplomates dans les cercles royaux. Ce dont j'ai besoin, c'est de vitalité et de franchise. Je veux avoir quelqu'un d'honnête à mes côtés, quelqu'un avec qui je puisse partager des moments de tranquillité. On m'a dit dernièrement que je devais apprendre à m'amuser, à être plus spontané. Il y a du travail, et j'ai besoin d'aide !

Elle aurait tant aimé être celle qui allait relever le défi.

— Je ne corresponds à aucun des critères de ta liste, soupira-t-elle.

— C'est faux, bien au contraire ! Tu t'en sors très bien avec la presse, tu sais t'y prendre avec les enfants, et tu es incroyablement belle. Mais le problème, c'est que j'ai dressé une nouvelle liste.

— Une nouvelle liste ? Quand ?

— Quand tu m'as dit que c'était fini entre nous.

Fourrant la main dans la poche de son pantalon, il en tira un papier froissé.

— Je l'ai rédigée dans l'urgence… Il n'y a pas grand-chose dessus.

Elle déplia la feuille et l'étala sur le volant.

Les lumières de la ville lui permettaient de distinguer des mots, mais pas assez pour qu'elle soit en mesure de les lire.

— Il fait trop noir. Je ne peux pas lire ce que tu as écrit.

— Premier critère : ce soit être Danni, dit-il dans un souffle. Et c'est tout.

A cet instant, la lune sortit des nuages, et elle put lire son nom sur la feuille.

— Tu as raison. Il n'y a pas grand-chose sur cette liste.

— J'ai pourtant fait de mon mieux.

— Je t'ai dit que tu avais besoin d'aide.

— Et c'est probablement le cas.

— Tu devrais ajouter qu'elle doit t'aimer. Parce

que si elle t'aime, tout ce à quoi elle devra renoncer ne sera rien par comparaison avec les sacrifices auxquels elle devrait consentir si elle renonçait à cet amour.

— Et je pense que tu vas me dire que je dois l'aimer en retour ? De tout mon cœur ? Et que je devrai tout faire pour qu'elle soit heureuse ?

— Absolument.

— Ce sont trois critères simples.

Alors se tournant vers elle, il prit son visage entre ses mains et ajouta :

— Ce doit être Danni, elle doit m'aimer, et je dois l'aimer en retour. Est-ce que tu m'aideras à la convaincre de m'épouser et de ne jamais me quitter ?

— Oui, dit-elle dans un soupir de plaisir, mais à la condition que tu m'embrasses sans plus attendre !

Epilogue

— Est-ce que je t'ai dit à quel point tu es belle, ce soir ?

Adam se leva et tendit la main à Danni.

— Oui, tu me l'as déjà dit.

Elle glissa sa main dans la sienne, se leva à son tour et le suivit sur la piste de danse, avant de se blottir, heureuse et reconnaissante, dans ses bras.

Ils étaient le troisième couple à venir occuper la piste. Les mariés, Rebecca et Logan, dansaient, les yeux dans les yeux. Leur mariage avait été très beau, plein de faste et de splendeur, mais avec aussi des touches plus simples, des rires et beaucoup d'amour.

Rebecca était merveilleuse dans sa robe de soie ivoire ornée de dentelles, et Logan était visiblement ému par sa beauté.

Adam et Danni étaient parmi les rares à savoir que sous la robe de Rebecca poussait un petit être qui viendrait agrandir la famille royale dans quelques mois.

Rafe et Lexie dansaient eux aussi, étroitement enlacés. Leur bébé, Bonnie, avait ponctué la cérémonie de ses rires, offrant un contrepoint vivifiant à la solennité de l'événement. A présent, la petite fille se trouvait au lit, sous la garde bienveillante de sa nourrice. Elle n'avait pas sa place dans une réception accueillant plus de trois cents personnes. Mais Danni devinait que ses parents ne tarderaient plus à la rejoindre. Comme Rafe avait changé ! Il était loin le temps où on l'appelait le prince playboy, aujourd'hui, c'était sa famille qui comptait avant tout.

Assis à leur table, le prince Henri et son père discutaient tranquillement, en sirotant leur cognac. Ils avaient l'air fier de deux pères satisfaits.

Il n'avait pas fallu longtemps à Adam pour persuader son père du bien-fondé de son futur mariage. La seule chose dont le prince Henri avait voulu s'assurer, c'était que Danni et lui étaient certains de l'amour qu'ils éprouvaient l'un pour l'autre. Et une fois rassuré, il n'avait plus eu le moindre doute : la principauté allait adorer Danni. A travers elle, qui était une citoyenne ordinaire, les gens verraient un conte de fées devenu réalité.

Et il avait raison. La presse l'avait rapidement prise sous sa protection, soulignant le fait qu'elle faisait souffler un vent nouveau sur la famille royale, ce que son travail en faveur du Grand Prix de San Philippe venait corroborer. Le prince héritier, à qui il avait été parfois reproché d'être un peu trop réservé, semblait plus détendu et ouvert. Il fallait dire que sur chaque photo publiée, il rayonnait de bonheur au côté de sa future épouse.

Peu à peu, d'autres personnes les rejoignirent sur

la piste de danse. Tant de choses avaient changé pour tous les deux, au cours de ce dernier mois. Ils avaient annoncé leurs fiançailles à Noël, reconnaissant publiquement qu'ils s'aimaient profondément.

Leur mariage n'aurait lieu que dans huit mois. C'était la date la plus proche possible, puisqu'il fallait organiser l'événement en grande pompe. Encore plus somptueusement qu'aujourd'hui, si cela était possible : ce n'était pas tous les jours que le prince héritier se mariait.

La liste des invités était déjà dressée, elle respectait l'étiquette et le protocole, mais ils avaient insisté, tous les deux, pour que Blake y figure.

La seule chose qui comptait vraiment aux yeux de Danni, c'était qu'elle allait vivre avec Adam pour le restant de ses jours.

Sur la piste de danse, il la serrait un peu plus étroitement que ne l'autorisait la bienséance de la cérémonie, mais c'était le cadet de ses soucis : elle était au septième ciel !

— Tu es extraordinaire dans cette robe, lui murmura-t-il.

Sa tenue, qui avait été faite sur mesure, était ornée de perles. Les lignes en étaient fluides, et la couleur d'un beau violet chatoyant.

— Merci, mais regarde-moi bien car, sitôt rentrée, je remettrai mon jean.

— Tu veux dire que tu retireras cette robe ? Pour ça, je veux bien t'aider, mais pour le jean, on verra…

— Je ne sais pas si je vais te laisser faire. Vu

l'aide que tu m'as apportée quand je l'ai enfilée ! ironisa-t-elle.

— Le problème de cette robe, c'est que même si elle est extrêmement seyante, je te préfère sans.

Et se penchant vers elle, il ajouta :

— Mais tu pourras garder les escarpins, si tu veux.

Elle se mit à rire. Elle n'arrivait pas à croire qu'elle lui avait reproché un jour de manquer de spontanéité et de ne pas savoir s'amuser. En public, il était le sérieux personnifié. Mais en privé, c'était tout l'inverse… Et elle aimait chaque facette de son prince…

Passions

Le 1er août

Passions n°342

Passion défendue - Michelle Celmer

Lorsqu'elle voit entrer Brandon Dilson dans son bureau, Paige sent son cœur s'affoler. Le feu aux joues, elle tente de se reprendre. Brandon Dilson est son nouveau client, et jamais elle ne mélange travail et plaisir, pas même dans ses fantasmes les plus secrets. Qui plus est, cet homme ne correspond absolument pas aux critères qu'elle a soigneusement listés pour trouver l'homme idéal. Hélas, non content d'être absolument sublime, Brandon se montre si entreprenant que Paige redoute bientôt de voir ses belles résolutions vaciller aussi vite que son corps s'est embrasé...

Quand la raison vacille - Teresa Southwick

A Thunder Canyon, les rumeurs se propagent au même rythme que les scandales. Aussi Rose Traub est-elle plus que réticente à l'idée d'accompagner Austin Anderson à un mariage, comme celui-ci le lui a proposé. Certes, Austin est beau, intelligent et elle s'est souvent demandé quel goût pourraient avoir ses baisers, mais, tout le monde le sait, c'est aussi un séducteur invétéré. Alors, comment le croire lorsqu'il lui jure qu'il a des intentions tout à fait honorables à son égard, et, surtout, comment se faire confiance à elle-même, alors qu'elle ne rêve que d'une chose : que les actes d'Austin démentent ses paroles ?

Passions n°343

Un hôte si troublant - Janice Maynard

Dites-moi qui je suis..., murmure Gracie, affolée. Car elle ne se souvient absolument de rien, et ignore même ce qu'elle fait sur la propriété de Gareth Wolff. A vrai dire, la seule chose dont elle est sûre, c'est que cet homme à la beauté virile, sauvage, éveille en elle un trouble aussi inédit que bouleversant. Oui, en dépit de sa détresse, Gracie n'a que trop conscience de la sensualité exacerbée de son hôte. Hélas, elle n'est qu'une inconnue pour lui, et à en croire le regard noir qu'il lui lance, il est clair qu'elle n'est pas la bienvenue dans son domaine solitaire...

Un arrangement audacieux - Sandra Paul

Ally ne doit pas faire confiance aux O'Malley : ses frères le lui répètent depuis tant d'années qu'elle en est convaincue. Ou presque. Car lorsque Troy O'Malley lui propose un mariage d'intérêt – qui permettra à Ally de toucher son héritage avant l'heure, elle voit soudain les querelles familiales sous un angle bien différent. Grâce à Troy, elle va enfin pouvoir s'émanciper ! Résolue à faire de ce contrat un succès, elle exige de Troy que leur mariage reste platonique. Une condition qu'elle ne tarde pas à regretter, lorsqu'elle découvre qu'un long frisson la parcourt chaque fois que son nouvel époux s'approche d'elle...

Passions n°344

Mariée à son ennemi - Ann Major

Pour sauver sa jeune sœur d'un mariage arrangé, Kira se rend chez Quinn Sullivan, l'homme d'affaires sans scrupule qui ne songe, par cette union, qu'à mettre la main sur l'entreprise familiale. Mais quand elle se retrouve face à lui, elle se sent étrangement troublée par l'aura virile et sensuelle de cet homme qu'elle devrait haïr. Jusqu'à ce qu'il lui fasse une proposition si odieuse qu'elle la ramène brutalement à la réalité : il ne renoncera à épouser sa sœur que si Kira la remplace au pied de l'autel...

Retour à Indian Springs - Lois Faye Dyer

C'est le cœur gonflé de souvenirs qu'Eli Coulter revient à Indian Springs, dans le ranch où il a passé une enfance difficile. Retrouver les plaines sauvages du Montana le bouleverse étrangement, et sa rencontre avec la séduisante Amanda Blake ne fait qu'attiser son trouble... Se pourrait-il que le destin lui offre enfin une chance d'être heureux sur ces terres qu'il a fuies dès qu'il en a eu l'occasion ? Sans doute pas, car il découvre bientôt que celle qui fait battre son cœur ne l'a approché que pour lui soutirer des informations sur sa famille...

Passions n°345

Le secret de Clea - Tessa Radley

Cette voix... Sous le choc, Clea se fige. Avant de réaliser que l'homme qui vient de se matérialiser derrière elle est bel et bien Brand, son mari qu'elle croyait mort, et qu'elle a pleuré pendant des mois. Eperdue de bonheur, elle s'apprête à lui révéler qu'elle attend un enfant de lui, lorsqu'il pose un regard sévère sur son ventre arrondi, et, sans lui laisser le temps de le rassurer, l'accuse de porter l'enfant d'un autre. Effondrée, elle comprend alors que celui qu'elle a tant aimé, celui qui lui vouait une confiance absolue, a bel et bien disparu...

Envoûtante trahison - Maureen Child

Alors que son cœur et son corps frémissent encore des caresses prodiguées par Lucas King, Rose découvre avec horreur que l'homme dans les bras duquel elle s'est abandonnée s'est servi d'elle. S'il l'a séduite, s'il lui a offert une magnifique nuit d'amour, c'est uniquement pour se venger de son frère, dont il est l'ennemi personnel... Pourtant, même à présent que la vérité a éclaté, Rose ne peut s'empêcher d'espérer que Lucas, lorsqu'il se donnait à elle comme elle se donnait à lui, ait partagé ses sentiments, ne serait-ce qu'un instant...

Passions n°346

La fierté d'une amoureuse - Maya Banks

Lorsque, six mois plus tôt, Ryan l'a accusée des pires forfaits, Kelly a fui loin de lui, sans laisser d'adresse. Aussi est-elle bouleversée aujourd'hui de le voir débarquer chez elle pour lui demander s'il est le père du bébé qu'elle porte... Comment ose-t-il exiger la moindre explication, alors qu'il a préféré croire aux mensonges de son ignoble famille plutôt qu'aux promesses d'amour éternel qu'elle lui avait faites ? Blessée, humiliée, Kelly décide de le laisser dans l'erreur, et de garder pour elle son précieux secret...

Au service d'un prince - Brenda Harlen

Face au prince Michael Leandres, Hannah est particulièrement émue. Car c'est le premier homme qui ait fait battre son cœur, il y a des années de cela. Le premier homme qu'elle ait jamais aimé. Mais c'est surtout le père de Riley, la petite princesse de Tesoro del Mar, dont elle vient de devenir la nounou. Aussi doit-elle se montrer prudente, et, en aucun cas, laisser sa passion pour son nouveau – et si incroyable - patron transparaître. Même si à son contact, elle ressent un trouble inédit, intense, insensé...

Passions extrêmes n°347

L'amant de mes rêves - Elle Kennedy

« Ce qui pourrait t'arriver de mieux, ce serait de rencontrer un mystérieux inconnu et de tomber dans ses bras ». Jamais Marley n'aurait pensé que les paroles de sa meilleure amie se réaliseraient, et encore moins qu'elle tomberait *littéralement* dans les bras d'un beau brun ténébreux. Et pourtant : ne vient-elle pas d'atterrir dans les bras d'un inconnu, venu la secourir alors qu'elle était en train de glisser du toit où elle effectuait des réparations ? Malgré le désir insensé qu'elle ressent immédiatement pour cet homme qui prétend être son nouveau voisin, - désir qui semble tout à fait réciproque, Marley est partagée entre l'envie d'en profiter et la méfiance. Car ce rêve éveillé semble vraiment trop beau pour être vrai...

Parenthèse sensuelle - Lisa Renee Jones

15 jours. C'est ce que Shay est prête à accorder à Caleb, son amour de jeunesse qui vient de ressurgir dans sa vie, plus de dix ans après en avoir disparu sans un mot d'explication. 15 jours pour faire tout ce que ni lui ni elle n'avaient osé entreprendre à l'époque : se fondre dans les bras l'un de l'autre, laisser libre cours au feu qui couve entre eux, et explorer la myriade de sensations qui s'offrent à eux. Mais Shay est sûre d'une chose : après cette parenthèse passionnée, Caleb devra sortir de sa vie, et pour toujours, cette fois. Même si son cœur se serre déjà à cette perspective...

Best-Sellers n°518 • thriller

La griffe du mal - Erica Spindler

Le sergent de police Melanie May mène un travail de routine dans une paisible banlieue de Charlotte, Caroline du Nord. Jusqu'au jour où les morts suspectes se multiplient dans sa circonscription. A quelques jours d'intervalle, un allergique est piqué par des abeilles enfermées dans sa voiture. Un toxicomane s'injecte une dose mortelle de drogue trop pure. Un malade du cœur se trompe dans le dosage de son médicament... Banals accidents ? Le sergent May est persuadée que non : chacune de ces morts porte, selon elle, la griffe d'un même assassin. Un tueur qui élimine systématiquement des hommes connus pour leur violence envers les femmes... Avec l'aide de Connor Parks, un profileur du FBI, Melanie va s'efforcer de faire surgir du néant le visage de ce justicier assassin. Sans savoir où l'entraîne la terrifiante vérité...

Best-Sellers n°519 • suspense

Jusqu'au dernier souffle - Rita Herron

Survivante d'un serial killer qui enterrait ses victimes vivantes, Lisa Langley a vécu l'enfer. Elle tente de se reconstruire lorsque, quatre ans plus tard, des meurtres identiques sont perpétrés. Terrorisée, elle se tourne vers Brad Booker, l'agent du FBI qui l'a déjà arrachée à la mort. Car un autre tueur semble vouloir continuer « l'œuvre » du psychopathe dont Lisa a été cible, et la poursuivre jusqu'à ce qu'elle rende son dernier souffle...

Best-Sellers n°520 • suspense

Le secret de l'île maudite - Heather Graham

De retour sur l'île de Key West après le décès de son grand-père, Kelsey Donovan souhaite avant tout respecter les dernières volontés de ce vieil homme qui lui était si cher : faire le tri dans sa collection d'art et confier ses plus belles œuvres à des musées. Kelsey s'installe alors dans la demeure familiale, et dans ce lieu encombré de curiosités et de toiles d'araignées, elle se met au travail. Mais rapidement, elle a la désagréable impression d'être épiée. Une intuition qui cède la place à l'angoisse quand des silhouettes menaçantes surgissent dans l'ombre. Inquiète mais décidée à faire face, elle accepte la protection que lui propose le policier Liam Beckett, un ami d'enfance qu'elle n'a pas revu depuis des années, et qui s'interroge apparemment sur les conditions du décès de son grand-père. Mais Kelsey et Liam sont encore loin de s'imaginer qu'ils s'exposent ainsi à un ennemi impitoyable et prêt à tout pour arriver ses fins.

Best-Sellers n°521 • thriller

Visions - Lisa Jackson

Terrifiée par un cauchemar qui l'a plongée avec un réalisme saisissant au beau milieu d'une scène de meurtre, Olivia Benchet se réveille en sursaut, le cœur battant. Elle est seule, pourtant, dans cette maison du bayou, près de La Nouvelle-Orléans où elle est venue s'installer. Seule, mais avec une certitude atroce : les images du crime auquel elle vient d'assister étaient trop précises, pour n'être que celles d'un cauchemar. Cette scène est bien réelle, elle en est sûre. Tellement sûre que, contre toute logique, elle décide d'aller trouver l'inspecteur Rick Bentz, un personnage solitaire et secret dont elle gagne peu à peu la confiance. Pourtant, malgré l'aide et la protection de Bentz, Olivia doit affronter seule les visions nocturnes qui continuent de la hanter, des visions qui la mettent peu à peu dans les pas de l'assassin. Mais elle est loin de deviner que celui-ci est justement en train de se concentrer sur elle, comme sur une proie...

Best-Sellers n°522 • roman

Rendez-vous sur la baie - Sherryl Woods

Après plusieurs années durant lesquelles elle s'est essentiellement consacrée à son travail, Jess O'Brien se sent enfin prête à rencontrer le grand amour. Ses meilleures amies de Chesapeake lui proposent alors une idée aussi séduisante qu'effrayante : s'inscrire sur un site de rencontres en ligne. Motivée malgré ses appréhensions, Jess constate avec amertume qu'elle ne trouve aucun rendez-vous ! Ce qui semble d'ailleurs convenir parfaitement à Will Lincoln, le directeur du site, un psychologue qui est aussi son ami d'enfance. Il semblerait même que Will lui ait trouvé un partenaire idéal : lui-même. Jess est furieuse. Comment Will peut-il s'immiscer ainsi dans sa vie ? Certes, c'est un homme attirant et brillant, mais cette manière qu'il a d'analyser ses comportements et d'imaginer qu'il lit dans ses pensées l'exaspère. Alors pourquoi ne peut-elle s'empêcher, en sa présence, d'éprouver une sensation troublante et inédite ? Celle de devenir enfin, sous le regard de Will, la femme qu'elle est vraiment.

Best-Sellers n°523 • suspense

Le voile de la trahison - Laura Caldwell

En quelques heures à peine, la vie d'Izzy McNeil, une pétulante avocate de Chicago, s'effondre brutalement : non seulement Forester Pickett, un client qu'elle aime comme un père, est mystérieusement assassiné, mais Sam, son fiancé, se volatilise à quelques semaines de leur mariage. Et dire qu'Izzy pensait tout savoir de son futur époux ! Comment a-elle pu être naïve à ce point ? Certes, elle avait des doutes quant au bien-fondé de leur mariage. Mais elle aimait profondément Sam et ne pouvait imaginer pareille trahison. Partagée entre la colère et l'incompréhension, Izzy décide alors de tout entreprendre pour retrouver Sam et démasquer le meurtrier de Forester. Sans savoir que les ennuis ne font que commencer pour elle, et que mensonges et tromperies sèment son chemin de pièges...

Best-Sellers n°524 • historique

La vallée des promesses - Nora Roberts

Arizona, 1875

Quand, au terme d'un long voyage, Sarah Conway arrive en Arizona, elle va de désillusion en désillusion. Non seulement son père, qu'elle était venue retrouver, est mort quelques jours plus tôt, mais l'endroit où il vivait est à mille lieues du monde civilisé qu'elle a connu jusqu'ici. A la place de la belle demeure blanche évoquée par Matt Conway dans ses lettres, Sarah ne trouve qu'une cabane misérable, perdue dans un décor chauffé à blanc par le soleil. Quant à la mine d'or où le pauvre homme a laissé la vie, elle n'a, semble-t-il, aucune valeur. Dans cet univers rude, Sarah sait qu'elle n'a pas sa place. Alors, pourquoi, malgré tout, tient-elle tant à rester ? Pour honorer la mémoire de son père? Sans doute. A travers lui, elle se sent viscéralement liée à cette terre pourtant hostile. Mais il y a aussi Jake Redman, un homme au passé trouble, qui fait preuve à son égard d'une étonnante sollicitude. A croire qu'elle ne lui est pas indifférente. Elle, ou son héritage…

Best-Sellers n°525 • historique

Sous protection royale - Margaret Moore

Angleterre, 1204.

Depuis la disparition de son père, lady Gillian d'Averette a dû renoncer à ses rêves de jeune fille pour prendre la tête du domaine familial, qu'elle dirige d'une main de fer. Aussi se méfie-t-elle lorsqu'un certain Bayard de Boisbaton se présente au château pour la mettre en garde contre une invasion ennemie. Le superbe guerrier a beau prétendre qu'il est envoyé par sa sœur bien aimée, Gillian ne lui fait pas confiance. D'autant moins que, très vite, il prend possession du domaine comme s'il en était le seigneur, réduisant à néant son autorité durement conquise. Furieuse de se voir dicter sa conduite par un étranger, et déterminée à préserver son indépendance, Gillian décide de tout faire pour déstabiliser le chevalier, au risque de se laisser prendre à son propre jeu…

Composé et édité par les
éditions HARLEQUIN

Achevé d'imprimer en France (Malesherbes)
par Maury-Imprimeur
en juin 2012

Dépôt légal en juillet 2012
N° d'imprimeur : 173337